10/18

12, AVENUE D'ITALIE. PARIS XIIIe

ÅKE EDWARDSON

CE DOUX PAYS

Traduit du suédois
par Marie-Hélène ARCHAMBEAUD

10/18

« Domaine policier »

JC LATTÈS

Du même auteur
aux Éditions 10/18

Titre original :
VÄNASTE LAND

© Åke Edwardson, 2006.
© Éditions Jean-Claude Lattès, 2007
pour la traduction française.
Publié avec l'accord de Norstedts Agency.
ISBN : 978-2-264-04949-0

À mes filles,
Rita, Hanna, Kristina

1

D'aussi loin que je me souvienne, il y a toujours eu le sable. Le sable. Quoi d'étonnant ? Je le faisais couler entre mes doigts, je le sentais glisser sous mes pieds.

Je m'en souviens comme si c'était hier. Debout dans le sable. Le froid la nuit. La chaleur durant le jour n'offrait aucune échappatoire. Il n'y avait pour ainsi dire aucune route dans le désert, ni pour en sortir ni pour y entrer. Un jour ma mère m'a dit : « c'est comme un navire sans voile ». Je lui ai demandé ce qu'elle entendait par là, elle qui n'avait sans doute jamais vu la mer, ni même de voile ou de bateau, mais elle ne m'a pas répondu. Et je n'avais encore jamais vu de voile, moi non plus.

Le vent, lorsqu'il se levait, faisait claquer la toile de tente. Juste avant l'arrivée du froid. La nuit, on aurait aimé pouvoir s'extraire de son propre corps. Vous comprenez ce que je veux dire ? On était réduit à des os ; plus de chair, plus de sang. On ne voulait plus qu'échapper à soi-même, à tout ce qui se passait autour de nous. Elle approchait, la minute où nous quitterions notre corps, la seconde décisive. Vous voyez ?

Nous nous efforcions de marcher durant le jour. Notre marche n'a pas duré si longtemps, mais au bout d'un jour ou deux, je ne me souvenais déjà plus quand nous avions quitté le village. Ç'aurait pu remonter à la dernière lune. Sous le règne d'un autre dieu. Sauf qu'il n'y en avait qu'un. Partout présent au village, pour tous. Dieu est grand, Dieu est grand. Et tout le tralala.

Mon père a crié vers Dieu quand ils l'ont tué. Mon frère a crié presque en même temps, comme en réponse au cri de mon père, et puis il est mort, une mort qui suivait une autre mort, qui suivait notre père. Vous comprenez ? Ça m'étonnerait.

Tandis que nous marchions sous ce foutu soleil, il se formait dans notre mémoire un écran aussi blanc que la lumière du désert. Vraiment. Les yeux me brûlaient. Je ne voyais pas dans ceux de ma mère. Je n'avais pas croisé son regard depuis que nous avions quitté le village.

Je ne me rappelle pas comment nous y avons échappé.

Peut-être parce qu'ils voulaient tous les tuer en même temps, ils n'ont pas pu massacrer tout le monde. Et puis au fur et à mesure, le soleil avait baissé dans le ciel, c'est comme ça que nous avons pu nous échapper. Ma mère s'est emparée de moi comme d'un fagot de bois, assez encombrant mais pas trop lourd. Alors elle m'a jeté un regard... comme si c'était la dernière fois, à la lumière du soleil jaune orangé. Et nous nous sommes enfuis dans la nuit.

Je me souviens du sang. Il paraissait presque noir sous les derniers rayons du soleil. Comme du pétrole. Il y en avait beaucoup sous cette terre, vous devez le savoir, tout le monde sait ça, j'en avais vu tous les jours, du pétrole, le sol en était imbibé presque autant que du sang à l'époque. Maintenant le sang depuis longtemps versé a pénétré dans le sable et le pétrole attend loin sous la terre et je comprends qu'il vaille plus cher – il est plus épais. L'eau, plus fluide que le sang, vaut davantage elle aussi.

Et puis j'ai dû courir à nouveau. J'avais encore vu du sang. Aussi noir. Le même bruit. J'ai entendu un cri. Une explosion de lumière, qui m'a fait cligner les yeux.

2

Dehors, rien de rien dehors. Une aube qui point, mais il fait pratiquement jour. La nuit fut courte. Sur l'autoroute qui traverse le pays du nord au sud, les phares balaient la chaussée dans un sens et dans un autre, éclairage inutile. Tout à coup le vent se lève à l'ouest, un train siffle dans le vent. On croirait un train. Un taxi devant la supérette. Le bâtiment est isolé, à la merci de tout. Un magasin de quartier dans un quartier qui n'existe pas. Ouvert vingt-quatre heures sur vingt-quatre. Le chauffeur est maintenant sorti de sa voiture. Pas un bruit. Pas un bruit à l'intérieur. Il a besoin d'un paquet de cigarettes. Derrière les grandes baies vitrées, pas un mouvement. Le calme absolu. Le chauffeur traverse le parking. Le claquement de ses talons résonne longuement dans la nuit. Quelque part. Mais il lui revient un autre écho. Des cris. Un cri, plusieurs. Non, il les entend rétrospectivement. Un coup de feu. Une détonation qui lui revient dans les oreilles. Voilà qu'il se met à crier. Il voit. Il se tient à la porte. Elle est restée ouverte tout ce temps. En allant vers la porte, il a vu la lumière. Et maintenant, il *voit*. Il est à l'intérieur. Il se met à crier mais personne ne l'entend.

Un corps allongé dans une mer de sang. Ce n'est pas la première fois qu'il vient ici, il sait que le sol est recouvert d'un carrelage noir et blanc qui brille quelle que soit la luminosité. Aucun visage par terre. Il voit une jambe dépasser de derrière le comptoir. Une main détachée du corps à l'autre bout de la pièce. Il se dit : tiens, une main. Immobile, elle ne bouge pas. Rien ne bouge ici. Il perçoit le bruit lointain de la circulation sur l'autoroute à l'ouest. Les gens ne vont pas tarder à partir au boulot. Il n'y en a pas beaucoup à prendre leurs vacances en juin. En tout cas, pas lui. En septembre peut-être, s'il a assez de fric. Ou alors maintenant, oui putain, juste *maintenant*. Il y a déjà pensé.

Le chauffeur de taxi ne bouge pas. Il voit la tache rouge évoluer sur les dalles. Rien ici qui la retienne, l'absorbe, la gêne ou l'arrête.

Et puis – tandis qu'aucun son ne lui parvient de la route, rien dans le vent, rien de notable dans le ciel non plus –, voici qu'il entend un bruit ténu de pas, des pas légers, comme ceux d'un enfant, qui semblent survoler le sol pour sortir et puis s'éloignent déjà.

Il y a quelqu'un dehors, se dit-il. Il y avait quelqu'un. Dehors, dedans. Quelqu'un m'a entendu crier. M'a vu. Mais comment pourrait-on entendre quoi que ce soit là-dedans ? Regardez ce qui s'est passé. Des pensées comme ça. Il y repense après. Quelqu'un d'autre qui écoute. Bon Dieu, dira-t-il ensuite. J'ai demandé qu'on vienne récupérer le taxi. Qu'est-ce que vous croyez ? Je ne sais même pas comment j'ai fait pour appeler, mais j'ai bien dû le passer, ce coup de fil.

Une fois que les techniciens l'eurent autorisé à entrer, le commissaire Erik Winter contourna prudemment la flaque rouge. Le dos à la porte, il regarda le corps à même le sol. C'était celui d'un homme. Ou plutôt ç'avait été un homme. Il n'en restait plus rien, pas même le visage. On lui avait tiré dans la figure à bout portant avec une puissance de feu épouvantable. Comme si une bombe avait éclaté dans le magasin. Ce n'était pas le cas : ils n'en savaient guère plus pour le moment, mais on avait utilisé une arme à feu.

Winter vit Bertil à genoux sur le carrelage, avec à sa droite deux chaises et une table renversées. Le commissaire Ringmar leva les yeux et secoua la tête en pointant du doigt vers le cadavre. Cadavre numéro deux en partant de la porte. Sur la gauche, de l'autre côté, pour partie sous le comptoir, gisait le troisième cadavre. Trois morts, un vrai massacre. Ce qu'il lui montrait : l'homme était sur le dos, le visage explosé.

— Il n'a plus de visage.

La voix de Ringmar résonnait bizarrement, d'un éclat presque métallique. Elle brisait le silence, le silence absolu qui règne ici, songea Winter. Comme si tous les autres bruits avaient disparu après les tirs, comme si le fracas des armes les avait ensevelis pour un long moment. Dans cet anéantissement général.

— C'est la même chose pour les deux autres, observa Winter.

Des chaussures avaient été projetées loin au fond du magasin.

— Comment a-t-il pu tirer de si près ? demanda Ringmar. Dans les trois cas en plus.

Winter haussa les épaules.

— Et presque simultanément, ajouta son collègue.

— Il doit y avoir une réponse.

— Il y a des gens qu'il vaudrait mieux ne pas connaître.

Winter hocha la tête.

— Au fait, ça fait plaisir de te voir de retour au pays.

Erik Winter venait de rentrer à Göteborg après avoir passé l'hiver et le printemps dans le sud de l'Espagne. L'appartement de location à Marbella était très bien, ils avaient échappé à la pluie, n'avaient pas eu froid la nuit (le chauffage marchait correctement) et par temps clair, avec un peu d'imagination, ils avaient pu apercevoir la côte africaine. Six mois formidables. Angela travaillait à la clinique et lui à la maison. Elsa et Lilly, leurs deux petites filles, étaient directement sous ses ordres... en fait, c'était plutôt le contraire. *Vamos !* s'écriait-il et chaque jour, après le petit déj, en avant, marche ! ils sortaient profiter de ces belles journées.

Aucun de ceux qui gisaient par terre dans la lumière bleue glaciale du magasin ne marcherait plus. Même si, pour certains, ils avaient encore leurs chaussures aux pieds. L'atmosphère bleutée se dissipait lentement à mesure que le soleil montait à l'horizon, entre les stries de nuages. On se trouvait dans la frange sud-ouest de cette zone immense construite à une époque où l'on croyait encore à l'avenir. Hjällbo, Hammar-kulle, Gårdsten, Angered, Ranneberg, Bergsjö : un enfer de béton insultant la face de la terre et qui faisait de Göteborg un modèle de ségrégation urbaine inégalé en Europe. Ailleurs, à Örgryte, ou plus loin, à Långe-drag, en fait d'immigrés, on trouvait quelques Britanniques travaillant chez Volvo, et surtout pas à la chaîne. Là-haut, dans les quartiers nord, la plupart étaient sans emploi officiel. Les victimes du massacre de Hjällbo avaient peut-être un boulot, au magasin justement. Ou alors, c'étaient des clients. Mais il pouvait encore s'agir d'autre chose. Il le saurait bientôt. Cet endroit était à la fois le lieu de la découverte et la scène du crime. Winter regarda autour de lui. Trois des quatre murs étaient en verre. Rien n'aurait pu se produire ici dans le secret. Et la nuit même avait fait de la boutique une scène de théâtre. L'idée s'imposa à lui au moment où il sortait. Une scène. Destinée à un public. Il fallait frapper les spectateurs, à plus ou moins brève échéance.

Le chauffeur de taxi releva la tête, comme s'il venait d'être arraché à sa rêverie. Après avoir pénétré dans la boutique pour se donner une première impression, le commissaire en était ressorti pour interroger le témoin.

L'homme attendait, assis dans la voiture de Ringmar. C'était un Blanc, ce qui devenait plutôt rare dans sa profession. Un étudiant ? Non, il devait avoir passé l'âge. Ou alors un artiste, un écrivain. Winter n'en connaissait pas, des écrivains, mais il devinait que, pour la plupart, ils n'étaient pas bien riches. Contrairement à lui.

Il se présenta et l'homme lui fit :

— Reinholz... Jerker Reinholz.

— J'ai quelques questions à vous poser. Pourriez-vous sortir de votre voiture ?

Reinholz hocha la tête et s'exécuta. La lumière du soleil, comme un projecteur soudainement braqué dans sa direction, lui brûla les yeux. Il tressaillit et fit un pas de côté pour se réfugier sous la pénombre d'un érable. Winter percevait le bruissement des feuilles sous la caresse du vent. Il se levait dans le petit matin et disparaissait ensuite, en direction de la mer très probablement. Depuis leur retour, ça n'avait pas soufflé bien fort durant la journée, pas beaucoup de nuages non plus. Juste un grand soleil. Il lui tardait déjà de voir arriver la pluie. Une douce pluie d'été suédoise, avec ses effluves particuliers qu'il avait déjà eu le temps d'oublier depuis son séjour au bord de la Méditerranée. Rien à voir avec ce qu'il avait connu là-bas. Elle tombait plus dru. Tandis qu'elle mouille à peine chez nous, songea-t-il. Juste une petite douche rafraîchissante.

Reinholz mit ses lunettes noires.

— Je préférerais que vous vous en passiez.

— Euh... oui oui, répondit le chauffeur en obtempérant.

Il leva la tête, comme pour vérifier qu'il était protégé. L'érable faisait encore barrage aux rayons de soleil.

— Quand êtes-vous arrivé sur place ?

— Je l'ai déjà dit à… quelqu'un, répliqua Reinholz.

Il pointa du doigt vers le bâtiment. Winter voyait des policiers remuer à l'intérieur, sous la lumière jaune et bleu. Une scène de théâtre aux couleurs de la Suède.

— Redites-le-moi.

Le chauffeur portait un blouson de cuir noir. Peut-être une nécessité durant ces longues nuits passées derrière le volant. On n'était pas en Andalousie.

— Eh bien… c'était vers 3 heures du mat. Trois heures et des poussières. J'ai regardé sur le tableau de bord avant de quitter la bagnole.

— OK, continuez.

— J'ai traversé le terre-plein. Enfin, le parking.

Reinholz pointa du menton vers la boutique. Elle paraît plus petite, se dit-il. Plus petite qu'avant.

— Vous aviez quelque chose à acheter ?

— Ouais, des clopes.

— Vous étiez déjà venu dans cette boutique ?

— Oh… deux trois fois. Quand j'étais dans le coin. Plusieurs fois, ouais.

— Et qu'est-ce que vous faisiez dans le quartier cette nuit ?

— Je rentrais d'une course là-haut, à Gårdsten. Vers la rue Cannelle.

— Pourquoi passer par ici au retour ?

— Au re… je ne sais pas, je devais redescendre à la Gare Centrale… ouais, j'avais pas très envie de prendre la nationale tout simplement. (Il pointa la tête vers l'ouest, du côté de la route d'Angered qui menait au fleuve.) Je fais souvent comme ça.

— Poursuivez. Vous avez donc traversé le parking ?

— En fait ce qui m'a frappé, c'est… le silence.

C'est plutôt calme par ici, surtout la nuit, ou à l'aube, mais là y avait vraiment pas un bruit. (Reinholz se frotta la paupière.) Et puis j'ai vu personne. D'habitude on aperçoit au moins une silhouette à l'intérieur. (Il fit encore un geste en direction de la bâtisse, trente mètres plus loin.) Rapport aux vitres.

— Mais cette fois-ci vous n'avez vu personne ?

— Non.

— Quand alors ?

— Quand quoi ?

— Quand avez-vous aperçu quelqu'un ?

— Quand… quand je suis entré. Ou alors quand j'étais à la porte… je ne m'en souviens pas très bien. Je ne suis pas vraiment entré à l'intérieur en fait.

— Qu'avez-vous vu ?

— J'ai vu le mec, par terre.

Winter hocha la tête.

— J'ai vu du sang.

Winter opina de nouveau.

— J'ai vu… j'ai vu…, commença Reinholz.

L'ampleur du choc se lisait sur son visage et dans ses gestes. Ça faisait un moment qu'il était là. Il avait le droit de quitter les lieux maintenant. Il avait besoin de parler avec quelqu'un, et pas avec un commissaire de police.

— Vous n'avez vu personne d'autre ?

Reinholz secoua la tête. Winter attendait.

— Peut-être un… bras, finit-il par répondre. Ou bien une jambe.

— Pas d'autre voiture sur le parking ?

— Non… je crois pas. Il y avait deux trois voitures garées sur le trottoir mais elles… avaient l'air d'être là depuis longtemps. Elles étaient en fin de course, si vous voyez ce que je veux dire.

— Parfaitement. Vous n'avez rien entendu d'autre ?

Reinholz parut fixer un point loin devant lui. Winter se retourna mais ne vit rien de nouveau.

— Je crois avoir entendu quelque chose.

Sa voix était maintenant plus calme, plus posée. Comme s'il avait pris sa respiration pour chasser la tension.

— De ce côté-là.

Winter patienta.

— Des pas. Un bruit de pas. Comme si on courait. Mais c'était... léger.

— Et ça s'est produit à quel moment ?

— Quand j'étais là devant... j'étais encore à la porte.

— Des pas ?

— J'aurais dit que ça venait de derrière. Comme si quelqu'un cherchait à s'enfuir. Je m'en souviens bien, oui. J'ai entendu ça... au moment où j'ai vu... ce que j'ai vu. (Son regard croisa celui de Winter.) Des pas tout légers.

3

Il n'était pas en terrain familier, malgré sa bonne connaissance de la ville. Dans ces quartiers, je suis un étranger. Eux, ce sont des réfugiés. Ils ont fui le pays qui était le leur, il y a près de vingt ans pour la plupart. Des pèlerins involontaires. Comment les qualifier autrement ? Qui s'installerait ici de son plein gré, dans cet avant-poste de l'Arctique, s'il avait vraiment le choix ? La Suède fait partie des huit pays dits « arctiques ». Il y en a huit, et pas un de plus. Le soleil brille au-dessus de la ville en ce moment, mais sinon c'est le règne des ténèbres. De la pluie et du vent.

Winter sentait le vent souffler. Il était resté à la porte du magasin. On aurait dit un petit palais de verre, un temple de lumière qui diffusait comme un prisme la lumière du soleil. Il eut tout à coup mal aux yeux et mit ses lunettes noires. L'arbre de l'autre côté de Hjällbovägen perdit toute couleur.

Ringmar le rejoignit dehors.

— Pia n'en a plus pour longtemps.

Le médecin légiste, Pia E :son Fröberg, travaillait depuis presque dix ans avec Winter. Ils avaient commencé à peu près en même temps et s'étaient parfois montrés très immatures. Ils avaient eu une brève aventure à l'époque où Winter n'avait encore aucune idée de ce qu'il pourrait faire de sa vie une fois passé la porte du commissariat après une journée, ou une nuit, de travail. Mais tout ça, c'était loin maintenant, oublié, pardonné entre des bribes de souvenirs : autopsies dans un éclairage bleu, fouilles à la lumière intense des projecteurs, sous le soleil, la pluie, le jour, la nuit, le soir, de l'aube au crépuscule. La mort, la mort toujours présente. Des corps au bout du voyage. Du pèlerinage. Winter songeait souvent que ces vêtements, les victimes les avaient enfilés sans y penser le même jour, le même matin, le dernier matin. Pour la dernière fois ce pull, cette chemise, ce pantalon ou cette jupe. Ces chaussures. Qui pouvait s'imaginer que c'était la dernière fois ? À moins d'avoir été condamné à mort.

— Ça m'a tout l'air d'un règlement de comptes, déclara Ringmar.

Winter ne répondit pas.

— C'est de pire en pire, continua son collègue.

— De quoi tu parles ?

— Qu'est-ce que tu crois ? De quoi je peux bien te parler ?

— Calme-toi, Bertil.

— Du calme, c'est toujours la même chanson. Bordel, moi j'en ai *marre* de tout prendre calmement !

— C'est la seule façon de rester professionnel, répondit Winter en souriant de la formule, un peu vaseuse.

— Et ces mecs-là, tu crois qu'ils y allaient à la cool, eux ?

En tout cas ils sont maintenant tout ce qu'il y a de plus cool, pensa Winter.

— Je ne parle pas des victimes, Erik, reprit Ringmar. Je parle du meurtrier. Ou des meurtriers.

— Je les vois plutôt calmes. Calmes et sans doute assez pro.

— Bon Dieu, je regrette le temps où on n'avait affaire qu'à des amateurs.

— Trop tard, Bertil. C'est fini ce temps-là.

— Ces pauvres gars qui se sont fait piéger, ils

avaient peut-être connu autre chose quelque part ailleurs, dit Ringmar en se retournant vers le magasin. Et puis ils se sont retrouvés comme des bleus face à des pros.

— En tout cas la partie est jouée.

Ringmar suivait du regard le flot des voitures sur la route. Des voitures venant du sud, d'autres du nord. Des Volvo pour la plupart, on était à Göteborg tout de même. Ils roulaient lentement, presque au ralenti, comme par respect pour les morts.

— On se croirait à Chicago dans les années vingt. Règlement de comptes à la mitrailleuse, ou au fusil de chasse, et des victimes fauchées net.

— Je croyais que tu regrettais le bon vieux temps de l'amateurisme, Bertil.

— Fais pas attention à ce que je dis en ce moment.

— Tu parlais de fusil de chasse. Il va falloir qu'on s'en occupe. Je dirais fusil à plomb. Fusil à pompe sans doute. Semi-automatique.

— Une ou plusieurs armes ?

— Au moins deux, répondit Winter.

— Mmm.

— Peut-être différents types de munitions. (Il fit un signe de tête en direction de la boutique.) Il faudra voir ce que donnent les autopsies de Pia.

— Les gangs de jeunes ne jouent pas avec des fusils de chasse ?

— Non, Bertil, c'est rare. Par contre ça ressemble à un règlement de comptes.

— Ou alors à une histoire de vol à main armée.

— Ils n'ont pas touché à la caisse. Mais, puisque tu en parles, on devrait pouvoir lire de quand date le dernier achat. Tu vois ça avec le fabricant ?

Ringmar hocha la tête. Il jeta sur la boutique un regard sombre et se tourna ensuite vers Winter.

— Ça leur a suffi d'exploser la tête des victimes. Ils ont oublié le pognon. Tirer leur suffisait.

— Est-ce que je dois prendre en considération ce que tu viens de dire ?

— Oui, répondit Ringmar avec un léger sourire. Je crois bien.

— Ils étaient peut-être défoncés, suggéra Winter.

— C'est ça, très défoncés.

— Ils connaissaient peut-être les victimes.

— On verra quand on saura qui c'était, conclut Ringmar.

Les victimes se dénommaient Jimmy Foro, Hiwa Aziz et Saïd Rezaï. L'information n'avait pas été difficile, ni très longue, à trouver. Jimmy Foro tenait depuis quatre ans et demi la boutique qui s'appelait d'ailleurs « Chez Jimmy » ; quant à Hiwa Aziz, il travaillait sur place, même si les impôts, l'Agence pour l'emploi, les services sociaux et les autorités en général n'étaient pas au centre des préoccupations de son employeur.

Saïd Rezaï, lui, n'était pas un employé mais sans doute un client. Dans sa poche, on avait retrouvé son permis de conduire et on avait pu confirmer l'identification grâce à des fragments de dents. Il avait dû entrer dans la boutique en même temps que le ou les meurtriers. Ou bien juste avant. S'il s'était retrouvé mêlé à ce règlement de comptes, qui pouvait couvrir une offensive plus large encore, c'était sans doute par malchance : mauvaise personne au mauvais endroit au mauvais moment.

Il avait dû y avoir plusieurs meurtriers. À moins que le tueur unique n'ait été incroyablement rapide, ou qu'il ait réussi à hypnotiser ses victimes en l'espace d'une seconde, si bien qu'elles avaient gentiment attendu leur tour, complètement immobiles. Ou alors il s'était fait invisible. Les victimes n'avaient peut-être pas osé bouger, se disait Winter. On est ici face à plusieurs possibilités.

Jimmy Foro et Hiwa Aziz ne vivaient pas à Hjällbo, mais plus au nord, l'un à Västra Gårdstensberg, et l'autre à Hammarkulle. Saïd Rezaï habitait à Ranneberg.

Il n'y avait pas d'empreintes de chaussures au sol, dans cette mer de sang. La mer rouge, songea Winter. Il entendait de la musique, des rythmes en provenance du Moyen-Orient, lui semblait-il. Elle les avait accueillis quand ils avaient franchi le seuil, rougi par les éclaboussures de sang. Des images entachées d'un soupçon pour lui. N'aurait-on pas déplacé l'un des corps ? Cette image que j'ai devant les yeux, n'aurait-elle pas été manipulée ? Même si elle a toutes les apparences de la réalité. Comme une photo, également censée rendre compte d'une prétendue réalité. Winter avait repéré la baffle sur une étagère derrière le comptoir où se trouvait la caisse enregistreuse. Une femme chantait un air mélancolique, d'une voix presque entremêlée de larmes. Les instruments à l'arrière-plan paraissaient mimer une autre façon de penser. Ils soufflaient comme à rebours, vibraient de manière inattendue. Une forme de jazz. Winter reconnaissait les dissonances et l'asymétrie du jazz.

La musique n'avait pas dérangé les tueurs.

Pourquoi l'avaient-ils laissée ?

Ou bien l'avaient-ils emportée avec eux ?

Il y avait toujours de la musique chez Jimmy, diraient les témoins. Des chansons venues de Turquie, Syrie, Irak, Iran, Jordanie, Liban, Égypte et Palestine. De différents pays d'Afrique noire aussi, du Nigeria bien sûr. Des cassettes, des CD que certains clients lui ramenaient en cadeau.

« Du méhari jazz », commenta l'inspecteur Fredrik Halders lors de son premier passage au magasin. Ce qui ne fit rire personne.

Il n'y avait aucune empreinte patente sur le sol.

Les techniciens chercheraient des empreintes latentes, celles qui pouvaient dater d'avant.

Mais on voyait des traces de pas en direction des victimes. Dans l'autre sens aussi.

— Ils avaient des chaussons de protection, déclara le commissaire Torsten Öberg, chef par intérim de la brigade technique et scientifique. Comme on en porte à l'hôpital.

— Merde alors ! s'écria l'inspectrice Aneta Djanali. Ils savaient vraiment ce qu'ils faisaient. Ou ce qu'ils allaient faire.

— Le comment et le pourquoi, fit l'inspecteur Lars Bergenhem.

Ils étaient tous installés autour de la même table dans la salle de réunion de la brigade criminelle, au commissariat central. Place Ernst Fontell à Göteborg, juste en face du stade d'Ullevi, arène internationale du football.

— Deux pointures différentes, précisa Öberg, c'est tout ce que nous avons pu trouver jusqu'à présent. Ils étaient deux.

— Deux meurtriers, souligna Ringmar.

— Oui, pour le moment. Même type d'arme, poursuivit l'expert. Fusil de chasse, fusil à pompe plus exactement. Des munitions de calibres différents, donc on ne peut pas dire combien d'armes ils avaient, n'est-ce pas ? Nous avons retrouvé dans les corps du gros plomb, cinq millimètres, du plus petit, trois, quelques plombs d'un millimètre aussi.

— Ça ne devait pas être un hasard, remarqua Winter.

— On dirait bien, confirma Öberg.

— Ils ne veulent surtout pas qu'on sache combien ils étaient, commenta Aneta Djanali.

— Peut-être parce qu'il ou elle était seul, suggéra Winter.

— Impossible, assura Ringmar.

25

— Tout est possible.

— Normalement, ça porte à l'optimisme, cette expression, ironisa Aneta Djanali.

— Il nous faut examiner la position des corps, dit Winter sans relever les propos de sa collègue. Comment on leur a tiré dessus et dans quel ordre.

Torsten Öberg hocha la tête.

— Intéressant cette histoire de chaussons de protection.

— Ça peut ouvrir une piste ? demanda Bergenhem. Vous croyez qu'il en existe plusieurs sortes ?

— Je propose que tu te renseignes là-dessus, lui glissa Halders.

Winter pensait aux visages des victimes. À quoi ressemblaient-ils ? Pourquoi les meurtriers avaient-ils braqué leur arme en pleine face ? Quel sens à cela ?

La musique jouait de nouveau dans sa tête. Il réécouta, en vrai cette fois, dans son bureau, les chansons du magasin de Jimmy. Elles lui paraissaient délivrer un message. Il avait demandé qu'on lui traduise les paroles.

Winter observait le ballet des fourgons funéraires emportant les corps des victimes. On en était encore aux premières heures. Il y avait quelques curieux de l'autre côté de la bande-police. Le cortège des funérailles... Les meurtriers peut-être. C'était souvent le cas. Tout dépendait de la nature du crime, de son arrière-plan, de son mode d'exécution. Il avait déjà pu le constater, après coup, lorsqu'il était presque trop tard : le ou les meurtriers figuraient parmi les premiers badauds. De là à les arrêter... Ils pouvaient au moins les emprisonner dans les rets de leurs questions, tâcher de les faire parler. Winter venait d'envoyer des policiers dans la foule. Les rangs s'étaient brusquement clairsemés à leur approche. Comment n'aurait-on pas entendu les coups de feu ? De véritables explosions, à réveiller plus d'un voisin. Il franchit de nouveau le seuil de la boutique. Débarrassé des cadavres, le petit local paraissait encore plus macabre. Les traces étaient pires que l'événement lui-même. Leur message relevait de l'indicible. Ces taches-là ne partent pas, songea-t-il. On refera les sols. Quoique… On abattra plutôt le hangar. Ça n'est rien de plus qu'un hangar. Un kiosque à saucisses géant au milieu d'un no man's land. Il ressortit pour en faire le tour. Un chemin piétonnier démarrait de la boutique et traversait un champ. Des corps de bâtiments se dessinaient derrière les arbres, des sapins, des érables et des chênes. Des corps de bâtiments. Quelle vilaine expression, là aussi. Il suivit le chemin, un simple sentier recouvert d'asphalte. On était à deux cents mètres des premiers pâtés de maisons. Cent cinquante mètres. Impossible de fermer le sentier, de boucler le quartier. Autant boucler toute la partie nord, nord-est de la ville. C'était déjà fait, d'une certaine manière. Ça s'appelait « ségrégation ».

À seulement quelques pas de la route, Winter sentait d'autres parfums, ceux de l'herbe, des buissons, de l'air. Ils se réchauffaient avec le soleil, mais restaient plus doux que sur les bords de la Méditerranée. Ici, c'était une senteur plus timide. Plus blonde. Oui, blonde. Plus innocente ? Jusqu'à maintenant du moins.

Le sentier menait à une petite esplanade devant un immeuble de huit étages, qui jouxtait d'autres immeubles de la même hauteur construits à la même époque, il y avait bientôt cinquante ans. Ils avaient attendu leurs hôtes, jusqu'à ce que les temps soient mûrs, ou plutôt jusqu'à ce que le monde en arrive à un certain stade. Et les gens étaient venus de Turquie, de Syrie, d'Iran, d'Irak, de différents États d'Afrique, d'Amérique, en particulier d'Amérique du Sud et d'Amérique centrale. De l'ancienne Yougoslavie. Winter entendait de la musique. De la musique arabe, une chanson, une voix de femme, ce rythme particulièrement lancinant. Il voyait des paraboles accrochées à la plupart des balcons. C'était comme ça dans les quartiers nord, elles étaient comme des yeux et des oreilles pointés vers le pays natal, vers le passé. Ce pays-ci n'était pas une terre d'avenir, pas pour les plus âgés en tout cas. Leur vie s'était comme arrêtée. Il ne voyait personne sur ces balcons. Ils étaient souvent couverts de plantes vertes, de vrais jardins. Sur l'un d'eux, un palmier en pot. Il n'y avait pas un chat sur cette petite esplanade qui s'étendait devant lui. La matinée commençait mais on se serait cru la nuit.

Tout à coup, il perçut un bruit dans son dos.

Il se retourna.

Un petit garçon se tenait au débouché du sentier. Il avait dans la main une petite balle, une balle de tennis qu'il faisait rebondir sur le sol. C'était ce bruit qui avait frappé les oreilles de Winter. L'enfant devait avoir dix ans, peut-être un peu plus. Ses cheveux bruns paraissaient noirs dans la lumière du matin. Son regard était braqué sur Winter, ou plutôt, au-dessus de lui, sur l'immeuble. Le commissaire se retourna de nouveau. Toujours personne, pas même sur un balcon. Quand il revint au gamin, il avait disparu !

Disparu en l'espace d'une seconde.

Winter s'avança jusqu'à l'endroit où se tenait l'enfant. Personne sur le sentier qui menait à la boutique. Personne dans le champ qui bordait le sentier. Ce dernier se poursuivait jusqu'à une couronne de buissons puis formait un demi-cercle un peu plus loin à l'angle de l'un des immeubles, et il devina que le garçon avait dû courir se cacher dans les taillis. Il n'avait rien entendu, ne percevait toujours aucun bruit. Des pas légers. Si légers qu'il ne les avait pas entendus. Comme le chauffeur de taxi. Des pas légers s'éloignant dans le petit matin.

— Il va falloir faire une enquête de voisinage, déclara Winter.

Ringmar hocha la tête.

— Ça pourrait être lui ?

— Qui donc ?

— Le témoin.

— Nous n'avons que le témoignage du taxi, Reinholz. Il a pu se tromper.

— Hmm.

— Tu ne crois pas, Bertil ?

— Non. Dans ce genre de circonstance, on a les sens aiguisés. Quand on a vu ce qu'il a vu...

— Entièrement d'accord.

— Il y aurait donc un témoin.

— Ou alors un tueur de plus.

— Ou alors un tueur de plus, répéta Ringmar.

— À moins que ce ne soit une victime de plus.

— Une victime qui aurait échappé à son sort.

— Il n'y a pas de sang en dehors de la baraque, remarqua Winter.

— Il a plongé à terre.

— Tu plaisantes ?

— Il n'y a pas vraiment de quoi. Imagine une victime de plus, mais qui serait passée à travers.

— La seule façon de sortir de là, c'est de prendre le chemin piétonnier, constata Winter.

— Il est long à traverser, ce putain de champ.

— Mais on n'aurait pas entendu les pas.

— Il a dit que c'étaient des pas légers.

— Peut-être pas si légers. Même les tiens ne s'entendraient pas si tu courais dans le champ, Bertil.

— Qu'est-ce que tu veux insinuer ?

Winter jugea préférable de ne pas répondre.

— Non, soupira Ringmar. Ça ne colle pas. Le chauffeur se pointe ici. Il voit les corps. Il entend des pas. Il donne l'alarme. C'est quand même pas crédible, une victime présumée qui traîne sur place mais qui se tire au moment où les secours arrivent.

— Le choc. Un choc prolongé.

— Possible, mais pas vraisemblable.

— OK, on laisse ça de côté pour l'instant, concéda Winter. Les gars de Torsten sont en train de ratisser l'herbe sur toute la longueur du champ. S'il y a la moindre empreinte, ils vont la trouver. La rosée ne s'est pas encore dissipée. Avec un peu de chance... (Il s'interrompit pour appuyer de l'index sur sa tempe.) Admettons qu'il y avait un témoin. Homme ou femme. Il reste sur place jusqu'au départ des tueurs. Il reste caché.

— Mais pourquoi ne pas partir avant ? Pourquoi fuir au moment où tout est fini ?

— On en a déjà parlé. Le choc.

— Qu'est-ce qu'il faisait là, ce témoin, de toute façon ? répliqua Ringmar.

— C'était peut-être un client.

— Une victime possible donc.

— Non. Pas s'il était en chemin, pour venir ici.

— Par le sentier de derrière ?

Winter haussa les épaules.

— Et puis voilà que ça pète ici.

Winter hocha la tête.

— Et que les tueurs se barrent.

Winter opina de nouveau.

— Peu importe de quel côté. Probablement en bagnole, faut qu'on vérifie si quelqu'un a entendu un bruit de moteur après les coups de feu. Et s'il a vu du monde. Ou alors, ils ont pris le sentier au pas de course. (Ringmar fit une pause.) Notre témoin est toujours là, crevant de trouille, peut-être blessé, ou...

— Peut-être déjà loin.

— Non, je suis persuadé qu'il y avait quelqu'un.

— Un enfant.

— Des pas légers…, reprit Ringmar en opinant de la tête.

— Ceux d'un gamin, compléta Winter. Ça pourrait être celui que je viens de voir.

Jimmy Foro était arrivé du Nigeria sept ans et demi auparavant, seul et, selon ses dires, après avoir fui des persécutions à travers tout le continent africain, puis l'Europe. On lui avait accordé un permis de séjour. Il était resté, seul occupant d'un deux-pièces dans la rue Cannelle, à Västra Gårdstensberg. Winter se tenait devant l'immeuble du « Bois de hêtres ». Récemment rénové, il faisait partie d'un ensemble de plusieurs bâtiments groupés autour d'un jardin ouvert, plutôt sympathique, qu'on apercevait sur la gauche. Un homme était occupé à creuser des plates-bandes. La terre devait être sèche en ce moment, plus qu'à la normale, il n'avait pas plu depuis leur retour en Suède. Ils avaient ramené le soleil.

Le commissaire n'était pas un expert en jardinage : il n'aurait jamais su quoi planter, quand, comment ni pourquoi. Il avait toujours évité ce genre de situation, comme les gens qui détestent le bricolage et préfèrent vivre avec un robinet qui fuit plutôt que de changer un joint. Winter n'avait jamais rêvé d'une pelouse à tondre, mais risquait de ne pas y échapper. Trois ans auparavant, ils avaient acheté un terrain, Angela et lui, au sud de Billdal, tout près de la mer. Il n'était toujours pas construit. C'était un but d'expédition pour la famille : Erik, Angela, Elsa et Lilly. Deux ou trois fois, ils s'étaient fait surprendre par la pluie. Ce ne serait quand même pas mal d'avoir un toit, lui avait glissé Angela.

Il fit un signe de tête à l'agent d'Angered qui l'attendait devant l'immeuble.

— Vous êtes déjà monté là-haut ?

— Oui, j'ai vérifié la porte. Fermée à clé. Personne n'est repassé.

— Vous n'avez pas croisé de voisin ?

— J'ai vu personne.

— Vous êtes arrivé quand ?

— Eh bien… c'était pas moi le premier. Y a d'abord eu Berg et Henriksson. Ils se sont ramenés dès qu'on a donné l'alarme.

— Bien.

— Ils n'ont vu personne essayer d'entrer dans l'appart. Ni en sortir.

— C'est le moment d'aller frapper à la porte, déclara Winter en consultant sa montre. Il va bientôt arriver du monde.

La porte d'entrée de l'immeuble était grande ouverte. La cage d'escalier dégageait cette odeur qui lui était devenue familière, au bout de vingt ans de carrière : une odeur de renfermé, même après rénovation. Était-ce le ciment ou les gens qui montaient et descendaient ces marches ? Tous sentaient à peu près la même chose et se ressemblaient peu ou prou, blancs, noirs, au nez aquilin ou épaté, les cheveux lisses ou crépus, voire sans cheveux du tout. Il y avait aussi les relents de nourriture, plus ou moins forts, acides, sucrés ou amers. Dans cette cage flottaient des parfums d'épices, poivre de Jamaïque, noix de muscade, cannelle, des parfums saturés, lourds. À la boutique de Jimmy, elles occupaient tout un présentoir, resté intact. La plupart vendues sous sachet : pas de flacon industriel. Ce rayon se trouvait à gauche de la porte, à l'une des extrémités de la mer rouge. En entrant, Winter avait senti une odeur de chili et de curry, mais seulement l'espace d'un instant.

Dans le couloir, chez Jimmy Foro, on ne sentait rien. La lumière éclatante du jour ne pénétrait guère. Dans tout l'appartement, les stores étaient complètement fermés, comme pour amortir les impressions de ceux qui pénétreraient les premiers après la disparition définitive de son occupant.

On approchait les 7 h 30. Le premier jour, songeait Winter, 7 h 30 du matin le premier jour. Hier à un certain moment, ou alors très tôt ce matin, Jimmy avait quitté son appart et s'était rendu Chez Jimmy, d'où il ne devait plus jamais repartir. La boutique restait ouverte vingt-quatre heures sur vingt-quatre ces deux dernières années. Une erreur, se dit le commissaire, toujours debout dans le couloir. En fin de nuit, ça peut devenir dangereux.

Comment Jimmy se rendait-il sur son lieu de travail ? Ils n'avaient pas la réponse. En dehors de son adresse, ils ne savaient rien pour le moment. Aucune voiture garée sur le petit parking devant la boutique, mis à part le taxi de Reinholz. Pas de vélo ni de mobylette. Il devait bien y avoir sept kilomètres à vol d'oiseau entre l'appartement de Jimmy et sa boutique. Par la route ou les voies cyclables, ça faisait plus de dix kilomètres.

Winter sortit son portable et composa le numéro de Bergenhem, resté sur la scène du crime.

— Salut, Erik à l'appareil.

— Ça ressemble à quoi ?

— Je viens juste d'entrer. Mais il m'est venu une idée. Vérifie s'il n'y a pas d'autre véhicule dans le voisinage, derrière les buissons, dans le champ. Aux abords de la cité.

— Qu'est-ce qu'on cherche ?

— Le moyen de transport de Jimmy Foro.

— OK.

— Même problème pour Aziz et Rezaï.

— OK.

— Et ça se passe comment de ton côté ?

— Ça commence à sécher. À sentir. C'est plus le curry.

— Et les curieux ?

33

— Rentrés chez eux pour la plupart. On a parlé avec autant de monde qu'on a pu. Mais ce n'étaient pas les locaux qui venaient le plus ici.

— C'était pourtant une boutique de quartier, s'étonna Winter.

— Pas une boutique familiale. Ça fait une différence pour les gens ici.

— C'est quoi ces conneries ? Ça fait une différence pour tout le monde, non ?

Bergenhem ne répondit pas.

— Si tu vois des gosses, plutôt des garçons, essaie de les attraper.

— OK.

— C'est une image. Ne les prends pas au lasso, Lars.

— Tu n'aurais pas un appart à visiter, Erik ?

— On s'appelle, conclut Winter avant de remettre l'appareil dans sa poche de chemise.

Il traversa le couloir et pénétra à pas de loup dans le séjour.

En quelques secondes, il avait compris qu'on venait de s'introduire ici.

4

La lumière tâchait de pénétrer à l'intérieur, entre les persiennes, et par les côtés, mais celui ou celle qui avait précédé Winter dans l'appartement n'avait pas commis d'effraction. La porte n'avait subi aucun dommage, la fenêtre non plus. Comment Winter savait-il qu'on s'était introduit ici ? Il le savait. Des visites de ce type, il en avait des centaines à son actif. On posait le pied dans un appartement inconnu, on s'y infiltrait, dans l'exercice de ses fonctions, en brandissant bien haut sa carte professionnelle si nécessaire. Mais la plupart du temps, les occupants n'étaient plus en vie, gisant au beau milieu de leur appartement, à même le sol, sur un lit, dans un canapé. Ils n'avaient pas besoin de document officiel. Ils en avaient rarement réclamé de leur vivant. La plupart de ceux qui mouraient assassinés étaient de ces gens qui ne réclament rien de la vie et en obtiennent rarement quoi que ce soit. Il était trop tard pour qu'ils puissent le faire, il avait toujours été trop tard pour eux. La mort était une sale histoire qui avait toujours été là, quelque part à l'arrière-plan de leur vie, une saleté qui les avait toujours guettés.

Winter baissa les yeux sur ses chaussons de protection, presque fluorescents, obscènes ici. Il revit en pensée la mer rouge. Il songea ensuite à l'univers de l'hôpital. Aux patients qui pénétraient à pas feutrés dans le cabinet du médecin. Chez sa femme. Elle était médecin. Ils s'étaient mariés il y avait quelques mois de cela, dans l'église suédoise de Fuengirola. Il y repensait. Beaucoup de choses lui venaient à l'esprit tandis qu'il scrutait la pièce pour trouver la preuve que son intuition était juste. En même temps, il entendait le grondement des voitures dans la rue Cannelle, et puis dans la rue du Poivre, et jusque dans la rue du Thym. Tous ces noms d'épices... mais bon sang, on ne mélange pas le thym avec la cannelle ! Un rayon de lumière finit par filtrer à travers les persiennes. Le soleil avait continué sa course dans le ciel. Le rayon traversait la pièce en plein milieu. Winter voyait danser la poussière. Jimmy Foro ne devait pas être un fan de ménage. Ou alors quelqu'un venait de remuer la poussière. Elle retomberait à terre dans quelques instants. Là, sur la moquette... Winter se pencha en avant sans poser genou à terre. Un bouton, un bouton de chemise peut-être. Il releva la tête, le sofa lui arrivait à la hauteur du visage. On aurait dit que les coussins avaient été dérangés : aucune symétrie dans leur disposition. Peut-être Jimmy Foro préférait-il qu'il en soit ainsi, mais le commissaire en doutait. Il se leva, se dirigea vers la fenêtre, l'entrouvrit pour regarder dehors. La rue paraissait blanche dans la lumière du soleil, presque sans couleurs. L'herbe était blanche, peut-être un reflet des façades. Rien ne bougeait dans la rue Cannelle. Comme à l'heure de la sieste. Il se retourna, du côté de la chambre. Pour Jimmy, c'était la sieste éternelle, le grand sommeil. Quoique... la sieste, c'était plus espagnol que nigérian. Mais de toute façon, il s'agissait ici de la mort, une mort violente, subite, tout ce qu'il y avait de plus concret. Comme elle existait là-bas, comme elle existait même ici dans le plus beau, le plus accueillant de tous les pays du monde. Notre bonne vieille Suède.

Le lit n'était pas fait, n'avait peut-être jamais été fait, les draps formaient un grand tas au milieu, comme une tente. Sur la table de chevet, la photo d'un homme au sourire timide, une trentaine d'années : Jimmy. La photo avait dû être prise cinq à sept ans auparavant, depuis son arrivée en Suède en tout cas. Jusque-là, Winter n'avait vu qu'une photo d'identité. C'était la même image, la même physionomie pour autant qu'il puisse en juger. Mais Jimmy n'avait désormais plus le même visage – désagrégé en même temps qu'il perdait la vie.

Winter parcourut la pièce du regard, à la recherche d'autres photos. Prises ailleurs. Des photos d'autres personnes, même s'il doutait pouvoir en trouver. D'après ce qu'il savait pour l'instant, Jimmy vivait seul, d'ailleurs il n'y avait que son visage à lui sur la table de nuit, près de l'oreiller. Existait-il d'autres personnes dans sa vie ? Pourquoi était-il mort ? Peut-être parce que deux ou trois petits cons trop excités étaient entrés dans sa boutique pour tirer sur quelque chose, tuer… ou même pas des excités, même pas des petits cons, si des cons, sûrement intéressés par la caisse, mais après les coups de feu, ils s'étaient sentis mal, le fracas des armes leur avait causé un choc, ou alors le choc était venu après, à la vue du résultat.

À moins qu'il ne s'agît de tout autre chose.

Les meurtriers en avaient après Jimmy parce qu'ils étaient de vieilles connaissances. Ou bien c'étaient Saïd, ou Hiwa, qu'ils recherchaient, ou tous les trois, ou deux d'entre eux. Il y avait des meurtres prémédités, mais il y avait aussi des coups de malchance, pour peu qu'on se trouve au mauvais endroit, etc. Règle numéro un, ne jamais se retrouver au mauvais endroit, ça valait pour tout le monde. Mais plutôt au bon endroit, avec la bonne personne, au bon moment.

La boutique de Jimmy était-elle mal située ? Depuis toujours ?

Jimmy était-il la mauvaise personne ? Depuis toujours ?

Quant à l'aube... ç'avait toujours été le pire moment. Le mal surgissait toujours à l'aube. Quel que soit le continent.

Winter retourna dans le hall. Il entendit du bruit de l'autre côté de la porte d'entrée, des pas et des bribes de voix. Son portable se mit à sonner dans sa poche de chemise. Il le sortit.

— Oui ?

— Bertil.

— Oui ?

— T'es où ?

— Dans l'appartement de Jimmy.

— Trouvé quelque chose ?

— Peut-être. Quelqu'un est déjà passé.

— Après le drame ?

— Je pense.

— Il a fouillé ?

— Je ne sais pas. Et toi, tu es où ?

— Dans ma voiture. En route pour Ranneberg.

Winter entendait dans l'appareil le murmure de la circulation, des ronflements de moteur entrecoupés de coups de klaxon.

— Tu avais quelque chose à me demander, Bertil ?

— Ça ne répond pas chez Rezaï. J'ai appelé deux trois fois. Les gars d'Angered attendent sous le porche de l'immeuble en face, mais ils ne sont pas encore entrés.

— Il était bien marié, Saïd Rezaï ?

— D'après les services de l'immigration, oui.

— Une Iranienne, elle aussi ?

— Exact.

— Des enfants ?

— Il semble que non.

— Et elle ne répond pas alors ?

— On n'a pas encore réussi à la contacter, Erik. Elle n'est pas encore au courant.

— Bon, c'est moi qui lui dirai. Je ne veux pas qu'on sonne à la porte avant mon arrivée.

Winter entendit de nouveau des voix derrière la porte.

— Quelle est l'adresse ?

— Numéro 9... rue Fleur des Cimes, répondit Ringmar, lisant manifestement ses notes. Je ne connais pas bien Ranneberg, mais l'immeuble est censé se trouver en plein centre, avec les guillemets.

Le « centre » de Ranneberg se composait d'une supérette, une pizzeria, une école, un gymnase avec piscine, une crèche, les bureaux du Service du logement social, un parking.

Ringmar poireautait sur le parking, devant sa voiture, tout près du bibliobus et d'une voiture sérigraphiée envoyée par la police d'Angered.

— Ils nous attendent là-bas, annonça-t-il en désignant un bâtiment de trois étages peint en beige et brun avec des encadrements de fenêtres roses.

Un drapeau suédois flottait sur l'un des balcons.

Un policier en uniforme était posté devant la porte d'entrée de l'immeuble. Même chose que tout à l'heure pour Winter. Mêmes questions au collègue, mêmes réponses.

Le gardien de la résidence les rejoignit, un homme dans la cinquantaine avec une ceinture à outils autour du ventre, comme un soldat. Il portait une casquette et son prénom se lisait sur la poche gauche de sa chemise : Hannu. Ringmar lui avait demandé de les accompagner.

— Est-ce qu'Aneta et Fredrik ont eu le temps de se rendre chez Hiwa ? demanda Winter tandis qu'ils gravissaient l'escalier.

— Oui. C'était le chaos.

— C'est-à-dire ?

— Il est… était le fils aîné d'une famille de plusieurs enfants. Pas de père : disparu quelque part au Kurdistan. Un des enfants, pareil. La mère est seule avec les autres.

— Quel âge avait Hiwa ?

— Vingt-quatre ans. C'était le seul qui travaillait dans la famille. Au noir, d'après ce que j'ai compris, ou du moins au gris. Mais bon.

— Quel genre de chaos ?

— Tu ne peux pas te faire une idée tout seul, Erik ?

— Si.

— J'entendais ça en arrière-fond, continua Ringmar.

— Ce devait être encore plus dur pour les collègues sur place.

Ringmar ne répondit pas.

— Tu en es à combien de visites, Bertil ? Pour des messages de ce type ?

— Beaucoup trop. C'est le problème quand on est le plus âgé.

Rien de plus vrai. Le commissaire Bertil Ringmar jouait depuis des années le rôle du messager de la mort. Plus récemment, Winter et lui s'étaient partagé le fardeau. Un foutu fardeau. Chaque fois plus difficile qu'on ne le croyait au départ. Car c'était toujours le chaos. Sous différents visages, intérieur ou extérieur, parfois les deux.

Personne n'ouvrit la porte au deuxième étage. Ils sonnèrent à nouveau, patientèrent. Hannu était à leurs côtés. Ringmar sonna encore et cogna deux ou trois fois pour être sûr qu'il n'y avait personne. Puis il fit un signe de tête au gardien qui avait déjà son trousseau de clés en main.

Au bout du petit couloir, un séjour très clair. À travers la fenêtre, Winter distinguait un arbre, puis les toits des caravanes garées sur le parking. En arrivant dans le quartier, il avait été frappé par leur nombre. Comme si les gens d'ici avaient une autre maison qui les attendait dehors, afin de pouvoir partir avec.

Ils étaient toujours sur le palier.

— À quelle heure commencez-vous votre travail ? demanda-t-il au gardien.

— 7 h 30. En général j'arrive un peu plus tôt, mais entre 8 et 9 heures, j'assure une permanence téléphonique les jours de semaine.

— Et votre bureau se trouve dans ce bâtiment ?

— Oui, au dernier étage.

— Vous avez croisé quelqu'un en arrivant ce matin ?

— Non… pas directement.

— Que voulez-vous dire ?

— J'ai vu démarrer une voiture…

— Quand ?

— Il devait être… environ 7 heures. Un peu plus.

— Où était-elle garée ?

— Juste en bas.

Hannu pointa du doigt vers le parking. Relativement désert. Peut-être les gens étaient-ils déjà en route pour le travail.

— Une ou plusieurs voitures ?

— Il y en avait une. Au moment où j'ai ouvert pour aller dans mon bureau.

— Quelle marque ?

— Euh… ça devait être une Opel. Un ancien modèle, je crois. Pas sûr. Ça ressemblait à une Corsa. Blanche. Un peu rouillée. (Il sourit.) C'est à ça qu'on reconnaît une Opel.

— Ancien ? demanda Ringmar. Vous pourriez préciser ?

— Je ne sais pas. Un modèle d'il y a dix ans peut-être.

— Rien de plus sur cette voiture ? s'enquit Winter.

— L'aile avant droite avait l'air amochée.

— Comment ça ? insista Ringmar.

— Ouais… genre une petite collision. L'aile était un peu enfoncée.

Ringmar hocha la tête.

— Connaissez-vous Saïd et sa femme ? demanda Winter.

— Qu'est-ce… qu'est-ce qui s'est passé au juste ?

— Répondez simplement à ma question.

— Non. Je ne les connais pas.

— Mais vous pourriez les reconnaître ?

— Non. J'suis là que depuis Pâques.

— Shahnaz, ajouta Ringmar. Elle se prénomme Shahnaz.

Winter brandit une copie de la photo qui se trouvait sur le passeport de la victime.

— Et voici Saïd.

Le gardien jeta un œil et secoua la tête.

— Même si je l'avais rencontré, je serais sûrement pas capable de le reconnaître.

5

Winter ferma la porte. Le hall n'en resta pas moins clair. Tout à coup il se sentit ébloui. Il ferma les yeux, ressentit un vertige l'espace d'une seconde. Ça lui était arrivé deux ou trois fois depuis son retour d'Espagne. Il était sûrement bien trop reposé, bien trop détendu. Pas encore prêt pour affronter le monde réel.

— Qu'est-ce qu'il y a, Erik ?

— Rien.

Il rouvrit les yeux.

— Comment te sens-tu ?

— Trop bien probablement. C'est l'abus de vacances.

— Hmm.

— Ça va passer.

Ringmar lança un regard dans le hall. Il plissa les yeux.

— J'aime pas trop ça.

Winter ne répondit pas.

Ils se dirigèrent vers le séjour. La cuisine se trouvait sur la gauche. Pas de porte de séparation.

Winter s'arrêta, entra dans la cuisine, promena son regard autour de lui. Tout semblait impeccable, l'évier était propre, la table vide avec juste quelques fleurs dans un vase, rouges et bleues – lesquelles, il n'en savait rien. À travers la fenêtre il aperçut deux enfants qui faisaient de la balançoire sur la petite aire de jeux.

Il les voyait rire, mais n'entendait rien à cause du double vitrage. Comme dans une séquence de film muet, qui se répétait souvent pour lui : des enfants se balançant dans un square, des enfants dans les bacs à sable. Comme une invite à ne pas désespérer de l'avenir.

— Erik.

Cette tension dans la voix de Ringmar. Ou cette peur. La peur du professionnel. Il la reconnaissait. Elle l'attendait. Tapie depuis un moment. Ringmar se tenait dans l'embrasure de la porte qui menait à la chambre, sur la droite du couloir. La chambre à coucher. Winter lut sur son visage ce qui s'était passé. Ringmar retourna son regard vers la chambre. Winter *vit* à son tour ce qu'il *savait*. Puis Ringmar disparut à l'intérieur de la pièce.

Elle gisait en travers du lit, la tête penchée sur la gauche selon un angle peu naturel. Il n'y avait rien de naturel dans cette scène, au sens humain du terme, mais en même temps, pensa-t-il en se dirigeant vers le corps, en même temps c'est une situation pour nous tout ce qu'il y a de plus naturel, pour moi et pour Bertil. C'est la raison de notre présence. Ce qui nous a conduits ici. Ce qui nous attendait.

Il entendit Ringmar prononcer quelques mots sur son portable.

Le hall était aussi clair qu'avant, non, plus clair encore. Winter eut envie de traverser le séjour, de baisser les stores, mais il n'osait pas toucher à quoi que ce soit. Il n'avait pas le droit de rester dans l'appartement. Ils attendaient les techniciens. Winter avait suivi les conseils de Torsten Öberg :

— Je propose qu'on demande une équipe au commissariat de Borås. Je ne veux prendre aucun risque.

— Non.

— Surtout si les crimes ont un lien. Puisque les victimes en ont un.

— Tu ne voudrais pas contaminer les lieux.

Effectivement, il suffisait d'une empreinte voyageuse pour compromettre une enquête.

Ringmar restait sur le seuil.

Leur rôle s'arrêtait là. Il était temps qu'ils sortent et passent le relais à Pia E :son Fröberg et ses collègues de la brigade technique de Borås.

— Qu'est-ce que c'est que cette histoire, bordel ? s'écria Ringmar.

Ce n'était pas une question et Winter s'abstint de répondre. Il se frotta les paupières. Il transpirait ; la chaleur extérieure paraissait s'être brusquement engouffrée dans l'appartement. Il y faisait frais à leur arrivée, comme s'il avait été équipé de l'air conditionné, mais ce n'était jamais le cas dans les appartements suédois. On n'y songeait même pas.

— Ça ne doit pas faire très longtemps, déclara Ringmar.

— Inutile de spéculer là-dessus, Bertil.

— Je ne spécule pas.

Winter sentit de l'irritation dans la voix de son collègue. C'était nouveau depuis ces dernières semaines, depuis qu'il était rentré de son semestre de congé. Comme s'il était arrivé quelque chose, non pas à lui, mais à Bertil. Ce doit être Bertil. Winter était toujours égal à lui-même, plus détendu, mais le même qu'avant.

— L'ambulance, déclara-t-il.

— Je l'avais demandée. Tu n'as pas entendu ?

Winter resta silencieux. Il n'y avait rien à répondre de toute façon. Il reprit le couloir, franchit la porte, descendit les escaliers et sortit dans la cour. Ce n'était plus la même qu'une demi-heure avant, ce ne serait plus jamais la même. Les gens seraient secoués, ils ne parleraient plus de rien d'autre dans les jours à venir.

Ensuite ils oublieraient. Certains déménageraient, pas à cause de ce qui s'était passé. Pour des raisons normales. D'autres partiraient en vacances avec leur caravane, à leur habitude. Peut-être même bientôt. Le mois de juillet approchait. La belle saison comme on dit. Il avait eu droit à un bel hiver et réservait les semaines à venir au boulot. Ce qui pour lui en faisait un très bel été.

Les enfants s'étaient éloignés de l'aire de jeux, comme s'ils avaient déjà appris ce qui s'était passé dans l'appartement du deuxième étage. Ils avaient laissé les balançoires osciller derrière eux, se faire bercer par le vent – non, pas un brin de vent. Il n'y avait plus que le soleil. Winter leva les yeux : pas un nuage. Beaucoup de ciel devant cet immeuble, comme dans toute cette partie nord de la ville, plus que dans le centre. Il voyait d'ici le bleu du ciel mieux qu'il ne l'aurait fait depuis la rue en bas de chez lui, à Vasaplats. Depuis son appartement, il l'apercevait encore moins.

Ringmar se tenait tout à coup devant son nez.

— Excuse-moi d'avoir été un peu brusque, Erik.

— Tu es tout excusé.

— C'est juste que parfois, ça finit par faire trop.

Winter garda le silence.

— Il doit y avoir un rapport, dit Ringmar.

— Ça change la perspective sur le meurtre à Hjällbo.

— Tu crois qu'il s'agissait de tuer Saïd Rezaï ? Ce serait lui qui les intéressait ?

— Le couple.

— Il doit y avoir un lien, répéta Ringmar. D'abord l'homme, ensuite la femme.

— Ou le contraire.

Ringmar hocha la tête.

— Si on prend l'ordre inverse…, continua Winter.

— Alors ?

— Saïd serait le meurtrier.

— Il aurait égorgé sa propre femme ?

— Le mode opératoire reste à vérifier.

— Ça y ressemblait.

Winter hocha la tête.

— Est-ce qu'elle aurait commis une faute ? demanda Ringmar. Il l'aurait tuée pour avoir fait... ou n'avoir pas fait quelque chose ?

— Restons prudents, ne spéculons pas. Saïd était quand même mal placé pour tuer sa femme, même avant de se retrouver allongé sur le carreau de la boutique.

— Je ne peux pas m'imaginer une chose pareille, soupira Ringmar. J'entends ce que tu dis, mais je laisse ça de côté une minute. C'est d'accord ?

Il voudrait vivre dans un monde meilleur, songea Winter. Il en a encore envie. Malgré ses dix ans de plus, il n'a toujours pas perdu l'espoir. Moi, j'ai commencé à le perdre. Je le regrette. Je voudrais être comme Bertil. Mais je n'arrive pas à laisser de côté quoi que ce soit.

— Revenons à la boutique, proposa Winter.

— Supposons que les meurtriers en avaient après Saïd Rezaï..., marmonna Ringmar.

— Oui ?

— ... les deux autres se trouvaient être là.

— Ça n'avait rien d'un hasard, vu qu'ils travaillaient sur place.

Ringmar opina.

— Et Saïd Rezaï n'était qu'un client, ajouta Winter. Il ne travaillait pas à la boutique ?

— Pas qu'on sache.

— Si bien que les mecs entrent et liquident trois bonshommes pour le prix d'un ?

— Ça s'est déjà vu.

— Pas chez nous, Bertil. Pas à Göteborg.

— On n'est pas vraiment vaccinés contre ça.

— Vaccinés ? C'est quoi cette putain de métaphore ? On ne parle pas de la grippe aviaire.

Arrête Erik, se dit Winter. Cette conversation ne mène nulle part. Il faut revenir en arrière, en revenir à notre bonne vieille méthode.

Ils en avaient une : faire voler les mots, faire jouer les associations d'idées, enchaîner les questions, les réponses éventuellement. Une forme de brainstorming, et à défaut de tempête, un grand frais, un bon brassage d'idées, parfois plus. Et donc, dire « ne spéculons pas », c'était faire fi de leur méthode.

— Ils auraient pu lui tirer dessus n'importe où ailleurs, reprit Winter. Pourquoi précisément dans cette boutique ?

— Ils voulaient faire passer l'opération pour un vol à main armée.

— Sauf qu'ils n'ont rien pris.

— Justement, insista Ringmar.

— Pour autant qu'on le sache.

— Un vol à main armée qui aurait mal tourné. On a déjà vu ça.

— Mais pas dans ces proportions, objecta Winter.

— Ça devait finir par arriver. Et maintenant on est en plein dedans.

— Et la femme alors ? Shahnaz ?

— Elle était prévue au programme, déclara Ringmar.

— Le programme ? Quel programme ?

— J'en sais rien, Erik.

— Est-ce qu'il y a le moindre plan ici ?

— De quoi s'agirait-il sans ça ?

— De haine. Je ne sais pas. De vengeance.

— Au nom de quoi ?

— Du sang. Pour une question de respect. D'honneur. D'humiliation, suggéra Winter.

— Qu'est-ce que tu veux dire ?

— Je ne sais pas.

— Que savons-nous du couple Rezaï ? De leur vie ?

— Rien.

— Nous saurons bientôt à peu près tout sur leur mort, mais rien sur leur vie.

— Il y a beaucoup de choses encore à élucider quant à leur mort, corrigea Winter.

— Voici les techniciens, annonça Ringmar. Ils ont fait vite, c'est pas tout près, Borås.

Les deux commissaires se trouvaient à nouveau devant la supérette. Ils étaient comme cernés par le silence. Un cercle de silence. Les badauds s'étaient retirés. Ce cercle était formé par le cordon de sécurité, bleu et blanc dans la lumière de midi. Toujours pas le moindre souffle de vent.

La circulation était plus dense sur la route, mais pas beaucoup. Winter voyait des visages se tourner vers lui dans les voitures qui passaient par là : Tiens, mais c'est Winter, il a dû arriver quelque chose. Ah ah, ils ont fermé l'accès au magasin. Encore un hold-up. Je l'ai déjà vu à la télé, ce mec-là.

La journée risque d'être longue, songea Winter en se tournant vers le bâtiment. De l'aube au crépuscule. Voire jusqu'à demain matin. Pour essayer de comprendre.

— J'essaie de comprendre ce qui a bien pu se passer, déclara Ringmar.

Winter sursauta presque.

— Tu lis dans mes pensées, Bertil ?

— J'en sais rien, pourquoi ?

— Pour rien. Continue.

— OK, il est 2 heures du matin, presque 3 heures. On approche de l'heure du loup. Certes, c'est l'été, mais rester debout si tard...

— Pas de problème pour des fêtards, objecta Winter.

— Ici ? On n'est pas chez toi, dans les rues de Vasastan, Erik.

— Exact.

— Admettons qu'il soit 2 heures, continua Ringmar. Il fait encore nuit. Dans la boutique, trois hommes. Au moins trois. Peut-être plus, avant le début des tirs. Exécutés. Trois hommes à 2 heures du matin.

— Où tu veux en venir, Bertil ?

— On n'est pas à une heure de grande affluence, juste avant l'aube. Il est probable que Jimmy restait ouvert vingt-quatre heures sur vingt-quatre, mais deux personnes pour tenir la boutique, ça fait beaucoup à une heure pareille.

— Deux vendeurs pour un client, acquiesça Winter.

— On rationalise un peu mieux que ça chez nous.

— Ils n'étaient pas d'ici.

— Mais même.

— Je vois où tu veux en venir, Bertil.

— À l'heure la plus improbable de la nuit, voici que Saïd Rezaï se pointe ici pour faire une course, poursuivit Ringmar. Tu y crois ?

— En tout cas, il n'en aura pas eu le temps, remarqua Winter. Ses poches étaient vides.

— Deux mecs au comptoir, Jimmy et Hiwa. Voici qu'entre Saïd.

— Hmm.

— Et puis… le massacre.

— Continue.

— Le chauffeur de taxi arrive sur place environ une heure après. Il donne l'alarme.

— Les visiteurs ont déjà filé, complète Winter.

— Ils ont filé. En direction de Rannenberg.

— Oui. Ou non. On n'en sait rien encore. Il faut attendre les résultats de l'autopsie, celle de Pia.

— Prêts à prendre le risque, continua Ringmar.

— Quel risque ?

— On aurait pu donner l'alarme quelques secondes à peine après les coups de feu.

— Quelle alarme ? Pour appeler la police ? demanda Winter.

— Oui.

— Mais on ne l'a pas donnée.

— Non. Imaginons donc qu'ils soient allés à l'appartement de Saïd pour tuer sa femme. Ils savaient qu'elle serait là. Ils savaient qui étaient Saïd et Shahnaz.

— Ils les connaissaient, murmura Winter.

— J'ai du mal à voir les choses autrement. À moins que Saïd l'ait tuée.

Winter jeta un œil à l'intérieur de la boutique. Elle était désormais vide. Les techniciens reviendraient : ils repassaient toujours, autant de fois que nécessaire. Dans une enquête préliminaire, il s'agissait de regarder en arrière tout autant que vers l'avant.

Winter se retourna vers Ringmar.

— Ils attendaient.

— Pardon ?

— Ils attendaient, répéta Winter. Jimmy, Hiwa et Saïd. Ils ne traînaient pas là faute de mieux. De dormir, par exemple. Non. Ils attendaient quelqu'un, une ou plusieurs personnes. Ils avaient un rendez-vous.

— Là-dedans ?

Ringmar pointa le menton en direction de la boutique plongée dans une ombre miséricordieuse à cette heure où le soleil frappait en plein. Mon Dieu, mais non, dire qu'on n'était que le matin…

— Peut-on imaginer meilleur endroit pour une rencontre ?

— Non.

— Quelqu'un devait venir. Ils l'attendaient.

— Et quelqu'un est bien venu. Celui qu'ils pensaient ?

— Je me demande.

— Tu peux faire mieux, Erik.

— Oui. Je dis oui.

— Ils se connaissaient tous de longue date, donc ?

— Oui, ou de fraîche date. Je verrais plutôt ça comme ça.

— Donc nos trois victimes attendent et voici qu'entrent leurs connaissances.

— Oui.

— Avec des fusils de chasse qu'ils déchargent sur eux. *Full blast.*

— Comment ça *full blast* ?

— À plein feu quoi, s'impatienta Ringmar. Tu vois ce que je veux dire, bordel !

— Ils étaient armés, mais peut-être pas pour cet usage-là, suggéra Winter.

— Une embrouille, tu crois ?

— C'est possible.

— À quel sujet ?

— Le prix, proposa Winter.

— Le prix de quoi ?

— De la marchandise.

— Laquelle ?

Winter désigna l'intérieur du magasin.

— Sans doute pas du sel ou du sucre, ajouta-t-il.

— Mais quelque chose qui pourrait y ressembler ? compléta Ringmar. De par son aspect extérieur ?

Winter opina.

— Oui, pourquoi pas, acquiesça Ringmar.

— C'est typique des affaires de came, les règlements de comptes violents.

— Et qui englobent toute la famille.

Winter ne répondit pas.

Il s'éloigna brusquement, pour faire le tour du bâtiment.

Ringmar le suivit.

Winter stoppa net, le regard rivé sur le chemin piétonnier. Les immeubles apparaissaient maintenant de l'autre côté du champ dans une nouvelle nuance de gris, qui se rapprochait davantage du jaune et deviendrait jaune vif sous la lumière du couchant.

— Qu'est-ce qui te prend, Erik ?

— Le petit garçon, ça me revenait à l'esprit.

— Un gamin comme un autre.

— Je ne pense pas. (Winter avança de deux trois mètres sur le chemin piétonnier.) Vraiment pas, Bertil.

6

Fredrik Halders et Aneta Djanali passaient devant la station de Hammarkulle. C'était de là que partait la ligne de tramway en direction de Kungsten, non loin de Långedrag et des quartiers résidentiels huppés de la ville. Deux pôles opposés.

— La ligne de tram la plus longue de toute la ville, commenta Halders en s'arrêtant à la hauteur des escaliers roulants.

— Vraiment ?

— Je crois bien. En tout cas symboliquement.

— Qu'est-ce que tu veux dire ?

— Ça représente un long voyage d'une classe sociale à une autre, expliqua-t-il. Il en faut des générations pour passer d'ici à Långedrag. Des centaines d'années.

— Si c'est toi qui le dis.

— Mais oui. Personnellement je ne suis pas arrivé plus loin que Lunden. (Il leva les yeux au ciel pour mesurer la distance à vol d'oiseau jusqu'à Lunden, un peu au sud de Redbergsplats.) D'ici, ça ne fait pas plus de six kilomètres.

— Six générations, commenta Aneta Djanali.

— Quoique... je ne partais pas de ce quartier, observa l'inspecteur.

— Moi non plus.

Elle fit un pas de côté pour céder le passage à un groupe de jeunes Noirs. Deux d'entre eux la saluèrent poliment d'un signe de tête.

— Il n'y a pas vraiment d'autochtones ici, continua-t-elle.

— Tu l'as dit, Aneta. Rien de plus vrai.

— Je n'en suis pas si sûre.

— En tout cas, tu passes inaperçue dans le quartier.

— Trêve de plaisanterie, Fredrik. Ce n'est ni le moment ni l'endroit.

— L'endroit, si. Tu veux un kebab ?

Ils se tenaient devant la Pizzeria & Café Chez Maria. L'établissement venait d'ouvrir. Aneta Djanali aperçut deux blacks assis à une table près de la fenêtre : des Africains, sans doute des Somaliens. Oui, des Somaliens. Elle-même était africaine, pour autant qu'on puisse l'être quand on est née à l'Hôpital Est de la ville, six kilomètres plus loin. À une génération de distance. Oui, elle était africaine et en même temps elle faisait partie de la première génération de Suédois dans la famille Djanali. Ses parents avaient quitté la Haute-Volta pour se réfugier à Göteborg. Tenaillés par le mal du pays, ils avaient fini par retourner dans ce qui s'appelait désormais le Burkina Faso, lorsque la situation politique se fut stabilisée. Aneta, elle, venait de rentrer dans la police. Sa mère était décédée à Ouagadougou peu de temps après son retour en terre natale. La jeune femme avait fait le voyage, pour la première fois de sa vie. Elle avait découvert le pays, la capitale du moins. Elle s'était sentie à la fois chez elle et très loin en même temps. Une expérience très spéciale. Chez elle mais ailleurs. Car elle savait que jamais elle ne pourrait vivre au Burkina Faso. Ce n'était pas le problème de la pauvreté, de la langue, ni une question de travail ou de culture. Si, peut-être bien. Mais il y avait autre chose encore qu'elle ne pouvait exprimer. Elle avait pleuré comme une Madeleine dans le vol Air

France en direction de Paris. En rentrant « à la maison » aussi. Elle se retrouvait tout à coup une étrangère dans les deux pays. Cette impression ne l'avait jamais vraiment quittée. La quitterait-elle jamais ? Peut-être avait-elle toujours vécu avec. Latente, comme les empreintes de chaussures dans le magasin de Jimmy, cette impression avait attendu pour se manifester, mais elle était née avec elle, à l'Hôpital Est.

— Je n'ai aucune envie de manger un kebab à 9 heures du matin, répondit-elle à Halders. Un sandwich, OK.

— On partage, dit Halders. J'ai pas spécialement faim de toute façon.

Ils poussèrent la porte. La femme qui se tenait au comptoir les salua comme des habitués. Les deux hommes à la fenêtre se levèrent et quittèrent les lieux.

Le sandwich végétarien était bien épicé.

— Super, déclara Halders, la bouche pleine. J'aime bien ces petits piments.

— Je sais, répondit Aneta Djanali.

Elle le connaissait bien. Cela faisait quelques années qu'ils se fréquentaient et depuis peu ils vivaient même ensemble, à Lunden. Plus exactement Aneta avait emménagé dans la maison qu'Halders occupait avec ses enfants, Hannes et Magda. Il s'y était lui-même installé, ou plutôt il y était retourné, lorsque son ex-femme, Margareta, avait été tuée par un chauffard en état d'ivresse. Aneta vivait déjà plus ou moins chez eux. Néanmoins, ç'avait représenté un grand pas pour tout le monde.

Certains ne manquaient pas de s'étonner : ils formaient un drôle de couple.

Mais Fredrik avait changé. Il avait fini par se trouver. Il existe quelqu'un qui est moi, avait-il déclaré. La formule sonnait très profond. Mais très vrai. Il pouvait encore se montrer sarcastique, un peu brusque, mais pas aussi souvent et plus de la même manière. Il s'apprêtait à passer commissaire. La relève, avait-il ironisé. Mais le poste était à pourvoir, on avait besoin de lui. Le boss, Sture Birgersson, devait partir à la retraite cet automne-là. Winter reprendrait officiellement ses fonctions, qu'il avait assurées de façon informelle durant les sept dernières années. Et Ringmar commençait à se faire vieux. Halders, lui, se sentait rajeunir depuis près d'un an, six mois peut-être. L'absence de Winter lui avait été profitable. C'était tellement évident que c'en était comique. Peut-être aussi un peu tragique, songeait Aneta. Erik fait de l'ombre à Fredrik, indubitablement. Ce n'est pas la faute d'Erik. C'est comme ça.

Halders s'essuya la bouche. Il tourna le visage vers la fenêtre et cligna des yeux sous l'intensité du soleil. Quelques femmes recouvertes d'un voile noir traversaient la place d'un pas rapide. Ou alors c'était le soleil qui le faisait paraître noir, un soleil déjà haut, qui tapait fort. Tout était blanc ou noir dehors. Halders passa la main sur son crâne rasé. Il fit un signe de tête vers la place.

— Pourvu que la famille Aziz ne nous voie pas en train de bouffer, comme si de rien n'était.

— Je crois qu'ils ont d'autres soucis en tête.

— Ouais, c'est sûr.

— La mère ne savait rien, ajouta Aneta Djanali.

— Non.

Halders but un peu d'eau, puis il posa la serviette sur son assiette.

— On arrive pour lui dire que son fils s'est fait tuer à son boulot, et elle ne sait même pas qu'il travaillait à cet endroit, continua la jeune femme.

— Elle savait qu'il avait un boulot.

— Mais elle ignorait où.

— Quelle importance ? s'enquit Halders.

— Pour elle ? Ou pour l'enquête ?

— Pour elle, commençons par là.

— C'est essentiel. Il y a de quoi être traumatisée après une tuerie pareille. C'est encore pire si elle réalise que son fils lui cachait des choses.

— Les frères et sœurs étaient peut-être au courant, avança l'inspecteur.

— Ils prétendent le contraire.

— D'après moi, ils mentent. La sœur était au courant.

— De quoi ?

— De son lieu de travail, bien sûr.

— Pourquoi mentirait-elle là-dessus ?

— C'est ce qu'il faudra lui demander la prochaine fois.

— Il faudra agir avec délicatesse, Fredrik.

— Je suis toujours délicat.

— Nous avons affaire à des gens qui n'ont pas toujours été bien traités, pour employer un euphémisme.

— Ils sont demandeurs d'asile, acquiesça Halders.

— Ça suffit à rendre leur situation… délicate.

— Elle n'a pas dit que leur demande avait déjà été rejetée quatre fois ?

— C'est ce qu'il me semble. Il faudra vérifier.

Halders hocha la tête.

— C'est quand même terrible, continua Aneta. Tout ce temps qu'ils auront passé à attendre une réponse.

— Les enfants ont quand même été scolarisés.

— Ça ne rend la situation que plus cynique.

— Mais ils n'ont pas été obligés de se cacher.

Halders vit le regard d'Aneta s'enflammer.

— Ne m'en parle pas, Fredrik, surtout pas. Quand je pense que la police a pourchassé des familles qui se cachaient, les a arrêtées et traînées jusqu'à l'aéroport pour les mettre dans l'avion du retour. La police, c'est-à-dire nous.

— On a décidé pour nous.

— Et NOTRE DÉCISION ? On ne fait qu'obéir aux ordres ? Comme les nazis ?

— C'est plus compliqué que ça.

— Compliqué ? Alors que dans les autres districts du pays la police a mieux à faire que de poursuivre des enfants terrorisés, alors qu'ils *s'arrangent* pour avoir d'autres occupations, les chefs du Västra Götaland concentrent leurs forces sur des chasses à l'homme.

— Tu as une drôle de façon d'écrire l'histoire…

— Dis que j'invente ! l'interrompit l'inspectrice. Quand cette loi a été révisée… eh bien, les autres districts ont immédiatement baissé les armes, mais pas nous. Pas Göteborg. Tu sais ce qui s'est passé dans ma tête, Fredrik ? Hein ?

— Oui je le sais, Aneta. Tu me l'as déjà dit. Des centaines de fois.

— J'ai failli donner ma dèm, et je le répète encore une fois.

— Dans des cas comme ça, on a besoin de gens bien des deux côtés, répliqua Halders.

— Bravo, Fredrik, tu as changé et c'est une bonne chose, mais il y a des limites. Tu veux devenir commissaire ou faire de la politique ?

— Une chose à la fois, répondit-il avec un sourire forcé.

La conversation tournait à vide.

— Qu'est-ce qu'ils ressentent, tu crois, dans cette famille terrorisée, quand nous entrons chez eux avec nos gros sabots ?

— J'imagine…, répondit Halders.

— Bien. Sans un minimum d'empathie, on n'arrivera à rien dans cette affaire. Dans ces affaires. De l'empathie et de l'intuition, voilà ce qu'il nous faut.

— On croirait entendre Winter.

— C'est pourtant bien mon avis à moi.

Halders resta silencieux. Il fit un signe à la serveuse et sortit son portefeuille.

— Je crois qu'on va mettre ça sur le compte de la police. Petit déjeuner de travail. Quoique, ce serait plutôt un déjeuner pour nous.

Aneta se pencha au-dessus de la table.

— Comment nous y prendre, Fredrik ?

Halders s'empara de la note et la serveuse retourna derrière le comptoir. Il sortit quelques billets de son portefeuille et releva la tête.

— Qu'est-ce que tu veux dire ?

— Je pense moi aussi que dans cette famille il y a au moins une personne à en savoir plus qu'il ou elle ne le dit. Mais nous devons nous montrer prudents. C'est un autre monde, Fredrik. Très différent du nôtre. De ce que nous connaissons ici.

— Je comprends, Aneta.

— Il nous faut garder ça à l'esprit si nous voulons apprendre quelque chose. En posant les questions. En écoutant les réponses.

— Si nous en obtenons.

— On nous répondra.

La serveuse revenait. Malgré son physique moyen-oriental, elle était peut-être née à l'Hôpital Est. L'inspectrice l'observa tandis qu'elle traversait la salle. La jeune femme rejoignit sa caisse. Derrière elle, un homme coupait des tranches sur la broche tournante. Quand elle prenait un kebab, Aneta Djanali voulait un döner, avec des tranches entières de viande d'agneau les unes sur les autres, mais ce n'était pas courant en Suède. Le seul mot de kebab ne sonnait pas très bien, il avait une connotation de « second choix ». Une importation d'un pays d'où l'on ne désirait pas importer. Des olives à la rigueur, ou des dattes. Depuis les années quarante et cinquante, elles avaient droit de cité, comme les rouleaux de chou farci, spécialité bien suédoise mais qui empruntait aux rouleaux de feuilles de vigne orientaux. Le kebab à la suédoise restait encore à inventer même si on en trouvait dans n'importe quel trou paumé.

Alors qu'il s'apprêtait à se lever, Halders s'immobilisa sur place.

— C'est pas elle ? lança-t-il en pointant le menton vers la fenêtre. La sœur ?

Aneta Djanali se retourna.

Une femme traversait rapidement la place. Une simple silhouette sous le soleil, le temps que les yeux s'adaptent à la lumière et à la distance. Elle ne portait pas le voile, c'est pourquoi Halders avait pu la reconnaître, et il ne s'était pas trompé. C'était bien la sœur d'Hiwa, celle qui était âgée de dix-sept ans. Aneta eut un peu honte d'avoir oublié son prénom, mais elle l'avait inscrit dans son bloc-notes.

— Où est-ce qu'elle peut bien aller ? demanda Halders tout en courant vers la porte.

— On ne peut p..., commença l'inspectrice.

Mais Halders était déjà dehors et s'apprêtait à traverser la place, comme un gros nuage s'avançant de front.

Aneta Djanali n'apercevait plus la jeune fille.

— Nasrin. Elle s'appelle Nasrin, murmura-t-elle après avoir consulté ses notes.

Elle leva les yeux. Halders avait disparu derrière les feuillages et les buissons sur la droite.

Tout à coup, elle sentit le vent lui souffler au visage. Il agitait les arbres. C'était comme un souffle chaud, qui lui rappelait ce qu'elle avait connu à la lisière de la ville dans le pays de ses parents. À la frontière de la ville et du désert, car ils s'interpénétraient l'un l'autre.

Elle traversa la place et s'engagea sur le chemin piétonnier qui débouchait à cet endroit.

Elle aperçut Fredrik cinquante mètres plus loin.

Figé sur place, il lui fit un signe de la main et se retourna de tous les côtés.

— Je l'ai perdue.

— Elle t'a vu ?

— J'crois pas. Elle avait déjà disparu quand je me suis pointé ici.

Ils se trouvaient devant un assez grand parking.

— Elle n'a pas pu monter dans une voiture, je l'aurais vue.

— Il y a un autre parking un peu plus loin, fit remarquer Aneta Djanali.

— Pas mal de chemins piétonniers aussi, répondit Halders en pointant du doigt vers l'ouest. Sans compter les buissons.

— Je ne pense pas qu'elle cherche à se cacher.

— Dans ce cas, je me demande où elle pouvait bien aller, marmonna l'inspecteur.

— N'importe où, répondit Ringmar au cours de la réunion de l'après-midi au commissariat.

— Non, déclara Halders. Elle avait l'air de savoir où elle allait et d'être pressée d'y arriver. (Il se tourna vers Aneta Djanali.) N'est-ce pas ?

— Pour être franche, je n'en sais rien, répondit-elle en regardant Ringmar, Winter et Bergenhem.

— Mais si, tu le sais.

— Ça n'est peut-être pas significatif, glissa Bergenhem.

Halders ne répondit pas. Il ne semblait pas les écouter. Il regardait Aneta comme si elle l'avait trahi.

— Ils n'étaient pas au courant du boulot d'Hiwa ? demanda Winter.

— Travail au noir.

— Pas entièrement, rectifia Ringmar.

— Comment le sait-on ?

— Par la même source qui nous a appris qu'Hiwa travaillait au magasin.

— Alors là, j'étais pas au courant, s'étonna Halders. Qui c'est ?

— Un voisin.

— Un voisin ? D'où ?

— De la boutique.

— C'est un peu vague, dit Halders en souriant.

— Tu comprendras quand tu verras l'endroit, se contenta de répondre Ringmar.

— Et comment vous l'avez trouvé, ce voisin ?

— Il s'est pointé devant la bande-police, précisa Winter.

— Ça me paraît louche.

— Pourquoi ?

— D'abord, comment il savait qui se trouvait à l'intérieur ?

— On a tout de suite commencé à interroger les curieux.

— Et alors ?

— Ce type nous a dit qu'il était allé au magasin durant la soirée et que les deux hommes qui travaillaient là étaient à leur poste, selon son expression.

— Il connaissait leurs noms ?

— Oui.

— OK, mais nous on les connaissait déjà, n'est-ce pas ?

— Oui.

— Il ne savait rien du troisième, Saïr ?

— Saïd, corrigea Bergenhem.

— Quoi ?

— Saïd, répéta l'inspecteur. Avec un d à la fin.

— Parce que ça fait une différence !

— J'espère que tu ne dis pas ça sérieusement, Fredrik, s'offusqua Ringmar.

— Je plaisantais.

— Qui d'autre a envie de plaisanter ? intervint Winter. Avant qu'on n'aborde les choses sérieuses.

7

Je n'avais plus froid. J'avais eu très froid au lever du soleil et il avait fallu deux heures avant que ça se réchauffe un peu.

Je me tenais devant la tente et je regardais le soleil se lever au-dessus de la montagne comme une orange sanguine. Tout devenait soudainement rouge autour de moi, le sable, la tente, la montagne, les pierres.

Les chameaux étaient couchés à une centaine de mètres. Deux chameaux. Et puis il y avait les chiens qui étaient déjà réveillés et qui couraient entre les tentes à la recherche de nourriture. Mais il n'y avait rien à manger, ni pour eux ni pour nous. C'est pour ça que je pense toujours à une orange sanguine devant le soleil levant. Ou alors une grenade, oui. Ça faisait à peine une semaine que j'avais mangé ma dernière grenade, avant notre fuite. J'aime beaucoup ce fruit, avec du jus dans chacun de ses noyaux, comme dans des petits sacs. Ah si seulement on avait pu prendre un kilo de grenades ! Voilà ce que je me disais.

Ah ! s'ils n'avaient pas eu de grenades du tout, si ça pouvait ne pas exister. J'avais compris que c'étaient des grenades. Tout le village avait compris. Quand on a entendu des explosions sur la route du village, on a compris ce que c'était, et puis ensuite on a vu la fumée. Des nuages de fumée. Comme si toutes les brindilles sur toute la plaine s'étaient enflammées en même temps. Des langues de feu montant vers le ciel. On aurait dit un champ de pétrole, en plus noir.

Nous n'avions plus qu'un peu d'eau et de pain ces deux derniers jours. Ma mère avait fabriqué le pain grâce à la farine qu'elle avait pu emporter de chez nous. Je ne sais pas comment elle avait réussi, mais elle l'avait versée dans un petit sac en cuir. C'était comme si elle avait déjà fait le paquet. Comme si elle avait su que ça devait arriver, le feu, les grenades, les tirs. Les couteaux. Que ça devait venir.

Je n'avais plus froid. J'ai marché jusqu'à l'autre bout du camp et c'était comme si j'avais approché le soleil. Il devenait plus chaud.

On avait allumé des petits feux dans le camp. On faisait chauffer l'eau du thé, on en avait un peu du thé, mais on l'a vite fini. On n'avait pas de sucre et c'est presque impossible de le boire sans sucre, je n'avais pas l'habitude en tout cas.

Mon père disait toujours que tant qu'on a du sucre à mettre dans son thé, tout va bien. Il aimait bien ce genre de formule : tant qu'on a du sel dans son pain, tout va bien, tant qu'on a de l'oignon dans son riz, tant qu'on a du poivre pour l'agneau, du beurre avec les œufs, de l'huile sur l'*okran*, tout va bien.

Tout allait bien. Puisque nous avions tout cela.

Nous jouions dans les ruines d'un grand palais. Elles dataient de cinq cents ans, et le palais, de sept cents ans.

Le village existait depuis des milliers d'années, disait-on. Plus tard j'ai appris, par ceux qui nous ont rejoints dans le camp, qu'il n'en restait plus rien.

En me retournant j'ai vu ma mère sortir de la tente et me dire quelque chose que je n'arrivais pas à entendre. Elle agitait la main, elle voulait que je vienne. Elle avait besoin de moi.

8

Les ombres s'allongeaient dehors maintenant, elles s'étiraient à mesure que l'après-midi s'avançait, d'Angered à Saltholm. Mais on avait encore quelques heures avant la tombée de la nuit. Le temps s'allongeait indéfiniment de l'aube au crépuscule durant ces journées de juin qui paraissaient ne jamais prendre fin. Les ombres portées de la tour d'éclairage, au-dessus du stade d'Ullevi, s'étendraient bientôt jusqu'à Korsvägen et remonteraient ensuite vers Eklandgatan. Winter ne voyait pas jusque-là. L'espace d'une seconde, il avait perdu la vision du papier qu'il tenait dans la main, des visages autour de la table. Il cligna des yeux et la vague sensation de vertige qu'il avait ressentie se dissipa.

— Qu'est-ce qui se passe, Erik ? demanda Aneta Djanali.

— Rien.

— Surmenage ? demanda Halders d'un air innocent.

— Pas encore, Fredrik.

Halders regarda les photos exposées sur la table. Elles montraient un corps allongé sur un lit. Celui de Shahnaz Rezaï, domiciliée au 9, rue Fleur des Cimes. Enfin, ç'avait été le sien. Son âme voguait désormais quelque part ailleurs. Ce visage n'est désormais plus le sien, se dit Aneta Djanali. Il nous appartient.

66

— Comment vous appelez ça, vous ? demanda Halders en levant les yeux. De la haine ?

Pas de réponse.

— Ils disent quoi, là-haut, à la brigade technique ?

— Rien pour l'instant, répondit Winter. Ils travaillent encore dessus, comme nous.

— Et Pia ?

— Elle envisage deux ou trois causes de décès possibles, indiqua Ringmar.

— J'imagine, murmura Halders le regard rivé sur les photos. Putain. (Il leva les yeux.) Faut qu'on les coffre, ces salauds, et vite. Ils ont fait leur temps sur cette terre.

Personne ne jugea bon de commenter.

— Si tout ça est en rapport avec la fusillade au magasin… *You bet*, c'est lié, poursuivit l'inspecteur. *No way* pour la coïncidence.

Pas plus de commentaire.

— Impossible, prit-il le soin de traduire.

— Ça pourrait être lui, intervint Bergenhem. Saïd.

— On va voir ce que donne l'analyse psychologique, répliqua sèchement Winter.

— Putain mais on les connaît pas, ces gens-là ! s'écria Halders.

— Pas encore, rectifia Winter.

Halders prit la photo devant lui et la mit à l'envers :

— On fait quoi maintenant ?

— L'opération porte à porte suit son cours, répondit Ringmar.

— Ça donnera rien. Faut attendre l'avis des experts et de mademoiselle la doctoresse. Et d'après moi, ça donnera rien non plus. On finira par savoir le comment, mais pas le pourquoi.

— On le saura aussi, assura Winter.

— Ça nous prendra mille et une nuits.

À première vue, on aurait pu croire qu'il existait mille et une bandes à Göteborg, avec dans tous les cas une solide base de recrutement dans les quartiers nord-est de la ville : des gangs de motards comme les Bandidos, les Hells Angels, les Red Devils ou les Red White Crew ; des bandes issues des camaraderies de prison comme les Original Gangsters ou les Wolfpack ; des bandes de jeunes comme la X-team ou les Tigres ; sans compter les réseaux ethniques plus fermés d'Albanais, de Kurdes, de ressortissants de l'ancienne Yougoslavie et de Somaliens.

Mais quand il était question de criminalité, surtout de criminalité lourde – trafic à grande échelle, drogue, cambriolage, réseaux de passeurs ou prostitution –, alors il n'était plus question d'origine ethnique. C'était l'infraction qui vous intégrait, vous unissait au groupe. C'était aussi l'argent, le gain. Les origines du criminel importaient peu dans ce cas – ce qui comptait, c'était combien il pouvait récupérer, avec l'aide des autres, puisque tout seul on est faible et que l'union fait la force. Le crime, c'était une appartenance communautaire qui ne connaissait ni frontières ni religion. Oui, les bons petits Suédois élevés dans le culte du drapeau bleu et jaune pensaient en termes d'identité nationale bien plus que les trafiquants de drogue albanais, iraniens, somaliens ou suédois... Le crime pouvait représenter une réponse à la question de l'intégration, en supprimant toute ségrégation. Il vous offrait également une intégrité, une sécurité. Une sécurité fragile, mais qui valait mieux que l'autre alternative. Laquelle ? La plupart n'en connaissaient pas.

La police tentait d'interroger les membres de ces gangs des quartiers nord, et au-delà. Tous les points cardinaux étaient plus ou moins concernés. S'il se préparait un règlement de comptes dans le milieu de la drogue, ça remonterait tôt ou tard, probablement avant, mais par des signes quasi imperceptibles. Comme toujours dans cette branche-là.

Winter devait également surveiller les trafics d'armes. Il y en avait de plus en plus dans les rues, dans les gangs. Ce qui était impensable dix ans auparavant devenait monnaie courante aujourd'hui. Des règlements de comptes à coups d'armes à feu sur les places publiques, dans les restaurants, en pleine rue. Et même sur les plages.

Winter était arrêté au feu rouge dans l'avenue. Beaucoup de gens dehors par cette chaude soirée d'été. Le soir tombait. Il essaya de se rappeler quel jour on était, mais il y renonça. Après six mois d'absence, il avait du mal à reprendre le rythme. Lundi, mardi, vendredi, dimanche. Non, on n'était pas dimanche, ça il en était sûr.

La sonnerie de son téléphone mobile retentit. Comme il l'avait posé sur le siège du passager, il put voir s'afficher le numéro à l'écran.

— Oui, Bertil ?

— Pia vient de descendre à la brigade criminelle. Elle dit que c'est arrivé ce matin.

— Rien de plus précis ?

— Juste après minuit, entre 1 heure et 7 heures du mat'.

Le feu passa au vert et Winter embraya.

— La question est de savoir quand Saïd a pu arriver à la boutique, souligna-t-il.

— Pia pense que la fusillade a dû se produire à l'aube, dans le même créneau horaire. Mais ça, on le savait déjà.

Aucun témoin n'avait encore certifié avoir entendu les coups de feu. C'était surprenant, à croire que les meurtriers avaient employé des silencieux. Pourtant c'était impossible au vu des blessures des victimes. Les murs avaient pu étouffer le bruit, mais pas complètement. Il y avait aussi l'isolement relatif de la boutique.

À cette distance, depuis les immeubles d'habitation, on avait pu prendre les tirs pour des bruits de circulation, des pétarades de pots d'échappement, ou d'autres bruits caractéristiques des nuits d'été. Ou alors, on ne s'était même pas donné la peine de les interpréter.

Ils auraient pu faire un test. Tirer encore un peu.

— Nous ignorons s'il y avait quelqu'un d'autre dans la boutique, en dehors des victimes et de leurs meurtriers, remarqua Winter.

— Quelqu'un qui aurait échappé au massacre, tu veux dire ?

— Oui.

— Les pas entendus par le taxi ?

— Non. Je me demandais s'il n'y avait pas quelqu'un d'autre sur place qui aurait réussi à s'enfuir. Ou qui aurait pu quitter les lieux par ses propres moyens.

— Et pourquoi tu penses à ça ?

— Je ne sais pas. Il y a quelque chose qui ne colle pas. Je voudrais faire un tour là-bas demain matin et tout reprendre depuis le début.

— Je... J'aurai un truc à faire. Je te rejoindrai après.

— J'ai dit que j'y allais, Bertil. Tu n'es pas obligé de me suivre.

— J'y tiens.

— OK, à demain, répondit Winter en raccrochant.

Il tourna en direction de Vasaplats et fit le tour du quartier avant de s'engouffrer dans le parking souterrain.

Il acheta ensuite une baguette dans la boulangerie qui occupait le rez-de-chaussée de son propre immeuble. L'artisan faisait plusieurs fournées par jour. Winter avait été surpris de constater qu'il pouvait encore acheter du pain frais en début de soirée. Un argument de poids en faveur de cet appartement.

Dans l'ascenseur, il repensa au petit garçon qui

l'avait fixé du regard devant l'immeuble, à deux cents mètres du petit local isolé où trois personnes avaient trouvé la mort.

Les techniciens de Borås, Bo Lundin et Isak Holmström, avaient déjà collaboré avec eux. Ils étaient également en phase avec leur époque, et connaissaient la dernière méthode de détection d'ADN, LCN, *Low Copy Numbers*, qui permettait de trouver des empreintes là où, auparavant, la chose aurait été impossible, inconcevable.

Il semblait à Bo Lundin que la fenêtre de la cuisine chez le couple Rezaï avait été particulièrement bien essuyée, comparé aux autres pièces. Il voyait à travers la vitre une aire de jeux vide en plein soleil. Il était possible que quelqu'un ait voulu effacer quelque chose sur cette vitre, et le geste en lui-même était intéressant. Mais plus intéressant encore le fait que cette personne ait respiré sur le carreau à cette occasion, car cette petite expiration pouvait laisser des traces d'ADN. Ce qui signifiait qu'en se donnant la peine d'effacer une empreinte, que l'on n'aurait sans doute pas été chercher là, cette personne allait peut-être mettre les experts de la police sur la piste d'une trouvaille.

Le cou de la jeune femme, et sa nuque.

Le meurtrier avait respiré ici.

Bo Lundin n'était pas certain de pouvoir fixer des empreintes. Mais il travaillait plein d'espoir, avec son masque et sa combinaison stérile.

Ils étaient installés sur le balcon et regardaient le ciel encore bleu au-dessus des toits.

Winter but une gorgée de vin blanc, un riesling de Turckheim qui lui roulait tout doucement sur la langue, un peu comme les vagues sur la plage un soir calme. Tout était paisible. La nuit commençait à peine à tomber.

Un cri retentit soudain à l'intérieur de l'appartement.

— Encore un cauchemar, dit Angela.

— J'y vais.

Une fois dans le couloir, il entendit des pleurs.

Lilly était debout dans son petit lit.

Elsa continuait à dormir dans le sien.

— C'est rien, bonne femme.

Il souleva la petite fille et sentit la peur dans tout son corps. De quoi avait-elle rêvé ? Que pouvait-il se cacher dans son subconscient pour provoquer une telle inquiétude, une telle frayeur ? Elle n'avait pas encore deux ans. Ses propres rêves, il les comprenait. Parfois il les trouvait presque bienvenus. Aussi horribles qu'ils pussent être, ils étaient sans commune mesure avec la réalité. Mais ils venaient bien de son quotidien. De journées comme celle-ci. Arrête, bon sang. Oublie tout ça. Contente-toi de bercer la petite. De la balancer dans tes bras. Presque endormie. Voilà, maintenant elle dort. Oui. Je sens battre son petit cœur. Il a retrouvé le calme.

Winter reposa l'enfant dans son lit et tendit soigneusement le drap au-dessus d'elle. Il faisait trop chaud pour une couverture. Le vieil immeuble accumulait la chaleur durant la journée et celle-ci restait plaquée la nuit. Le courant d'air qui se formait entre les fenêtres ouvertes n'aidait pas beaucoup quand il n'y avait de toute façon pas un souffle d'air, pas la moindre brise. Depuis des semaines. Comme si quelque chose retenait son souffle. L'idée lui était venue à l'esprit ce jour-là en voyant les feuillages et les buissons immobiles autour de la boutique. Les feuillages autour de la scène du crime. Ça ferait un bon titre. Au moins dans son catalogue de meurtres. La liste venait de s'allonger et pourrait encore s'allonger bientôt. Elle était déjà bien fournie : quatre meurtres en quelques heures. Il sentait qu'il pouvait en arriver d'autres. Au fil des années, il avait appris à écouter son intuition. Néanmoins, cette fois-ci, il aurait préféré ne pas l'entendre.

— Elle s'est rendormie, annonça-t-il en regagnant son fauteuil en rotin et son verre de vin. C'est peut-être le changement de pays, de culture.

— Et de temps, sourit Angela. Il fait plus chaud ici que dans le sud de l'Espagne.

— En ce moment, oui.

— Tu irais me chercher un peu d'eau, mon chéri ? lui demanda-t-elle en lui tendant son verre vide.

Il se leva de nouveau et se rendit à la cuisine où il laissa couler l'eau aussi longtemps que possible. Il ajouta quelques glaçons dans la carafe.

— Merci ! lui lança-t-elle.

Il se rassit. Il restait encore un peu de vin dans la bouteille. Il le finirait, mais ensuite, rien de plus pour la soirée. Pas de whisky ce soir. Personne ne sait ce qui peut se passer demain, ou même cette nuit, a fortiori la nuit d'après.

— Tu veux qu'on en parle ? finit par lui demander la jeune femme.

— Je crois que j'en ai besoin.

— Tu décideras quand t'arrêter.

— C'est ce gamin, commença-t-il.

— Tu crois que c'est le même ?

— Oui.

— Pourquoi ?

— C'est sa façon de me regarder.

— Pourquoi ne t'a-t-il pas abordé dans ce cas ?

— On l'observait peut-être.

— Mon Dieu.

— C'est l'impression que j'ai eue.

— Qu'il se sentait surveillé ?

— Oui. Ou qu'il croyait l'être.

— Pourquoi ?

— Parce qu'il a vu quelque chose. Le meurtre.

— Qu'est-ce qu'il faisait là ? Dans un endroit pareil ?

Étonnant, Angela raisonne comme Bertil. Quand il sera à la retraite, j'aurai toujours Angela.

— Il avait dû sortir faire du vélo. Il était sorti… je ne sais pas.

— À l'aube ? Tout seul en pleine nuit ? Quel âge avait-il ? Dix, douze ans ?

— Quelque chose comme ça, répondit Winter. Pas plus.

— Et on le laisse faire du vélo tout seul dehors ?

Winter haussa les épaules.

— Il n'était peut-être pas tout seul, poursuivit Angela.

— C'est ce que je me suis demandé.

— Il accompagnait l'un de ces… types ?

— Ce n'est pas impossible, reconnut Winter.

— Comment vas-tu le retrouver ?

— Nous passons en revue tous les habitants du voisinage, appartement par appartement. Nous parlons avec les îlotiers, les gardiens d'immeubles, les écoles, les associations sportives. Et nos collègues des quartiers nord consultent leurs indics des deux camps, ceux qui sont dans la légalité et ceux qui vivent autrement… Enfin, surtout ceux qui sont du mauvais côté.

— Ça m'a l'air d'être un boulot énorme, tout ça.

Il hocha la tête.

— Combien de temps ça peut vous prendre ?

— Beaucoup trop de temps.

Winter vida le fond de la bouteille dans son verre et dans celui d'Angela. Il leva le sien et but. Un peu tiède maintenant. Il reposa son verre pour y verser de l'eau glacée.

— Si ça se trouve, c'est quelqu'un d'autre, déclara-t-il.

— Si tant est qu'il y ait eu quelqu'un.

— Le taxi était formel.

— Il est fiable ?

Winter eut à nouveau un léger haussement d'épaules. Il n'aimait pas ce geste, mais tant pis.

— Je crois que je n'ai plus envie de parler de ça maintenant, conclut-il.

— Très bien.

— J'ai envie de parler de choses sympathiques.

— La mer, proposa-t-elle. Parlons de la mer.

— Laquelle ?

— Pourquoi pas celle qui nous attend non loin d'ici ? fit-elle avec un geste en direction de l'ouest.

— Qu'est-ce qu'il y a à en dire ? insista-t-il, tout en connaissant la réponse.

C'était un vieux sujet de conversation qui leur paraissait néanmoins toujours neuf.

— Quelque part à l'arrière de mon esprit, il y a un terrain tout proche de la mer, glissa-t-elle. Et je crois que je vois s'y ajouter une maison.

— Quelle maison ? De quel terrain tu parles ?

— Étrange, n'est-ce pas ?

— Oui, vraiment très étrange.

— Ce terrain doit valoir beaucoup d'argent maintenant, Erik.

— Il a toujours valu de l'argent

— Pourquoi ne pas le vendre ?

— Tu le veux vraiment ?

— Franchement, je n'en sais rien. Tu crois peut-être que je fais de la provocation, mais sérieusement, j'ai l'impression qu'on n'en fera jamais rien. Qu'on ne quittera jamais cet appartement.

— Et ce serait si terrible que ça ? Ne jamais quitter cet appart ?

— Non, bien sûr, mais tu vois ce que je veux dire. Nous avons deux petits boutons de fleur à la maison et l'air qu'elles respirent ici n'est pas très bon, tu le sais. On en a parlé des centaines de fois. Tu dis toujours qu'il est trop tard pour toi, mais ce n'est pas le cas pour Elsa et Lilly.

— J'ai dit qu'il était trop tard pour moi ?

— Tu m'as souvent dit que tu étais immunisé. Tu en as dit des choses tordues, mais pour l'instant, c'est tout ce qui me vient à l'esprit.

— Ça ne te dérange pas si j'allume un cigare ?

— Ne cherche pas à changer de conversation.

— Rien à voir. J'ai besoin d'un petit cigare. La nervosité.

— Voyez-vous ça ! Tu cherches à éviter le sujet, encore une fois.

— Angela, tu crois vraiment que tu te plairais là-bas ? C'est très beau mais… c'est un peu loin, non ? Est-ce qu'on ne se retrouverait pas isolés ?

— Isolés ? De quoi ?

— De tout ça. (Il étendit le bras.) La ville.

— Je ne sais pas, répondit-elle. Parfois j'ai l'impression que ça n'est pas si grand, comme ville.

— Comparé à Marbella, c'est grand Göteborg.

— Je ne pensais pas à Marbella.

— À Madrid alors ? Barcelone ? Paris ? Londres ? Milan ? Singapour ? Bombay ? Sydney ? New York ?

— Oui.

Winter éclata d'un rire bref.

Il alluma un Corps.

— C'est beau à voir, des volutes de fumée qui s'envolent dans la clarté du soir.

— Moi, je vais me coucher, répondit-elle en se levant.

Le téléphone portable de Winter se mit à sonner sur la table. Angela leva les yeux au ciel et lui fit un petit salut de la main tandis qu'il saisissait l'appareil.

— Bonsoir, Winter.

Il reconnut la voix à l'autre bout du fil.

— Bonsoir, Sivertsson. Merci de m'appeler.

C'était Holger Sivertsson, chef du commissariat d'Angered.

— Tu m'as dit que je pouvais t'appeler jusque très tard. Ou très tôt. Mais ne me remercie pas. La nouvelle, c'est qu'il n'y en a pas.

— C'est-à-dire ?

— Nos sources ne savent rien. En tout cas pas pour le moment.

— Et ça ne t'étonne pas ?

— Il en faut beaucoup pour m'étonner encore, Winter, après vingt-cinq ans là-haut.

— Ça fait si longtemps ?

— Ne va pas dire du mal de ma zone.

— Je n'ai rien dit, Holger.

— On ne mérite pas la réputation qu'on nous fait.

Winter ne répondit pas.

— Il y a près de quatre-vingt mille habitants dans les quartiers nord, poursuivit Sivertsson. Et encore, sans compter Bergsjö. C'est Kortedala qui s'en occupe. Mais il nous arrive de sortir de nos frontières bien sûr. Nous les franchissons toutes. Par exemple, il nous arrive de suivre nos chers bambins dans le centre-ville. Je peux te dire que les gars sont étonnés quand ils font les cons à la sortie d'une boîte de Mölndals Bro et que les flics d'Angered se pointent pour leur faire la haie d'honneur !

— J'imagine !

— Pas d'anonymat, Winter, aucune échappatoire. L'anonymat, c'est la meilleure protection des criminels.

— Et pour le moment, ils y ont droit, nos criminels.

— On va trouver quelque chose, Winter. On sait gérer les tontons ici. S'il y avait un gros truc derrière tout ça, on le saurait à l'heure qu'il est. On l'aurait su avant. Avant même les personnes concernées !

Gérer les sources supposait que l'enquêteur construise une relation avec son informateur. Ce pouvait être le membre actif d'un gang, quelqu'un qui vivait en périphérie des milieux criminels, voire en dehors. L'important, c'était la qualité de la relation. Et l'anonymat. L'indic mettait sa vie en péril. Dévoiler ce qui se passe dans le monde du crime était tabou, Winter le savait bien. C'était donc une nécessité vitale que l'identité des indics soit connue du moins de gens possible. Sivertsson ignorait tout de ceux qui travaillaient avec ses vingt et un policiers en service opérationnel extérieur. Il ne connaissait même pas leur nombre. Il ne voulait pas savoir et risquer une erreur, même si c'était peu probable. Un simple bout de papier oublié sur un coin de table pouvait conduire à la catastrophe. Seul le binôme du policier savait quelque chose : On a rendez-vous ici ou là, si je ne reviens pas, alors…

Winter savait aussi qu'il devenait plus difficile aujourd'hui d'obtenir des informations de la part des témoins. Ils étaient moins bavards. Les gens avaient peur. Or la police avait besoin d'informations sur le Milieu, de membres du Milieu. Pourquoi devenait-on un indic ? Pourquoi signer son arrêt de mort ? Par goût du risque. Pour donner à sa vie une autre dimension. Rester dans le monde du crime tout en étant un peu plus que ça. Une manière d'*être* quelque chose. Et de recevoir un sérieux coup de pouce en retour.

— Je ne sais pas si tu réalises le réseau qu'on s'est fait par ici, déclara Sivertsson.

— Mais si.

— Je crois pas. On s'en fout, la nouvelle du moment, c'est qu'on n'en a pas. Mais ça viendra.

— Comment peux-tu être sûr que cette affaire n'est pas mêlée à un gros truc ?

— Dans ce cas ils auraient complètement chamboulé leurs routines.

— Qui ça « ils » ?

— Les gangs. Ou les criminels en free lance. Je te

répète qu'il est impossible de mener une grosse opération, dans la came par exemple, sans qu'on n'apprenne rien. Pareil pour les petites opérations. Impossible.

— Et pourtant elles se font, remarqua Winter.

— C'est pas extraordinaire ? ! Ça m'a toujours étonné qu'il existe encore de la criminalité alors que la police est infiltrée partout.

— Intéressant, Holger. Tu crois qu'on a affaire à des amateurs ?

— Qu'est-ce que tu veux dire ?

— Quelques pauvres types qui se seraient lancés dans le business sans en mesurer les risques ? Qui seraient tombés par hasard sur un lot d'héroïne, ou bien qui l'auraient volée, et qui se seraient fait rectifier.

— Le truc est énorme, Winter. Tu t'en rends peut-être pas compte depuis ton centre-ville, mais je peux te dire que ça cause de Jimmy Foro par ici, de ce qui s'est passé dans la boutique. C'est pas rien, même à notre échelle.

— Compris.

— En tout cas, on aurait dû savoir, Winter. Une de nos sources aurait dû être informée, au moins après coup, entendre quelque chose. C'est impossible de n'avoir aucune fuite sur un truc pareil.

— C'est donc l'impossible qui vient de se produire ?

— Ce que je dis, c'est qu'il ne s'agissait pas d'un règlement de comptes ou d'un machin du genre. C'était pas une affaire de came.

— Il y a peut-être un lien avec un autre type d'activité alors ? Prostitution ? Réseau de passeurs ? Vol de matières premières ? Trafic de produits alimentaires ?

— De produits alimentaires ?

— Sérieusement, Holger.

— Tu ne te moques pas de moi ?

— Non.

— J'aime mieux ça, parce que c'est du sérieux, le trafic de produits alimentaires. On a eu de gros problèmes de ce côté-là. Mais quelle que soit la branche concernée, dans cette histoire, on aurait dû savoir quelque chose, un petit quelque chose au moins.

— Alors de quoi s'agit-il ?

— C'est à toi de trouver la réponse, Winter.

— Désolé, je réfléchissais à haute voix.

9

La lumière de l'aube répandait son halo de douceur.
C'était comme de voir le monde à travers un filet à
mailles très fines, un filet qui suivrait chacun de ses
mouvements à lui, tandis que dans cette tiédeur, rien
d'autre ne bougeait. Cette nuit, la température n'était
pas descendue au-dessous de vingt degrés. Il avait senti
la sueur courir le long du dos d'Angela tandis qu'ils
faisaient l'amour, à l'heure où l'obscurité s'emparait
du ciel. Il n'avait pas cherché à surprendre d'autres
bruits. Pas plus que maintenant. Il n'était pas en quête
de cela.

Entre le parking et la porte de la boutique, vingt
mètres de distance à peu près. Ils trouveraient peut-être
la trace d'une ou de plusieurs voitures, mais rien n'était
moins sûr. Il y avait eu beaucoup de passage, même si
ce n'était plus le cas maintenant. La bande-police gisait
par terre mais elle remplissait apparemment sa fonction. Winter refit plusieurs fois le trajet entre le parking
et le bâtiment. Il avait fait filmer la zone. Les techniciens avaient également pris des photos. Ce chemin,
les meurtriers avaient dû le faire au pas de course. Ou
bien furtivement. Ou encore en marchant, comme lui.
Tout était calme, comme maintenant. Pas de trafic sur
la route. Pas qu'il sache. Peut-être un témoin se mani-
festerait-il, ils avaient déjà fait une annonce dans la
presse. Quelqu'un qui passait par là et n'aurait rien vu,

mais qui passait par là quand même. Quelqu'un dont la voiture aurait précédé ou bien suivi celle des meurtriers lorsqu'ils avaient quitté les lieux. Si toutefois ils avaient utilisé une voiture. Peut-être avaient-ils pris la fuite en courant. Peut-être qu'ils se cachent dans ces bâtiments là-bas, songea-t-il en levant les yeux de ce côté. Comment fermer tout un quartier ? Toute une ville ?

L'herbe était humide dans le petit matin. Torsten Öberg avait trouvé des traces de chaussures correspondant à des pieds d'enfant. Petit garçon ou petite fille. Ou n'importe qui faisant une petite pointure. Un détail lui revint soudain à l'esprit : la caisse avait enregistré la dernière vente à 0 h 42. Bergenhem avait obtenu l'information par l'intermédiaire du fabricant. Les meurtriers avaient-ils acheté quelque chose avant de lever leurs fusils de chasse ? Des fusils chargés de différents types de munitions… Conséquence : impossible de compter le nombre d'armes utilisées. Ce dernier point était-il important pour les meurtriers ?

Était-il important de savoir comment les choses s'étaient passées ? Qui avait été tué le premier ? C'était Jimmy qui gisait le plus près de la porte. Ensuite venait Saïd. Hiwa semblait s'être avancé depuis le comptoir. Hiwa Aziz. Un jeune Kurde qui avait fini sa vie par une nuit d'été suédoise. Ce n'était pas ça qui l'avait fait venir dans ce pays. Se dirigeait-il vers les meurtriers au moment où on lui avait tiré dessus ? Pourquoi ne s'était-il pas précipité de l'autre côté ? Il ne serait peut-être pas allé bien loin, mais il y avait tout de même une réserve, avec une fenêtre. Cette dernière était fermée lorsque Winter avait inspecté les lieux la première fois. Il dirigea de nouveau son regard vers la boutique, un petit palais de verre, pour une imagination fantasque. Winter en avait de l'imagination, parfois trop, parfois un peu dérangée, mais elle l'avait aidé dans son travail. En tout cas jusque-là. Il n'en était plus si sûr.

Il n'était plus sûr de rien, mais c'était normal, ça allait de soi.

Hiwa Aziz. Un personnage-clé. Pourquoi cette pensée ? La clé de quoi ?

Il avait une chance. Ou du moins pensait-il en avoir une. Pourquoi ? Parce qu'il connaissait les meurtriers. Était-il au courant de ce qui allait arriver ?

Ils étaient entrés munis de chaussons de protection. Hiwa, Jimmy et Saïd avaient dû s'en apercevoir.

Ils les avaient revêtus à l'extérieur.

Des empreintes de différentes tailles à l'intérieur, entre 40 et 42 de pointure environ. Il pouvait y en avoir davantage. La mer de sang n'avait pas délivré d'information nette et précise. Winter leva les yeux vers le ciel tendre du matin. La température avait déjà eu le temps de monter. On allait encore battre un record de chaleur. Évitez Göteborg en été, c'est intenable.

Il continua de faire les cent pas. Combien de meurtriers allons-nous trouver ? Essayer de trouver. Non, trouver. Pourchasser. *Hunt down*. Il se mit à penser à son ami Steve Macdonald, commissaire dans les quartiers sud de Londres, où l'on comptait des centaines de meurtres par an. À moins que ce ne soit par trimestre. Croydon : l'une des plus grandes villes d'Angleterre, même si l'arrondissement se confondait avec Londres. Göteborg finirait par se confondre avec Croydon. Winter avait prévu d'emmener sa famille en visite dans la capitale britannique au début du mois d'octobre. Le meilleur moment. Un appart-hôtel dans Chelsea. Sans doute une pinte de bière avec Steve dans un pub qui donnait sur Selhurst Park, le terrain de jeu du Cristal Palace, une équipe tellement intéressante que les supporters se limitaient aux mères des joueurs. Ils étaient allés boire au Prince George la première fois qu'ils s'étaient rencontrés, sur High Street, à Thornton Health. Winter s'était rendu à Londres pour prêter main forte à ses collègues dans une enquête concernant le meurtre d'un jeune Suédois près de Clapham Common. Mais pour l'instant, il était bien sur le sol scandinave. Le ciel se découvrait progressivement, perdant à mesure sa pâle innocence. Le soleil était sur le point de reparaître. Winter se tenait maintenant devant la porte. Il voyait la mer rouge. Impossible à nettoyer. Les lignes, les traces en resteraient à jamais inscrites dans le sol. Il se demandait s'il pourrait jamais s'ouvrir ici un nouveau commerce. Mais on finissait toujours par oublier, plus ou moins vite selon les gens. Pas assez vite dans son cas à lui. Ils étaient entrés par là. Un visage ici, un autre là. Les victimes se tenaient-elles à l'endroit où elles avaient été retrouvées ? Il n'y avait pas beaucoup de pas de distance, mais pour lui, ce pouvait être déterminant. Pour eux, bien sûr, ça n'avait rien changé.

Winter fut pris d'étourdissement. Pendant un dixième de seconde, il crut qu'il allait tomber dans les pommes. Nom de Dieu ! Le soleil commençait à pointer. Un rayon lui frappa le visage. Il ressentit une douleur à l'œil. Ça lui était déjà arrivé deux ou trois fois depuis le début de l'été. On n'est pas censé avoir ce genre de problème après six mois de *farniente* dans le sud de l'Espagne. Surtout quand on n'a jamais connu la migraine. Mais la sensation de vertige se dissipa, il n'y pensa plus.

Fredrik Halders se tenait debout au milieu de la pelouse. Dans le petit jour, comme la veille. Ça devenait une habitude. Il rentra au bout de dix minutes. Aneta se retourna dans le lit quand il vint se recoucher auprès d'elle.

— Qu'est-ce qu'il y a, Fredrik ?

— Plus sommeil.

— Essaie encore, marmonna-t-elle en lui tournant le dos.

Il ferma les yeux sans lui répondre. Il régnait une

douce pénombre dans la chambre, derrière les stores à enrouleur. Il voyait des points rouges et noirs lui passer devant les yeux. Certains ressemblaient à des têtards. Ils formaient un curieux motif. Il vit encore bouger… une tête qui s'éloignait, comme enroulée dans quelque chose. Il comprit qu'il était en train de dormir, et ce que le rêve signifiait. Il se réveilla. Aneta dormait, il reconnaissait la respiration paisible qu'elle avait lorsqu'elle était profondément assoupie. Elle paraissait avoir la capacité de s'endormir à volonté, quand elle l'avait décidé. Peut-être à cause de ses origines africaines, se dit-il. Faut que je lui demande s'ils sont tous comme ça là-bas. Il se leva et consulta sa montre. 5 heures pile : il avait à peine dormi une heure depuis sa promenade matinale. Tant pis, ce serait suffisant pour cette nuit-là. Il se leva, enfila son short et se dirigea vers la cuisine pour faire chauffer de l'eau, tout en regrettant ce réveil précoce.

Une fois installé dans sa voiture, entre deux bâillements, il prit un CD au hasard dans le tas qui s'était formé sur le siège du passager et l'inséra dans l'appareil. Kevin Welch. Une ballade sur le thème de la petite pluie d'été – ce n'était guère d'actualité. Halders baissa la vitre. *Une douce bruine finira par tomber. Un jour, quelque part.* Les effluves de la ville ne se faisaient presque pas sentir tandis qu'il roulait vers les quartiers nord.

Un rayon de soleil se réfléchissait, comme un faisceau laser, sur une fenêtre du troisième étage, sur la gauche du bâtiment. La vitre, par contraste, paraissait noire dans ce jaillissement soudain de la lumière. Puis le rayon disparut, comme si le soleil s'était éclipsé. Winter se tenait sur le chemin piétonnier, à mi-distance de la cité. Il observait l'herbe rase. Puis l'asphalte : impossible d'y trouver des indices invisibles à l'œil nu. Il poursuivit en direction de la zone habitée. Soudain, un mouvement. Là ! Quelque chose qui scintille derrière les buissons à gauche ! Encore un reflet de soleil ? Non. Pas si bas. Les rayons du soleil poursuivraient bientôt leur route vers l'est en passant au-dessus des toits. Là, encore une fois ! Un peu plus loin à gauche. Comme un flash ! Quelqu'un qui passait à vélo derrière les buissons. Winter traversa le champ au pas de course, plus vite qu'il n'aurait dû étant donné son genou et ses mollets. Il apercevait maintenant le garçonnet. Le vélo changeait de direction pour s'éloigner des buissons. Winter essaya d'accélérer, il avait déjà traversé la moitié du champ. Les buissons avaient maintenant disparu. Il vit le garçon se retourner et prendre ensuite de la vitesse : c'était lui. Winter ne ralentit pas. Il leva la main dans un salut qui se voulait gentil. Il espérait ainsi faire stopper le gamin, mais ce dernier s'y refusait, il ne se retourna même plus et disparut au coin d'un bâtiment. Winter courait maintenant sur la chaussée. Ses mollets se raidissaient, mais ne le lançaient pas encore. Par contre il devait bien constater qu'il perdait son souffle. Tout à coup, une douleur lui traversa la poitrine. Elle s'étendit à l'œil. Il faut que je tienne jusqu'à l'angle du bâtiment. J'y suis presque.

En passant devant la boutique – il ne comptait s'y arrêter qu'un peu plus tard – Halders avait aperçu la voiture de Winter sur le parking. Une Mercedes, mais le patron devrait changer de modèle. Ou alors il attend dix ans de plus, et elle entrera dans la catégorie *vintage* que tout le monde s'arrache. Dans dix ans, nous serons tous *vintage*. On nous réclamera, bien plus qu'aujourd'hui.

Halders se gara sur la place adjacente, sortit de voiture et se dirigea vers la boutique. C'était sa première visite sur la scène du crime, il n'en avait pas eu le temps la veille. La porte était grande ouverte. Pas un collègue pour monter la garde, pas de vigile non plus. Ça n'était pas normal. Il jeta un œil à l'intérieur et vit la marée rouge qui s'étendait à partir du seuil en direction des présentoirs, du comptoir, de la table. Il y avait des étagères pleines de bouffe, des sachets, des boîtes en alu, des bocaux en verre. Tout ça portait des étiquettes de couleurs vives. Il aperçut un congélateur, et puis un présentoir réfrigéré avec des chapelets de saucisses turques. Un rayon légumes aussi, rouge, mauve et vert. Halders reconnut des aubergines mais il n'en cuisinait pas souvent, vu le temps que ça prenait de les saler, ensuite de les presser pour en retirer l'eau avant de les passer à la poêle. Il aperçut des pains pita, des bocaux de cornichons et de piments, des grosses jattes remplies de confiseries dégoulinant de miel à vous flanquer le diabète pour le restant de vos jours. On se croirait dans un supermarché plutôt que dans une boutique de proximité, mais bien sûr la bouffe, ça compte. Je me demande comment ça fonctionnait. Mais est-ce qu'il y a un seul magasin d'alimentation qui ne fasse pas dans la vente illicite par ici ? Un de nos bons vieux Ica n'a pas pu soutenir la concurrence, il a dû fermer sur l'une des places des quartiers nord. Des fournisseurs trop chers...

Halders tournait la tête de droite à gauche. Partout se lisaient les traces du massacre. Quel spectacle, bordel ! Comment peut-on éprouver autant de haine ?

C'est comme s'ils avaient voulu gommer leur face, avait-il pensé en voyant les photos à la brigade criminelle.

— On dirait qu'ils en avaient après leur identité, avait-il fait remarquer à Winter. Mais ça ne peut pas être une question d'identification.

Le commissaire avait gardé le silence.

— Non ?

— Pas au sens où nous l'entendons en tout cas.

— Qu'est-ce que tu veux dire, Erik ?

— Je ne sais pas vraiment encore, avait répondu

Winter. Il y a là quelque chose qui m'échappe. Pour l'instant.

Halders restait planté sur le seuil de la boutique.

Tout à coup, il entendit un cri au dehors. Comme un cri au secours. Comme en écho.

Winter entendit sa propre voix résonner entre les immeubles. Crier n'avait servi à rien : l'enfant n'avait pas réapparu. Il avait dû continuer sa course de l'autre côté du bâtiment, à moins qu'il n'ait abandonné son vélo sous un porche avant de disparaître dans la nature. Ce gamin pouvait n'avoir aucune importance. Il n'avait pas forcément vu quelque chose, il ne savait peut-être rien. Est-ce que c'est lui ou moi qui poursuit l'autre ? Des mouettes traversèrent le ciel au-dessus de sa tête en hurlant. Winter eut un sursaut, qui l'arracha à ses pensées. Il se mit à longer le bâtiment, tourna à l'angle et buta contre Halders.

— Mon Dieu, qu'est-ce que tu fous là ? !

— Je te renvoie la question, répondit l'inspecteur en se massant le front.

Winter continuait à scruter les parages.

— Tu as vu quelqu'un par ici ? finit-il par lui demander.

— Non.

— Un gamin, de dix ou onze ans à peu près.

— Non, rien vu.

— Il était là, continua le commissaire en balayant du bras tout l'espace alentour jusqu'au chemin piétonnier et à la boutique silencieuse. C'est le gamin que j'ai vu le matin du massacre.

— Il était déjà dehors ? s'étonna Halders en jetant un œil à sa montre. À cette heure-ci ?

— Et toi, qu'est-ce que tu fais là ?

Halders tourna la tête en direction du nord. Ils se tenaient devant la boutique. Winter alluma un Corps, tira une bouffée, l'exhala. La fumée s'envola comme un nuage de pollution dans le ciel clair, avant de se dissiper au-dessus du champ. Winter tira une nouvelle bouffée qui lui laissa un goût excessivement âcre dans la bouche. Peut-être temps d'arrêter. C'était le dernier. La matinée était trop belle. La vie trop précieuse. Il avait charge d'âmes, *und so weiter*. Angela utilisait parfois cette expression et Elsa avait commencé à l'imiter, ce serait bientôt le tour de Lilly. *Et ainsi de suite.* Comme le paysan dans son champ scintillant de rosée, lui continuerait comme avant…

— Shahnaz Rezaï a reçu de la visite, déclara-t-il.

— De qui ?

Winter ne répondit pas.

— Qui pouvait bien lui rendre visite à une heure pareille ?

— Quelqu'un qui se trouvait également ici.

Le commissaire désigna la boutique dont les murs rayonnaient comme un prisme de verre.

— Qui lui a rendu visite ? répéta Halders.

— Une personne de sa connaissance.

Halders hocha la tête.

— Elle pouvait voir par l'œilleton qui c'était, expliqua Winter. Elle n'aurait pas laissé entrer un étranger, surtout en pleine nuit.

— Elle n'a peut-être pas eu à laisser entrer qui que ce soit si le meurtrier était déjà à l'intérieur.

— Saïd ?

— Saïd.

— Ou un intime, corrigea Winter.

— On ne sait pas encore qui ils fréquentaient, les Rezaï. Et je doute qu'on parvienne à dresser la liste complète.

— Ce ne sera peut-être pas nécessaire.

— On y va ?

Il y avait un panneau à l'entrée de la grand place de Ranneberg, le centre économique du quartier. Winter apercevait une pizzeria qui ouvrait sur la place par une large baie vitrée. Il se gara en face du complexe sportif. En sortant du parking, il déchiffra le panneau : « Nous aimons la banlieue. » Peut-être était-ce le Service du logement social qui l'avait fait poser. Ils percevaient les loyers. À moins qu'il ne s'agisse de la commune, ou d'une autre institution publique… Tout le monde aime la banlieue, pourvu qu'elle reste la banlieue, songea-t-il. Pourvu que les banlieusards n'en bougent pas. On appréciait moins leurs sorties dans le centre-ville. À Vasaplats. Du coup les bourgeois déménageaient… vers le sud, les banlieues sud. Encore plus au sud. C'était plus propre, plus beau, plus blanc. Pourtant à Ranneberg aussi, c'était beau et blanc. Le Service du logement social avait décidé qu'il n'y aurait pas plus de trois familles immigrées par bâtiment. Dommage qu'on n'y ait pas pensé avant, c'était ça la clé de l'intégration.

— Putain tous les drapeaux ! s'écria Halders, le regard levé sur les balcons. C'est jour de fête nationale ?

— Non, c'est passé, répondit Winter. Voire dépassé.

— J'avais pas réalisé.

— C'était pourtant un jour férié.

— Pas remarqué non plus, constata Halders en se dirigeant vers la rue Fleur des Cimes.

L'appartement sans vie était à peine éclairé par la lumière du petit jour. Winter et Halders se déplaçaient prudemment à l'intérieur. Ils éprouvaient le même sentiment de honte qu'à chaque fois. Ils arrivaient après la mort. D'abord était la vie, puis venait la mort et enfin Winter et Halders. Mais il n'y avait maintenant plus personne à qui demander des excuses. Aucun survivant. Personne à consoler. Personne à qui poser de questions.

— Et les voisins n'ont rien entendu, signala Winter.

— Bonne isolation. On fait du solide en Suède.

— On a bien dû entendre quelque chose.

— Pourquoi nous le dirait-on ?

Winter opina. Pourquoi ? Qu'est-ce que les témoins y gagneraient ? Une bourrade sur l'épaule ? Les remerciements ou les félicitations de la police du Västra Götaland ?

Ou alors un fusil de chasse braqué sur le visage ? Non. Ce genre de message s'adressait à d'autres individus.

— Faut qu'on les secoue un peu, déclara Halders.

— Qu'est-ce que tu voulais vérifier dans cet appart ? Et pourquoi maintenant ? Ça ne pouvait pas attendre une heure ou deux ?

— J'ai pas bien compris la position du corps sur les photos. Et les experts nous ont pas laissés entrer, normal.

— Elle gisait en travers du lit.

Halders ne répondit pas. Il se tenait maintenant au-dessus du lit. Son ombre se projetait sur les draps. Tout était dans le même état que lorsque Winter était entré dans la pièce pour la première fois. Ce n'était plus vraiment un lit.

— Pourquoi ici ? s'interrogea l'inspecteur. Et pourquoi de cette façon ?

— Continue.

Halders s'éloigna sans dire un mot, revint sur ses pas, s'assit sur les talons et finit par se relever. Winter entendit un cri de mouette dehors. Mouette ou goéland. L'oiseau émit soudain une sorte de rire qui transperça les vitres. Qui sonnait faux, dénué de toute joie.

— Soit elle les a laissés entrer, soit ils se sont introduits de force.

— La porte est intacte, intervint Winter.

— Ils avaient la clé.

— Saïd oui, il habitait ici.

— C'est pas lui, assura Halders. On l'aurait vu. Pia aussi. Ou bien les gars de Torsten.

— On n'a pas encore reçu les résultats, objecta Winter.

— Ils se sont retrouvés ici, chuchota Halders comme pour lui-même. Il fallait que ça se produise sur ce lit. Dans une position qui n'a rien de… naturel, si on peut dire, dans un cas pareil. (Il leva les yeux vers Winter.) En position de massacre.

Winter hocha la tête. Il avait eu la même pensée. Ce meurtre avait fait l'objet d'un rituel. Pour qui ? Un vrai rituel ? Saurait-il le déchiffrer ? Existait-il un manuel à cet usage ?

— Ça aurait pu se faire par terre, dans la cuisine, ou dans le séjour, poursuivit Halders, mais non, ça s'est fait ici.

— Il a dû se passer quelque chose avant le meurtre.

— Ils ont dit quelque chose. (Halders fit un grand geste de la main.) Dans une sorte de cérémonial. Ils avaient quelque chose à faire avant. Ou à dire.

— Ça s'est fait après ?

— Après quoi ? Tu veux parler de la pétarade à Hjällbo ?

— Oui.

— Je pense. Juste après. Ou alors en même temps. J'en sais rien, Erik.

— Si ça s'est produit au même moment, avec d'autres personnes, il n'y a peut-être aucun rapport.

— C'est sûr qu'il y a un rapport.

Winter perçut de nouveau le rire de la mouette au dehors. Ceux qui avaient vécu ici avaient également dû l'entendre. Peut-être les avait-il réveillés au petit matin quand le sommeil nous paraît la chose la plus importante dans la vie. Il entendait un bruit de moteur qui chauffait trop fort. Il était pourtant bien tôt encore.

Il essayait de se représenter Saïd Rezaï, mais le personnage restait pour lui une vague silhouette, fantomatique, et pour ainsi dire sans tête. L'homme avait perdu son visage dans la mort. Un visage perdu. L'était-il déjà avant ? Pour lui et pour les deux autres, Jimmy et Hiwa. N'était-ce qu'une confirmation de cela ? Shahnaz Rezaï, elle, avait pu garder le sien. Mais elle avait perdu autre chose. Sa mort compliquait davantage encore la situation. Était-ce voulu ?

— La présence de Saïd a peut-être tout bouleversé, suggéra Winter.

Halders leva la tête. Il s'était assis sur ce lit qui n'en était plus un et semblait enfoncé dans ses pensées. Il avait fermé les yeux.

— Il n'était pas prévu au programme, continua Winter. Mais à partir du moment où il était là, il n'avait plus aucune chance.

— Tu veux dire qu'il a juste manqué de bol ?

— Oui. Ils l'ont reconnu comme lui les a reconnus.

— Les meurtriers n'étaient pas masqués alors ?

— Je n'en suis pas sûr, Fredrik, mais je dirais que non. Jimmy n'avait pas de caméra de surveillance, ils devaient bien le savoir.

— La question, c'est pourquoi il n'en avait pas, remarqua Halders.

— Pourquoi il n'en avait *plus*, rectifia Winter. Il en a eu, mais elle a été démontée.

— Par qui ?

— C'est le problème. Par Jimmy en personne.

— Et les visiteurs étaient donc au courant.

— Exactement.

— Ils étaient venus avant.

— Peut-être plusieurs fois.

— Ils venaient pour rompre leurs relations avec lui.

— Oui.

— Pas pour le dévaliser.

— Non.

— Et voilà qu'ils tombent sur Saïd.

— Grosse surprise, commenta Winter.

— Ils pouvaient le voir par la porte, non ? Ou par les fenêtres, avec ces putains de baies vitrées.

— Il était peut-être dans la réserve. Il se serait approché au bruit des cris, ou du moins des éclats de voix. Ou alors il se tenait dans un recoin, ce qui le rendait invisible du dehors.

— On a du boulot qui nous attend en bas, intervint Halders. Faut refaire le chemin d'ici à la boutique pour savoir qui était où.

Winter hocha la tête.

Halders parcourut la chambre du regard.

— Après la mort de Saïd, sa femme n'y coupait pas. Et c'est venu vite.

Winter opina de nouveau.

— Ils pouvaient pas prendre le risque de la laisser en vie, continua Halders. En apprenant la nouvelle, elle aurait su qui était le coupable.

— Si tant est que les choses soient aussi simples que ça.

Il descendit de vélo, puis il remonta dessus. Il n'y avait pas de bruit quand il circulait dans la cité. Il avait chaud. Il se disait qu'entre les immeubles il faisait plus chaud que nulle part ailleurs, comme si la chaleur cherchait à s'y cacher.

Et lui, se cachait-il ? De qui se cacherait-il ? Il n'avait rien dit à la maison, donc ils ne savaient pas.

Il y avait quelqu'un qui le cherchait. Il avait couru après lui quand il faisait du vélo. Il savait qui c'était. Mais il n'avait pas envie de parler avec lui. C'était sa façon à lui de se cacher.

10

Winter roulait vitre baissée. Il croyait sentir le parfum de la mer. Un parfum salé. Il dépassa le centre d'Angered. Les parkings s'étendaient à l'infini. Comme les bâtiments dans cette zone, ils avaient été construits en prévision de l'avenir. Et l'avenir était maintenant là.

Il poursuivit en direction du sud, derrière la voiture d'Halders. Winter voyait pointer son coude brun et poilu. Son collègue était en jean et T-shirt. Winter, lui, avait passé une chemise en lin et un pantalon en coton ce matin-là. Il était encore à moitié endormi et les résidus d'un rêve qu'il avait maintenant oublié l'avaient accompagné dans ses mouvements. Un rêve de plage, de mer, comme souvent depuis son retour d'Andalousie. De longues lignes droites qui s'étageaient au loin, comme des horizons parallèles à l'infini.

Elsa avait appelé depuis son lit tandis qu'il s'habillait, il était allé voir dans la chambre des filles, mais elle n'était pas réveillée.

Il avait bu une tasse de café dans la cuisine silencieuse. Il avait repensé à la mer. Aux émigrants. Ils prenaient la mer. La mer bleue. Rouge. La mer rouge. La mer Méditerranée. Winter avait vu des gens se faire harponner à l'ouest d'Estepona. Il savait qu'ils étaient des milliers à tenter de joindre Ceuta, mais ne connaissait pas l'endroit n'ayant pas très envie de visiter le

Maroc, encore moins la petite enclave espagnole sur la terre d'Afrique. Un reliquat d'impérialisme. C'étaient là les avant-postes de l'Europe. Il savait que des gens mouraient, pris par la houle, avant même d'avoir touché terre. Ils n'avaient pas eu le droit ni le temps de mourir en Europe. Il avait fait quelques promenades solitaires en direction de La Linea. La côte n'était pas très belle à voir.

Halders leva le bras vers la gauche avant de tourner. Comme dans le temps. Winter se souvenait d'une sortie en voiture quand il avait trois ou quatre ans. Au lieu des clignotants, des flèches, comme des petits drapeaux rétractables. Ce devait être la voiture d'oncle Gösta, un modèle bas de gamme en tout cas. Son père, lui, roulait en Mercedes. Et Winter en avait acheté une dès qu'il avait pu. Ça avait mis du temps. Il n'en avait rien dit à son père, étant donné qu'à cette époque-là ils ne se parlaient plus. La réconciliation avait fini par avoir lieu, mais trop tard. Et Bengt Winter était décédé à l'hôpital Costa del Sol à Marbella, quelques minutes avant que son fils ne pénètre dans la chambre.

Winter suivit son collègue sur la route d'Hammarkulle, un peu plus au sud. Ils se garèrent sur la place principale et, après avoir fermé sa voiture, Halders le rejoignit.

— Ils habitent entre la station de tram et la place. Rue du Plateau. (Il désigna la place.) Ça fait petite ville de campagne.

— Soit c'est la ville, soit c'est la campagne, objecta Winter en s'extirpant de sa Mercedes.

— Bon, ben disons la cambrousse, répondit Halders en jetant un regard alentour. C'est comme ça que je vois l'arrière-pays en tout cas.

— De quel pays tu parles ?

— Le nôtre, notre mère patrie, bien sûr. Ou notre père patrie, si tu préfères.

— Tu ne viens pas de Västerås, Fredrik ?

— Pourquoi tu me poses cette question ? répliqua l'inspecteur sur un ton méfiant.

— Juste comme ça.

— C'est jamais innocent, soupira Halders en se dirigeant vers la place.

— Attends, l'arrêta Winter. On nous fait signe.

— Où ça ?

— Là-bas, près des rochers.

Halders finit par l'apercevoir. Un type en veston, malgré la chaleur, et qui devait avoir à peu près leur âge. Il leva de nouveau la main. On aurait dit qu'il souriait, mais ce n'était pas sûr, avec ce foutu soleil qui commençait à monter dans le ciel et vous éclatait en pleine figure ou se réfléchissait contre les murs et les vitres.

— L'interprète ne devait pas arriver avant une demi-heure, s'étonna l'inspecteur. À 9 heures. Mais ça doit être lui.

Ils allèrent à sa rencontre. L'homme grimaçait – il avait le soleil dans les yeux.

— Mozaffar Kerim, se présenta-t-il en tendant la main vers Winter, puis vers Halders. Je suis un peu en avance.

— Nous aussi, répondit Halders.

— Vous vivez à Hammarkulle ? demanda Winter.

Kerim tressaillit. La question était abrupte, comme dans une audition. Ce n'est pas une audition, songea Winter. J'ai besoin de son aide.

— Non… à Gårdsten.

— Vous connaissez la famille Aziz ?

— Seulement à la mode kurde.

— Et ça veut dire quoi ? s'étonna Halders.

— Comme des frères et sœurs.

— Ce que j'aurais voulu savoir, c'est si vous les avez déjà rencontrés. Personnellement.

— Juste une fois, répondit Kerim. Dans une fête.

— Vous organisez de grandes réunions ? demanda Winter pour essayer de détendre l'atmosphère.

— Parfois.

— Et vous aviez déjà rencontré Hiwa Aziz ? reprit Halders.

— Je crois bien. Mais pas souvent... comment dites-vous ? Fugitivement ?

Winter vit son regard fléchir, peut-être sous l'effet du soleil, peut-être parce qu'il était temps d'y aller, mais peut-être aussi pour autre chose.

— D'où vient leur patronyme ? Aziz.

— Probablement de leur père, répondit Kerim d'un air surpris. Si le père avait été là, les enfants auraient porté le nom de leur grand-père paternel.

— C'est comme ça que ça fonctionne ?

Kerim hocha la tête.

— En fait, nous avons trois noms.

— Et ce père, où est-il ? demanda Winter.

— La famille est venue sans lui.

— Que s'est-il passé ?

— Je ne sais pas. Il est mort. Assassiné. Au Kurdistan. Le Kurdistan irakien, je crois. À moins que ce ne soit du côté turc.

— Vous savez de quel endroit ils venaient ?

— Non.

La sœur aînée leur ouvrit la porte. Halders ne lui demanda pas où elle se rendait la dernière fois, quand il l'avait vue traverser la place. Ça n'aurait pas été un bon début pour une audition. Ou plutôt une conversation, comme Winter proposa d'appeler la chose.

Ils la saluèrent.

— Nasrin, fit-elle.

Elle tourna immédiatement les talons et leur indiqua une chambre qui donnait sur le couloir. Les murs étaient peints en blanc, ou du moins paraissaient tels dans le contre-jour. Le soleil pénétrait en plein car les fenêtres ne comportaient ni stores ni rideaux. Le couloir conduisait ensuite à une pièce plus importante. Une femme d'un certain âge se leva en même temps qu'une petite fille à ses côtés. Toutes deux paraissaient apeurées. La femme ressemblait à ses filles, mais elle était plus forte et plus petite que Nasrin. Les mêmes yeux, pas de doute. Quant à ceux du fils aîné, Winter avait pu les voir sur une photo prise de son vivant. Mort, Hiwa n'en avait plus. Cette inquiétude, se dit Winter, il fallait s'y attendre. Mais c'est déjà mieux ici qu'au commissariat. Malgré les aménagements qu'on y avait faits, la salle d'audition n'était guère sécurisante. Winter ne pensait pas à l'enquête pour le moment. Ça viendrait après. Sa seule préoccupation, c'étaient maintenant les gens qu'il avait en face de lui. Sur la table reposait un plateau chargé de verres à thé ainsi qu'une assiette de confiseries, baklava, halva, d'autres gâteaux en forme de nids d'oiseaux ainsi que des fruits et des graines de tournesol. La mère avait tout confectionné pour ses hôtes. Ils étaient les bienvenus. Il devrait goûter le thé et le mille-feuille au miel – et n'aurait pas besoin de se faire prier.

Ediba Aziz avait repris sa place. Elle avait prononcé son nom à mi-voix et l'interprète le leur avait répété. Mozaffar Kerim restait debout, près de la petite sœur prénommée Sirwa. Plus tard, un autre jour, Nasrin leur apprendrait que Sirwa signifiait « vent léger », Hiwa « espoir », et, Azad, le prénom du petit frère, « paix »... et que ces prénoms kurdes étaient interdits sous le régime de Saddam Hussein.

— Et le tien, que signifie-t-il, Nasrin ? lui avait demandé Winter.

— C'est une fleur que vous ne devez pas connaître. Et Erik, au fait ?

— Je n'en sais rien, avait-il répondu.

— Ce ne serait pas un nom de roi en Suède ?

— Si.

— Alors ça doit avoir un rapport avec la royauté, avait-elle conclu.

Il avait fait une recherche sur Internet. Erik signifiait « souverain » mais également « solitaire ». Hiwa, l'espoir, songea-t-il alors, Sirwa le vent léger, léger comme un pas.

Nasrin s'était installée dans un fauteuil profond tout près de la fenêtre et regardait au dehors comme si rien de ce qui se passait dans la pièce ne la concernait. Telle fut en tout cas l'impression de Winter : Je ne suis pas là, faites sans moi.

Il savait que la famille était arrivée en provenance du nord de l'Irak cinq ans auparavant. En provenance du Kurdistan, ce pays qui n'en était pas un et que se partageaient l'Iran à l'est, l'Irak au sud, la Turquie au nord et la Syrie à l'ouest… Il leur appartenait sans leur appartenir. Les Kurdes s'étaient répandus au-delà de leur territoire d'origine, puis à travers le monde entier, ils avaient franchi les frontières non reconnues comme telles de leur pays : une forme de diaspora qui rappelait si besoin en était que vivre sans frontières ne signifie pas toujours vivre libre.

Et c'était ici qu'ils s'étaient arrêtés. La famille Aziz ignorait encore si elle aurait le droit de rester. Elle était en attente d'une décision de la part des autorités suédoises. Ces dernières prétendaient que la situation dans le nord de l'Irak était suffisamment calme depuis un certain temps pour qu'il n'y ait aucune raison de fuir cette zone. De ne pas y retourner. Les autorités suédoises étaient certainement les plus compétentes en la matière.

Le fils aîné aura obtenu son permis de séjour permanent, pensa Winter.

Nasrin continuait à fixer la fenêtre malgré la luminosité intense. On aurait dit qu'une lampe halogène était braquée sur l'appartement. Comment fait-elle, sans lunettes de soleil ? se demanda-t-il. Sirwa le regardait droit dans les yeux, avec un visage ouvert. Elle n'était encore qu'une enfant. Quant à Ediba, elle ne voyait personne. Elle gardait les yeux fermés, comme en prière. Peut-être priait-elle pour son fils qui avait obtenu de reposer en terre suédoise. Cette terre si sacrée en Suède. Et toujours prête à recueillir des victimes en offrande. Mozaffar Kerim, lui, regardait le commissaire. Il attendait qu'on lui donne quelque chose à traduire. Ou à interpréter. C'est surtout ça, considérait Winter en se préparant à parler. Pas une traduction littérale mais une réinterprétation. Et si Mozaffar ne s'en acquittait pas correctement ? Lui ou bien les autres membres de la famille. Il peut avoir ses raisons. Il pourrait mentir sur certains points. Heureusement, Fredrik parle couramment le kurde.

— Madame Aziz…, commença Winter.

Elle ne parut pas réagir. Elle avait toujours les paupières fermées.

Sur un mot de Kerim, elle leva les yeux vers lui.

— Nous avons quelques questions à vous poser. Ce ne sera pas très long.

Il ne savait pas comment l'atteindre, tant elle lui paraissait enfoncée dans son chagrin. C'était parfois comme une grotte, très sombre et très profonde. Elle était déjà rentrée à l'intérieur, quelques années auparavant. Et voilà qu'elle s'y retrouvait de nouveau. Winter entendit Kerim répéter ses paroles, du moins supposait-il que c'étaient les siennes. Mais désormais il parlait directement à Ediba Aziz. C'était elle qu'il regardait, et non pas l'interprète. Il fallait qu'elle lui rende son regard. Il posa la première question concernant le défunt. Winter pensait que la famille serait au complet. C'était ce qui avait été prévu.

— Où se trouve votre fils cadet ? Où est Azad ?

Elle leva les yeux et regarda autour d'elle, rapidement, comme pour constater qu'Azad était bien absent. Elle n'en paraissait pas surprise.

— Il est sorti, répondit-elle en jetant un œil à la fenêtre.

De l'autre côté de la vitre, Winter voyait se détacher le lourd feuillage d'un érable, pareil à un mur de verdure. Peut-être Azad se cachait-il derrière. Kerim avait suivi le regard de la femme, comme si cela entrait dans ses attributions de suivre les regards et les mouvements. C'est bien, pensa Winter. Les mots ne disent pas tout. Il en avait fait l'expérience au cours de ces milliers d'auditions, plus ou moins longues, qu'il avait pu mener dans sa carrière. Il s'agissait surtout de les interpréter. Les mots pouvaient dire une chose et son contraire. Il lui était arrivé d'interroger des suspects pendant des heures, des jours ou des semaines sans parvenir à se débarrasser de l'impression qu'on lui parlait dans une langue étrangère. Et pour la traduire, il ne pouvait compter que sur lui-même.

— Le gamin était censé être là, lui glissa Halders à l'oreille. Ils devaient être tous réunis.

— Où est Azad ? répéta Winter.

— Vous pourriez le laisser tranquille.

La remarque venait de Nasrin. Elle s'était retournée vers le commissaire lorsque sa mère avait commencé à regarder par la fenêtre. Comme s'il n'y avait pas de place pour deux regards. À travers les vitres, la rue du Plateau et de l'autre côté, une cour d'école, avec des enfants qui poussaient le ballon ou causaient entre eux par petits groupes. Il n'y avait pas classe aujourd'hui mais ils pouvaient quand même accéder aux terrains de sport.

Nasrin n'avait pas besoin des services de l'interprète. Elle parlait suédois sans aucun accent.

— Que voulez-vous dire, Nasrin ?

Winter ne désirait pas parler avec elle, pas encore,

mais il y était obligé, car il ne voulait pas avoir l'air de l'ignorer, pas maintenant.

— Rien du tout. Je dis juste qu'on n'a pas besoin d'Azad. Il n'a pas envie d'être là. (Elle indiqua la fenêtre d'un signe de tête.) Tout ce qu'il veut, c'est rester dehors à faire du vélo.

— Du vélo ?

— Oui, du vélo. Il adore ça. Il doit circuler dans le quartier.

Impossible, réfléchit Winter. Ça ne peut pas être lui. On est trop loin de Bergsgårdsgård, de Hjällbo. Quoique. En pédalant vite. Il n'avait jamais vu de photo d'Azad. Il demanderait qu'on lui en montre une avant de partir. Kerim lui lança un regard : On continue ? Le commissaire se tourna de nouveau vers la mère. Elle fixait toujours un point quelque part dehors.

— Il faut que je vous pose quelques questions concernant Hiwa, madame Aziz.

Elle ne répondit pas. Il n'était pas sûr qu'elle ait entendu. Il répéta la question et Kerim lui fit écho. Pas de meilleure façon pour apprendre une langue étrangère. Il vit Nasrin ouvrir la bouche avant de renoncer à parler. Qu'avait-elle à dire ? Laissez-le tranquille ? Mais ils ne pouvaient pas le laisser tranquille. En paix. Les morts n'avaient plus la paix une fois que Winter était entré dans leur mort. Dans leur vie. C'était comme si, d'une certaine façon, il leur redonnait vie.

— Depuis combien de temps Hiwa travaillait-il chez Jimmy Foro ?

Elle gardait toujours le silence. Winter répéta la question.

— Je ne sais pas… qui c'est, répondit-elle sans quitter la fenêtre du regard.

Winter aussi regardait dehors maintenant, comme l'interprète, et comme eux tous. C'est une audition de… profil, se dit-il en lui-même. À la mode égyptienne. Pas de tableaux au mur ici, mais des étoffes d'une texture épaisse sans être grossière. Les couleurs étaient passées, comme sous l'action conjuguée du soleil et du sable. À l'autre bout de la pièce, une carte dessinant les frontières d'un pays qu'il ne reconnaissait pas.

— Jimmy Foro, reprit-il. Celui qui possédait la boutique où travaillait votre fils, Hiwa.

Elle opina mais paraissait n'avoir jamais entendu le nom du Nigérian.

— Hiwa vous avait-il dit où il travaillait ?

Ediba Aziz secoua de nouveau la tête.

Winter regarda du côté de Nasrin mais la jeune fille ne bougea pas d'un iota. Elle avait décidé qu'elle ne dirait rien de plus, Winter le voyait, le sentait. Il faudrait compter sans elle, sans son aide. Elle avait un profil acéré, qui se découpait comme une ombre contre la fenêtre lumineuse. Il y avait six ans d'écart entre eux, entre Hiwa et Nasrin. Non, sept ans. Le chagrin doit la mettre hors d'elle. Littéralement hors d'elle. Drôle d'expression. Mais effectivement, Nasrin était là sans y être. Elle est dehors, là où son regard la mène, en dehors d'elle-même. Elle se fond dans la verdure, le soleil, elle reste avec les enfants peut-être.

— Je voudrais que vous me répondiez, madame Aziz. Avec des mots. Que vous me disiez quelque chose.

— Je ne savais pas qu'il travaillait dans ce magasin.

— Vous y êtes déjà allée ?

Elle releva les yeux, avec une expression d'intense surprise.

— Pourquoi est-ce que j'y serais allée ?

— Pour faire des courses, par exemple.

— C'est… trop loin.

— Vous savez où se trouve la boutique ? demanda Winter.

Elle paraissait maintenant confuse et regardait en direction de sa fille aînée, toujours de profil.

— Nasrin…

Nasrin se tourna vers elle.

— Oui ?

La mère désigna Winter d'un signe de tête.

— Qu'y a-t-il ? lui demanda la jeune fille.

— La boutique…, dit la mère.

— Oui, la boutique ?

— Où est-ce qu'elle se trouve ?

— À Hjällbo.

Ediba Aziz se tourna vers le commissaire :

— Hjällbo.

— Vous n'en connaissiez pas l'existence avant que votre fils… avant ce qui s'est passé ?

— Non.

— Il ne vous en avait jamais parlé ?

— Non.

— Il ne vous avait jamais parlé de son travail ?

— Non.

— Pourquoi ?

Elle ne répondit pas. Winter répéta sa question. Kerim la répéta, avant même que Winter ait eu le temps de finir sa phrase. Ils faisaient équipe désormais.

— Je… ne lui ai pas demandé.

— Mais vous saviez qu'il travaillait ?

— Un peu, répondit-elle après une pause.

— Vous saviez qu'il travaillait un peu ?

— Oui.

— Il ramenait de l'argent à la maison ?

— Oui.

— Beaucoup d'argent ?

— Non. Un peu.

— Comment ça, un peu ?

— Pas beaucoup.

Ce n'est pas une réponse, songea Winter. Elle ne sait pratiquement rien de ce boulot. Elle préférait sans doute ne pas poser de questions. Peut-être pensait-elle qu'il s'agissait d'un autre genre d'activité dont elle ne voulait rien savoir.

Tout à coup elle se leva, lentement, en adressant quelques mots à l'interprète.

— Elle a besoin d'aller…

— Pas de problème, l'interrompit Winter.

La femme traversa lentement le séjour comme si elle avait du mal à marcher. Winter ne voyait pas ses jambes, ni aucune partie de son corps, entièrement dissimulé à l'exception du visage.

La plus jeune des sœurs suivit sa mère du regard. Sa présence à elle n'était pas indispensable, se dit Winter. C'était une erreur.

— Tu peux sortir, Sirwa, si tu veux. Tu peux faire ce que tu veux. (Il essayait de sourire.) Tu n'es pas obligée de rester ici.

— Vous n'auriez pas pu le dire depuis le début ? lança Nasrin.

— Si.

Elle parut tout à coup étonnée, comme si c'était la dernière chose qu'elle attendait d'un policier.

— Nous avons sans doute eu tort, continua Winter

— La police, avoir tort ?

— Ça peut arriver.

Halders confirma d'un signe de tête.

— C'est la première fois que j'entends ça. (Elle ne souriait pas mais il y avait dans son regard… de l'ironie peut-être… ou seulement de la résignation. Une certaine déception.) Vous ne reconnaissez jamais vos torts.

— Vous ne m'avez jamais demandé de le faire. Ni à Halders derrière moi.

Maintenant elle souriait, un vrai sourire, qui s'évanouit immédiatement.

— Nous n'avons pas confiance dans la police.

— Il y a plusieurs sortes de policiers, rétorqua Winter.

— Ah bon ?

— Écoutez, Nasrin, nous faisons partie de la brigade d'investigation, la police criminelle. Régionale. Nous sommes ici pour enquêter sur le meurtre de votre frère. C'est la seule raison de notre présence. Nous allons tout faire pour arrêter les assassins de votre frère.

Elle hocha la tête.

— C'est pourquoi nous devons poser ces questions. Certaines paraissent idiotes. Elles le sont peut-être. D'autres peuvent… paraître douloureuses. Je n'en sais rien. Nous avons beaucoup de questions à vous poser, surtout maintenant, dans l'enquête préliminaire. Juste après les événements. Vous comprenez ? Nous avons besoin de votre aide à vous, à votre mère, à votre famille. De toute votre aide.

— Personne ne nous a jamais aidés, déclara Nasrin.

Winter ne répondit pas. Il regarda Halders qui hochait la tête.

— Vous dites toute notre aide, reprit Nasrin. Mais nous, qu'est-ce qu'on y gagnera ?

Winter eut l'impression qu'elle allait en dire plus, mais elle préféra se taire et laissa de nouveau son regard dériver vers la fenêtre.

— Je peux y aller ? (C'était Sirwa.) Je peux sortir ?

— Bien sûr, lui dit Winter.

— Et voilà que maintenant vous venez nous demander de l'aide, poursuivit Nasrin sans regarder le commissaire.

Sirwa quitta la pièce. Sans doute sa sœur la verrait-elle bientôt jouer dans la cour en bas.

Winter se leva et se dirigea vers la fenêtre, mais il fit en sorte de ne pas cacher la vue à Nasrin. Un enfant se balançait sur l'une des deux balançoires. Comme toujours. Tous ces enfants sur des aires de jeux perdues quelque part. Sirwa apparaissait maintenant en bas de l'immeuble. Elle marchait rapidement en direction de l'aire de jeux sans un regard alentour, ni en arrière, ni vers les fenêtres de l'appartement. Une petite fille la salua d'un signe de main et Sirwa lui répondit du même geste. Puis elle disparut à l'angle d'un immeuble. Comme tous les enfants dans cette histoire, songea Winter. Ils finissent toujours par disparaître.

— Elle est très triste, entendit-il soudain dans son dos.

Nasrin s'était levée et se tenait auprès de lui.

Winter hocha la tête. Il ne demanda pas à Nasrin ce qu'il en était pour elle. Cela aurait pu tout gâcher. Mais tout était déjà gâché, quoi qu'il pût dire, quoi qu'il pût faire.

— Vous savez où elle va ?

— Je le sais très bien.

— Où ça ?

— Rejoindre Azad.

— C'est-à-dire ?

Elle garda le silence.

— La réponse peut-elle m'intéresser ?

— Non.

— Dans ce cas, je n'insisterai pas.

— Bien.

— Mais je voudrais vous interroger sur la boutique.

— Je comprends.

— Depuis combien de temps est-ce qu'Hiwa travaillait là-bas ?

— Depuis peu.

— Un mois ? Deux ?

— Quatre ou cinq mois peut-être. Je ne me souviens pas. Je ne sais plus quand il m'en a parlé la première fois. Et ça faisait peut-être un moment qu'il y travaillait.

— Comment a-t-il obtenu ce travail ?

— Je n'en sais rien. Il ne me l'a jamais dit.

— Vous connaissiez déjà l'endroit ?

— Oui… je savais où c'était. On n'est pas très loin de Hjällbo. La plupart des gens qui vivent dans ce quartier la connaissent, je crois. (Elle jeta un regard à Winter.) C'était ouvert vingt-quatre heures sur vingt-quatre. C'était pratique.

— Comment Hiwa a-t-il fait la connaissance de Jimmy Foro ?

— Je ne sais pas.

— Vous ne trouvez pas ça étrange qu'il ne vous en ait rien dit ?

— Je ne lui ai pas posé la question.

— Mais tout de même.

— Pour moi, et pour lui aussi, ce qui comptait, c'était qu'il ait un job, même à temps partiel. (Elle fit un geste en direction d'Hammarkulle et de tout ce qu'on pouvait voir, ou ne pas voir, par la fenêtre.) Il n'y a pas de travail ici. Surtout pour nous.

— Où en êtes-vous personnellement, Nasrin ?

— Moi ? Quelle importance ?

— Vous faites des études ?

— Oui, ça vous étonnera peut-être. Je suis en terminale, dans la filière sciences sociales.

— Au lycée d'Angered ?

— Où d'autre ?

— Comment voulez-vous que je le sache ?

— On verra pour combien de temps encore, ajouta-t-elle.

— Mmm.

— Vous voyez ce que je veux dire ?

— Oui.

— Qu'est-ce que vous en pensez ?

— Du fait que votre famille n'obtiendra peut-être pas de permis de séjour ?

— Oui, la mienne et beaucoup d'autres.

— Je trouve ça terrible.

— Mais vous collaborez pourtant avec ceux qui expulsent les étrangers.

Winter ne répondit pas.

— Est-ce que vous êtes obligés d'y mettre tant de zèle ?

— Non.

— Mais vous le faites.

Winter ne répondit pas, là encore. Il vit par la fenêtre une femme qui tenait un enfant par la main et lui brossait les genoux pleins de sable avant de s'éloigner. Il y avait beaucoup de sable en bas sur l'aire de jeux, exagérément grande par rapport au nombre d'habitants du quartier.

— Avez-vous déjà rencontré Jimmy Foro ? demanda le commissaire en se tournant vers la jeune fille.

— Non.

— Vous n'avez jamais rendu visite à Hiwa sur son lieu de travail ?

— Si, une ou deux fois. Deux, je crois.

— Pas plus ?

— Non.

— Pourquoi ?

— Je n'aimais pas cet endroit. Je ne sais pas... ça ne me plaisait pas. (Elle fixait du regard la fenêtre.) Et c'est encore pire maintenant.

— Pourquoi cette mauvaise impression ?

— Je ne sais pas.

— Qu'est-ce qui ne vous plaisait pas ?

— Je ne sais pas.

— Est-ce que ça avait un rapport avec Jimmy ?

— Quel rapport ?

— Est-ce que c'était à cause de Jimmy que vous n'aimiez pas la boutique ?

— Je ne l'ai jamais rencontré. Je viens de vous le dire.

— Bien sûr. Excusez-moi.

— Vous le saviez très bien. Vous n'êtes pas gâteux. Vous saviez que je l'avais dit.

Winter garda le silence.

— Vous essayez de me piéger.

— Non.

— Bien sûr que si.

— Nous évoquions votre mauvaise impression quant à cet endroit, reprit Winter après une courte pause. Avez-vous déjà rencontré d'autres personnes sur place ? Des clients ? Des amis ? Des gens de sa connaissance ?

— Non.

— Saïd Rezaï ? Cet homme qui s'est également fait assassiner ? L'avez-vous déjà rencontré ?

Une question directe.

— Je ne crois pas, répondit-elle. C'est possible, mais je ne le connaissais pas, donc je ne me souviens pas si je l'ai déjà rencontré, c'est normal.

— Nous vous le montrerons en photo.

— C'est indispensable ?

— Des photos d'avant… le drame.

Il vit une petite fille apparaître à l'angle d'un immeuble, en bas. C'était Sirwa. Sur ses talons, un petit garçon. Azad. Le vent léger et la paix, main dans la main.

Ils regardèrent vers la fenêtre à laquelle se tenaient Winter et Nasrin.

La jeune fille leur adressa un signe de la main. Ils lui répondirent du même geste, sans un sourire.

Winter les imita, un peu bêtement.

— Le seul dont je me souvienne, déclara Nasrin, le regard toujours rivé sur ses frère et sœur, c'est Hussein.

— Hussein ?

— Oui, Hussein Hussein. C'est son nom. Il est irakien je crois, mais pas kurde.

— Vous le connaissez ?

— Seulement de la boutique. Il y bossait aussi. Je ne l'ai vu qu'une fois.

Winter entendit un bruit dans son dos. Il se retourna. Halders avait heurté une chaise et le commissaire remarqua l'expression de surprise dans le regard de son collègue.

— Hussein Hussein ? Il travaillait là-bas ? Il y avait quelqu'un en plus de Jimmy et Hiwa ?

— Oui. Hussein Hussein y bossait aussi. (Elle regarda Winter droit dans les yeux.) Vous ne le saviez pas ?

11

— Hussein Hussein, c'est quoi cette histoire ? !

— C'est son nom, répondit Winter. Tout simplement son nom.

— Merci, j'avais compris, bordel, continua Halders. C'est de la situation que je parle.

— Mais nous ne savons pas si c'est son vrai nom.

— Ni s'il existe vraiment.

— Pourquoi mentirait-elle à ce sujet ?

— C'est toi qui me poses la question, Erik ?

— Oui.

— Est-ce que c'est une question, d'abord ?

— Essaie d'y répondre, Fredrik. Pourquoi mentirait-elle ?

Ils tournaient à l'angle, encore un, de l'école du Plateau. Le bâtiment présentait la même architecture que les autres dans ce quartier. Tous identiques. Des enfants jouaient au foot. Le ballon vint atterrir aux pieds de Winter qui shoota dedans et parvint à le renvoyer à l'autre bout du terrain. La petite bande poussa des cris d'enthousiasme.

— Pas mal, reconnut Halders. Et du gauche en plus. Je ne me souvenais pas que tu tirais du pied gauche.

— Je tire des deux pieds.

— Faut qu'on remette ça avec l'assoc de la police.

— Tu es banni de l'équipe à vie, Fredrik.

— Ils ont sûrement oublié depuis le temps.

— Tu peux être sûr que ça leur reviendra à la minute où ils te verront entrer sur le terrain.

Halders ne répondit pas. Un petit garçon de six ou sept ans les regardait depuis le porche d'un immeuble. Il portait des lunettes en écaille qui lui mangeaient la moitié du visage. Halders lui fit un petit signe de la main. Le visage de l'enfant s'illumina d'un grand sourire.

Ils poursuivirent en direction de l'école puis tournèrent à droite à la hauteur de la Pizzeria Gloria.

— Une petite faim ? lança Halders.

— C'est fermé.

Ils traversèrent la place d'Hammarkulle. Winter avait appelé Möllerström depuis l'appartement des Aziz. L'archiviste de la brigade criminelle avait lancé une recherche sur le nom qu'il lui soumettait. Winter consulta sa montre. Il avait donné l'alerte et tout le monde était maintenant sur les traces d'un certain Hussein Hussein. On demanderait à Nasrin d'essayer de se rappeler son physique. Il fallait bien se servir du nouveau logiciel : on verrait un portrait-robot se dessiner à l'écran. Il leur manquait encore beaucoup de visages. Celui du petit garçon lui revint subitement à la mémoire. Ce n'était pas Azad Aziz, d'ailleurs il n'y avait jamais vraiment cru. C'était un autre gamin, qu'il importait de retrouver autant que de trouver Hussein, songea Winter. Peut-être plus.

— Hiwa m'a dit qu'Hussein travaillait de temps en temps à la boutique, avait déclaré Nasrin.

— Quand est-ce qu'il vous a dit ça ?

— Quand j'y étais. Et Hussein aussi.

— Vous l'avez salué ?

— Non. Je l'ai juste vu.

— Que faisait-il ?

— Ce qu'il faisait ?

— Sur le moment.

— Il ne... faisait rien. Il était là, c'est tout.

— Dans la boutique ?

— Oui, bien sûr.

— Comment ça s'est passé ? Hiwa a-t-il pointé du doigt vers lui en disant qu'ils travaillaient ensemble ?

— Oui... à peu près. Ou alors il l'a désigné d'un signe de tête.

— Pourquoi ne pas en avoir parlé avant ? avait demandé Winter.

— Je croyais... que vous étiez au courant. Que ces choses-là, vous les saviez automatiquement.

Halders ouvrit sa portière. Ils avaient dépassé la Pizzeria Maria qui était ouverte, mais Winter n'avait pas faim.

— Je ne pense pas qu'elle mente, commenta Halders.

— Elle aurait pu nous le dire à notre première visite. Votre première visite.

— On ne lui a pas posé la question, concernant d'autres employés. (Il referma la portière.) Enfin... employé. Si ça se trouve, c'était juste un mec qui les a aidés un jour à déballer des conserves en échange d'un petit biffeton.

— Il était quand même sur place.

— Plus maintenant.

— Où peut-il bien être ? Pourquoi ne s'est-il pas manifesté ?

— Y a pas mal de réponses envisageables, tu crois pas ?

— En tout cas, il faut absolument qu'on le retrouve, déclara Winter.

— Quelles que soient ses raisons de se cacher.

Le téléphone portable de Winter se mit à sonner.

— Bergsjö, lui cria Möllerström dans l'oreille.

— Tu parles d'Hussein ?

— J'ai transmis la consigne aux gars qui font

l'enquête de voisinage à Hjällbo. Quelqu'un connaissait un Hussein ayant bossé dans la supérette. Mais ça restait vague.

— OK, Jan.

— On n'a pas pu en tirer grand-chose. Le mec a juste dit qu'il pensait qu'Hussein habitait à Bersjö.

— Qu'est-ce qui lui faisait penser ça ?

— Aucune idée. C'est sûr que ça fait pas lourd comme info. (Winter entendait Möllerström taper sur son clavier.) Il y a plusieurs Hussein Hussein à Göteborg. Mais ils n'ont peut-être pas tous le téléphone. (Nouveaux tapotements.) On n'a pas d'Hussein Hussein dans les registres de la police en tout cas. Un Hassan Hussein oui. Cambriolage.

— Renseigne-toi sur lui. Et vérifie ce qu'il y a comme services logement à Bergström. Essaie de voir s'ils n'ont pas un locataire de ce nom-là et rappelle-moi tout de suite.

— Justement j'y pensais.

— Bien, répondit Winter.

Il raccrocha.

— Direction Bergsjö, lança-t-il à Halders tout en regagnant sa voiture à grands pas.

Ils prirent la route de Gråbo avant de s'engager sur celle de Bergsjö. Ce quartier s'étendait de plus en plus haut à l'est de la ville. Malgré son nom, il ne comportait pas de lac, mais le mont, lui, existait bien. Bergsjö était un plateau couvert de bois et de béton, une sorte de gigantesque château fort du Moyen Âge que la route enserrait comme des douves. C'était un lieu étrange, surréaliste, d'autant que l'on avait donné aux rues des noms renvoyant au monde de l'espace pour une raison qui échappait complètement à Winter : rue de la Stratosphère, de la Nébuleuse, rue de l'Univers, du Météore, de la Comète...

Il se gara sur la place de l'Espace. L'espace...

peut-être ces noms étaient-ils en rapport avec un certain futur. On avait bâti pour l'avenir ici. En grand. Peut-être dans la perspective d'accueillir les habitants d'une autre planète.

Halders sortit de sa voiture, garée tout près de celle de Winter.

— Ça remonte à quand ta dernière visite dans les parages ? lui demanda-t-il en jetant un regard circulaire.

Winter se mit à réfléchir.

Là-bas, sur cette esplanade en béton, devant le pub de Bergsjö, il avait dû se battre contre un type. L'établissement n'existait pas encore. Le toxico était armé d'un couteau. Un bon petit Suédois, il y en avait pas mal ici à l'époque. Winter se rappelait encore son regard. Il avait risqué sa vie. Le type avait des mouvements de reptile, un cerveau reptilien sans doute aussi. C'était par un jour d'été, comme maintenant. Est-ce qu'il y avait déjà un centre médical ? Winter voyait l'enseigne à quelques mètres. Quand est-ce qu'il s'était battu ici ? Ça devait faire au moins quinze ans. Est-ce qu'il avait eu l'occasion de repasser dans le quartier ? Aucun souvenir.

La sonnerie de son portable retentit.

— Oui ?

— 20 rue de la Terre. (La voix de Möllerström résonnait comme s'il avait appelé de très loin dans l'espace interstellaire.) Le logement social compte un double Hussein à cette adresse.

— Il vit seul ?

— D'après le bail, oui.

— Bien, Jan.

— Sois prudent.

— Je suis avec Fredrik.

— C'est à ça que je pensais.

— Envoie-nous une bagnole.

— Les gars sont en route.

— Demande-leur de nous attendre sur la place de l'Espace, précisa Winter. Ils peuvent m'appeler en arrivant, je garde mon portable allumé.

Winter raccrocha et rangea l'appareil dans sa poche de chemise.

— Rue de la Terre.

— Il y a un plan de quartier là-bas, répondit Halders.

Consultation : la rue formait un arc de cercle un peu plus au nord.

Halders se passa la main sur le crâne. Il avait trop chaud, son visage était rouge pivoine.

— Il faut que j'aille me mettre à l'ombre.

La place était écrasée de soleil. Les ombres se découpaient à angle droit, avec un tranchant acéré. À perte de vue, des étendues de béton et de ciel. Les rues qui se croisaient autour de la place semblaient taillées d'un seul bloc. Espace et lumière, se dit Halders. Ça lui rappelait une pochette de disque. Pink Floyd : *Wish you were here.* J'aimerais que tu sois là.

En marchant vers la rue de la Terre, ils passèrent devant une crèche. Au milieu de la cour trônait une grande locomotive en bois. Les immeubles se succédaient les uns aux autres, de grands ensembles filant à l'horizon, comme toujours dans ces banlieues.

— On y est, déclara Halders.

Le hall était silencieux, frais. Le nom d'Hussein Hussein était indiqué sur le tableau.

— Un peu comme si je m'appelais Fredrik Fredrik.

— Un Fredrik, c'est amplement suffisant, plaisanta Winter.

— Ha ha ha.

— Bon, on y va.

— Quatrième étage.

Il régnait le même silence dans les étages. Pas un bruit ne filtrait des appartements. Les gens devaient être au boulot, ou alors à la mer, au bord des lacs. Ils n'avaient croisé personne en bas de l'immeuble. Winter appuya sur la sonnette qui retentit à l'intérieur avec une stridence bien inutile. Halders se tenait prêt. Prêt, semblait-il, à enfoncer la porte, ou du moins la serrure. Winter sonna de nouveau. Le signal résonnait dans tout le bâtiment. Le commissaire posa la main sur la poignée de la porte. Il appuya puis tira dessus.

La porte s'ouvrit.

Halders sortit son Sigsauer.

Le téléphone de Winter vibra dans sa poche de chemise.

— Oui ?

— Winter ? Wickström à l'appareil. On est arri…

— 20 rue de la Terre, le coupa Winter. On entre dans l'appart. Vous nous rejoignez.

— OK.

Halders avait poussé la porte avec le canon de son pistolet.

Ils se tenaient chacun d'un côté du mur.

— Hussein ? appela Winter, en essayant de ne pas forcer la voix. Hussein Hussein ?

— Police ! cria Halders.

Ils retenaient leur souffle. Pas un bruit à l'intérieur. Ce qui ne signifiait rien. Un pareil silence, c'était presque suspect.

— On y va, lança l'inspecteur.

Une porte s'ouvrit sur le palier d'en face.

Un petit garçon jeta un œil dehors.

— Salut ! Vous vous appelez comment ?

— Rentre chez toi et referme la porte, lui répondit Halders tout en lui faisant un petit signe de la main qui ne tenait pas le pistolet.

Le gamin ouvrit la porte encore plus grand, sur un couloir qui faisait face à celui d'Hussein. Il voyait dans l'appartement mieux que les deux policiers.

— Rentre tout de suite et ferme la porte, répéta Halders.

Il devait avoir deux ou trois ans. Pas effrayé pour deux sous. Il se croyait en plein jeu. Lui aussi voulait un pistolet. Il fit un pas en avant, puis un autre, avant d'être soulevé de terre par une femme qui venait de faire irruption dans le couloir. Elle avait eu le temps de comprendre et recula avec l'enfant qui se mit à crier dans ses bras.

— Fermez la porte, répéta encore l'inspecteur.

Winter se pencha pour jeter un regard dans l'appartement d'Hussein. Rien ne semblait bouger à l'intérieur.

Il leva son arme, franchit le seuil et s'avança de quelques pas dans le couloir. Il entendait respirer Halders derrière lui. Il faisait chaud et sombre, comme si le soleil agissait dans l'ombre. Une odeur de renfermé, doucereuse, flottait dans l'air : on n'avait pas dû aérer depuis un moment. Winter vit la poussière danser dans un rayon de soleil, pareil à un faisceau de lampe de poche et qui s'était glissé jusque-là depuis la chambre à droite. Un étrange tableau.

— Aucun des deux Hussein n'est à la maison aujourd'hui, déclara Halders. Et ça me paraît pas très étonnant.

Winter ne répondit pas. Ils avaient déjà fait le tour de l'appartement.

Peu de biens de valeur, peu d'objets personnels, pratiquement aucun meuble. Quatre matelas nus posés à même le sol dans le séjour. Un lit une place dans la chambre à coucher. Les gens préféraient parfois dormir dans le séjour.

Ils n'étaient pas les premiers à faire la visite. Quelqu'un avait fouillé les lieux. Ou alors Hussein Hussein s'était montré particulièrement négligent avec ses affaires et son mobilier. Lui ou les autres occupants de l'appart. Il ne vivait pas tout seul ici.

— Il était peut-être pressé de partir, suggéra

Halders. Voilà ce que ça donne quand on retrouve pas sa raquette de tennis.

— La porte est restée ouverte.

— Ouverte sans effraction.

— Le lit est éventré.

— C'est pas la première fois que je vois ça.

— Pourquoi est-ce qu'on éventre un matelas ?

— Tu crois qu'il y cachait ses économies ?

— Non.

— Il cachait autre chose ?

— Oui.

— De la came ?

— Possible.

— À moins que ce soit ailleurs, remarqua Halders. Ailleurs dans l'appart.

Winter entendit résonner des pas dans l'escalier, puis des voix. Les collègues.

— Winter ? Ohé, Winter ? Vous êtes là ?

— Et moi, je compte pour du beurre ? soupira Halders.

Winter remarqua deux tasses sur une petite table du séjour. Pas des verres à thé. Il s'approcha et constata qu'il restait quelques traces de liquide dans les deux récipients.

— Il a eu de la visite.

— Mmm. Probable. C'est bon pour Öberg.

— La bouilloire dans la cuisine était encore tiède.

— Il fait chaud dans cet appart.

— Il faut qu'on discute avec les voisins, conclut Winter.

— C'est le gamin qui va être content.

Ce dernier sautait à pieds joints dans le couloir pendant qu'ils se tenaient à la porte. Il n'osait pas s'approcher trop près, mais visiblement, il n'avait jamais rien vécu d'aussi excitant. Winter devinait qu'il espérait les voir tirer de nouveau leur pistolet. En plus de ça, il avait repéré les uniformes dans la cage d'escalier au moment où la porte s'était ouverte. Ce n'était pas un jour comme les autres pour lui. Pour nous non plus, se dit Winter. Et la journée ne fait que commencer.

La mère et son fils étaient seuls à la maison. Elle se présenta sous le prénom d'Ester. Winter avait pu lire le nom d'Okumus sur la porte. Le petit garçon s'appelait Mats.

Non, elle n'avait pas vu Hussein de la journée. Elle ne se rappelait pas la dernière fois qu'elle l'avait vu. Ni aucun des autres occupants. Il y avait pas mal de passage.

— Je ne le connais pas vraiment.

— Comment ça ?

— On se disait bonjour bonsoir. C'est tout.

— Hussein ! lança le garçonnet.

— Tu connais Hussein, Mats ? lui demanda Winter.

Le gamin hocha la tête.

— Pas du tout, rétorqua Ester Okumus. C'est juste parce que c'est vous qui posez la question.

Winter s'était accroupi. Le petit fit un pas en arrière.

— Tu jouais souvent avec Hussein Hussein ?

— Jamais ! s'écria la mère.

— Dehors, en bas de l'immeuble ? (Winter se tournait maintenant vers elle.) Il a peut-être poussé la balançoire de temps en temps.

— Non. (Elle regardait son fils.) Il lui a dit bonjour ici. Exactement comme moi. (Se tournant de nouveau vers le commissaire.) Que lui voulez-vous ? Il a fait quelque chose ?

— Nous n'en savons rien.

Winter se releva. Son genou gauche était un peu raide. Mais il n'avait pas eu de vertiges.

— Savez-vous si Hussein a reçu de la visite ces derniers jours ?

— Non, je n'ai rien remarqué.

— Pourriez-vous vous en souvenir si cela s'était produit ?

— Qu'est-ce que vous voulez dire ?

— Si vous essayiez de faire un petit effort.

— Non… je ne pense pas.

Elle ne veut pas avoir affaire à nous, songea Winter. Ça ne l'intéresse pas autant que son gamin. En tout cas pas de la même manière.

— N'auriez-vous rien entendu aujourd'hui ? Sur le palier ?

— Non, rien.

— Êtes-vous sortie pendant la journée ?

— Non.

— Savez-vous si Hussein avait des relations avec d'autres voisins dans l'immeuble ?

— Non.

Winter, Halders et leurs deux collègues se livrèrent à une première opération de porte-à-porte. Mais ils n'en virent s'ouvrir qu'une seule, et leur interlocuteur ne savait rien, n'avait rien entendu, venait juste d'emménager et s'apprêtait à déménager bientôt.

— Vive la liberté ! commenta Halders en sortant de l'immeuble.

Les mouettes les accompagnèrent de leurs cris sur tout le chemin du retour jusqu'à la place de l'Espace. Halders retrouvait cette impression d'entrer dans le paysage surréaliste de Storm Thorgersen, sur la pochette des Pink Floyd. Ça datait d'un moment. De sa belle jeunesse. *Remember when you were young.* Quand tu étais jeune. Son album préféré, *Ummagumma*, il l'avait acheté tout seul, avec son argent de poche. *Careful with that axe, Eugene.* Vas-y doucement avec la hache.

Winter appuya sur la commande à distance et la Mercedes s'ouvrit avec un claquement bien trop fort. Il transpirait dans le cou. Halders avait le front inondé de sueur. Il s'essuya d'un revers de main et posa les bras sur le toit de la voiture.

— Alors, qu'est-ce qu'on fait maintenant ?

Le portable de Winter retentit. En sortant de l'immeuble, il avait modifié la sonnerie ; elle lui paraissait également d'un niveau trop élevé, anormal.

— Pas d'Hussein dans nos fichiers, l'informa Möllerström.

— Tu en es sûr ?

— Les gars qui fouillaient l'appart de Foro ont retrouvé un formulaire qui portait son numéro de sécu et nous ont appelés direct.

— OK.

— Si je résume, pour l'instant dans la bande, il n'y a que Foro qu'on arrive à suivre. Mais pas très loin.

— Jusqu'à son décès quand même, souligna Winter.

— Toujours à votre service, répondit Möllerström avant de raccrocher.

— Il est peut-être sorti faire des courses, suggéra Halders. Hussein Hussein. (Il se couvrit les yeux du revers de la main pour regarder vers la cité.) Ils sont pas censés porter trois noms, les Arabes ?

Winter sortit son paquet de Corps et alluma l'un des fins cigares.

— Et toi, tu en as combien des noms, Fredrik ?

— Euh… qu'est-ce que tu veux dire ?

— Comment tu t'appelles en dehors de Fredrik Halders ?

— Ben… Göran. Fredrik Göran Halders.

— Ça en fait combien ?

— Ha ha. OK.

La fumée du cigare de Winter se répandit dans l'air.

Elle lui parut tout aussi étrange et déplacée que ces différents bruits à l'instant.

— Tu en fumes combien par jour ? demanda Halders.

— Très peu. C'est surtout le soir.

— Oui, c'est une belle soirée...

— Je n'inhale pas, ajouta Winter.

— Qu'est-ce que tu me racontes ?

— Ce serait trop long à t'expliquer, Fredrik.

— Et cette histoire-là, tu crois qu'elle va être longue à démêler ?

— Ça pourrait dépendre de nous.

— Tout dépend comment on contrôle les gangs des quartiers nord.

— Ils sont plutôt bien surveillés. En tout cas d'après le chef du poste d'Angered.

— Si l'un d'entre eux est en cause, on le saura, c'est ça ? Si c'est l'un de leurs membres ?

— Je ne veux rien affirmer.

— Ni Hiwa, ni Saïd, ni Hussein II n'ont jamais eu affaire avec la police. Je trouve ça plutôt inquiétant.

— Oui, sourit Winter en exhalant de nouveau la fumée de son cigare. C'est le paradoxe de notre métier.

— Tu vois ce que je veux dire.

— Mais ils ne sont pas forcément blancs comme neige pour autant.

— Blancs comme neige, poursuivit Halders, ou blancs comme coke.

— Ça peut faire des taches.

— Si ça se trouve, ces gars-là ont ramené de chez eux des histoires mal réglées.

Winter opina.

— C'est un sacré boulot de vérifier ça.

— Oui.

— Va peut-être falloir nous déplacer jusqu'au Kurdistan, et puis ensuite Iran, Irak, Syrie et Turquie, sans compter les Maldives.

— Les Maldives ?

— Je pense qu'on devrait faire un tour aux Maldives, une semaine ou deux. Histoire de vérifier.

— Toi et moi ?

— Là, je pensais plutôt prendre Aneta. Elle vient de là-bas.

— Les Maldives, c'est au sud-ouest de l'Inde, Fredrik.

— Pas de problème.

Winter prit une nouvelle bouffée de cigare. Une famille traversa le parking. Le père, la mère, le frère et la sœur, tous avaient le type scandinave. Ils regagnaient leur Volvo.

— Si c'est un règlement de comptes dans le milieu de la drogue, on devrait le savoir bientôt, déclara Winter.

— Je n'en suis pas si sûr.

— De quoi ? Du règlement de comptes ou du moment où on l'apprendra ?

— La came, ça colle pas. Tu as toi-même parlé avec Sivertsson. Il reconnaît pas leur manière de faire.

— Les temps changent. Les méthodes aussi.

— Du plomb dans la gueule ? C'est pas dans les nouvelles méthodes. Ça ne ressemble pas aux jeunes d'aujourd'hui.

— Qui a dit qu'on avait affaire à des jeunes ?

— En ce moment, y a pas grand monde en dehors d'eux dans cette branche.

— C'est là que tu te trompes à mon avis.

— C'est pas moi qui le dis.

— Mais tu m'as dit que tu ne croyais pas vraiment à une histoire de drogue, non ?

Halders haussa les épaules. D'un mouvement raide. Il se sentait rouillé. Il faudrait qu'il aille courir un peu ce soir. Quoique, ça le raidissait encore plus. Le meilleur exercice d'assouplissement, c'était le câlin avec Aneta. Ce soir peut-être. Sur un air de Pink Floyd.

126

J'aimerais que tu sois là. Si c'était possible. Il risquait de passer la soirée avec Winter. Et peut-être un peu plus que la soirée.

— Il faut qu'on trouve Hussein, conclut le commissaire en écrasant son cigare par terre.

— Il est parti pour de bon.

— Dans quel sens ?

— Sous terre, soit qu'il l'ait voulu soit qu'on l'y ait forcé.

— Dans ce cas on fera en sorte de le déterrer.

— Ha ha.

— Je ne plaisantais pas.

Halders commença à marcher vers sa voiture.

— Tout dépend du motif, déclara Winter. C'est la clé de l'énigme.

— Came ou vengeance familiale. (L'inspecteur avait stoppé net.)

— Ou alors autre chose.

— Quoi d'autre ?

— Il va falloir faire preuve d'imagination.

— On est payés pour ça.

Tandis qu'Halders regagnait le commissariat central, Winter prit la route de Hjällbo. Il écoutait le Lars Jansson Trio sur son autoradio. *Witnessing.* Tout reposait sur l'existence d'un témoin dans cette affaire, sauf qu'il n'y avait pas de témoin. Une pièce essentielle. Avec l'heure du crime. Il lui manquait les témoins dont il sentait qu'ils avaient existé. Comme toujours, il lui fallait les retrouver. Réussir à les retrouver. *Success.* Ou échouer. *Failure.* La première chanson sur le CD : *Success-Failure.* La deuxième, c'était *Get it.* Prends-le, attrape-le. Prendre quoi ? Ce n'était pas la chance, pas dans cette affaire-là. La malchance non plus. Était-ce le mal ? Bien sûr, mais il pouvait prendre des visages très différents. Ou bien ne plus en avoir du tout. Il pensait aux victimes dans la petite boutique de Jimmy

Foro. Tout ça était bien étrange. L'emplacement. L'isolement. La solitude. Un magasin ouvert vingt-quatre heures sur vingt-quatre, une épicerie en fait, mais complètement à l'écart. C'était contradictoire. Et l'emplacement avait favorisé le meurtre.

Le chemin piétonnier était toujours aussi désert. Winter fit quelques pas en direction de la cité. Il se sentait esseulé, mélancolique, encore habité par la mélodie sur le mode mineur du piano de Lars Jansson. Il songeait au gamin, le petit cycliste. Va-t-il se montrer si je marche de ce côté ? Si j'attends ? M'attend-il ? Winter leva les yeux vers les fenêtres. Elles prenaient des reflets argentés sous la lumière du soleil. On pouvait s'y tenir sans être vu. Est-ce qu'on me regarde ? On me voit en tout cas. Je pourrais faire coucou.

Il continua à marcher. Pas un souffle de vent. Rien ne bougeait dans les buissons sur sa gauche. Winter commença à traverser le champ. Ce gamin, c'est la clé de l'affaire.

12

C'est ici que tout a commencé. Non, ça a commencé quelque part très loin d'ici. Un endroit qui n'avait rien à voir. Et puis c'est arrivé ici. Ou alors ç'avait toujours existé. De façon latente. Winter regarda autour de lui. Ces bâtiments. Ce quartier de la ville avec ses pans de roches, ses dénivelés. Ses champs aussi. Ces quartiers formaient de drôles de villes comme des rochers qu'on aurait lancés à distance avec la plus grande précision. Ici. Ou là. Ici et là. Elles étaient maintenant reliées par des voies rapides qui pénétraient à l'intérieur et les enserraient en même temps, mais il n'y avait presque rien de l'une à l'autre de ces villes. Nulle part où s'enfuir. Ou bien s'enfuir de partout.

Winter avait fait le tour de l'immeuble. Cinquante, soixante-dix mètres. Un bruit de vélo ? Il se retourna rapidement mais ne vit rien. Il se mit à courir. Il le voyait maintenant, de dos. Le gamin roulait sur un autre chemin en direction d'un autre bâtiment encore. Il pédalait de telle façon que son corps frêle tressautait de bas en haut, comme monté sur ressorts.

— Attends ! lui cria Winter. Attends ! Ohé ! Attends ! Ohé !

Mais tandis qu'il courait, une douleur lui traversa la poitrine : il n'était pas une machine, lui. Même la côte de Slinga à pied, c'était une promenade en comparaison de ce qu'il venait de faire : mettre les gaz en quelques secondes. Et c'était la deuxième fois que ça le prenait. Aux fenêtres, les gens devaient commencer à se poser des questions. Winter était persuadé qu'on l'observait. Pourquoi il court, celui-là ? Où va-t-il ? D'où vient-il ?

Le gamin l'épiait-il ? Aucune trace de lui. Il avait de nouveau disparu, comme mû par une force incompréhensible. Mais il devait comprendre. Il avait sans doute bien compris. C'est pourquoi il voulait parler avec l'enfant. Quand il aurait retrouvé son souffle. S'il pouvait le prendre par le bras, doucement. Le protéger peut-être. Si c'était possible. Le garçon paraissait libre de ses mouvements pour l'instant, mais ce ne serait peut-être pas toujours le cas.

Winter s'arrêta, respira fortement, s'épongea le front et se mit à envisager la possibilité d'un Corps, une idée malvenue étant donné son état physique du moment. La prochaine fois, je viens en survêt. Et je m'échauffe en bas, près de la boutique.

Il revint lentement sur ses pas. Il s'arrêta pour allumer un Corps. Un peu plus loin sur la route, il vit passer un taxi qui roulait vers le sud. Il le reconnut immédiatement.

— Il fait des rondes dans les quartiers nord, ou quoi ?

Ringmar et Winter cheminaient côte à côte dans le parc au pied du commissariat. Parc, si l'on veut. Une fois arrivés à la hauteur du stade de Gamla Ullevi, ils obliquèrent. Ce parcours d'un bâtiment à l'autre ne leur avait pas pris plus de quelques minutes. Une promenade de santé.

— Tu n'avais pas besoin de te déplacer, dit Winter. On pouvait se parler au téléphone.

— On avait dit que je passerais. Et puis, quoi de

mieux qu'une balade au parc avec un vieux copain par une belle journée d'été ?

— Il y a beaucoup mieux, je t'assure.

— Reinholz, le taxi, reprit Ringmar. Il a fait pas mal de courses dans ces quartiers. Et il en avait encore une aujourd'hui.

— Hmm.

— Ça n'en avait pas l'air ?

— Non.

— Mais c'était bien lui ?

— Je ne l'ai vu que de loin, mais j'ai reconnu son profil.

— Le profil du mec ?

— Et de la voiture. Les deux. Et puis j'ai lu la plaque d'immatriculation.

— C'est dingue.

— J'avais les jumelles.

— Naturellement.

Ringmar médita quelques secondes sur ce gros mensonge. Il vit passer un taxi sur la route, en direction du nouveau stade d'Ullevi.

— Tu veux qu'on l'interroge ?

— Il était peut-être juste un peu curieux, répondit Winter.

— C'est bien ce que je dis.

— Ou alors il avait une course dans le quartier. La nuit du meurtre.

— Il savait ce qu'il allait trouver ?

— Non.

— Mais il savait quelles seraient les personnes présentes ?

— Oui.

— Toutes ?

— Non.

Ils pratiquaient leur méthode, saisissant les idées au vol, les ouvertures comme les impasses. De libres

131

suppositions qui s'avéraient parfois mieux fondées qu'ils ne l'auraient cru.

— Jimmy Foro ?

— Oui.

— Comment s'appelle-t-il… Hiwa ?

— Peut-être.

— Hussein ?

— Non.

— Pourquoi tu dis non ?

— Je ne vois pas Hussein dans le tableau. Pas à ce moment-là.

— Qu'est-ce que tu veux dire ?

— Il… je ne sais pas. On le laisse de côté.

— Il était peut-être là, insista Ringmar. Un peu avant.

— On passe sur lui pour l'instant, répéta Winter. On en reparle après.

— Saïd alors ? Reinholz savait-il qu'il serait présent sur place ?

— Possible.

— Et les meurtriers ?

— Sans doute.

— Il s'attendait à ce que les meurtriers soient là ?

— Sans doute.

— Mais pas à ce qu'ils tuent ?

— Non.

— Quelque chose a mal tourné.

— Peut-être. Du point de vue de Reinholz ça a mal tourné. Pas pour les autres.

— Tu veux dire que c'était prévu depuis le début ? Le meurtre était prémédité ? Ils savaient ce qui allait se passer, mais pas lui ?

— Tout dépend ce que tu entends par « depuis le début ».

Ringmar ne répondit pas. La question était délicate. Tout cela pouvait remonter à des heures, des semaines ou même des années.

Ils avaient marché jusqu'à la station Shell et firent demi-tour à la hauteur du portique de lavage automatique. La boutique de la station-service rappelait celle de Jimmy pour les proportions et les baies vitrées.

— Et quel motif à la visite de Reinholz ?

— Il faisait le coursier.

— Pour déposer ou chercher quelque chose ?

— Chercher.

— Chercher... quelque chose d'autre que des marchandises ?

— Peut-être.

— Les meurtriers ? Venir chercher les meurtriers ?

— Mmm.

Arrivés au parking, ils obliquèrent vers l'ouest.

— Ils s'étaient mis d'accord sur une heure précise ? demanda Ringmar.

— Il fallait bien qu'ils quittent les lieux, non ?

— Avec leur propre bagnole.

— Non, pas de bagnole.

— Qu'est-ce qui te fait dire ça ?

Winter resta silencieux.

— OK, admettons qu'ils se soient enfuis en courant à travers le champ, ou alors en empruntant le chemin piétonnier en direction de la cité.

Winter hocha la tête.

— À pas légers, ajouta Ringmar.

— Non.

— Il n'y a pas eu de pas légers finalement ?

— Si.

— C'est le taxi qui l'a dit.

— Je pense qu'il disait la vérité.

— Pourquoi ?

— Pourquoi pas ?

— Il pourrait en savoir plus qu'il ne le prétend...

— Il ne s'attendait pas à trouver pareil spectacle, raisonna Winter. Quand je l'ai interrogé, ça l'a soulagé de pouvoir dire quelque chose de juste.

— De juste ?

— De véridique. En tout cas quelque chose de fidèle à la réalité de… ce qu'il a vraiment entendu à ce moment-là.

— Véridique, reprit Ringmar. Un drôle de mot. Et fidèle à la réalité… qu'est-ce que ça veut dire ?

— Tu n'as pas une petite idée là-dessus, après toutes ces années d'auditions ?

— Je n'ai jamais été très bon dans cet exercice-là.

— Tu es meilleur que tu ne le penses.

— Qu'est-ce que tu en sais ?

— Cette affaire en sera la preuve.

— Cette affaire, au singulier, Erik ?

— Ces affaires si tu préfères. Mais elles sont liées.

— Qu'est-ce qui ne l'est pas ?

— Je ne cherchais pas à faire de la philo, Bertil.

— Bon, quand est-ce qu'on le cueille, le gars ?

Winter consulta sa montre.

Puis il consulta le ciel.

— Est-ce qu'Angela n'avait pas envie d'aller à la plage aujourd'hui ? glissa Ringmar.

— On en crève tous d'envie. Mais la journée est loin d'être finie. C'est la nuit la plus courte de l'année.

— Reinholz ne va pas se sauver. Sinon ce serait déjà fait. (Regard vers le ciel.) La soirée pourrait s'avérer longue, la nuit aussi. (Il se tourna vers Winter.) Mais tout est calme pour le moment. On pourrait se prendre quelques heures de liberté. Ça peut attendre, non ?

— On convoque Reinholz tout de suite, déclara Winter.

— Rentre à la maison pour qu'on puisse faire un tour, lui dit Angela au téléphone. Les filles en ont besoin, et toi aussi. Tu es parti à 4 heures ce matin. Si tu dois interroger quelqu'un, fais-le ce soir.

Il ne répondit pas. Ringmar n'avait toujours pas

appelé le taxi, comme s'il attendait d'être convaincu de la nécessité de la chose.

— Le soir, c'est mieux que l'après-midi, argumentait Angela. Tu les déstabilises plus facilement. C'est mieux que le matin aussi.

— OK.

Rien de mieux que... le bord de mer. Il coupa le pain et se pencha en avant pour attraper l'huile d'olive. Une recette perso.

— J'espère que je n'aurai pas à le regretter, murmura la jeune femme.

Il leva le flacon pour contempler les reflets mordorés à la lumière du soleil, le ramena à lui, enleva le bouchon de liège et huma les arômes. Pas mal.

— Maintenant j'en verse un peu sur le pain...

— Tu n'as pas entendu ce que je disais.

— Non.

— Tant mieux.

— Tu peux me passer le persil et le pot de thym ?

Elle se pencha au-dessus de la couverture pour lui tendre les herbes.

Winter entendait les enfants jouer dans l'eau derrière lui. Les cris de mouettes aussi, mais aucune n'avait ce rire vain, effrayant, qu'il avait perçu là-haut, dans la banlieue nord. Le sable était chaud. C'était le sien, pour autant qu'on pouvait posséder du sable, ou des arbres, leur terrain en tout cas, celui de la famille Hoffmann Winter. Angela s'appelait maintenant Angela Hoffmann Winter. Ça évoque une balade en Prusse, lui avait-il dit. Heureusement que tu n'as pas parlé de marche prussienne, avait-elle répondu. Et puis tout dépendait de la prononciation. À vrai dire, ça me rappelle surtout le nom d'un skieur-tireur de biathlon allemand, avait-il ajouté.

Elsa et Lilly poussaient des cris dans son dos. C'étaient les remous causés par la navette de l'archi-

135

pel : un beau bateau blanc qui venait de passer. Tout était beau ici : sa femme et lui, les enfants, l'eau et le ciel, les rochers comme le sable. Un paradis suédois. Ce pays, c'est le paradis, songea-t-il.

L'enfant pédalait dans son petit monde à lui. Il essaya de penser à ce qu'il avait vu. C'était comme un film.

Mais c'était autre chose. Un souvenir rien qu'à lui. Peut-être qu'on lui avait raconté l'histoire ? Non. Est-ce qu'on peut se souvenir de quelque chose qui n'aurait pas existé ?

Il ne voulait pas s'en rappeler.

Il ne voulait pas savoir.

Il voulait raconter.

Hama Ali Mohammad vivait dans deux mondes séparés. Un monde le jour, l'autre la nuit.

Il n'était pas du genre à se faire avoir. Ça, il se l'était juré très tôt, dès son plus jeune âge. Personne ne pourrait lui faire d'emmerdes. Parce qu'il sentait tout de suite les gens. Et en même temps, il s'en foutait. Tout ce qui comptait, c'était le fric. Sans fric, la vie n'avait pas de sens. Et l'argent, ça se volait. Il y en avait bien assez pour tout le monde. De son point de vue.

C'est ainsi qu'il en était arrivé à collaborer avec la police. Ils étaient devenus des frères, avec ce flic. En traversant la grand-place d'Angered, il lui avait lancé « Lack, shoo ! » et l'autre avait répondu en arabe : « Toi aussi, t'es moche ! » Hama Ali n'avait pas poussé l'insulte plus loin. Et c'était comme ça que... Il avait envie d'avoir ses petits secrets. Ça donnait du piment à sa vie.

Mais là, il avait appris quelque chose dont il ne savait pas quoi faire. Ça devenait un peu trop chaud. Y avait de quoi virer psychotique.

Il ne voulait pas savoir.
Il ne voulait pas raconter.
Il avait très peur.
Il décida de s'enfuir.

Avant Reinholz, Winter avait quelqu'un d'autre à recevoir. Il ne concevait pas ces entretiens comme des interrogatoires. On braquait rarement une lampe sur le visage de son interlocuteur, le cliché ne survivait plus qu'au cinéma.

Mozaffar Kerim fut ponctuel au rendez-vous, à l'entrée du commissariat.

Winter était venu à sa rencontre et ils prirent ensemble l'ascenseur qui menait à l'étage de la brigade d'investigation.

Dans la cabine, Kerim lui demanda la raison de son audition. Juste quelques détails à préciser, lui avait répondu le commissaire. On ne devrait pas en avoir pour longtemps.

— Prenez donc un siège.

Winter s'installa lui-même en face de l'interprète.

Ce dernier s'assit du bout des fesses, comme prêt à se relever d'une minute à l'autre. Visiblement, il aurait préféré être ailleurs.

— Pourquoi m'avez-vous déclaré que vous connaissiez à peine la famille Aziz ?

Kerim tressaillit.

— Pardon ?

Winter répéta sa question.

— Je ne comprends pas… ce que vous voulez dire.

— Dois-je à nouveau répéter la question ?

— Je ne les connais pas.

— Encore un petit effort, insista Winter.

— Je… ne les connaissais pas comme ça.

— Comme quoi ?

— Je n'ai pas… travaillé avec eux.

137

— C'est-à-dire ?

— Je ne leur avais jamais servi d'interprète.

— Vous les connaissiez comment ?

Kerim ne répondit pas.

— Permettez-moi de reformuler ma question. Aviez-vous déjà rencontré l'un des membres de la famille Aziz ? Une ou plusieurs fois.

— Je ne connais aucun d'eux.

— Ce n'était pas ce que je vous demandais, Mozaffar.

— Pourquoi toutes ces questions ?

— Je n'en pose qu'une. Je n'attends de réponse qu'à cette question.

Kerim parut réfléchir. Il regarda par la fenêtre, sans doute parce qu'il lui tardait de s'échapper de là, d'échapper à cette question, à Winter.

— Quel est le problème, Mozaffar ? Pourquoi ne voulez-vous pas me répondre ?

— Je ne connaissais qu'Hiwa, chuchota Kerim.

— Et pourquoi ne pas me l'avoir dit plus tôt ?

Kerim eut un imperceptible haussement d'épaules.

— Comment l'avez-vous rencontré ?

— Au café.

— Quel café ?

— Le Limonell.

— Où se trouve-t-il ?

— Il y en a plusieurs.

— Bon sang, Mozaffar ! De quel café s'agit-il ?

— Le Limonell de la place Cannelle. Il a fermé depuis.

— À Gårdsten ? (Winter consulta le plan épinglé au mur de son bureau : les quartiers nord.) C'est par là qu'habitait Jimmy Foro.

Kerim ne répondit pas.

— Comment vous êtes-vous rencontrés ?

— Ça s'est trouvé comme ça.

Il ne m'échappera pas, pensa Winter. Tout en s'y refusant, il est en train de me raconter quelque chose.

— Comment vous êtes-vous rencontrés ?

— Une… pure coïncidence, comme on dit.

— À savoir ?

— J'étais assis au café. On s'est mis à discuter.

— Que faisiez-vous là ?

— J'habite dans le quartier. J'étais un habitué du Limonell.

— Et Hiwa, qu'est-ce qu'il venait faire là-bas ?

— Je n'en sais rien. Il ne me l'a pas dit et je ne lui ai pas posé la question.

— De quoi avez-vous parlé ?

— Rien de spécial.

Il faudra qu'on y revienne, se dit Winter. Il revoyait l'endroit, la petite place. La rue Cannelle. Une épicerie de quartier. Ça aurait fait moins loin pour Jimmy.

— Pourquoi ne pas m'en avoir parlé directement ? demanda-t-il.

— Je ne pensais pas que ça pouvait être important.

— Vous n'êtes pas stupide, Kerim. Vous savez bien que nous voulons tout savoir sur ces gens-là.

— Excusez-moi.

Il avait prononcé ces mots d'une voix excessivement basse, à croire qu'il les pensait vraiment. Peut-être.

— Connaissiez-vous Jimmy Foro ? reprit Winter.

— Non.

— Il vivait également dans le quartier.

Kerim haussa légèrement les épaules.

— Reprenons les choses depuis le début, déclara Winter.

Ringmar appela à 19 h 30.

— Toujours avec l'interprète ?

— Il est parti depuis une demi-heure.

— Alors ?

— Il a peur.

— De quoi ?

— Il n'a pas voulu me le dire.

— Tu lui as demandé ?

— Non. Pas encore. J'attends qu'il m'en dise un peu plus. De lui-même.

— Tu y crois ?

— Quand il aura suffisamment mariné tout ça...

— Mariné quoi ? insista Ringmar.

— Je ne sais pas, Bertil. Mais il y a quelque chose qui cloche chez ce type... crois-en ma bonne vieille intuition.

— Mmm.

— Je ne le cerne pas, pas encore en tout cas.

— C'est bien un interprète, non ? On a vérifié.

— J'aimerais comprendre ce qu'il fait là... quel rôle il joue.

— Un rôle ?

— Je vois ça comme ça parfois.

— Des rôles principaux, des rôles secondaires, compléta Ringmar.

— Il connaissait Hiwa.

— Comment ?

Winter ne répondit pas.

— Erik ?

— Oui, je t'ai entendu. (Winter fit une pause.) J'ai eu l'impression qu'ils étaient... amants.

13

Jerker Reinholz se sentait diminué de moitié sans son taxi. Il y a des gens qui passent toute leur vie derrière un volant, se dit Winter. La ville ne leur apparaît que comme une vision de passage.

Mais il faut bien qu'ils s'arrêtent à un moment ou à un autre.

— Pourquoi vous être arrêté précisément à cet endroit ?

Ils n'étaient pas dans son bureau, mais dans l'une des salles d'audition. On avait laissé ouverte la petite fenêtre par cette belle soirée. La rumeur de la circulation se faisait entendre du côté de Heden, autour du parc d'attractions de Liseberg.

— Pourquoi je me suis arrêté ? Je vous l'ai raconté, non ? répondit Reinholz. À quoi vous jouez ?

— Qu'est-ce que vous fumez comme cigarettes ?

— Hein… quoi ?

Winter vérifia la bande magnétique. Elle était bien en train de tourner.

Il répéta la question.

— Des Marlboro.

— Avec ou sans filtre ?

— Co… comment ça ?

— Vous les fumez avec ou sans filtre ?

— Y en a des sans filtre ?

— Pas dans la boutique de Jimmy Foro.

Reinholz ne commenta pas. C'était comme s'il n'avait rien entendu. Il pensait à autre chose. Peut-être à ce qu'il venait de dire, ou alors à ce dont ils étaient en train de parler.

— Il n'y avait pas du tout de Marlboro en rayon, déclara Winter.

— Non… il devait plus y en avoir.

— Mais d'habitude il y en avait ?

— Oui… je crois. J'en ai acheté une fois avant… c'est pour ça que je me suis arrêté. Pour acheter des clopes.

Winter ne dit rien.

Ils entendaient chanter un oiseau dehors. Il s'interrompait et reprenait rapidement, comme s'il se reposait dans l'intervalle.

— Il me semblait qu'il vendait des Marlboro. Pourquoi vouliez-vous que je m'arrête sinon ?

— Dites-moi ça.

— De quoi ? Pourquoi je me serais arrêté ?

Winter garda le silence. C'était parfois une bonne méthode de ne poser aucune question. Et surtout de ne donner aucune réponse.

— J'avais pas d'autre raison de le faire. À quoi vous pensiez ?

— Reprenez depuis le début. Depuis le moment où vous avez tourné en direction de la boutique.

— Mais je vous l'ai déjà dit !

— Simple affaire de routine.

— Routine, mon œil.

— Depuis le moment où vous avez tourné en direction de la boutique.

Rien à signaler dehors. On était au point du jour. Sur l'autoroute qui remontait vers le nord, des faisceaux de phares balayaient l'asphalte. De vains éclats de lumière dans les deux sens et qui s'évanouiraient avec l'aube. Le vent soufflait de l'ouest en direction des terres, un train sifflait dans le lointain. Il avait garé son véhicule devant la boutique. Un bâtiment isolé. Solitaire. Il avait besoin de cigarettes. Les murs étaient vitrés, rien ne bougeait. Le calme absolu.

Il avait traversé le parking en direction de la boutique. Le bruit de ses talons résonnait dans la nuit. Il faisait encore noir. À un autre moment de l'année, ç'aurait été la pleine nuit. Un écho se faisait entendre.

— Venant d'où ? lui demanda Winter.

— Je ne sais pas... de l'autre côté de la baraque.

— À quoi ça ressemblait ?

— À un... cri.

— Quelle sorte de cri ?

— Un cri... je ne sais pas... un cri.

— Ça n'aurait pas pu être un cri d'oiseau ? De mouette ?

— Des mouettes... non. Y avait pas d'oiseau par là-haut. Pas à cette heure-là. Trop tôt.

— Vous en êtes certain ?

— J'ai l'habitude de circuler tôt... ou tard, ça dépend du point de vue. Je bosse de nuit. Je sais à quelle heure elles sortent, les mouettes, l'été.

Winter hocha la tête.

— C'était peut-être moi, reprit Reinholz.

— Pouvez-vous répéter, s'il vous plaît ?

— C'était peut-être moi, le mec qui a crié.

— En traversant le parking ?

— Bien sûr que non. Après. Ou alors presque au même moment. Une fois arrivé à la... porte.

— Mais avant ça, vous aviez entendu un cri ?

— J'en suis plus vraiment sûr. C'était peut-être... moi. Mon propre écho.

— Avez-vous appelé quelqu'un ? Avez-vous crié en traversant le parking ?

— Non, non. Pourquoi j'aurais fait ça ?

— Si vous aviez entendu un bruit.

— Non.

— Vous aviez peut-être vu quelque chose ?

— Non. Quoi donc ? Qu'est-ce que j'aurais pu voir ?

— Vous n'avez vu personne sortir en courant ?

— Non. Je vous l'aurais dit. Pourquoi je vous l'aurais caché ?

— Vous auriez pu oublier ce détail.

— Un truc pareil, je m'en serais souvenu.

— Vous ne vous souvenez plus si vous avez crié. Ni quand vous l'avez fait.

Reinholz marmonna quelques mots inaudibles.

— Pourriez-vous me répéter ça ?

— Vous n'y étiez pas.

— Non.

— Vous n'imaginez pas ce que ça fait.

— J'étais sur les lieux environ une heure plus tard, répliqua Winter.

— Pas tout seul.

— Non.

— C'était l'horreur. Y avait de quoi se sentir paumé.

— Qu'est-ce qui vous a donné cette impression ?

— Je l'ai senti comme ça.

— Mais qu'est-ce qui vous a donné cette impression ?

— C'était… ce spectacle. Tout ce sang…. une vraie mer. De sang.

— Vous pouviez l'apercevoir de l'extérieur ?

— Je crois bien. Je… c'est peut-être pour ça que je me suis mis à crier. Dehors.

— Ça vous revient maintenant ? Vous auriez crié avant d'y arriver ?

— C'est ce qui a dû se passer.

— Et après ?

— Après quoi ?

— Qu'avez-vous entendu après ?

— Ce bruit de pas.

Winter resta silencieux. Il opina du chef en direction de Reinholz : Allez-y, continuez.

— J'ai pensé qu'il y avait quelqu'un là-dedans. C'était trop… horrible. Quelqu'un qui devait *savoir*. Qui avait vu la scène. *De ses yeux*. Vous comprenez ?

Winter hocha la tête. Il comprenait. Il remarqua les yeux injectés de sang de Reinholz. Alcoolique ? Ou alors il conduisait trop. Dormait trop peu. Se faisait trop de bile. Un type du genre à dire ce qu'il ne faut pas dire, à faire ce qui n'est pas à faire. À fréquenter les mauvaises personnes.

— Quelqu'un est parti en courant.

— Un enfant ?

— Je ne sais pas.

— Précédemment, vous avez déclaré que c'étaient des pas légers.

— C'est ce qui m'a semblé.

— Mais vous n'en êtes pas certain ?

Reinholz ne répondit pas.

Winter répéta la question.

— Il y avait peut-être quelque chose qui étouffait le bruit de la course.

— Quoi donc ?

— Eh bien… de l'herbe peut-être.

— C'est pour ça qu'ils étaient légers ?

— Oui.

— On peut faire l'essai là-haut.

— Comment ça ?

— Écouter le bruit que ça fait.

— Vous allez vous mettre à courir là-bas ?

— Pourquoi pas ?

— Et on va comparer ça avec des pas d'enfant ?

— Exactement.

— C'est sûr que les gosses, ça pullule là-haut.

— Qu'est-ce que vous sous-entendez, Jerker ?

— Quoi ? Je dis juste qu'il y a pas mal de gosses.

— Vous n'en avez pas vu ce matin-là ?

— C'était pas vraiment le matin. Je vous ai dit l'heure. À peu près. Trop tôt pour les gamins.

— En avez-vous aperçu ?

— Non, non.

— Connaissiez-vous l'une des personnes qui se trouvaient à l'intérieur ?

— Alors là je suis… qu'est-ce que vous voulez dire ?

— Connaissiez-vous l'une des victimes ?

— Je vous ai déjà répondu.

— Aviez-vous déjà rencontré l'une d'entre elles ?

— Ça a bien dû arriver, non ? Vu que j'avais déjà acheté des clopes dans le magasin.

— À qui ?

— Comment vous voulez que je m'en souvienne ?

— Ce ne serait pas normal ? De vous souvenir de ça ?

— Normal ? Ils se ressemblent tous et puis…

— Que vouliez-vous me dire, Jerker ?

— Rien.

— Qu'ils se ressemblent tous ? C'est cela ?

— Non, non.

— Alors, qu'aviez-vous en tête ?

— Je voulais juste dire que je les aurais pas… reconnus. Si j'avais acheté mes clopes à un mec ou à un autre… je sais pas.

Il paraissait désireux d'ajouter quelque chose. Winter attendit.

— Et puis… une fois là-dedans, plus question de reconnaître… quoi que ce soit.

Winter garda le silence.

— Mon Dieu, soupira Reinholz.

— Vous aviez déjà pris l'un d'eux dans votre taxi ?

— Pas que je m'en souvienne.

— Un petit effort.

— Co… comment ça ?

— Tâchez de réfléchir encore un peu.

— Ça servirait à rien. Si j'arrive pas à me rappeler qui m'a servi, y a peu de chances que je me rappelle si j'en ai déjà pris un dans mon taxi.

— Vous m'avez l'air bien sûr de vous.

Reinholz se contenta de hausser les épaules.

— Nous avons besoin de l'aide de tout le monde, reprit Winter.

— Bien sûr.

— C'est mon métier de faire parler les gens. La moindre bribe de souvenir peut s'avérer très importante. Vous saisissez ?

— Oui.

— Avez-vous peur ?

— Hein… ? (Reinholz avait eu un sursaut, très léger, mais perceptible.) Peur ?

— Avez-vous peur de quelqu'un ?

— Qu'est-ce… qu'est-ce que c'est cette question ?

— A-t-on cherché à vous intimider ? Après ce que vous avez vu.

— Non… pourquoi ça ?

— Ou alors pour quelque chose que vous sauriez.

— Je sais rien. Qu'est-ce que vous voulez que je sache ?

Il regardait Winter comme s'il attendait de lui la réponse. Comme s'il avait été prêt à collaborer, pourvu qu'on lui dise comment faire. Rien de bien significatif en soi. On pouvait collaborer à des degrés très divers et dans des buts très différents.

— Je ne sais rien, répéta Reinholz.

— Dans quelle direction rouliez-vous quand vous vous êtes arrêté pour acheter des cigarettes chez Jimmy ?

— Euh… quelle direction ? Je redescendais vers le centre-ville. Je m'apprêtais à plier bagage.

— Comment ça ?

— Plier bagage. J'allais me coucher. Je rentrais chez moi.

Winter opina.

— Je peux rentrer chez moi maintenant ?

— Quelqu'un a-t-il peur de *vous*, Jerker ?

— J'espère que tu n'es pas allé trop loin, s'inquiéta Ringmar.

— Pas pour lui.

— Qu'est-ce que tu veux dire ?

— C'était comme s'il avait anticipé chacune de mes foutues questions.

Ringmar hocha la tête.

— Tu vois ce que je veux dire.

Nouveau hochement de tête :

— J'ai déjà vu ça.

— Il est louche, ce type. On ne peut pas le laisser filer comme ça.

— Dans ce cas, on ne le fait pas.

— Il faut qu'on essaie de vérifier ses courses. Qu'on appelle... c'est quelle compagnie déjà ? Taxi Göteborg ? Les Messageries ? Vérifier les clients.

— Il y en a sûrement un paquet qui règlent en liquide, objecta Ringmar.

— Ou bien pas du tout, dit Winter avec un sourire.

— Sans compter ceux qui paient au noir. Mais ça ne doit pas marcher comme ça dans les grandes compagnies.

— À propos de noir, une tasse de café bien serré chez moi, ça te dit ?

— C'est sûr qu'on manque de sensations...

Sur les conseils éclairés de son collègue, Ringmar choisit un Glenfarclas de quinze ans d'âge.

— Quinze ans, c'est l'idéal, commenta Winter. Robuste et parfumé. Mieux équilibré, à mon avis, qu'un vingt et un.

— Quelle chance, lança Ringmar. Pile un quinze ans d'âge dans ta cave.

— Les autres cuvées ne sont pas mal non plus. Je dois avoir un vingt-cinq ans quelque part.

— Pratiquement le double.

— Ce n'est pas toujours l'âge qui fait la qualité.

Ringmar souleva l'épais flacon. Sur l'étiquette, le dessin d'une tour avec sa flèche gothique, un toit de grange, un champ sous un ciel gris et puis une colline en pente douce à l'arrière-plan.

— Acheté chez le producteur ?

— Naturellement.

— Comment ça ? Décidément, Erik !

— Je te recommande la visite. C'est une belle distillerie, dans un grand bâtiment, moderne. Une entreprise familiale, qui n'appartient à aucun groupe. Tout ça au cœur du Speyside bien sûr, dans les Highlands, près d'un village qui s'appelle Marypark, si je m'en souviens bien. Très sympa là aussi.

— Il y a un Systembolaget[1] très sympa sur la place Jaegerdorff.

— Tu trouves ?

— Pas vraiment en fait. Mais on n'est pas obligés d'aller s'approvisionner en Écosse.

— C'est pas désagréable, Bertil. Et puis Jaergendorff ne fait pas Glenfarclas.

— On peut goûter ? demanda Ringmar. Ou alors est-ce qu'il faut attendre une inspiration particulière ?

Angela éclata de rire. Elle se pencha en avant pour lui tapoter la joue. Ils étaient assis à la table de la cuisine. On entendait quelqu'un en bas qui traversait la cour d'un pas décidé. L'écho remontait entre les murs de l'immeuble jusqu'à leur étage et sans doute plus haut encore vers le ciel. Un ciel qui resterait clair la plus grande partie de la nuit. On était à deux jours

---

1. Monopole d'État chargé de la distribution des alcools en Suède. (*N.d.T.*)

de la Saint-Jean. Après le solstice d'été, l'obscurité reprendrait progressivement sa marche dans toute la Scandinavie. Et six mois plus tard, Noël. Mais les jours auraient alors commencé à rallonger. Et ainsi de suite. L'année passait très vite à ce rythme-là.

— Il suffit peut-être de humer, glissa Ringmar.

— Prends donc une gorgée, Bertil, lui intima Angela en levant son verre de vin.

Ils trinquèrent et goûtèrent enfin leur nectar.

Ringmar se donnait des airs de dégustateur.

— Mmm… (Il reposa le verre à whisky, un verre à cognac en plus fuselé.) À la fois… puissant… (Il reprit son verre qu'il fit tourner pour apprécier la robe.) Et onctueux.

Winter sourit :

— Tu as reconnu certains arômes ?

— Tourbe, répondit Ringmar. Mais pas trop prononcé.

— Bien.

— Un relent presque un peu sucré… enfin pas directement… je ne sais pas.

— Ça, c'est le vieillissement dans les fûts de sherry.

— Naturellement.

Angela éclata de rire à nouveau.

— Tu m'as l'air de belle humeur.

— Ça fait plaisir d'avoir de la compagnie.

— Merci bien.

— Je parle aussi de la compagnie d'Erik.

Elle lui lança un regard.

— On en a déjà parlé Angela, répliqua Winter.

Elle prit une nouvelle gorgée de vin. Un vin rouge, de Cahors, qui paraissait noir par cette nuit claire. Mais il restait noir sous n'importe quelle lumière.

— C'est terrible, ce crime sur lequel vous enquêtez, ajouta-t-elle après un moment de silence.

— Un des pires que j'aie jamais vus, acquiesça Ringmar.

— Vous avez retrouvé la trace de ce type... le second employé ?

— On n'est pas obligés de parler de ça maintenant, intervint Winter.

— Moi j'en ai envie.

— Nous le recherchons activement, répondit Ringmar. C'est l'urgence du moment.

— Qu'est-ce qui a bien pu se passer ? continua-t-elle.

— Tu veux dire ?

— Qu'est-ce qu'il a bien pu devenir ce... ? Comment s'appelle-t-il ? Hussein ?

— Hussein Hussein.

— On n'en est même pas sûrs, remarqua Ringmar.

— Il n'a pas de famille ? Je veux dire à Göteborg.

— On n'en sait rien encore.

— Et d'où vient-il ? Ou alors il est né ici ?

— Non. Probablement pas.

— Ce serait un réfugié ?

— Vraisemblablement. On est en train de vérifier ça.

Angela lança un coup d'œil à son mari. Le verre à la main, il fixait la fenêtre et la nuit au dehors. Il finit par tourner son regard vers eux.

— Il y a beaucoup de monde impliqué dans cette histoire, déclara-t-il en reposant son verre. Beaucoup trop de monde.

— Qu'est-ce que tu veux dire, Erik ?

— Il y a plusieurs hypothèses envisageables. Tu es d'accord avec moi, Bertil ?

— Ça me paraît encourageant, commenta Angela.

— Je n'en suis pas sûr.

— Exemple : l'interprète..., commença Ringmar.

— L'interprète ? demanda la jeune femme.

— Nous n'arrivons pas vraiment à le cerner. Si on peut dire.

— Est-ce si rare que ça ? De ne pas cerner quelqu'un. Un témoin… ou alors un suspect ? Ça serait pas une chose banale ?

— Si, admit Ringmar.

— Mais pourquoi est-ce que je me pose autant de questions sur un interprète ? reprit Winter. Ou sur un chauffeur de taxi ?

— Parce que ça fait partie de ton travail, non ? répondit Angela. Vous êtes censés soupçonner tout le monde.

Ringmar eut un sourire.

— Pas très sympa comme perspective, remarqua Winter.

— Mais ça t'a bien servi dans le passé, répliqua son collègue.

— Mmm. Et ton intuition à toi, Bertil ?

— Sur l'interprète ?

— Oui.

— Bof... Mais cette histoire d'amour, j'y crois pas trop.

— Quelle histoire d'amour ? s'enquit Angela.

— Erik pense que l'interprète avait une relation amoureuse avec l'une des victimes.

— Pour l'instant, c'est juste une idée qui m'a traversé l'esprit, rectifia Winter.

— Avec la femme ? demanda Angela.

— Non. Avec un des hommes.

— Ça pourrait être à l'origine du meurtre ?

— On se le demande.

Angela se pencha au-dessus de la table.

— Et qu'en dit l'interprète ?

— Nous ne lui avons pas encore posé la question, répondit Winter.

14

Les cris étaient véhiculés par le vent. Ils pouvaient avoir été poussés à des kilomètres plus loin. Ils avaient une expression pour ça : les cris de l'autre côté.

De l'autre côté du monde. Ou de ce côté-ci. Mais c'était tout de même un autre monde. Quelque chose qui restait à la mémoire, mais seulement à la mémoire des plus âgés, ou des plus jeunes. Dans ce monde-là, le soleil se déplaçait davantage que les populations. Ici c'était l'inverse. Lorsque le soleil brillait là-bas, ça comptait le double d'heures. Et quand il se couchait, ça ne prenait qu'un petit moment. Alors le sable se teintait de rouge. Le désert était une mer. Ils n'avaient pas de voiles. La mer rouge ne remuait pas. Pas de vent non plus. Rien sur quoi fonder un espoir pour aucun d'entre eux. Ils étaient déjà morts.

J'ai échappé à la mort, contrairement à mon oncle Ali, allongé sous le drap blanc. Je l'ai vu se lever ce matin-là, se diriger vers les buissons. Quand il est revenu, je n'ai pas pu voir son visage parce que le soleil était juste en train de monter à l'horizon et j'ai ressenti comme un éblouissement. Mes yeux ne voyaient plus.

Qu'est-ce qu'il y a de pire ? Devenir aveugle ou mourir ? Je ne sais pas, je ne sais plus. Je voudrais ne pas voir ce que je vois maintenant. Mais je pourrais encore me souvenir. Et je verrais autre chose. Si je meurs, je ne vois rien, je ne me souviens de rien. Je ne suis plus rien. Sauf si je suis auprès de Dieu. Alors je peux voir en bas la terre… ma sœur et mon frère, ma mère. Sans pouvoir les aider. Sinon, papa l'aurait déjà fait. Et ça doit être encore pire que de ne rien savoir. Voir tout ça sans rien pouvoir y faire.

Plus personne pour nous aider maintenant.

Personne avant non plus.

Tous ces gens dans les villages voisins, je ne sais pas ce qu'ils sont devenus.

Ma mère a dit que quelqu'un avait vu des soldats à l'ouest. Du côté du couchant. Le soleil se couche et les soldats se lèvent. Mon frère et moi, on se disait que les soldats vivaient dans le sable. Sous la terre. Ils détestent la lumière. Ils nous détestent. Ils ne connaissent pas l'amour.

Nous avions marché dans la mauvaise direction pendant deux ou trois jours, vers l'ouest, mais ce n'était pas une erreur à cause de la présence des soldats, c'était une erreur parce que la frontière n'était pas à cet endroit.

C'était notre but. Je ne comprenais pas vraiment. Quelle frontière ? Il y en a eu beaucoup, on m'a toujours dit ça. Au village, un jour qu'on parlait de la frontière, un homme a tourné sur lui-même avec les mains tendues et tout le monde a éclaté de rire. C'était comme si on n'avait pas besoin de frontières.

Mais personne n'avait plus envie de rire. Nous avions besoin de la trouver maintenant, cette frontière. Ce qu'on ferait en y arrivant, je n'en avais aucune idée. Je ne savais pas non plus quand on y parviendrait. Demain, a dit quelqu'un. Mais ça pouvait être l'année prochaine, j'en étais sûre. Et ce serait long, toute une année.

15

L'appartement de Jimmy Foro parut à Winter plus grand que lors de sa première visite. Ça lui arrivait souvent. C'était une question de temps. Deux ou trois jours après le crime, les choses prenaient une autre forme, d'autres proportions. Tout revenait à l'étale. L'espace, comme ici, s'en trouvait dilaté.

Le commissaire perçut le doux ronflement du Frigidaire dans la cuisine. Rien que de très normal, tout fonctionnait.

La sonnerie de son portable retentit, elle aussi plus forte ici qu'ailleurs.

— Erik Winter.

— Oui, bonjour. Lars Palm à l'appareil. Le chef du service logement à Hjällbo. Vous cherchiez à me joindre, je crois.

— Merci de me rappeler.

Winter explicita sa requête.

Tandis qu'il parlait, il aperçut le petit cycliste, de dos. Il finissait toujours par disparaître.

— Nous gérons deux mille deux cents appartements ici, l'informa Palm.

— Mmm.

— Pour vous retrouver quelqu'un, je ne vois qu'une solution : nos techniciens de surface.

— Techniciens de… ?

— Les femmes de ménage savent tout sur tout le

monde, poursuivit le gérant. Beaucoup sont là depuis le début, depuis la création du quartier.

— Incroyable.

— C'est sur elles que tout repose, on peut dire. Elles créent du lien social. (Winter crut percevoir une nuance d'ironie dans la voix de Palm.) Elles apaisent les tensions. Elles maintiennent les choses en ordre. Et bien sûr, elles savent tout sur les gens d'ici. Dans quel immeuble ils habitent. À quoi ils ressemblent. Pourquoi ils se mettent tout à coup à garer leur voiture ailleurs. Pour ceux qui en possèdent, bien sûr. Elles savent aussi pourquoi un tel se met à rendre visite à un ou une telle.

— Parfait.

— Des Finlandaises. Il n'en reste plus tant que ça.

Winter venait de passer devant un immeuble de Finlandais. Au 18 de la cité des Acacias. Rien que des noms finnois sur le tableau de l'entrée.

— Des Finlandaises et des Suédoises, continuait Palm. Des anciennes.

— Parfait, répéta Winter.

— Je vous rappelle quand j'ai des nouvelles.

— Merci beaucoup. N'hésitez pas : la moindre information peut nous être utile.

— Un gamin tout seul, donc ? À vélo ?

Winter lui avait décrit le physique de l'enfant et son âge approximatif.

— On dirait qu'il ne sort jamais sans son vélo. Il avait aussi une balle de tennis, en tout cas la première fois que je l'ai vu.

— Vous pensez qu'il court un danger ?

— Je ne sais pas. C'est possible.

— Il a peut-être raconté à la maison… ce qu'il a vu. Ou entendu.

— Possible.

— Dans ce cas, la famille aura décampé.

— Une solution aussi radicale ? s'étonna Winter.

— Si le gamin est en danger, toute la famille aussi. Et dans ce cas, il y a des chances qu'ils aient tout de suite fait leurs malles.

— Vous pouvez vérifier ce genre de choses, n'est-ce pas ?

— Si on a eu un déménagement ces derniers jours ? Naturellement.

— Il faudrait peut-être commencer par là. Et voir avec les Finlandaises après.

— Je vous rappelle, conclut Palm.

Une photo de Jimmy trônait dans son cadre sur une commode assez lourde. Winter s'était posté devant pendant sa conversation avec le gérant. Le cadre était doré. Et Jimmy avait un sourire en or.

Un sourire à la commande : le même pour tous les photographes professionnels du monde. Pour quoi faire ?

Winter se pencha de plus près. Le regard de Jimmy fixait quelqu'un derrière son dos à lui. Il se retourna. Il n'y avait qu'une fenêtre au milieu d'un mur vide. Dehors, la route, un parking, des bâtiments. Il se dirigea vers la fenêtre. Un homme traversait la place. Winter le reconnut.

Mozaffar Kerim leva les yeux de sa tasse à café.

— Je peux m'asseoir ?

L'interprète désigna d'un geste la chaise vide en face de lui. Mais il n'était plus dans ce rôle-là désormais, ce n'était qu'un homme seul devant une tasse à café vide dans une gargote déserte de la place Cannelle.

Winter prit place.

La serveuse s'approcha de la table.

— Un café, merci.

— Et avec ça ?

Winter vit l'assiette vide à côté de la tasse de Kerim.

— Comme lui.

— Une brioche à la cannelle.

— C'est leur spécialité, précisa Kerim. Ils ont pris le relais du Limonell. (Il désigna la porte d'un signe de tête.) C'était juste à côté. Mon café préféré. (Il eut un sourire vague.) Ils ont fermé maintenant.

— Il y a un Limonell à Hjällbo.

— Avant, ils étaient deux. Mais ce n'était pas rentable apparemment.

— Brioche à la cannelle et pizza. Pourquoi pas ?

Ils étaient installés à la Pizzeria Roma.

La femme s'était éloignée, le sourire aux lèvres elle aussi. Kerim avait cependant perdu le sien.

— Vous venez tous les jours ici ?

— Si j'en ai le temps.

Winter jeta un regard circulaire dans la salle.

— Sympathique, comme endroit.

Kerim leva lentement son bras et consulta sa montre comme pour rappeler à Winter que le temps passait.

— Vous avez à faire quelque part ?

Kerim secoua la tête.

— Pas de travail aujourd'hui ?

— Pas encore.

— Ça peut se présenter à l'improviste ?

L'homme ne répondit pas.

— Pour une mission… ordinaire, je veux dire.

— Ça arrive.

— Vous pensez à Hiwa ?

Kerim tressaillit, comme sous l'effet d'une décharge électrique.

— Que voulez-vous dire ?

— Rien de plus que ce que je vous ai demandé. Sur Hiwa.

— Non. Je ne pensais pas à lui.

— À quoi pensiez-vous ?

— Vous… n'avez pas le droit de me demander ça,

non ? Ou alors ce serait nouveau ? Une police de la pensée ?

— Pas vraiment.

— Comment vous appelleriez ça alors ?

La serveuse revint avec le café et la brioche à la cannelle sur un petit plateau en bois. Elle posa l'assiette et la tasse sur sa soucoupe devant Winter.

— Ça devient rare d'être servi à table, apprécia le commissaire en la regardant s'éloigner.

Le soleil pénétrait par la porte grande ouverte et baignait la Pizzeria Roma d'un halo doré.

— OK, je pensais à lui.

Winter hocha la tête et mordit dans sa brioche.

— C'était mon ami, ajouta Kerim.

Aneta Djanali et Halders se garèrent devant la supérette Ica. Ils se sentirent comme happés par la chaleur en sortant de la voiture.

— Trente degrés, précisa Aneta Djanali.

— Je me disais aussi…

— Ça doit se maintenir tout le week-end.

— On va pouvoir sortir le hareng dans le jardin, sourit Halders.

— Non merci.

— Tu ne veux pas manger dehors ?

— Tu sais très bien ce que je veux dire, Fredrik.

— Il faut absolument que tu te mettes au hareng, Aneta, si tu veux devenir une vraie Suédoise.

— Et moi je te réponds que la moitié de la population de ce pays partage mon problème.

— Impossible.

— Mais j'adore les pommes de terre nouvelles.

— Et l'alcool de patate, glissa Halders.

— Je me contenterai d'un verre de schnaps.

— Un schnaps tout seul, c'est plus du schnaps !

— Tu as prévu tout ce qu'il fallait ?

— Pour l'alcool ? D'après toi ?

159

— Bertil vient aussi ?

— Oui, Bertil et Birgitta, Erik et Angela.

— Super.

— On ne va pas faire éclater le noyau dur de la brigade criminelle sous prétexte qu'on fête la Saint-Jean ?

— Bien sûr que non !

Un tout petit chien traversa la place en courant : un bâtard épais et court sur pattes. Il n'avait pas l'air bien dangereux. Il regarda autour de lui comme à la recherche d'une laisse, d'un maître ou d'une maîtresse, d'un voleur de chiens, puis il disparut au coin d'un immeuble.

— Gare au loup ! s'écria Halders.

— C'est interdit de laisser courir un chien sans laisse.

— Va dire ça au clebs.

— Voici le maître.

Un homme traversa le parking au pas de course. Un petit trapu. Il leur lança :

— Vous n'auriez pas vu un chien ?

— Vous parlez du rottweiler ?

— Quoi ? Non… il est tout petit… et c'est pas vraiment un chien de race.

Lui-même paraissait surpris des mots qu'il venait d'employer.

Il avait ralenti mais ne s'était pas complètement immobilisé. On aurait dit qu'il courait sur un tapis de course.

— Le clebs est parti de ce côté-là, lui indiqua Halders d'un geste de la main.

— Merci.

L'homme disparut au coin de l'immeuble.

— Un drame de la vie quotidienne. La vie n'est faite que de ça, commenta l'inspecteur.

— On est quand même sur une affaire un peu plus sérieuse.

— On y va.

Ils se dirigèrent vers l'immeuble, la façade pâle sous cette lumière forte qui paraissait avoir rongé le crépi d'origine. On se croirait dans le sud, se dit Halders. Le feu du soleil efface les couleurs.

— C'est la première fois que je mets les pieds ici, fit remarquer la jeune femme.

— À Ranneberg ? Tu plaisantes ?

— Non. Je suis déjà passée en voiture, mais je n'ai jamais eu l'occasion de m'arrêter.

— Te voilà servie, Aneta.

Ils se tenaient devant le porche. Halders sortit les clés.

Elle respira profondément.

— Il n'y a pas grand-chose à voir là-haut. Dans l'appart.

— Aucune importance, tu le sais bien, Fredrik.

— Tu n'étais pas obligée de me suivre.

— Ferme ta gueule.

Ils prirent les escaliers.

Des bribes de musique leur parvenaient depuis les appartements. Des rythmes orientaux, songea Halders. Quant à être plus précis… C'est grand l'Orient. La moitié du monde.

Il ouvrit la porte.

Il faisait frais à l'intérieur mais une drôle d'odeur flottait dans l'air. C'était peut-être une fausse impression. Il jeta un œil à Aneta. Elle la sentait aussi.

La jeune femme aperçut quelques mouches à la fenêtre de la cuisine. Des mouches grasses, immobiles, mais qui s'envolèrent à son approche.

Des enfants jouaient dehors. Elle ne les avait pas remarqués tout à l'heure.

— C'est arrivé au petit matin, précisa Halders dans son dos.

161

— Quand tout le monde est couché, commenta-t-elle en regardant l'aire de jeux.

Un petit garçon se balançait, une petite fille creusait profond dans le tas de sable, jusqu'à la Chine très certainement. Est-ce qu'on y arrivait en creusant jusqu'au bout ? C'est vrai qu'elle occupe une bonne portion du globe. De Ranneberg à la Chine. Ou l'Iran. Ce n'était pas rien comme pays non plus. Beaucoup de désert, du sable. Les époux Rezaï venaient de là. L'Iran, au bout du tunnel creusé par l'enfant ? Ce dernier pouvait avoir des origines iraniennes avec ses cheveux noirs, son visage pâle, ses grands yeux sombres et son nez aquilin. Elle distinguait bien tous ces détails. La fenêtre était impeccablement propre.

Winter avait renoncé à finir sa brioche. Délicieuse, mais énorme. La serveuse était revenue remplir sa tasse à café. Kerim, lui, avait décliné l'offre de café « au pot », à volonté, une tradition typiquement suédoise.

— Drôle d'expression, avait-il commenté. C'est tellement suédois. Je ne sais pas. Clair et net. (Il avait regardé la tasse de Winter se remplir à nouveau.) C'est comme un nouveau mot dans la bouche d'un enfant. Vous comprenez ?

— Parfaitement.

— Quand on est interprète, on ne peut pas ne pas penser à ce genre de choses.

Winter opina.

— Le son des mots. Leur origine. Pourquoi ils vous renvoient à ci ou ça. C'est passionnant.

— Je partage le même intérêt que vous, dit Winter.

— Est-ce que vous écrivez ?

— Pardon ?

— Notez-vous les mots qui vous intriguent ?

— Non, et vous ?

— Ça m'arrive.

— Je devrais peut-être m'y mettre.

— Essayez.

— OK.

— Avez-vous des enfants ? demanda Kerim.

— Deux petites filles.

— Félicitations.

— Merci. Et vous-même ?

— Si j'ai des enfants ? Non.

Son regard glissa vers la fenêtre. Pas d'enfants dehors non plus. On aurait dit qu'il cherchait à en voir.

— Il y a beaucoup de gamins dehors, continua-t-il en se tournant vers le commissaire.

— Que voulez-vous dire ?

— Ils ne se montrent pas. Ils se cachent ou sont tenus cachés.

Winter hocha la tête.

— Combien de temps cela durera-t-il ?

— Je n'en sais rien.

— D'abord ils ont fait cette loi qui invite tous les clandestins à se manifester pour qu'on étudie leurs dossiers, et ensuite ils ont à nouveau durci la loi et les gens ont dû recommencer à se cacher.

— Je sais.

— Pourquoi le gouvernement s'est-il conduit comme ça ?

— Ne me le demandez pas, Mozaffar. Pour être franc, ça m'étonne autant que vous.

— L'avez-vous dit ?

— Oui, j'ai même fait savoir que j'en étais choqué.

— À qui l'avez-vous dit ?

— À tous ceux qui avaient la patience de m'écouter.

— Et ça a servi à quelque chose ?

— Non.

— Vous croyez que ça prendra fin ?

— Oui.

— Quand ?

— Je ne sais pas.

— Quand les autorités finiront-elles par comprendre les gens qui souffrent ?

— Je n'en sais rien non plus.

— Que savez-vous finalement ?

Qui est-il pour me poser ce genre de questions ? s'interrogea Winter. Qui a le dessus ? Ni l'un ni l'autre, semble-t-il.

— Je n'ai pas d'enfants, reprit Kerim. Pas ici.

— Votre famille se trouve ailleurs ?

— Non. Et ce n'était pas ça que je voulais dire.

Le petit garçon n'avait pas osé raconter. Il savait ce qui se passerait sinon. Ou du moins il croyait le savoir. Et ça, il n'en voulait pas.

Mais il savait que c'était dangereux. Le mieux, c'était d'oublier, de pédaler et d'oublier. L'école était finie, il avait du temps, et s'il se fatiguait suffisamment, il oublierait sans doute.

Il n'avait jamais revu cet homme qui lui avait couru après.

Hama Ali Mohammad avait perdu son mobile. Il se sentait tout nu sans son appareil.

On en parlait de celui qui avait disparu, Hussein. Autant chercher une aiguille dans une meule de foin, comme disent les Suédois. Autant chercher un Mohamed en Arabie. Ou un M. Singh en Inde.

Quelqu'un avait demandé si c'était celui qui bossait chez le Nigérian. La rumeur courait vite. Normal avec ce qui s'était passé.

Mais ces types-là n'étaient pas des islamistes. Hama Ali ne connaissait pas tous les détails, mais ç'avait été effroyable. En tout cas, c'était pas une histoire de djihad.

Il attendait. C'était plus dur sans son mobile. Il

s'emmerdait. Au moins il était au frais là-dedans. Dehors, il faisait une chaleur d'enfer. C'était le cas de le dire.

Voici qu'il le voyait venir. Il leva la main. Salut.

— Hiwa était donc votre ami.

— Oui.

— De quelle façon ?

— Vous en connaissez plus d'une ?

— Je ne sais pas.

— Vous y voilà de nouveau. Vous ne savez pas.

— De quelle façon étiez-vous amis ? répéta Winter.

— Nous… nous rencontrions ici, par exemple. (Il fit un geste de la main.) Ou bien, là-bas, au café, quand il existait encore. Mais je vous l'ai déjà dit.

— Pourquoi ne pas m'en avoir parlé avant ?

— Vous ne m'avez pas posé la question.

— Je ne vous ai pas interrogé au sujet du café.

— Je ne pensais pas que ça pouvait avoir un rapport.

— Hiwa a été assassiné, insista Winter. On lui a tiré dessus.

Kerim garda le silence.

— Vous auriez dû être parmi les premiers à venir me voir pour me raconter tout ce que vous saviez de lui.

— C'est ce que je fais maintenant.

— Pourquoi n'avez-vous rien dit ? Avez-vous peur ?

— Tout le monde a peur de quelque chose, non ? (Il regarda Winter droit dans les yeux.) Ici en tout cas, tout le monde a peur.

— Je n'y crois pas. Vous vous cachez sous un faux prétexte.

Nouveau silence de Kerim.

— Est-ce qu'Hiwa pouvait avoir des craintes ? demanda le commissaire. Savait-il quelque chose ?

— Qu'est-ce que vous vouliez qu'il sache ?

— Quelque chose qu'il n'avait pas le droit de savoir.

Kerim garda le silence.

— Que savait-il ?

La serveuse les observait depuis le comptoir. À cette distance, elle ne pouvait pas les entendre, mais Winter avait plusieurs fois surpris l'interprète à glisser un regard dans sa direction.

— Préférez-vous que nous allions ailleurs ?

— Non, non.

Kerim secoua la tête.

Il se mit à pleurer tout doucement.

Winter ne savait pas si la jeune femme s'en était aperçue, mais elle leur tournait maintenant le dos.

Kerim sortit un mouchoir et se moucha discrètement.

Il releva les yeux :

— Beaucoup de larmes.

— Ça peut faire du bien.

— Qu'en savez-vous ?

— Je suis un être humain, moi aussi.

— Vous faites semblant.

— Une méthode d'interrogatoire tout ce qu'il y a de plus courant.

— Vous essayez de plaisanter.

— Un essai manqué la plupart du temps. Je n'ai apparemment pas réussi à vous faire sourire.

Kerim se tourna vers la fenêtre. Une voiture passait dans la rue. Une autre démarra sans que Winter ait vu quiconque monter dedans.

— Hiwa avait peur de quelque chose, déclara-t-il en continuant à fixer la vitre.

Winter attendait en suivant le regard de Kerim vers la blancheur vide du dehors.

— Je ne sais pas de quoi.

— Que disait-il ?

— Il n'en parlait pas.

— Comment étiez-vous au courant dans ce cas ?

— Il avait changé.

— En quoi ?

— Je ne peux pas vous le dire exactement.

Kerim regardait maintenant Winter droit dans les yeux.

— Quand s'est-il mis à changer ?

— Il y a... un mois ou deux peut-être. Je ne sais pas. Peut-être avant, ou après.

— Qu'est-ce qui avait changé en lui ?

— Il... paraissait nerveux.

— Comment ça ?

— Je... je ne sais pas. C'est juste une... impression que j'ai eue. Il n'était pas... comme avant.

— Comment était-il avant ?

— Gai. Il était souvent gai.

— Et tout à coup ce n'était plus le cas ?

— Si... mais pas de la même manière.

— Comment cela se manifestait-il ?

— Il ne plaisantait plus. (Winter crut voir se dessiner un sourire sur le visage de Kerim, à moins qu'un rayon de soleil furtif n'ait survolé sa bouche.) Avant, tout était prétexte à la blague.

— À savoir ?

— La politique, par exemple. Les réfugiés. Saddam. Les Américains. Les Turcs. Les Suédois. Les Somaliens. Tout.

— Et puis il a fini par ne plus trouver les choses si drôles.

— Oui.

— Il a commencé à avoir peur.

— Oui...

— Il vous l'a dit ?

— Non.

— Ce n'était peut-être pas le cas.

Kerim fixa Winter du regard.

— Que voulez-vous dire ?

— Vous vous êtes peut-être fait des idées ?

— Non… je ne vous l'aurais pas dit sans ça… pas maintenant.

— Mais vous n'avez rien voulu dire à la nouvelle de sa mort.

Kerim tressaillit de nouveau.

— Avez-vous peur également, Mozaffar ?

— Non.

— Vous êtes effrayé par la même chose qu'Hiwa.

— Non. Pourquoi ? Je ne sais pas de quoi il s'agit.

— Effrayé de ce qui l'a tué.

Kerim resta muet.

— Je ne comprends toujours pas que vous ne nous ayez rien dit. (Winter se pencha en avant.) Que vous ne m'ayez rien dit, à moi.

Même silence.

— Peut-être avez-vous essayé.

Kerim leva les yeux.

— Vous avez peut-être essayé sans que nous le comprenions.

— Je… je ne sais pas quoi vous dire.

Winter surprit la serveuse à leur lancer un regard rapide. Elle avait peut-être croisé celui de Kerim.

Hiwa et Kerim se retrouvaient ici. L'un d'eux avait maintenant disparu. Mais ils s'étaient assis dans ce restau. Ils avaient choisi ce lieu. Ils ne s'y étaient pas sentis menacés. En tout cas pas Kerim. Il n'avait pas l'air apeuré quand Winter était entré. Pas plus que maintenant. Il paraissait presque soulagé. Et s'il avait peur ? Peut-être était-il capable de ne pas le montrer. Le montrer à qui ? La serveuse. Winter la regarda de nouveau. Elle leur tournait le dos, paraissait observer la place – déserte. Rien ne bougeait nulle part. Tout était silencieux. D'un silence de mort.

— Que faisait Hiwa ? demanda Winter.

— Je ne comprends pas.

— Trafic de stupéfiants ? De produits alimentaires ? Vol, cambriolage ?

— Non, non. C'est quoi... le trafic de produits alimentaires ?

— Vous le savez très bien.

Kerim secoua la tête.

— Il n'avait pas ce genre d'activité. Je ne pense pas. Impossible.

— Rien de cet ordre ?

— Si vous voulez parler d'activités illégales, je ne suis pas au courant.

Réponse qui pouvait s'interpréter de multiples façons.

— Vous pensez qu'Hiwa aurait pu se mettre dans l'illégalité ?

— Je ne le pense pas, je vous l'ai dit.

— Pourquoi ?

— Il n'était pas comme ça.

— Il n'avait peut-être pas le choix.

Kerim ne répondit pas.

— On l'y a peut-être obligé.

— Je n'en sais rien.

— C'est pour ça qu'il avait peur.

— Je ne sais pas.

— Je voudrais que vous m'aidiez à trouver ses autres amis.

— Je... je ne les connais pas.

— Je ne vous crois pas.

— C'est pourtant la vérité.

— Connaissiez-vous bien Jimmy et Saïd ?

Kerim tressaillit encore.

— Lesquels ?

— Vous savez bien de qui je parle, Mozaffar.

— C'est… venu tellement… brusquement. (Il tripotait sa tasse.) C'est pour ça que j'ai presque sursauté. Mais non, je ne les connaissais pas.

— De la même façon que vous ne connaissiez pas Hiwa ?

16

La peur, il pensait à la peur. Une monnaie qui avait cours partout dans le monde. Un commerce de plus en plus lucratif. Une perspective d'avenir quand l'avenir se construisait sur la peur. Winter roulait à nouveau en direction du nord, les fenêtres baissées. Il sentait s'exhaler de la nature les parfums bleus et jaunes de la Suède. Des parfums remontant d'un passé ancestral. Parvenir à la dépasser, cette peur qu'éprouvent les gens. S'en remettre. Se glisser dans son dos, la prendre par derrière ou par n'importe quel côté, qu'importe. De front, c'était difficile. La peur risquait de se donner libre cours. Elle attendait souvent une attaque frontale et ce n'était pas la bonne manière de la combattre. Ça la rendait prévisible. Parce qu'elle n'est pas naturelle, songeait-il en faisant le tour du rond-point. Elle s'est immiscée en nous. Elle nous vient d'autrui. De qui ? Partout présente, universelle, elle s'est globalisée, elle aussi. Les meurtriers avaient des fusils à plomb semi-automatiques. La peur tenait les armes. La peur sème la terreur. Jusqu'à conduire à la mort parfois. Et puis elle revient. Elle se construit sur la répétition. Elle peut revenir à tout moment, le jour, la nuit, le matin, l'été, l'automne. C'est l'été maintenant, un été qui vient à peine de commencer. La terreur aussi peut-être. Demain c'est la Saint-Jean. Le jour où tout le monde est content.

La place d'Hammarkulle paraissait grise dans le petit matin. Un homme passait avec son caddie à provisions. Il salua Winter d'un signe de tête, comme un étranger. Winter lui rendit son salut.

Nasrin Aziz attendait devant la pizzeria Chez Maria. Elle alluma une cigarette et souffla la fumée en direction de l'arrêt du tram. Elle toussota.

— C'est costaud, comme tabac, lui dit Winter en désignant le paquet qu'elle tenait encore à la main.

— Vous pouvez parler. Vous fumez bien le cigare.

— Comment le savez-vous ?

— Je vous ai vu par la fenêtre. Quand vous êtes venu chez nous. Enfin après.

Nasrin aspira une bouffée et souffla ensuite la fumée qui forma comme une nappe de brume dans l'air léger. Quelques jeunes se morfondaient près de l'escalier roulant qui menait aux stations de tram. Une femme d'une cinquantaine d'années, de type scandinave, arpentait les parages pour faire la manche, semblait-il.

— Votre mère sait que vous fumez ?

— Vous avez l'intention de rapporter ?

Nasrin le défiait du regard.

— Non, non. Ça ne me concerne pas.

— Alors pourquoi vous me posez la question ?

— Je ne sais pas.

— Elle ne sait rien.

La jeune fille tira longuement sur sa cigarette avant de la jeter à moitié consumée sur la dalle de béton. Elle l'écrasa ensuite du talon. Elle portait des chaussures de cuir légères et plates.

— Ma mère n'est pas au courant.

— De quoi ?

— De quoi que ce soit. Elle ne contrôle rien.

— Qui le fait alors ?

Pas de réponse.

Winter crut comprendre ce qu'elle voulait dire.

Dans de nombreuses familles immigrées, les parents ne pouvaient rien contrôler. Ils n'avaient aucun contact avec le monde environnant, ne pratiquaient pas la langue, n'avaient aucun repère en dehors de la maison. Ils avaient peur. Les enfants sortaient dehors, dans ce monde étranger, effrayant. Les enfants, eux, faisaient d'incessants allers-retours entre ces deux mondes. Ils passaient la frontière cent fois dans la journée. Parfois ils ne rentraient pas à la maison.

— Qui a le contrôle dans votre famille ?

— *Avait*, corrigea Nasrin en relevant les yeux vers lui. Est-ce qu'on va rester longtemps dehors comme ça ?

Nasrin ne voulait pas aller Chez Maria. Ils traversèrent la place. La mendiante avait disparu.

— C'était donc Hiwa qui contrôlait la famille ?

Elle ne répondit pas. Elle se contentait de regarder droit devant elle et tripotait son sac à main sans pour autant l'ouvrir, pour en sortir une autre cigarette par exemple. Winter n'éprouvait aucun besoin d'allumer un Corps. Il aurait eu mauvaise conscience. Cette fille ne devrait pas fumer : trop jeune, et puis avec une si belle peau, sans compter ses poumons, et tout le reste. Fumer si tôt, ça devrait être interdit.

— Qu'est-ce qu'il contrôlait ?

Elle ne répondait toujours pas. Ils marchaient en direction de l'école et croisaient des enfants qui lui criaient quelque chose, sans qu'elle leur réponde non plus.

— C'est ici qu'Azad va à l'école ? lui demanda Winter en désignant le bâtiment qui commençait à être éclairé par le soleil.

— Parfois.

— Il sèche les cours ?

— Parfois, répéta-t-elle. Vous allez le dénoncer ?

Comment vous dites… pour absentéisme ? Quoique…
l'école est finie maintenant. C'est les vacances d'été.

— Je suppose que ses professeurs se chargent de
prévenir qui de droit, non ?

— Vous pensez à qui ?

— À votre mère.

— Elle ne sait rien. Je vous l'ai déjà dit, non ?

— Depuis combien de temps fait-il l'école buis-
sonnière ?

— Pourquoi me posez-vous la question ?

Elle s'était arrêtée. Ils venaient de dépasser l'établissement scolaire et la pizzeria Gloria. À gauche,
la salle des fêtes et une Boutique Rose avec, dans la
vitrine, des vêtements et des jouets, probablement
d'occasion. L'endroit devait plaire aux enfants car
Winter en voyait circuler à l'intérieur. Une petite fille
se retourna pour les regarder. Quelques mètres plus
loin, un panneau annonçait le cabinet médical.

— Qu'est-ce qu'Azad dit là-dessus ?

— Sur quoi ?

Des questions ouvertes. Parfois ça marchait, parfois
non. La réponse lui était revenue comme en écho. Tout
cela pouvait prendre beaucoup de temps, mais s'avérait
parfois très utile.

— Sur l'assassinat d'Hiwa.

— Que peut-il en dire ?

Winter garda le silence.

— Quelle importance est-ce que ça peut avoir pour
un seul d'entre nous ?

— Pourquoi l'a-t-on assassiné ?

Ils étaient toujours immobiles. Tout à coup, elle fit
demi-tour en direction de la place.

— Que savait-il ? reprit-il. Que contrôlait-il ?

Elle se mit à pleurer.

— Qu'aurait-il pu savoir ? demanda-t-elle.

— Quelque chose qu'il ne devait pas savoir.

— Quoi donc ?

— Que vous a dit Hiwa ?

— À moi ? Il ne m'a jamais rien raconté dans ce sens.

— Rien ? Rien qui ait pu... l'inquiéter ? Le rendre nerveux ?

— Non.

— Pas de modification dans son comportement, ses habitudes ? Rien qui ait fait de lui... un autre ?

Elle ne répondit pas.

— C'est très important, insista Winter.

— Qu'est-ce qui peut expliquer qu'on l'ait tué ? Qu'est-ce qui pouvait paraître assez important pour qu'ils fassent une chose pareille ?

— Ils ?

— Comment ?

— Vous avez dit « ils ».

— Ou quelqu'un. Eux. Ou lui. Je ne sais pas. Je veux dire... qui aurait pu être au courant ? (Elle fit une pause.) De quoi ?

— Je ne sais pas, Nasrin. Une histoire de stupéfiants peut-être. Ou autre chose... qu'il n'aurait pas dû savoir.

— Et vous croyez que moi je serais au courant ?

— Les gens peuvent avoir leurs petits secrets.

— C'est bien pour ça que ça s'appelle des secrets. Mais il y aurait eu quelqu'un pour parler. Il y a toujours des gens qui ne peuvent pas s'empêcher de parler.

— Vous pensez à qui ?

— Aucun de ses amis n'était dans le crime. Vous avez sûrement discuté avec eux.

— Nous sommes en train de le faire.

— Alors vous voyez. Aucun n'était un délinquant.

— Ce n'est pas tout à fait exact, intervint Winter.

— Que voulez-vous dire ?

— Plusieurs d'entre eux ont déjà été entendus par la police.

— Entendus par la police ? Qu'est-ce que ça veut dire ? Rien du tout. Par ici, tout le monde a été entendu par la police !

— Les amis d'Hiwa n'étaient pas tous aussi innocents, précisa Winter.

— Je ne veux pas savoir.

— Ils ont peur, ajouta le commissaire.

— De quoi ?

— De ce qui a tué Hiwa.

Winter raccompagna Nasrin chez elle. Ça sentait le mortier sur la place. On construisait les fondations d'un immeuble à l'angle est. Les ouvriers prenaient leur pause. Winter aperçut des plaques de béton posées en tas les unes sur les autres devant une bétonneuse immobile. Un drapeau suédois flottait sur un balcon du deuxième étage.

Azad traversait la place à vélo avec deux petits camarades. Il cabra son engin comme un poney lorsqu'il aperçut Winter. Les autres n'en firent rien et poursuivirent leur route en dépassant le commissaire ainsi que Nasrin. Azad avait, semblait-il, tenté d'éviter sa sœur. Nasrin avait eu le même réflexe. Qu'est-ce qu'ils ont dans cette famille ? Ils ont peur. Pas de moi. Ils avaient déjà peur avant. Et pas d'être expulsés. Pas en ce moment, pas ces derniers jours. Ni même ces derniers mois. Ça date d'avant. Hiwa s'est retrouvé dans une situation dont il ne pouvait se sortir. Laquelle, bon sang ? ! Pourquoi ne parvenons-nous pas à le découvrir ? Est-ce que tout le monde a peur ici ? Ce serait ça le problème, ce sur quoi tout repose ? Une ville entière construite sur la peur ? Construite par nous autres, les Suédois. Les Suédois-bouillie d'avoine au lait. Les Suédois-boulettes de viande et patates à l'eau.

— Azad !

Il entendit la voix de Nasrin. Le gamin avait déjà recommencé à pédaler dans la direction opposée. Il arrêta son vélo et se retourna vers eux. Ses cheveux étaient collés sur son front. Nasrin franchit rapidement la distance qui les séparait.

— Qu'est-ce que tu fais dehors en plein soleil ? Tu es complètement trempé.

Azad ne répondit pas. Il regardait Winter derrière sa frange mouillée de sueur.

— Et toi alors, qu'est-ce que t'es allée faire ? répondit-il en tournant les yeux vers sa sœur. Toi aussi t'es restée au soleil.

— On m'a obligée à répondre à des questions.

Elle lança rapidement un coup d'œil du côté de Winter.

Le gamin regarda de nouveau le commissaire, d'un air qui supposait que jamais lui ne répondrait à aucune question venant d'un *akash*, d'un flic.

— J'ai quelques questions à te poser à toi aussi, Azad, déclara Winter.

Azad ne voulait pas de pizza, ni rien d'autre non plus.

— Je vais me prendre un kebab, lui dit Winter. J'ai faim.

Nasrin se contenta d'une tasse de café.

— Je ne déjeune pas, expliqua-t-elle.

— Pourquoi cela ?

— Parce que je ne veux pas grossir.

Azad leva les yeux au ciel. Winter comprenait pourquoi. La jeune fille était mince, sinon maigre, et les cigarettes conjuguées à l'absence de déjeuner avaient déjà produit leur effet.

Winter vit le regard d'Azad se porter vers la broche tournante. Il se reporterait ensuite sur son assiette une fois qu'on l'aurait servi. Une forme de torture assez subtile, mais tout à fait involontaire de la part du commissaire.

— Je promets de ne pas poser de questions pendant

qu'on mange, déclara-t-il avec un signe de tête en direction du gamin. Après non plus d'ailleurs.

— Pourquoi est-ce qu'on est venus ici ?

— Parce que j'ai faim, je viens de te le dire.

L'enfant regarda de nouveau la magnifique broche fumante. Un homme y coupait de belles tranches de viande grillée. Winter avait insisté pour avoir un kebab fraîchement tranché, avec la garniture complète, et le pain pita servi tiède.

— Tu n'as pas un peu faim, Azad ?

Winter crut percevoir un éclat de rire chez Nasrin, mais elle pouvait aussi bien avoir toussoté ou s'être mouchée. Elle avait la main devant la bouche.

— Nasrin ?

— Qu'y a-t-il ? demanda-t-elle en retirant sa main.

— Désirez-vous manger quelque chose ?

— Je ne mange pas à cette heure-ci, je vous l'ai déjà dit.

Winter comprit qu'il était inutile d'insister. Elle garderait les yeux fixés au dehors pendant tout le repas, ou finirait par s'en aller quand ça deviendrait trop difficile.

— Azad ?

Le gamin resta muet. La réponse était suffisamment éloquente.

Sur le trajet du retour, il écouta les mélodies pour piano de Lars Jansson. Leurs accents rappelaient la douce pluie qui tombait dehors. Il avait un peu parlé musique avec Nasrin. Elle admirait un chanteur kurde qui avait vécu en Suède, mais qui était retourné chez lui depuis, dans le Kurdistan irakien, elle ne savait pas exactement où. Il s'appelait Zakaria et représentait la jeune génération. Il chantait des chansons d'amour. Elle écoutait également la chanteuse Niyan Ebdula ainsi qu'Alan Omer. Winter ne mentionna pas ce qui se jouait quand ils étaient arrivés sur la scène du crime.

Il s'agissait d'une autre chanteuse kurde, Sehîn Tale-banî. Le disquaire spécialisé dans la musique orientale, sur Stampgatan, avait immédiatement reconnu sa voix. Il avait sorti le CD : *Bô tô Kurdîstan*. Pour toi, Kur-distan. On voyait une ville sur la pochette. Une fontaine et la montagne à l'arrière-plan. Winter se sentait apaisé comme ça ne lui était pas arrivé depuis longtemps. Ç'aurait pu être l'effet kebab, mais non. C'était la musique.

17

Il se retrouva par erreur dans la rue du Poivre. À une certaine époque, il fallait tout servir accompagné de poivre rose, un faux poivre en fait. J'étais jeune dans ce temps-là. Je n'aimais pas ça, mais ça mériterait peut-être que je retente l'expérience. Sur des côtes de veau par exemple. En cocotte avec de la crème.

La pizzeria paraissait aussi déserte que la veille au matin. Mais ce n'était plus l'heure du déjeuner.

La serveuse était la même. Elle se présenta sous le prénom de Maia. Winter ne s'enquit pas de son nom de famille.

— Vous me reconnaissez ?

— Oui. Vous êtes venu hier.

— Je n'étais pas seul. Connaissiez-vous l'homme avec lequel je parlais ?

— Oui. C'est un habitué. (Elle sourit de toutes ses dents, éclatantes de blancheur.) Un de nos rares habitués.

— Comment s'appelle-t-il ?

— Ça… je ne sais pas en fait.

Winter lui présenta une photo.

— Reconnaissez-vous cet homme ?

Elle étudia le visage d'Hiwa Aziz. Le portrait était encore accroché au mur dans sa chambre. Le jeune homme paraissait diriger son regard loin, bien loin. C'était la dernière photo qu'on avait prise de lui, six mois auparavant. Elle avait été faite par un photographe professionnel.

— Non, je ne le reconnais pas, répondit-elle en relevant les yeux.

— Vous en êtes sûre ?

— Je crois bien. (Elle consulta de nouveau la photo avant de la rendre à Winter.) Qui est-ce ?

Peut-être qu'elle ne lit pas les journaux, qu'elle suit vaguement l'affaire à la télé, ou bien en parlant avec les voisins.

— Il travaillait pour Jimmy Foro.

— Qui est-ce ?

— Il a été assassiné.

— Ah oui, je vois !

— Assassiné en même temps que ce jeune homme sur la photo.

— Ah bon, c'était ça !

— Il venait ici parfois.

— Ah bon ? (Elle reprit le cliché que lui tendait Winter, scruta de nouveau les traits du visage et finit par le lui rendre.) Mais je ne le reconnais toujours pas.

— Vous ne travailliez peut-être pas aux heures où il venait.

— Je bosse tout le temps.

— N'est-ce pas un peu étrange que vous ne le reconnaissiez pas dans ce cas ?

— Il portait peut-être la barbe, suggéra-t-elle.

— Jetez encore un œil à cette photo.

Elle s'exécuta.

— Ça pourrait être lui. Mais il portait la barbe.

— Est-ce qu'il était assis à la même table que l'homme avec lequel vous m'avez vu hier ?

— Je… crois bien.

— Vous n'en êtes pas sûre ?

— Je pense que c'était lui.

— Combien de fois est-il venu ici ?

— Une ou deux fois. Je ne m'en souviens pas. Disons deux ou trois fois.

Winter hocha la tête.

— Et Jimmy Foro, vous le connaissiez ? demanda Winter.

— C'était un black. Je me rappelle sa tête. Mais il n'est jamais venu ici.

— Pourquoi ?

— Comment voulez-vous que je le sache ?

— Vous l'avez déjà rencontré ?

— Oui… je ne savais pas son nom, mais il a déjà dû passer devant le restau. J'ai eu l'impression de le reconnaître quand j'ai vu sa photo dans les journaux. Sauf que là, on ne voyait pas qu'il était grand.

— Spécialement grand ?

— Ça oui, si c'est le même. Encore plus grand que vous.

— Il était seul ?

— Quand je l'ai vu, c'est ça que vous voulez dire ?

— Oui.

— Je crois bien. Ça a dû arriver une fois, pas plus. Et je crois bien qu'il était seul.

— Vous vous êtes déjà parlé ?

— Jamais.

Shirin Waberi dit qu'elle avait dix-sept ans. Winter lui en aurait donné quatorze ou quinze. Mais pour le moment ce n'était pas l'objet de l'entretien.

Shirin faisait partie du groupe des amis. Elle était dans la même classe que Nasrin Aziz, ce qui pouvait confirmer son âge.

Elle avait bien connu Hiwa.

Ainsi que son ami Alan Darwish.

— Alan et Hiwa ne se voyaient plus, répondit-elle d'une voix sourde.

Ils étaient assis sur un banc devant l'église de

Hjällbo, à l'ombre d'un arbre dont le commissaire ignorait le nom.

— Pourquoi ont-ils cessé de se voir ?

— Je ne sais pas.

— Qu'est-ce qui s'est passé ?

— Je ne sais pas je vous dis.

— Avez-vous posé la question à Nasrin ?

— Non.

— Avez-vous parlé d'autre chose avec elle ?

— De quoi ?

— De choses et d'autres.

— Je ne l'ai pas vue depuis… les événements.

Shirin écarta une mèche de sa joue. Ses cheveux luisaient sous le soleil.

— À quand remonte votre dernière rencontre ?

— On ne s'est pas revues depuis… la fin des cours.

— Que s'est-il passé ?

Elle leva les yeux sur lui pour la première fois. Depuis la fin des cours. Winter ne pouvait pas y croire. Il ne savait pourquoi. Peut-être parce qu'elle l'avait regardé en prononçant ces mots.

— Qu'est-ce que vous insinuez ? Il ne s'est rien passé.

— Vous n'étiez pas assez copines pour vous voir tous les jours ?

Elle ne répondit pas.

— Est-ce qu'Hiwa et Alan étaient du genre à se voir tous les jours ?

— Je ne sais pas.

— Aucun d'entre eux n'a jamais dit pourquoi ils avaient cessé de se fréquenter ?

— Jamais.

Jamais. Un mot très fort. Winter était planté au milieu de l'appartement de Jimmy Foro. Jamais comme dans jamais plus, ou jamais avant. Un oiseau de mer criait dehors. Un cri éternel, qui ne s'arrêterait jamais aussi longtemps que la terre continuerait à tourner. Tout peut arriver tant que la terre veut bien tourner.

Jusqu'où Jimmy Foro et ses copains avaient-ils poussé leurs activités d'amateurs ? Rien qui mérite qu'on meure pour ça. Rien ne valait la peine de mourir, mais d'autres choses moins que d'autres. Un drapeau suédois flottait au-dessus d'un bureau de l'administration, de l'autre côté de la rue. Valait-il qu'on meure pour lui ? Et les autres drapeaux ? Mourir pour son pays ? Qu'est-ce que c'était un pays ? À qui appartenait-il ? Et un peuple ? Le peuple suédois, qu'était-ce ? La mort dans ces quartiers nord n'était pas une question de couleur. Elle avait rapport avec l'argent, l'argent incolore. Celui qui tuait pour l'argent ne voyait pas les couleurs. Il n'avait pas de sentiments. Condition *sine qua non*. Et si je me trompais ? La vengeance suppose des sentiments. Les représailles aussi ? Pas sûr. Elles relèvent d'une sorte de loi primitive. Qui décide de cette loi ? Est-ce la mort elle-même ? Il cherchait à entendre quelque chose dans l'appartement de Jimmy Foro mais ne percevait rien. Cet esprit-là avait quitté les lieux. Il lui fallait chercher ailleurs.

La sonnerie de son portable retentit.

Il entendit Ringmar éternuer avant même de commencer à parler.

— À tes souhaits !

— Merci mon ami. T'es où ?

— Dans l'appart de Foro.

— Trouvé quelque chose ?

— L'appart est aussi mort que son ancien occupant.

— Torsten n'a rien de nouveau là-dessus.

— Je ne m'y attendais pas vraiment.

— On a peut-être retrouvé la trace d'Hussein Hussein.

— Raconte-moi ça.

— En l'occurrence, il se fait appeler Ibrahim.

— Ça colle.

— Ou Hassan.

— Pour le moment, je n'en ai rien à faire qu'il se fasse appeler Ducon ou Ducon, Bertil. Raconte-moi ce que tu sais.

— Ça vient du tonton de Malmer, dit le Frangin. Tu le connais, le Frangin, un vieux renard d'Angered. Il a eu vent d'un truc qui peut nous intéresser, d'après lui.

— Qu'est-ce qui lui faisait penser ça ?

— Euh… j'en sais rien. Faudra que tu demandes au Frangin.

— OK, OK. Que dit l'indic ?

— Un homme qui se fait appeler Ibrahim, ou Hassan, voire Hussein, se cache dans le coin et…

— Ils pourraient être deux, l'interrompit Winter. Ou trois.

— Oui… mais le truc, c'est que le même mec se balade en se faisant passer pour X ou Y en fonction des personnes.

— Il se balade ? Je croyais qu'il se cachait ?

— Disons qu'il reste à l'écart, OK ? Tout ça, faut que t'en parles avec le Frangin, qui doit voir avec son indic. Mais ça vaut la peine d'être vérifié.

— Tu m'as dit « dans le quartier ». On n'a pas davantage de précisions ?

— Pas que je sache.

— Combien de personnes se tiennent « à l'écart » dans ces quartiers nord ? Et dans le reste de la ville ? Dans ce pays ?

— Je sais bien, Erik.

— On n'a rien de plus ?

— J'ai demandé au Frangin. Il m'a dit que le mec avait l'air d'avoir la trouille.

— Ils ont tous la trouille.

— Le Frangin a essayé de le faire cracher un peu plus, sans succès.

— Pourquoi il a décidé de parler en fait ?

— Tu m'as déjà posé la question, Erik.

Winter interrogea le Frangin. Il voyait le bleu du ciel derrière la tête rasée du policier. Le crâne ressemblait à une planète sans vie, dans un monde inexplicablement bleu. La planète eut un mouvement de rotation lorsque le Frangin se retourna pour voir ce que Winter fixait maintenant. La grand place d'Angered, noire de monde, ou le centre des quartiers nord de Göteborg. Mais c'était déjà le sud.

Ils s'étaient installés à la pâtisserie Jerkstrand, sur la proposition du Frangin.

— C'est ici que tu as l'habitude de retrouver ton informateur ? lui avait demandé Winter.

— Faut pas rêver, avait répondu le Frangin.

— Tu accepterais de me le faire rencontrer ?

— Faut pas rêver.

— J'en tirerais peut-être un peu plus. Vu qu'il ne me connaît pas.

— Il me connaîtra plus après ça. Tu veux que je perde mes sources ?

— À quoi servent-elles si elles ne parlent pas ?

— Ça, c'est pas juste, Winter.

— Mais il ne dit rien.

Le Frangin ne répondit pas. Il observait deux hommes qui venaient d'entrer et de prendre une table tout près de la porte. Ils étaient placés trop loin pour pouvoir entendre leur conversation. Winter comprit que son collègue les avait reconnus, voire les connaissait bien. Une fine barbe au menton, ils portaient tous deux des costumes assez élégants. Ils affichaient un désintérêt très manifeste pour les deux policiers en civil. L'un d'eux se leva pour faire sa commande au comptoir. En passant devant leur table, il lança un regard indifférent à Winter.

— C'est l'un de ces deux mecs ? demanda le commissaire une fois qu'il fut passé.

— Il est pas con à ce point.

— Qui sont-ils ?

— Du menu fretin. Un peu de came, un peu de vol, avec violences, un peu tout ce qui se présente.

— Ça fait déjà pas mal.

Le Frangin haussa les épaules.

L'homme repassa devant eux avec deux assiettes de pain brioché à la cannelle. Au moment de se rasseoir, il glissa quelques mots à son compagnon.

— Ils sont venus jeter un œil sur toi, traduisit le Frangin.

— Eh bien ! je te remercie de m'avoir conduit ici.

— Tu me remercieras plus tard.

— Qu'est-ce qui te fait penser que cet Hussein serait notre homme ?

— Il faut que tu comprennes que mon homme à moi ne parle pas pour ne rien dire.

— Mais d'abord, pourquoi parle-t-il ?

— Disons qu'il a une dette envers moi. (Le Frangin eut un sourire presque imperceptible car le pli de sa bouche restait droit.) Une sérieuse dette.

— Mais il avait peur.

Le Frangin hocha la tête.

— De quoi ?

— De tout ça, j'imagine : le massacre et les meurtriers. Ça lui en a coûté rien que de parler du planqué. Et s'il l'a fait, c'est pas au hasard. (Pseudo sourire à nouveau.) Il sait qu'il me doit un tuyau solide pour... ouais... pour consolider les choses de son côté.

— Et il serait où, cet Hussein ?

— Il n'en savait rien.

— Tu y crois ?

— Non. Si tu préfères, il en sait plus qu'il ne dit.

— Et cet Hussein est censé se cacher quelque part ici ? Dans les quartiers nord ?

— Mmm.

— C'est une bonne idée, ça ?

— Il n'a peut-être pas le choix. Ici, il est chez lui. Ailleurs, il peut compter sur personne.

— On est toujours mieux chez soi.

— C'est bien ce que je pense.

— Mais quelle sécurité trouve-t-il ici ?

— Je ne sais pas. Ça pourrait se retourner contre lui. Quelqu'un est à sa recherche, et je parle pas de nous. Pour peu qu'il sorte de son trou, il est dans la merde. Il vaut mieux qu'il se terre, le temps que ça se calme.

— Je ne vois pas comment ça pourrait se calmer, répondit Winter.

— Tout est relatif.

— Il faut que tu lui presses le citron mieux que ça, à ton indic, frérot. Fais-lui peur.

— Je risque de le perdre.

— C'est la vie.

— Toujours philosophe, Winter. T'es connu pour ça dans la maison.

Les deux hommes à la table située près de la porte se levèrent pour quitter la pâtisserie. L'un d'eux jeta un regard à Winter. Mais il y brillait cette fois une lueur d'intérêt. Bien, pensa le commissaire. On a une chance de se revoir. Peut-être bientôt.

— Ils vont faire quoi maintenant ces deux-là ? demanda-t-il au Frangin qui les regardait traverser la place à la hauteur du poissonnier Chez Johan.

— Faire leur rapport.

— À qui ?

— Au boss.

— C'est-à-dire ?

— Y en a plusieurs. Je ne suis pas très sûr pour qui ils bossent, ces mecs-là : ça ne fait pas longtemps qu'ils sont dans le circuit. Pas sûr que ça soit très important pour nous. Pour toi surtout.

Winter lâcha des yeux les petits revendeurs et se tourna vers le Frangin.

— Quand est-ce que tu dois le revoir ?

L'inspecteur consulta sa montre.

— Dans une heure. J'espère.

— Appelle-moi tout de suite après.

Le téléphone sonna deux heures plus tard. Winter se leva pour interrompre Michael Brecker en plein solo.

— Oui ?

— Il m'a posé un lapin.

— Ça lui arrive souvent ?

— Jamais.

Encore ce mot jamais, terrible. Le Frangin paraissait plus qu'étonné. Inquiet.

— Je t'ai pas appelé tout de suite parce que j'ai d'abord voulu faire ma petite enquête.

— Alors ?

— Personne ne l'a vu depuis hier soir.

— Ah bon ?

— Je l'ai eu au téléphone hier en fin d'après-midi, début de soirée. Il n'avait pas quitté ses pénates de la journée mais il devait sortir le soir. Apparemment, il n'est pas rentré chez lui.

— C'est dans ses habitudes ?

— De ne pas rentrer de la nuit ?

— Oui.

— Ça peut lui arriver. Sa famille a l'habitude, si tu veux. Ils m'appellent pas pour me prévenir dans ces cas-là.

Il fit une pause. Winter entendait le souffle de sa respiration. Une respiration hachée, comme si le Frangin avait couru à son téléphone ou venait à peine de s'arrêter de courir après son informateur. Son ami ? Peut-être était-ce une vraie perte pour lui.

— Par contre, jamais il n'a manqué un seul rendez-vous avec moi. Jamais.

— Eh bien ! ça nous fait deux personnes à retrouver, déclara Winter.

— Ça doit être un sacré truc pour que mon mec se tire.

— C'est déjà un gros truc.

— Bon Dieu, quand je pense aux risques qu'il prend, murmura le Frangin.

— Il risque peut-être sa vie.

Le Frangin ne répondit pas. Winter savait à quoi il réfléchissait.

— Faut que je voie ça de plus près. Je vais donner un coup dans la fourmilière. J'en ai pas mal à questionner. Pas mal de types qui me doivent quelques services.

— Fais attention à ne pas tous les faire disparaître, le Frangin.

— C'est censé être drôle, Winter ?

— Comment je peux t'aider ? lui demanda le commissaire pour compenser.

— J'ai pas besoin d'aide pour le moment. Je te rappelle.

Et il raccrocha aussi sec. Winter appuya sur la télécommande et le saxo souffla son *African Skies*. Puis il retourna à son bureau et prit une feuille sur la pile de documents. Il composa un numéro interne et baissa le volume de la stéréo.

— Öberg.

— Salut, Torsten. Comment ça se passe avec Hussein ?

— On n'a pas encore pu déterminer s'il a déjà pénétré dans l'appartement des Rezaï. Mais on ne lâche pas le morceau.

— Il n'y viendra jamais en tout cas, à moins qu'il ne le choisisse comme planque.

— C'est votre affaire, n'est-ce pas ?

— Autre chose. Je me demande combien de personnes ont pu visiter l'appartement d'Hussein ces derniers mois.

— On y travaille, Erik.

— OK. Pas de nouvelles de l'équipe de Borås ?

— Non. C'est le labo central qui a pris le relais.

— Tu en penses quoi ?

— Pas plus mal. Ils sont très forts. Lundin est un vieux renard.

— Bien.

— Et toi, qu'est-ce que tu en as pensé de cet appart au nom d'Hussein ?

— Le Frangin, Malmer, a perdu un tonton. Le gars s'est volatilisé.

— C'est qui ?

— Son nom reste secret. Mais s'il a vraiment disparu, on le saura bientôt.

— Il connaîtrait Hussein ?

— Assez pour savoir qu'il se planquait.

— Où ça ?

— Il n'a pas voulu le dire.

— À Bergsjö ?

— Ou ailleurs.

— Quand même pas dans son pays natal, non ?

— Je n'en sais rien.

— OK, on verra ça plus tard.

Brecker était de retour avec son *Naked Soul*, l'âme nue. Winter remonta le volume et se posta à la fenêtre pour regarder le prétendu parc, la rue d'Ullevi, la rivière de l'Hospice et Stampgatan de l'autre côté. Un tramway passa en direction de l'est, un éclair bleuté sur un fond jaune. Tout roulait aux couleurs nationales dehors, jaune et bleu, à cinquante cinquante. L'herbe était plus jaune que verte. Le ciel serait encore bleu demain, d'un bleu digne de la Saint-Jean.

Ils descendirent à Jerkholm pour une baignade du soir. Winter porta les deux filles, comme un chameau, du petit parking jusqu'à la plage, se faufilant entre les cabanes et poursuivant son chemin tout habillé jusque dans l'eau. Elsa et Lilly criaient de peur et de joie. Aucun d'eux n'était vraiment très habillé. Il sentit le goût de sel sur ses lèvres lorsque l'eau vint lui frapper le visage. Un bateau à voile passait non loin, naviguant vers la haute mer et vers la fête. Deux gamines à bord agitèrent les mains vers ses filles et peut-être aussi vers lui.

Le Frangin Malmer l'appela sur la route du retour.

— L'oiseau s'est envolé.

Winter jeta un regard à Angela.

— On lance un avis de recherche, déclara Winter.

— Je préférerais que t'attendes demain matin.

— Pourquoi ?

— C'est pas dans notre intérêt.

— Pourquoi ?

— Tu l'as dit toi-même tout à l'heure : on n'a pas envie qu'ils disparaissent tous de la circulation, non ?

— Tu peux t'en occuper ce soir ?

— Oui. Kortedala nous prête main-forte et puis j'ai mes gars.

— Vous ne risquez pas de vous faire remarquer ?

— J'ai quelques pistes. Si on lance un avis de recherche maintenant, c'est foutu. Je trahis mon indic et c'est grillé pour l'avenir.

— Mais un avis de recherche pourrait lui sauver la vie.

— Non.

— Comment s'appelle-t-il ?

— Disons Marko. Mais tu gardes ça pour toi.

— Naturellement.

— Je te rappelle plus tard.

Le Frangin raccrocha.

— C'était quoi, cette histoire ? s'enquit Angela.

— Un indic qui s'est fait la malle.

— Et ça vous étonne ?

— En ce moment précis, oui.

— Qu'est-ce que tu vas faire ?

— Je vais y aller doucement sur le whisky, ce soir.

— Permets-moi de te rappeler qu'on fête la Saint-Jean demain, Erik.

— Je ne bois pratiquement jamais de whisky ce soir-là, ma chère.

Winter usa du whisky avec beaucoup de modération. Il ne toucha pas la bouteille, qui présentait pourtant de beaux reflets à la lumière du soleil, comme ses consœurs sur la desserte du séjour. On aurait cru un montage photo pour magazine spécialisé.

Les filles s'étaient endormies sur le siège arrière avant même qu'ils ne parviennent à Vasaplats. Il s'était garé devant l'immeuble et les avait de nouveau portées sur son dos sur tout le trajet jusqu'au porche, puis dans l'ascenseur et dans l'appartement. Il vida une bouteille d'eau dans la cuisine. Cela faisait deux jours qu'il n'avait pas eu de vertiges. Il avait préféré ne rien dire à Angela, ce n'était pas plus mal finalement. On entonnait des chansons de marin quelque part en bas, dans la rue, dans un recoin qui échappait à sa vue : *Notre vieille mer du Nord* et *Jungman Jansson*. La chaleur s'était accumulée dans la cour de l'immeuble. Pas un souffle de vent sur la ville. Il avait ramené le soleil de Marbella... Mais Winter ignorait combien de temps il resterait encore en Suède. Angela s'était vu proposer un contrat au soleil, comme chef de service hospitalier. Il était pris dans un dilemme insoluble. Car il avait sa vie ici, son milieu. Ses délinquants et criminels, ses propres informateurs. Son passé. Ses quartiers à lui.

Le téléphone vint rompre le silence.

Angela répondit à la première sonnerie. Elle avait saisi le combiné au passage, sur la tablette de l'entrée, tandis qu'elle se dirigeait vers la chambre des filles.

Elsa voulait encore partager sa chambre avec sa sœur cadette. Et Lilly n'avait rien contre. Parfois Winter les écoutait parler toutes les deux. Elsa donnait des explications détaillées. Lilly n'avait pas encore un vocabulaire très étendu mais elles se comprenaient.

Angela se précipita dans la cuisine pour lui tendre l'appareil :

— C'est Bertil.

Winter prit le combiné.

— On pense avoir trouvé la bagnole, Erik.

— La bagnole ?

Ce devait être le soleil, le sable, et la mer. Il ne voyait absolument pas de quoi Bertil pouvait bien lui parler.

— Celle qui leur a servi à s'enfuir.

18

Les gardes ou les soldats, j'ignore qui c'était, ont commencé à tirer quand on s'est approchés de la frontière. Ils venaient à bord de voitures couvertes de sable. On aurait dit que le désert se déplaçait sous forme de petites dunes qui répandaient des nuages de sable sur leur passage.

On a crié. J'entendais des cris partout et puis tout à coup on s'est tous jetés par terre.

Tandis que je couvrais de tout mon long le corps de ma sœur, j'ai soudain ressenti une brûlure à l'épaule. Ça ne faisait pas mal, juste très chaud.

J'ai entendu ma mère crier. Je l'ai vue. Je ne sais pas si elle criait après moi ou après ma sœur, mais elle criait. Les gens ne faisaient que crier.

Un soldat est sorti de son véhicule ou de son char, je ne sais pas comment ils appellent ça. Il était stationné tout près. Je sentais l'odeur d'essence, et d'autres odeurs pas très agréables. Le garde avait un uniforme vert ou brun, c'était difficile à dire parce qu'avec le soleil couchant on ne voit pas les couleurs de la même manière.

Plus loin, des drapeaux flottaient sous la brise. Des drapeaux rouges, blancs peut-être, il y en avait au moins trois ou quatre. C'était là-bas, la frontière. On ne voyait pas de l'autre côté, mais ça devait être différent. Ça ne pouvait pas être comme ici. Sinon, on n'essaierait pas de la traverser.

Je ne voyais pas de quel côté de la frontière les soldats venaient. Ils auraient pu venir de l'autre côté.

Un des anciens s'était levé avec les bras au-dessus de la tête. Il a crié quelque chose, ou alors c'était un des gardes.

J'étais toujours à terre mais j'ai essayé de voir ce qui se passait. Je crois que j'ai regardé à travers les doigts de ma main.

Le soldat a tiré sur le vieux. À seulement quelques pas de lui, il a levé son arme et il a tiré. Quelques mètres. Le vieux s'est effondré. Il n'a pas eu le temps de lever les bras, ni de reculer. Il s'est effondré sur lui-même.

Le soldat s'est avancé d'un pas et il a de nouveau tiré.

J'ai entendu crier l'une des vieilles femmes. J'ai vu sa main, je crois que c'était la sienne.

Les soldats semblaient partout maintenant. J'ai entendu encore des tirs. J'ai enfoncé mon visage dans le sable, ça me piquait la peau. Je n'avais plus de brûlure à l'épaule. Je n'osais pas tourner la tête. Ma sœur ne disait rien. J'avais l'impression qu'elle ne respirait plus. Qu'elle était morte. Je pensais bientôt mourir. On devait tous être morts.

19

La voiture avait fait son temps. Elle ne roulerait plus jamais. Plus de pneus, le châssis noirci, tout était calciné. Elle était retournée à la préhistoire, ou plutôt elle se retrouvait propulsée à la fin du monde, comme dans les déserts torrides de Mad Max. En fait de désert, on était surtout sous le règne de la chaleur, malgré l'arrivée de la nuit. La nuit montait. On dit toujours que la nuit tombe, mais pour Winter elle montait. Elle sortait de terre et gagnait progressivement le ciel sans jamais parvenir à le couvrir complètement. Il restait toujours un peu de lumière à l'ouest, surtout à cette époque de l'année. Et cette lumière éclairait jusqu'ici, jusqu'à ce bois perché sur les hauteurs de Bergsjö. Après la route, un vague chemin qui s'interrompait ici, devant deux sapins jumeaux, et la voiture cramée qu'on avait reléguée le plus loin possible.

Winter avait déjà fait deux fois le tour de l'engin, à une certaine distance. Sur l'ordre de Ringmar, on avait installé un périmètre de sécurité, ce qui pouvait paraître absurde : contre des chevreuils et des élans ? Mais d'autres personnes étaient déjà venues sur place, venues et reparties. Il y avait à peine plus d'un kilomètre d'ici au centre de Bergsjö. Mais on se serait cru bien plus loin. Le silence s'entendait sur des kilomètres. Les oiseaux avaient dû s'assoupir un moment avant leur concert du solstice d'été. Les joyeux chants de la Saint-Jean. *Et-hop-la-boum !*

Winter observait les techniciens à l'œuvre sur leur chantier. Torsten Öberg s'était déplacé en personne. Il arrivait que tout repose sur leur travail. Parfois c'était l'inverse, tout reposait sur lui-même, Winter. Une drôle d'expression : son labeur figuré comme un pardessus trop lourd à porter, mais qu'on pourrait enlever d'un simple mouvement d'épaules.

À un mètre derrière la bande-police, quelques mètres de la voiture, un chausson de protection. Le plastique bleu phosphorescent luisait d'une lumière étrangère à ces lieux. Trop crue, trop méchante en plein bois.

— On a perdu quelque chose, sourit Ringmar.

— Le mec aurait dû s'en rendre compte, s'étonna Winter en levant la tête. Les empreintes ?

— Y en a des belles, d'après Torsten. Quelques-unes en tout cas.

— Parfait.

— Sauf qu'on en a un peu trop.

— Tu disais quelques-unes.

Ringmar fit un geste en direction du chemin et du sous-bois. Winter voyait entre les troncs comme à travers des persiennes aux lattes écartées.

— Les gens se sont baladés par ici ces derniers jours. C'est un chemin plutôt fréquenté.

— Qui a donné l'alarme ?

— Coup de fil anonyme. D'une cabine téléphonique.

— Où ça ?

— Angered centre.

— C'est pas tout près. Un homme ou une femme ?

— Un type, d'après les gars d'Angered. Plutôt jeune.

— Il a appelé là-bas ? Au poste d'Angered ?

— Apparemment il a appelé le central téléphonique et il a demandé à être mis en relation avec la police d'Angered. Selon ses propres termes.

— Hmm. S'il voulait les joindre, c'est qu'il avait confiance en eux.

— Pourquoi ?

— Pourquoi signaler cette bagnole pour commencer ? répondit Winter en pointant la tête vers les taillis.

Il ne pouvait pas franchir le périmètre de sécurité, pas encore. Ça risquait de faire des dégâts.

— J'ai l'impression de voir du sang là-dessus.

Il y en avait, du sang, effectivement. D'où provenait-il ? C'était une question de temps. Mais Winter avait demandé une réponse urgente du labo central.

— On fête la Saint-Jean demain, lui répondit Torsten Öberg. (Il consulta sa montre.) On peut presque dire aujourd'hui.

— Essaie encore une fois, insista Winter. Tu n'as rien vu de spécial dans la voiture ?

— Non, on n'a rien trouvé à l'intérieur.

— C'est eux. Ça ne peut être qu'eux.

Öberg garda le silence.

— Qu'en penses-tu ? reprit Winter.

— On dirait bien.

— Pourquoi l'avoir lourdée, cette bagnole ?

— Pourquoi la garder ? répliqua l'expert. Il fallait qu'elle se consume entièrement. C'était leur intention en tout cas.

Winter regarda de nouveau la carcasse brûlée. Une Japonaise. On aurait dit un petit char pris dans un échange de coups de feu. Une fois calcinés, tous les véhicules à quatre roues se ressemblaient peu ou prou. Il en était de même avec les êtres humains.

— Pourquoi l'abandonner ici ?

— M. Hussein Hussein habitait dans le coin, que je sache.

— Tu reléguerais dans ton jardin la voiture qui t'a permis de filer après un crime ?

— Non, c'est vrai.

— Je ne pense pas que c'était la volonté d'Hussein non plus.

— S'il devait se tirer, ça n'avait plus tellement d'importance, remarqua Ringmar qui suivait la conversation. Ce n'était peut-être plus son jardin.

— Mais pourquoi se donner la peine de la monter jusqu'ici ? s'interrogea Winter. Dans un bois sombre… Il aurait brûlé la bagnole pour ensuite revenir à pied ?

— Tu as raison de poser la question.

— Ce n'était pas lui, conclut Winter.

— Il se serait taillé directement après le meurtre ?

— Si ça se trouve, il n'y a même pas assisté, répondit Winter.

Winter et Ringmar étaient assis dans la Mercedes de Winter, sur le parking devant la maison de quartier de Bergsjö. Il était plus de minuit. La nuit de la Saint-Jean avait bien commencé maintenant. Winter se dit tout à coup que la plupart des gens qui vivaient ici devaient s'étonner d'une pareille tradition chez les Suédois. Une fête païenne, même si ce n'était pas une divinité qu'on célébrait à l'origine, ou alors Bacchus, Dionysos, mais la lumière. Et c'était toujours de lumière qu'il s'agissait. Elle était là, sous la terre, sous l'asphalte, et voici qu'elle montait de nouveau comme une brume légère. La nuit était chaude et le jour le serait encore plus. Long et chaud, songea-t-il, et voici qu'il commence déjà.

— Il faut reprendre les faits depuis le début, soupira Ringmar. On verra si la nuit porte conseil.

— Tu comptes te mettre au lit ?

— Si on veut être en forme pour la sauterie chez Halders, on a intérêt à dormir un peu.

— Et merde ! j'oubliais que c'était demain.

— Tu peux dire aujourd'hui, Erik.

Un homme traversait la place. Winter le vit se poster devant les fenêtres du pub de Bergsjö pour regarder à l'intérieur, comme pour vérifier si la fête n'avait pas déjà commencé. Mais le pub serait sans doute fermé ce soir-là, comme la plupart des cafés et restaurants. La Saint-Jean était une fête privée, familiale, qui se tenait de préférence en extérieur. Mais Winter n'était pas d'humeur à faire la fête. Son mal de tête l'avait repris, une douleur localisée au-dessus de l'œil. Il n'avait encore rien dit à Angela. Il savait quelle serait sa réponse.

L'homme poursuivit son chemin en direction de la place de l'Espace. Il se retourna vers la voiture de Winter. Il avait dû apercevoir leurs silhouettes menaçantes, à Ringmar et lui : il accéléra le pas avant de disparaître. Winter pensait au gamin de Hjällbo. Demain, il parlerait peut-être avec les femmes de ménage du service logement. Non, aujourd'hui. On était déjà demain.

— OK, résumé des faits.

Winter fut tenté de descendre la glace et d'allumer un Corps dont il soufflerait la fumée dehors, mais ça continuerait longtemps à sentir dans la voiture et il lui fallait songer à sa marmaille. Le siège d'Elsa était installé sur la banquette arrière. Il avait démonté celui de Lilly qu'ils plaçaient sur le siège avant. Demain il danserait avec elles autour du mât de la Saint-Jean et les filles auraient chacune sa couronne de fleurs sur la tête. Angela aussi, et pourquoi pas lui ? J'espère qu'Halders a prévu un mât. J'ai envie de danser. Un vrai mec, ça danse, au moins avec ses enfants.

— Nous ne savons pas de quoi il retourne, commença Ringmar. Ou si tu veux : nous savons qu'il y a eu meurtre, mais nous ignorons tout du mobile.

— Beaucoup de questions, acquiesça Winter.

— Beaucoup de victimes aussi.

— En même temps.

— C'est bien ce que je voulais dire, Erik.

Winter baissa la glace mais sans allumer de cigare. Ils étaient seuls. Il régnait une impression de désolation parmi ces bâtiments silencieux.

— Tu entends ? demanda-t-il en se tournant vers Ringmar.

— Quoi ?

Winter ne répondit pas. Il était à l'affût de quelque chose d'absent.

— Qu'est-ce que tu veux que j'entende ? répéta Ringmar.

— Le silence. On n'entend pas un bruit, et c'est bien ça le problème dans cette affaire.

— Le silence ?

— Oui, le silence. Tu as déjà connu un pareil silence, Bertil ?

Ringmar ne répondit pas. Son silence était significatif, lui aussi.

— On se retrouve ici dans les quartiers nord, si vivants avec leurs différents groupes ethniques, leurs quatre-vingt-six nationalités, leurs bandes de jeunes hautes en couleur et leurs gangs solidement implantés. Nous disposons par ailleurs d'un réseau d'informateurs bien organisé, de contacts étroits avec tous ceux qu'on peut soupçonner de connaître quelque chose. Et voici qu'au milieu de tout ça nous arrivent les meurtres les plus spectaculaires jamais commis dans l'histoire de la ville. Les plus remarquables, au moins en termes médiatiques. On en parle sûrement dans toutes les familles, de Gårdsten à Ranneberg en passant par Bergsjö. (Winter fit une pause. Peut-être un conduit d'aération quelque part sur un toit : un doux sifflement qui rappelait celui du vent.) Et qu'est-ce que ça donne jusqu'à présent, Bertil ?

— Le silence.

Winter hocha la tête. Il ouvrit la portière, sortit de

la voiture, le cendrier à la main, et alluma un Corps. Il tira dessus et regarda la fumée monter vers le ciel. La première bouffée de la journée, toute propre et innocente. Comme un pet du matin, douce comme la brise.

— Et ce silence a partie liée avec ce que ces types trafiquaient, ajouta Winter. C'était une saloperie tout ce qu'il y a de plus confidentielle et c'est pourquoi nous ne récupérons rien. Tu vois ce que je veux dire, Bertil ?

— Je crois bien.

Bertil était sorti de la voiture lui aussi, et il s'étirait les bras au-dessus de la tête.

— Aucune organisation connue ne paraît impliquée là-dedans, continua Winter. En tout cas pas directement ni depuis le début.

— Et peut-être à aucun moment.

— Je n'en sais rien, Bertil. Je ne vois pas le rapport avec l'indic du Frangin. Pourquoi a-t-il disparu ?

— Si c'est le cas, Erik. Et si ça a un rapport.

— Je pense que quelqu'un sait, en dehors des meurtriers. Et en dehors de ce gamin, s'il a bien été témoin du meurtre, comme je le pense.

— Je sais que tu le penses, Erik.

— Il aura peut-être bientôt disparu. Si ce n'est pas déjà le cas.

— Et c'est ça que tu appelles positiver ?

Winter ne répondit pas. Il n'écoutait plus. Il pensait au silence.

— J'ai rarement été aussi tenté par une piste, constata-t-il. Même si elle pourrait bien nous ramener à la case départ.

— Allons allons, Erik. Tu m'as souvent dit qu'il fallait être prêt à tout reprendre depuis le début. C'est pas normal pour un enquêteur ?

Winter tira une nouvelle bouffée. L'arôme en était suave : gentil, ce petit cigare. La fumée s'évaporait

rapidement, comme si l'air s'était attiédi. Effectivement. Il devait bien faire au-dessus de vingt degrés.

— Ça fait un moment que je n'ai pas joué au
Monopoly.

— On y est, sourit Ringmar.

— Dans ce cas j'espère réussir à me construire un
hôtel sur Strandvägen ou Norrmalmstorg au lieu de
laisser passer un bon filon.

— Pourquoi pas sur la place de l'Espace ? suggéra
Ringmar.

— Personne ne passe par là de toute façon, répondit Winter, tout en sachant, au moment même où il
prononçait ces mots, qu'il avait tort.

Une fois sur la route de Bergsjö, Winter prit à
gauche plutôt qu'à droite.

— Je croyais qu'on rentrait à la maison, s'étonna
Ringmar.

— On fait juste un détour.

— Par les quartiers nord à ce que je vois.

Winter ne répondit pas. Ils étaient maintenant sur
la route de Gråbo. Il conduisait dans la nuit silencieuse.
Pas une voiture à l'horizon. À croire que nous sommes
seuls au monde sur ce drôle de circuit, songea-t-il.
C'est à cette heure-ci que le drame a eu lieu, il y a
seulement trois jours. Autour d'une heure du matin,
peu avant l'heure du loup. Dans le silence le plus total.
Et puis les loups étaient arrivés. Ils ont peut-être pris
cette même route, contemplé le même paysage, entendu
les mêmes bruits que moi. Tourné comme je le fais
maintenant, pour s'arrêter au même endroit. Ils auront
observé cet étrange petit bâtiment que nous observons
maintenant. Ils sont sortis de voiture. Ils ont commencé
à marcher, comme moi.

Il les voyait traverser le parking. Il était déjà revenu
faire un tour par ici, et même plusieurs fois, mais cette

nuit, c'était différent. Il ne voulait plus recommencer, il était venu une dernière fois pour voir si… si c'était comme avant. Mais non. Rien n'était plus comme avant. Il s'était glissé dehors, comme il faisait toujours, mais c'était pas comme avant. Comme d'habitude, papa et maman n'avaient rien entendu, mais ça n'avait plus le même sens maintenant. Il aurait aimé qu'ils se réveillent. J'aurais aimé n'être jamais sorti, jamais venu ici. Je regrette d'être revenu. Mais j'en avais envie. Parce que je croyais pas à ce que j'ai vu. Et alors j'ai couru. J'ai oublié que j'étais à vélo ! Je suis allé le reprendre. Personne m'a vu, je crois pas, pas quand je suis parti en courant et que j'ai pédalé après. Je devrais pas être là, je sais pas ce que je fais là. C'était calme avant, je crois que j'aimerais bien que ce soit tranquille et silencieux comme avant, comme quand le magasin était ouvert, et qu'ils étaient là, eux tous, avec la lumière allumée. Et maintenant c'est d'autres types qui viennent. Je les connais pas. Ils sont deux. Je file.

— Qu'est-ce que c'était ?
— Quoi donc ?
— J'ai entendu un bruit derrière la maison, chuchota Winter.
— J'ai rien en…
— Chut !
Ringmar aussi l'entendait maintenant.
Quelque chose bougeait.
Winter courait déjà devant lui.
Ringmar piqua un sprint. Ils avaient dépassé le bâtiment, Ringmar suivait toujours son collègue. Une petite tache de lumière mouvante se détachait sur l'asphalte du chemin piétonnier et sur l'herbe autour.
— C'est lui ! s'écria Winter.
Ringmar l'entendait souffler. Il vit également la tache de lumière disparaître derrière une haie à cinquante, soixante-dix mètres de là.

Ils stoppèrent en même temps. Winter lança un coup de poing dans le vide comme s'il cherchait à frapper un adversaire invisible. Il se retourna violemment vers Ringmar.

— Alors, tu me crois maintenant, Bertil ?

— Pourquoi rôde-t-il par ici ?

Ils étaient de retour sur le parking devant la boutique.

— Je ne sais pas, Bertil. Quelque chose doit le pousser à revenir.

— Qu'est-ce que ça peut bien être ?

— La peur peut-être. Je ne sais pas. Je lui demanderai…

— Hmm.

— Il est toujours ici, non ? Ce doit être lui. La famille n'a pas pris ses jambes à son cou. Je vais le retrouver. Aujourd'hui.

— La journée risque d'être longue, Erik.

— C'était une bonne idée, non, de revenir ici ?

Ringmar garda le silence.

— Et ne me dis pas que c'en était un autre.

— Jamais de la vie, Erik.

— Il me tarde d'être à demain.

— On pourrait peut-être s'accorder quelques heures de sommeil d'ici là ?

Naturellement, il rêva de vélos, un vrai peloton du Tour de France. Tous les cyclistes avaient le même visage, aucun n'était âgé de plus de onze ans. Ils disparaissaient tous à l'angle du même immeuble, mais aucun ne réapparaissait de l'autre côté. Il se passait encore autre chose dans ce rêve, malheureusement au réveil il avait oublié, quoi.

Tout le monde dormait encore lorsqu'il quitta l'appartement. Quatre heures de sommeil lui suffiraient. Il ne se sentait pas fatigué. Ça lui retomberait probablement dessus dans l'après-midi. Aucune importance, il oublierait la fatigue en dansant autour du mât.

Le mal de tête l'avait poursuivi jusqu'à son retour à la maison, mais il avait disparu avec un peu de paracétamol. Angela avait marmonné dans son sommeil, sans se réveiller. Elle avait besoin de dormir, jeune quadragénaire avec des enfants en bas âge... Lui n'était plus tout à fait un jeune quadra. Mais il serait encore dans la vie active au moment où Elsa sortirait du lycée, voire au moment où elle finirait ses études de médecine. Si elle voulait faire des études. Elle voudrait peut-être être chanteuse. Ou danseuse. Lilly était championne pour danser le twist. Angela leur passait le hit de Chubby Checker, *Let's twist again*. Elles en réclamaient encore et encore.

Les rues étaient calmes et propres dans les quartiers nord. La part obscure avait été comme effacée. Le ciel était rincé, la terre aussi. Prêts pour la journée. Il ouvrit la fenêtre qui laissa pénétrer les senteurs de l'été, douces, discrètes, sans aucune exubérance. À la suédoise.

Il alluma la radio. Pas d'embouteillage vu qu'il n'y avait aucun trafic. Ceux qui pouvaient quitter la ville l'avaient déjà fait. La Saint-Jean, c'était un jour sacré. Il ferait beau, informait la journaliste d'une voix radieuse. Elle aurait pu en faire un peu moins. J'ai toujours eu un problème avec les voix trop gaies, surtout à la radio ou la télé. Elles lui paraissaient surfaites. Il trouvait presque plus rassurant d'entendre un type en colère. Mais aujourd'hui, ce serait de la gaieté sur commande. Il prit un CD et continua sa route sur la musique de Bobo Stensson. Une musique idéale à cette heure-ci, comme un raga du matin. *Oleo de mujer con sombrero* en espagnol. Il comprenait les paroles mais les accents du jazz parlaient d'eux-mêmes. La pochette en noir et blanc sur le siège avant montrait une plaine, une plage, un désert, un paysage immense et désolé. *War*

Orphans. Il avait acheté ce titre une dizaine d'années auparavant. Les orphelins de la guerre. C'était vers eux qu'il allait maintenant. Il sentait que cette matinée serait longue, peut-être la plus longue qu'il ait jamais connue.

Lars Palm l'attendait devant son bureau. Le gérant du service du logement social paraissait frais comme un gardon. Winter n'aperçut personne sur la place de Hjällbo, qui s'étendait devant l'église. Beaucoup trop tôt encore.

— Excusez-moi de vous avoir arraché à votre lit.

— Vous n'étiez pas le premier, rassurez-vous.

— Vous vivez dans le quartier ?

— Pour ainsi dire. Du côté du Pré de Hjällbo. Et vous ?

— Un peu plus bas qu'Heden, répondit Winter.

— Ah ah. Personnellement, j'ai du mal à supporter la circulation dans le centre-ville.

— On est tous dans le même cas.

— Par ici, l'air est quand même plus sain, déclara Palm.

— Au moins par endroits, admit Winter.

— J'ai réussi à joindre Riita. Elle travaille aujourd'hui.

— Le jour de la Saint-Jean ?

— Juste deux ou trois heures. Du côté du Sentier Sableux. On y va si vous voulez.

Ils passèrent devant le Limonell. L'établissement ouvrait une heure plus tard.

— Ils ont fermé celui de Gårdsten, signala Winter.

— Vous m'apprenez quelque chose.

— Si c'est le même propriétaire.

— Je crois. Il n'y a plus que des Somaliens là-bas comme clients.

— Ah bon ?

— Ils ont le temps, faut dire.

— Je vois.

— Ils sont tout au bas de l'échelle sociale. Avant, c'étaient les Roms. Maintenant c'est les Somaliens.

Winter hocha la tête.

Ils se dirigèrent vers le sud, descendirent des escaliers. Les immeubles se profilaient tout droits au-delà du champ.

— Je me rappelle cet endroit, dit Winter.

— C'est vrai que vous êtes venu ici un certain nombre de fois maintenant.

— Ce n'est pas ce que je veux dire. Je me rappelle cet endroit très précis.

20

Riita Peltonen lui parut plutôt jeune. Winter ne savait pas bien ce qu'il s'était imaginé : sans doute un personnage sorti tout droit de la Carélie orientale à la fin du XIXe siècle. Le préjugé était si facile, surtout dans ces quartiers où les représentations qu'on avait des gens ne reposaient pas sur grand-chose et s'avéraient erronées la plupart du temps.

Il désirait voir personnellement Riita, l'interroger lui-même.

Elle parlait un suédois très chantant pour ses oreilles à lui. Mais ça n'avait rien d'un préjugé. Une belle langue, le finnois : elle respirait la Saint-Jean, cette période bénie qui précédait le plein été.

Riita Peltonen lui répondit :

— Il y en a pas mal ici, des gamins à vélo.

— Je comprends bien.

Winter tâcha de lui décrire l'enfant.

— Il y en a beaucoup des comme lui.

— Il semblerait qu'il sorte la nuit. C'est courant, ça ?

— Oh… ça dépend comment ça se passe à la maison. Si les parents les surveillent ou pas. Y en a qui dominent pas bien la situation. (Elle jeta un œil à Palm, puis son regard se posa de nouveau sur le commissaire.) Y en a d'autres qui dominent beaucoup trop. (Elle haussa légèrement les épaules.) C'est pas bon, ni dans un sens ni dans un autre. (Elle eut à nouveau un petit sourire.) Le juste milieu, y a que ça de vrai. C'est pas typiquement suédois, le juste milieu ? Le juste milieu, y a que ça de vrai.

— Parfois. Mais il arrive qu'on ait envie de vivre un peu plus dangereusement.

— Alors ça, c'est pas suédois.

— Mais ce gamin fait apparemment ce qu'il veut, reprit Winter. Il circule à vélo. (Étendant le bras.) Je l'ai vu ici même.

— Ici ? (Elle regarda alentour.) Sur cette esplanade ?

— Oui. Entre les immeubles, et il a poursuivi sa course plus haut. (Il désigna de la tête le chemin qu'ils avaient pris, Palm et lui.) Il a remonté la pente à vélo, le long des escaliers.

— Faut que je demande à mes collègues. Je ne sais pas qui travaille de ce côté-là.

— Je comprends.

— Y en a tellement des mômes... maintenant que l'école est finie, on les voit partout. Attendez une heure et vous verrez vous-même.

— Il avait une balle de tennis, ajouta le commissaire. Il s'amusait à la faire rebondir.

— Pourquoi vous voulez lui parler ? Je sais que ça a un rapport avec cette horrible... fusillade. Mais qu'est-ce qu'il a à faire là-dedans, le petit ?

— Nous ne le savons pas encore. Je ne peux pas vous en dire plus.

— Il a vu quelque chose ?

— Je n'en sais rien, répondit Winter. J'espère. Et d'une certaine manière, j'espère que ce n'est pas le cas.

— Il pourrait être en danger ? Y a quelqu'un qui le cherche ?

Riita Peltonen avait un raisonnement d'enquêteur. Elle se passa la main dans les cheveux qu'elle avait blonds et gris à la fois. Elle ne devait pas avoir plus de cinquante-cinq ans.

— Et c'est vraiment important ?

— Je le pense.

— Je vais faire ce que je peux.

— Il pourrait avoir déménagé, précisa Winter avec un signe de tête en direction de Palm. La famille pourrait avoir plié bagage sans en avoir informé Lars, ni le service logement. C'est possible, non ?

— Ça s'est déjà vu, confirma le gérant.

— Quand est-ce que ce serait arrivé ? s'enquit la Finlandaise.

— Ces derniers jours. Depuis le massacre. (Winter aperçut une femme revêtue d'un voile noir sortir de sous un porche. Elle jeta un œil sur lui avant de détourner son regard vers le champ, plus loin.) Ou bien cette nuit.

Les amis d'Hiwa Aziz étaient éparpillés aux quatre coins des quartiers nord. Mais ils n'étaient pas nombreux. Ce n'est pas un problème, d'avoir peu d'amis, songea Winter, du moment que ce sont les bons.

Alan Darwish était assis en face de lui dans la pizzeria Gloria qui venait d'ouvrir quelques minutes auparavant. Winter avait vu le propriétaire lever le store métallique tandis qu'il marchait vers le lieu de rendez-vous ; il avait également aperçu Alan venant en sens inverse par le terrain de foot de l'école. À l'autre bout, un petit groupe de joueurs tapait dans le ballon.

Alan déclina le café. Winter en commanda un pour lui-même. Ils s'étaient installés près de la fenêtre. Il était encore tôt. Hammarkulle se réveillait doucement.

Alan avait l'âge d'Hiwa, un peu plus de vingt ans. Son regard restait fixé sur la vitre.

— Comment connaissiez-vous Hiwa ?

— Comment vous savez que je le connaissais ? rétorqua le jeune homme sans le regarder.

— C'était un secret ?

— Co… non.

— Comment l'avez-vous rencontré ?

— On… on était ensemble à l'école. C'est là qu'on s'est connus. On était dans la même classe.

Winter hocha la tête. Il le savait, bien sûr.

— Et vous ne vous êtes pas perdus de vue après ?

Alan répondit sans un mot, d'un mouvement de la tête.

— Où étiez-vous à l'heure du crime ?

Son interlocuteur tressaillit. Il paraissait un peu plus que son âge, un peu plus qu'Hiwa, mais il restait bien jeune, autant dire un gamin.

La question était directe.

— Je… cette nuit-là, j'étais chez moi.

Winter opina.

— Pourquoi vous me posez la question ?

Le serveur apporta le café. Des enfants passaient dehors. Winter crut en reconnaître un qui portait des lunettes beaucoup trop grandes pour lui. Le gamin le regarda à son tour, comme s'il reconnaissait le monsieur à la peau claire qui parlait avec un autre aux cheveux noirs.

— Quand avez-vous rencontré Hiwa pour la dernière fois ? demanda Winter sans prendre la peine de répondre.

— C'était… je m'en rappelle pas.

— La veille du meurtre ? Une semaine avant ? Deux ?

— Quelque chose comme… une semaine. Ou deux… je suis pas sûr.

— Et si je vous disais deux mois ?

Alan resta muet.

— Si je vous disais deux mois ?

— Qui vous a dit ça ?

— C'est donc exact ? insista Winter. Cela faisait si longtemps ?

— Je ne m'en souviens pas.

— Vous ne vous souvenez pas si ça faisait deux semaines ou deux mois ?

— Non.

— Vous avez des problèmes de mémoire, Alan ?

— Vous… vous n'êtes pas obligé de dire ça.

— Simple question. Il y a tout de même une différence entre deux semaines et deux mois.

— Ça faisait pas deux mois… un mois peut-être.

— C'est tout de même long, quand on est amis.

Alan haussa les épaules.

— Je voudrais savoir pourquoi cela faisait si longtemps, Alan. Que s'est-il passé ?

— Quoi… je comprends pas.

— Que s'est-il passé ? Qu'est-ce qui a fait que vous avez cessé de vous voir ?

— Comment vous le savez ? Qui vous a dit tout ça ?

— Ce n'est pas le problème pour l'instant, Alan. Dites-moi seulement si j'ai raison ou pas.

Alan ne répondit pas. Winter suivit son regard qui glissait de nouveau vers la fenêtre. Le groupe d'enfants était désormais loin… le petit bigleux et ses copains. Le ballon venait de passer au-dessus d'une palissade. On ne voyait pas qui avait tapé dedans. Et puis il réapparut. Il volait haut. Plus haut que jamais ce jour-là. Alan paraissait tenté de voler dans les airs lui aussi, et d'y rester.

Je tiens quelque chose, se dit le commissaire. Une pièce maîtresse. Je n'étais pas sûr de comprendre de quoi me parlait Shirin Waberi, et je ne suis pas sûr qu'elle le savait elle-même. Nasrin n'en avait rien dit. Elle n'avait pas non plus mentionné Shirin, c'était quelqu'un d'autre, Winter avait oublié qui. Ils étaient tellement nombreux à poser des questions, frapper aux portes, appeler au téléphone, vérifier des listes de noms, d'adresses, de photos de classe.

Il y avait eu embrouille entre Hiwa et Alan.

Il s'était passé quelque chose.

Ils avaient cessé de se voir.

Alan ne voulait pas dire pourquoi.

Il ne voulait rien dire du tout.

Il avait peur.

À cause de quelque chose qu'avait fait Hiwa. Seul ou avec des complices.

Si Winter pouvait découvrir de quoi il s'agissait, il avancerait beaucoup.

La peur avait rendu muet Alan. Ce qu'il craignait l'avait rendu muet.

Il paraissait terrifié.

De quoi Hiwa s'était-il rendu coupable ?

Ce devait être particulièrement grave.

Puisque ça lui avait coûté la vie.

Alan pensait à ce danger de mort. Winter le lisait sur son visage.

Hiwa, lui, n'avait plus de visage. Pourquoi ?

— Pourquoi étiez-vous en froid, Alan ?

— On était amis.

— Alors pourquoi avez-vous cessé de vous voir ?

— Ça... ça arrive, non ?

— Qu'a-t-il fait, Alan ? Qu'a fait Hiwa ?

Alan ne répondit pas.

— Racontez-moi ce qu'il a fait.

— Je n'en sais rien.

Le ton n'était pas convaincant. Alan cherchait secours à l'extérieur, son regard dérivait sans cesse vers la fenêtre. Plus de ballon. Le ciel était maintenant vide.

— De quoi avez-vous peur, Alan ?

— Je n'ai pas peur.

— Racontez-moi alors.

— Il n'y a rien à raconter.

Le serpent à lunettes était de retour à la vitre. Le même fixait le commissaire, comme si c'était quelqu'un de connu. Winter était d'une certaine manière une célébrité, mais probablement pas pour lui. Un étranger plutôt, quelqu'un de différent.

Il ramena son regard vers Alan qui baissait les yeux vers la table, recouverte d'une nappe à rayures blanches et noires. Tout l'établissement affichait ces couleurs. Winter se serait attendu à voir un fanion de la Juventus dans un coin, mais il n'y avait pas une décoration aux murs. Peut-être s'agissait-il d'un club arabe, le Bagdad BK, l'IFK Amman. On entendait, venant d'un haut-parleur invisible, une mélodie arabe, peut-être kurde ou persane. Winter avait l'intention d'approfondir cette question de la musique. Elle était présente dans cette affaire, au cœur même de ces meurtres. Les meurtriers n'avaient pas éteint la musique chez Jimmy, de la musique kurde, pour le Kurdistan. *Pour toi, Kurdistan.* Pourquoi pour toi ? Des meurtres pour toi ? Pour le bien du Kurdistan ? Rien n'indiquait cependant que les assassins avaient apporté le CD. Aucune empreinte ni sur le disque, ni sur la pochette. Était-ce une pure coïncidence ? Avaient-ils même entendu ces airs, que ce soit avant ou après le massacre ? S'en étaient-ils préoccupés ? Personne encore n'avait pu leur confirmer qu'Hiwa passait régulièrement cette chanson quand il travaillait au magasin. Mais c'était bien sa musique à lui, et celle de Saïd. Celle des clients aussi. Pas celle de Jimmy qui n'avait rien de pareil chez lui. Saïd possédait des CD de chanteurs kurdes, de chanteuses également, à moins que ça n'ait été ceux de Shahnaz. Et cette musique s'était tue désormais. Winter se rappelait un nom, Naser Razzazi, une grande célébrité apparemment. L'un de ses titres rendait hommage à une ville. Laquelle ? En tout cas, il figurait dans la discothèque des Rezaï.

Mais voici que la voix d'Alan se fit entendre :

— Je ne sais pas ce qu'ils ont fait.

— Qu'avez-vous dit, Alan ?

— Je… je ne sais pas ce qu'ils ont fait.

— Ce qu'ils ont fait ? Ils ont donc bien fait quelque chose ?

Alan ne répondit pas.

— Qui sont-*ils* ? De qui parlez-vous ?

— Je… je ne sais pas.

— Voyons, Alan ! Vous n'avez pas dit ça au hasard.

— Je… vous jure. C'était pas ça que je voulais dire. Il y en avait… plusieurs.

— Qui a dit qu'ils avaient fait quelque chose ?

Pas de réponse.

— Alan !

L'homme au comptoir sursauta en entendant Winter élever le ton. Il devait, sinon connaître Alan, du moins le reconnaître pour un habitué. C'était néanmoins le commissaire qui avait proposé le lieu de rendez-vous.

— Personne… mais il y avait quelque chose… je ne sais pas quoi.

— Que voulez-vous dire ?

Alan secoua la tête.

— C'était Jimmy, Hiwa ou Saïd ?

— Je ne sais pas. Je ne connais pas les autres.

— Vous les avez déjà rencontrés ?

— Une ou deux fois… à la boutique. Saïd peut-être. Si c'était lui.

— Et Jimmy ?

— Une fois ou deux.

— Hussein ?

— Qui ça ?

— Hussein Hussein. Il travaillait aussi là-bas.

— Je ne le connais pas.

— Il était également employé à la boutique. Peut-être à temps partiel, et probablement au noir.

— Mais il… mais il…, commença Alan sans parvenir à terminer sa phrase.

217

— Il n'y était pas, non. (Winter se pencha un peu en avant.) Pas quand les meurtriers sont entrés.

Tout à coup, Alan se mit à fixer le commissaire.

— Comment… il s'appelle… Hussein ? C'est lui qui a fait ça ?

— Nous l'ignorons, Alan.

Le jeune homme parut fouiller dans sa mémoire.

— C'est l'une des raisons pour lesquelles je suis ici à m'entretenir avec vous au lieu de rester à la maison avec mes enfants, ou d'aller cueillir des fleurs pour le mât de la Saint-Jean, continua Winter.

Les yeux d'Alan parurent s'animer.

— Vous l'avez déjà rencontré ?

— Non… je crois pas.

— Pourrait-il avoir été mêlé aux activités d'Hiwa ?

— Je ne sais pas.

— Hiwa a-t-il déjà cité son nom ?

— Non.

— Vous en êtes sûr ?

— Je me rappelle pas. Je ne crois pas… non.

— Qu'est-ce qu'il trafiquait Hiwa ?

— Je ne sais pas.

— Je sais que vous êtes au courant, Alan. C'est pour cette raison que vous ne vouliez plus le fréquenter. De quoi s'agissait-il ? Qu'a-t-il fait ?

Pas de réponse.

— C'est pour cette saloperie qu'on l'a assassiné, Alan ! Une saloperie grave. C'est ça qui vous fait peur ? Vous savez qui l'a tué ? Vous avez peur qu'ils vous courent après s'ils apprennent que vous avez parlé ?

À ces mots de Winter, le regard d'Alan glissa vers la fenêtre, comme s'il se savait épié du dehors, par quelqu'un qui aurait su qui il était, qui aurait cru qu'il avait parlé. Le jeune homme avait l'air de vouloir signifier : non, non, je ne dis rien.

— Nasrin est au courant ?

Alan tressaillit violemment. C'était plus que de la surprise. Winter n'aurait su dire de quoi il s'agissait, mais son interlocuteur s'était tendu, raidi, comme une barre d'acier. Winter avait encore atteint une zone minée. Une zone de silence.

— Au courant de quoi ?

— De ce dont nous parlons maintenant, Alan. De ce qu'Hiwa et ses complices trafiquaient. Cette activité que vous connaissez, mais dont vous ne voulez pas me parler.

— Je ne sais plus rien. Je veux partir. (Il échangea un regard avec l'homme au comptoir. Puis il fixa la tasse de Winter. Le commissaire n'avait pas bu une goutte, il avait complètement oublié sa commande.) Je peux y aller maintenant ?

— Je pourrais vous emmener au commissariat, lui dit Winter. On poursuivrait cet entretien là-bas.

— Ça ne s'appelle pas une audition ?

— Là-bas, oui.

— Et combien de temps ça peut durer ? Combien de temps vous pouvez me garder ?

— Douze heures.

— Dans ce cas... vous ratez la Saint-Jean, lui fit remarquer Alan, et Winter ne sut discerner s'il plaisantait, ni même s'il souriait. Les fleurs et tout ça.

Winter hocha la tête.

— J'ai pas envie de passer douze heures là-bas.

— Parfait.

— Si j'ai pas le choix, j'ai pas le choix. Mais j'ai plus rien à dire.

Winter se leva. Alan tressaillit de nouveau. Il ne paraissait pas d'attaque pour affronter douze heures, les deux fois six heures de garde à vue.

— Réfléchissez bien à tout ça, lui dit Winter en sortant une carte de visite de son portefeuille. Voici mon numéro de portable. Vous pouvez appeler à n'importe quelle heure. (Il tenta un sourire.) Même aujourd'hui, le soir de la Saint-Jean.

Alan lui rendit un semblant de sourire, prit la carte et se leva à son tour.

— Je n'ai aucune raison de vous appeler.

Il avait pris la carte.

Sur le chemin du retour, Winter repensa à leur conversation. Alan paraissait avoir quelque chose à raconter, quelque chose d'important, qui l'encombrait. Winter se remémora son expression au moment où il avait pris sa carte. Alan allait réfléchir. Il finirait par appeler. Peut-être aujourd'hui même. Pas trop de schnaps chez Fredrik cet après-midi. Et pour ainsi dire pas une goutte de whisky.

Hama Ali Mohammad était assis dans l'herbe, à la lisière du parc. Il se sentait en sécurité. Les enfants couraient autour du mât, il trouvait ça plutôt sympa. Personne de sa connaissance. Il choisissait exprès des endroits comme ici, dans un quartier de Suédois, Gunnilse. On le voyait, mais on n'avait pas l'air de se soucier de lui. Regardez comme il est moche. Il savait qu'ils le pensaient, mais rien à foutre. Ça, ça n'avait aucune importance.

Hama leva le camp.

Il ne voulait pas se planquer dans une grotte.

Il prit le bus, puis il marcha au hasard. Le quartier de Nordstan était un vrai désert.

Les rues étaient vides comme jamais. Partout, les Suédiches commençaient à fêter la Saint-Jean. Parfait. Il pourrait sûrement faire les poches à quelqu'un. Le monde regorgeait d'argent. Il était seul.

Il prit le tramway.

Toujours le désert là-haut, dans les quartiers nord.

Il vit une bande de jeunes et se cacha derrière l'immeuble. Il les connaissait mais ça ne l'arrangeait pas.

Le soleil tapait fort maintenant, comme si la mère avait réussi à faire exaucer ses vœux, des vœux débiles et malsains de retour au pays. Le soleil du désert, c'est bon pour les chameaux. Il y a les bonnes et les mauvaises nouvelles. On prend la mauvaise nouvelle d'abord : rien d'autre à bouffer que de la merde de chameau. Et la bonne ? Y en a un paquet.

Il le vit s'avancer dans l'ombre, le long du mur. Il leva la main. Salut, pote ! C'était comme il avait dit.

Hama rentra dans l'ombre à son tour.

21

Le commissariat était à peu près aussi désert que le reste de la Suède urbaine à cette heure-là. Winter entendait résonner ses pas à travers les couloirs. Un phénomène jamais aussi flagrant que durant les week-ends prolongés. Ce n'était pas la première fois qu'il se retrouvait coincé sur place, tandis que le reste de l'humanité passait décemment ses loisirs en famille. Mais il était parmi les siens d'une façon, cette grande famille unie autour du crime, des deux côtés de la frontière de la légalité. Une frontière de plus en plus difficile à discerner : elle avait glissé de plusieurs dizaines de kilomètres depuis le début de sa carrière. Existait-elle encore ? Jusqu'où allait-elle ? Peut-être vivaient-ils maintenant dans une société sans frontières. Amour, haine sans frontières.

Les couloirs de brique rouge lui renvoyaient l'écho de ses pas, mais il n'y prêtait plus aucune attention. Un raclement de gorge, assez désagréable, lui parvint alors d'une porte grande ouverte. Un bruit familier.

— Toujours là ? lança-t-il depuis le seuil.

— Déjà là plutôt, je viens d'arriver, lui répondit Ringmar, assis à son bureau.

— Je te pensais à la maison en train de te faire beau.

— Vraiment ?

— Non.

— Il me faudrait des heures pour arriver à me faire beau, sourit l'« ancien ».

Winter consulta l'horloge.

— 14 h 30.

— Ça nous laisse du temps.

— Pour faire quoi ?

Ringmar désigna d'un geste les documents et photos qui s'étalaient sur sa table :

— Un vrai puzzle.

— Tu crois ?

— Comment t'appelles ça ?

— Je ne sais pas, Bertil. Un massacre.

— Sans compter le meurtre de la femme à Ranneberg.

— Tu crois qu'il pourrait y en avoir d'autres ?

— Si l'on considère tous les paramètres qui nous échappent... oui.

— Pourquoi ?

— Parce qu'on n'arrive pas à récolter un seul tuyau.

— Et pourquoi ?

— Ils ont la trouille. Tous ceux qui sont mêlés à ça crèvent de trouille.

— Pourquoi cette trouille ?

— Parce qu'ils sont au courant.

— De quoi ?

— De ce qu'on cherche à savoir.

— C'est peut-être l'inverse, avança Winter.

— Qu'est-ce que tu veux dire ?

— Ils ont peut-être peur parce qu'ils ne savent pas.

Ringmar ne répondit pas. Après toutes ces années de collaboration... Ces échanges éclairs pouvaient renfermer des réponses à des questions plus importantes. Que ce soit au début de leurs élucubrations, ou bien au milieu, ou à la fin, quelque chose apparaissait, surgissait, qui leur permettait de poursuivre plus loin. Il n'était pas dans les traditions de la police qu'on enregistre ces tête-à-tête, mais ce qui avait de la valeur, ils le gardaient en mémoire… et ils allaient peut-être tomber sur un nouveau filon ce jour-là. À moins que ce petit jeu ne soit qu'une perte de temps quand ils avaient autre chose à faire, comme de fêter la Saint-Jean.

— Apparemment, ça les a pas mal secoués, dans le quartier, constata Ringmar.

— C'est large comme quartier.

— Mais ça les a bien secoués.

— Tous ?

— Plus ou moins tout le monde d'après la police locale. À propos, j'ai parlé avec Sivertsson, ajouta Ringmar en désignant le téléphone.

— Qu'est-ce qu'il en dit ?

— Comme je te le disais. Les gens sont secoués. Les gangs sont inquiets. D'habitude ils sont au parfum et là, ils ne savent pas grand-chose, pour ne pas dire rien. Avec un peu de chance, ça va se terminer en guerre civile, selon lui.

— Il a employé cette expression ?

— Sivertsson a le goût de la plaisanterie. D'après moi, il pensait à quelque chose du style « que le meilleur gagne ». Ensuite, il n'en restera plus beaucoup à coffrer.

— Mais ce seront les plus costauds.

— C'est sûr.

— Darwin est incontournable, soupira Winter.

— Tu crois que tout marche comme ça, Erik ?

— Il a dit quelque chose sur l'indic du Frangin ?

— Il n'était pas au courant. Il nous renvoie au Frangin. C'est comme ça qu'ils bossent.

— J'attends son coup de fil. Depuis un moment.

— L'indic n'a pas dû réapparaître.

— Ce qui nous fait un tonton disparu en plus du suspect, résuma Winter.

— Et si c'était la même personne ?

— Non. Même le Frangin ne nous ferait pas des cachotteries pareilles.

— Et s'il n'en savait rien ? Il ne le connaît peut-être pas, ce type-là. L'important c'est ce qu'il peut lui rapporter, non ? (Ringmar se leva.) Tu lui as demandé ?

— Il y a sûrement pensé tout seul.

— Il raisonne aussi bien que nous ?

— Aussi bien que toi, Bertil. Parle pour toi.

Winter eut un sourire. Ça faisait du bien. Il avait la peau qui tirait, comme s'il ne s'était pas déridé depuis longtemps. Les derniers jours avaient été pénibles, tendus. Il avait l'impression de n'avoir pas dormi de toute la semaine. Effectivement. Les journées de dix-sept, dix-huit heures, pendant des semaines d'affilée, c'était le lot de ce métier. Prétendre que les policiers en étaient quittes avec leur travail une fois refermée derrière eux la porte de leur bureau, c'était se foutre du monde. Par ailleurs, il y était rarement, dans son bureau. Son bureau à lui, c'était la rue, les visites chez des innocents, des coupables, à la morgue ou dans la salle d'autopsie, les champs, les lacs, les fossés et les bois, les cités ou les belles villas, les autoroutes, la mer ou le sommet d'une montagne. Il était partout.

— J'ai parlé d'autre chose avec Sivertsson, reprit Ringmar. Ou plutôt c'est lui qui m'en a parlé.

— C'est OK du moment que tu sais que vous vous êtes parlé tous les deux, Bertil. Alors, à quel sujet ?

— Prostitution.

— La prostitution ?

— Oui, ou plutôt la traite des femmes. Traite des femmes et prostitution. Bien sûr, ça existe dans toute la ville. Et c'est très difficile à combattre, tu en sais quelque chose.

— Traite des femmes dans les quartiers nord ? s'étonna Winter. Là-haut, vraiment ?

— Ils ont essayé de démanteler une bande organisée, mais ils ont du mal. Les filles sont trimballées d'un appart à un autre, ils en changent tout le temps.

— Ils savent qui se cache derrière ? C'est quoi cette bande ?

— Ils croyaient savoir.

— C'est-à-dire ?

— Apparemment il y a eu des fuites, de plusieurs côtés à la fois. Il n'en savait pas beaucoup encore, mais quelqu'un, dans un gang de jeunes, a intercepté quelque chose à propos des filles qu'ils utilisent. Des filles très jeunes. Des lycéennes.

— Des lycéennes ? De quel âge exactement ?

— Il ne savait pas.

— Elles viennent de l'étranger ? On les a fait entrer clandestinement ?

— Il n'en savait rien non plus.

— Qu'est-ce qu'il savait finalement ?

— C'était surtout une rumeur apparemment. Il en arrive tout le temps, comme il dit. Surtout sur la prostitution. La différence, c'est qu'ils n'ont pas pu mettre de visage là-dessus.

— Il a employé ces mots ? Mettre un visage là-dessus ?

— Oui…

Winter secoua la tête.

— Qu'est-ce qu'ils comptent faire ?

— Il voulait se donner le temps d'y réfléchir pour essayer d'en savoir plus.

— Mais ça n'a rien à voir avec cette bande de maquereaux sur laquelle ils enquêtaient dernièrement ?

— Apparemment.

— Ils étaient de quelle nationalité, ceux-là ?

— Je crois qu'il parlait d'Albanais, et de Baltes bien sûr.

— Albanais et Baltes ? Les deux pôles de l'Europe. Quelle union ! c'est plus étendu que la Communauté européenne elle-même.

— Les criminels ont souvent un temps d'avance sur les autres, constata Ringmar.

— Mais là, il s'agissait d'autre chose que la canaille habituelle ?

— Sans doute.

— Comment il a récupéré le tuyau ?

— Un indic, je crois.

— Ces foutus indics. J'aimerais quelque chose de plus solide que des approximations anonymes.

— Mmm.

— Mais il faut qu'on regarde ça de près. Qu'on interroge les gens là-dessus.

— Oui.

— Qui est-ce qu'on peut interroger, tu crois ?

— J'aimerais poser la question à Hussein Hussein, déclara Ringmar. J'ai beaucoup de questions à lui poser.

Faute de visite, son bureau sentait le renfermé. Quelques années auparavant, il avait décidé de passer le moins de temps possible dans cette pièce sinistre qui donnait sur la rivière de l'Hospice. Les gens auxquels il avait à parler, il allait les retrouver ailleurs, dans des lieux où ils pouvaient se sentir chez eux, en sécurité, ou bien, au contraire, se retrouver déstabilisés. Il lui arrivait d'interroger quelqu'un, ou plutôt de s'entretenir avec cette personne dans son bureau, mais la plupart du temps, il travaillait n'importe où, en free lance pour ainsi dire. Il lisait mieux chez lui qu'au commissariat, surtout la nuit, quand tout était silencieux. Il avait établi son QG dans un bar près de Kungstorget et là, il arrivait à réfléchir correctement. Dans les bars de la Costa del Sol, il avait pu réfléchir aussi, sur des sujets différents. Il ne se rappelait plus lesquels, mais il avait médité sous le soleil, ou plutôt réfugié à l'ombre des terrasses. Des méditations profondes, de celles qui vous soulagent et vous guérissent. Il était obligé à de tout autres pensées maintenant. Elles ne soulageraient pas, sauf peut-être les familles, à long terme, les survivants, s'il pouvait trouver les coupables, mais il savait qu'il ne leur apporterait qu'une piètre consolation, quelle que soit sa sagacité. S'il s'appliquait à réfléchir, c'était pour autre chose. C'était pour lui-même.

Winter ouvrit la fenêtre et respira une bouffée d'air frais. La vue était détestable, mais l'air faisait du bien, tiède et doux car la façade était à l'ombre. C'était une belle journée. Un tramway cliquetait de l'autre côté de la rivière, en route vers les quartiers nord. Winter ne distinguait personne à l'intérieur. Ceux qui devaient y être, dans ces quartiers, s'y trouvaient déjà.

Il appuya sur la touche démarrage du lecteur de CD sans savoir ce qu'il avait écouté la dernière fois. Ça remontait à une semaine... six mois peut-être. Il tomba, quelle surprise ! sur John Coltrane, dans un duo exceptionnel avec le chanteur Johnny Hartman, un des plus grands, des plus sous-estimés. *They say falling in love is wonderful*, chantait Hartman, ils disent que c'est merveilleux de tomber amoureux, mais voici que le téléphone se mit à sonner sur le bureau du commissaire.

— Oui ?

— Un appel pour Erik Winter, lui dit la voix de la standardiste.

Elle était nouvelle, une intérimaire pour l'été sans doute. Il ne connaissait pas son nom mais il lui avait adressé un signe de tête en passant devant le comptoir de l'accueil et elle lui avait répondu de même, tout en poursuivant sa conversation au téléphone.

— C'est lui-même. De la part de qui ?

— Un certain le Frangin. Il appelle d'Angered. Vous le prenez ?

— Oui.

Winter attendit un instant avant d'entendre hurler la voix du Frangin. Ce n'était pas la première fois qu'il l'avait au bout du fil : le Frangin ne devait pas faire confiance aux câbles téléphoniques pour couvrir la distance entre Angered et Skånegatan.

— WINTER ? C'EST BIEN TOI ?

— C'est moi, le Frangin.

Il écarta le combiné de vingt centimètres, avant de le rapprocher de nouveau pour parler.

— Comment va Marko ?

— Marko ? C'est qui celui-là ?

— Marko, ton cousin. C'est toi qui m'as proposé ce nom.

— C'est ça, Marko. C'est pour ça que j'appelle. Toujours en vadrouille.

— Et ça te surprend ?

— Quoi ? Oui, je peux te le dire.

— La situation a bougé chez vous ?

— Non. Sa petite copine fait la gueule. Elle met tout sur mon dos. Alors qu'elle n'est même pas censée me connaître.

— Qu'est-ce qui a bien pu se passer ?

— Soit il est mort, soit il est déjà à Kirkuk à l'heure qu'il est.

— Kirkuk ?

— Ou je ne sais où dans le Kurdistan. C'est une ville du coin, j'en sais pas plus.

— Il est kurde, Marko ?

— Oui.

— Hiwa Aziz aussi.

— Y en a beaucoup des Kurdes, Winter, surtout à Göteborg.

— Et pourquoi il serait mort ?

— Parce qu'il m'a pas donné de nouvelles.

— C'est si grave que ça ?

— Je crois te l'avoir déjà expliqué, Winter. Et je pense aussi que c'est un accident, tout ça, si on peut dire. La disparition de mon indic n'a peut-être aucun rapport avec ton affaire.

— Je ne veux négliger aucune piste, le Frangin.

— Rien entendu de ce côté. Rien du tout.

— Dans cette affaire, on n'entend rien, le Frangin.

— Alors, qu'est-ce qu'on fout maintenant ?

Avant de quitter le commissariat, Winter passa par la brigade technique. Il était sûr qu'Öberg serait là. Il abandonnait Johnny Hartman à son *Autumn Serenade*, même s'il restait encore du temps d'ici l'automne.

— On doit être les derniers dans la maison, lui dit l'expert en accueillant Winter dans le Saint des Saints.

— Oui, Bertil est parti il y a un quart d'heure.

— Tu ne rentres pas fêter la Saint-Jean ?

— Si, on est invités chez Fredrik et Aneta.

— Chez Halders ? Vous êtes si proches que ça ?

— Il m'adore plus que jamais. Depuis mes six mois d'absence.

— Imagine ce que ce serait si tu partais un an.

— Oui. Ou plus longtemps.

— Je prends ma retraite dans cinq ans, soupira Öberg. Cinq ans, ça passe comme rien. Et Birgersson, au fait ? C'est pas pour bientôt ?

— Dans un mois, répondit Winter.

Dans un bon mois, il serait temps pour le patron de la brigade, Sture Birgersson, de laisser le commissariat et de disparaître dans le secret de sa vie privée. Personne n'en savait rien, n'aurait pu la situer ni la décrire, pas même Winter, qui était pourtant le plus proche de ses collaborateurs. Ils n'étaient jamais allés plus loin dans l'intimité que cette unique fois, l'année précédente, où Birgersson s'était mis à pleurer à la fenêtre de son bureau pour ensuite essuyer ses larmes avec Winter dans un bar. Ç'avait été une circonstance très particulière : Birgersson avait laissé paraître une forme de fragilité. Winter aurait souhaité voir cet événement se produire dix-huit ans auparavant, il en aurait tiré du réconfort en tant que jeune enquêteur.

Öberg désigna la table lumineuse qui présentait les agrandissements d'une carcasse de voiture calcinée :

— Une épave intéressante.

— Je l'espère.

— On a retrouvé un chausson de protection qui n'avait pas entièrement brûlé.

— Bien.

— Par contre, je ne peux pas dire grand-chose sur les traces de pas tout autour.

— Je comprends

— Le labo central doit nous rappeler ce week-end.

— J'attends également des nouvelles de Borås, signala Winter.

— Et moi donc.

— Il faut espérer que les empreintes ont tenu.

— Je n'ai jamais beaucoup d'espoir.

— Je peux te demander encore une chose, Torsten ?

— Du moment que ça reste d'ordre professionnel, Erik.

— Combien de personnes sont impliquées là-dedans ? Combien de meurtriers avons-nous à chercher ?

— Tu commences par la question la plus difficile.

— Je sais.

— C'est ce qu'ils voulaient : nous compliquer la tâche. Regarde les différentes munitions, les armes utilisées. Les chaussons de protection. Les victimes. Sans compter la femme de Ranneberg.

— Nous devons trouver un lien, insista Winter. Un lien entre Hjällbo et Ranneberg.

— Mais il existe : c'est le couple Rezaï.

— Ça ne suffit pas. Il faudrait comprendre. Il nous faut une piste d'interprétation.

— On y travaille.

— Mais pourquoi faire une fixette sur cette bagnole ?

— Je ne sais pas, Erik.

— Ça ne colle pas, comme manière d'agir. Beaucoup trop balourd. Le reste était violent, brutal, comme dans un règlement de comptes, mais n'avait rien de maladroit.

— Il s'est peut-être passé quelque chose. Ils ont dû paniquer.

— Longtemps après ?

— Sur le trajet du retour. Ils ont été obligés de se débarrasser de la voiture alors que ce n'était pas prévu.

— Je pense qu'ils savaient ce qu'ils faisaient, répondit Winter. C'était dans leur plan.

— Du coup, il devient inutile de chercher des empreintes ici, c'est ça que tu veux dire ?

— Absolument pas.

— Alors ?

— Ils se doutent sûrement que nous cherchons des empreintes, mais ils ne savent pas comment nous les utiliserons.

— J'espère que toi, tu le sais, Erik.

— Je le saurai quand je les verrai.

— Les objets retrouvés dans l'appart de Jimmy Foro ne nous ont pas vraiment avancés, objecta Öberg Ce bouton, par exemple.

— J'avais fini par l'oublier.

— À propos d'oubli, tu m'as demandé combien ils pouvaient être, les meurtriers.

Winter hocha la tête. Elle lui faisait mal. Il venait de ressentir à nouveau cette douleur au-dessus de l'œil, l'espace de deux secondes. Le soleil se réfléchissait un peu partout sur les tables en acier du labo, ce qui n'arrangeait rien. Il fut pris d'une envie subite de partir, de se réfugier à l'ombre, de se réfugier dans la danse. Il en avait tout à coup plus qu'assez de la mort.

— Deux, continua l'expert.

Le mot sonna comme un coup de cloche, deux

coups, lourds, pour un moment que Winter avait long-temps attendu.

— Comment es-tu arrivé à cette conclusion ?

— Attention, ça reste de l'ordre de la supposition, OK ?

— Naturellement.

— Plusieurs facteurs. Les empreintes dans le sang par terre. D'après les marques de talons venant des chaussons de protection. Regarde ça.

Öberg se pencha pour sortir d'autres clichés rangés sur l'étagère inférieure. Puis il alla les exposer sur une autre table. Winter l'avait suivi pas à pas. Il avait devant les yeux la mer rouge. Striée de blanc à coups de crayon feutre, comme autant de brûlures. Les traits partaient dans tous les sens.

— Je ne suis pas sûr de la taille, pour les chaus-sures. Impossible à évaluer avec des chaussons comme ça. Mais on dirait que des deux personnes, il y en avait une bien plus grande que l'autre.

— Et cela signifie ?

— Comme je te dis. Il y en avait un grand et un petit.

Mon Dieu, pourquoi se disputer là-dessus ? Et ce mal de crâne qui ne veut pas me lâcher.

— Plus grande, ou plus petite, de combien ?

— Je ne sais pas. Pas encore.

— Mais ils étaient deux ?

— On dirait. (L'expert désigna d'un signe de tête les images macabres.) Tu peux suivre toi-même la direction de leurs pas. On distingue deux paires de pieds dessinant un cercle comme on pourrait en faire à ski nautique, le diable sait pourquoi !

— Et les victimes ?

— Elles étaient chaussées. On n'a pas pu suivre leurs empreintes. Et puis, ils ne sont pas allés très loin…

— Mmm.

— Ensuite il y a les tirs, les angles de tir, qui semblent suivre les traces des chaussons de protection : deux tireurs.

— Tu as trouvé d'autres traces de chaussures ? s'enquit Winter. Je suppose que tu me l'aurais déjà dit mais… maintenant qu'on a recensé les victimes et les meurtriers… est-ce qu'il y a encore d'autres empreintes de pieds ou de chaussures ?

— Tu penses à Hussein Hussein ?

— Par exemple.

— Non. On n'a rien trouvé de plus.

Winter se pencha de nouveau sur la table lumineuse. Ces lignes pouvaient représenter n'importe quoi et ne lui inspiraient aucune association d'idées.

— D'autres indices montrant qu'ils étaient deux ? demanda-t-il en pointant du menton vers les photos. Ce schéma me paraît étrange. Ils étaient vraiment obligés de bouger autant ? Est-ce qu'il n'aurait pas été plus… économique de rester immobiles et de tirer, un point c'est tout ?

— Un indice ? Oui… la position des corps… nous ignorons, c'est vrai, qui a été touché le premier, mais je pense qu'ils étaient étendus au sol dans l'ordre où ils sont morts. (Öberg regarda Winter.) C'est allé très vite.

— Les meurtriers savaient-ils qui ils tueraient en premier ? Je pense tout haut. Ils avaient décidé de ça à l'avance ?

Le technicien ne répondit pas. Il avait les yeux rivés sur les photos. Comme s'il les voyait pour la première fois.

Il se redressa.

— Tu parlais d'un schéma… étrange. Et la position des corps des victimes… je n'y avais pas pensé avant, pas comme ça. Rapproche-toi un peu. (Il fixa de nouveau les images.) On en parlera après.

— Parler de quoi exactement ?

— Des déplacements de ces bonshommes en chaussons. (Il pointa l'index.) Ici. Là. Et là. Au pied du comptoir, c'est là qu'Aziz est étendu. Tu vois ça ? Comme une forme de croix.

— Oui, c'est à ça que je pensais tout à l'heure. Qu'est-ce que ça signifie ?

— C'est comme s'ils s'étaient écartés l'un de l'autre. Les meurtriers.

22

Et c'est comme ça qu'on a traversé la frontière. En tout cas, ils nous ont dit qu'on était de l'autre côté. C'était pas loin de Zaxo, mais ce nom n'a pas de sens pour vous. Moi je pourrais parler de Batifa, Amêdi, Sersink, Kanîmasî. Je pourrais en nommer, des villes de là-bas, mais ça ne vous dirait rien. Ça ne signifie rien pour personne dans le monde, sauf pour nous. Elles se situent dans notre pays qui n'existe pas. Vous ne pourrez jamais comprendre. On ne peut pas comprendre ce que c'est d'être en quête de son propre pays.

Ce paysage ne signifie rien pour vous. Je pourrais vous le décrire, mais à quoi ça servirait ? Vous voulez que je vous dise ? Vous pensez que ça peut avoir un rapport avec tout le reste ? Peut-être. Mais ça ne ressemble à rien de ce qu'on voit par ici. Vous avez de la pierre, mais pas la même pierre. Du sable, mais celui des plages. Là-bas, on n'a pas de plages. On n'y pense même pas, contrairement à vous. La mer non plus, on n'y pense pas.

On est allés la voir. Au tout début. Je me rappelle qu'un après-midi nous avons pris le tramway, puis le bus, nous avons marché un peu et nous sommes arrivés à la mer. C'était il y a longtemps. Dans une autre vie, pour moi. Nous en sommes déjà à cette deuxième vie, celle qui commence ici, et j'aurais dû aller moins vite. Il s'est passé des choses entre-temps. J'ai dit qu'on venait de traverser la frontière. On n'avait plus de papiers sur nous. On s'en était débarrassés. Quelqu'un nous avait dit de le faire, sinon ils les confisqueraient pour les réutiliser. Du coup, quelqu'un prendrait notre nom et nous, nous deviendrions quelqu'un d'autre qui passerait son temps à traverser la frontière, avec notre nom, et nous ne pourrions jamais partir de là. Vous comprenez ? Nous sommes arrivés sans papiers, nous n'avions plus de nom. Nous n'étions rien. On ne nous croyait pas. Tout le monde pensait que nous avions jeté nos papiers parce que nous étions d'autres personnes qui ne voulaient quitter leur pays que pour gagner de l'argent, ou parce que la nourriture serait meilleure, le temps plus beau, les lits plus moelleux. Alors que nous avons été obligés de quitter notre pays, qui n'était pas le nôtre. Obligés de fuir. Parce qu'on nous tuait ! Beaucoup sont morts. Mais c'est comme si mon père n'avait pas été tué, comme s'il n'avait pas le droit d'être mort, et c'est ça le plus effrayant.

Ensuite, de nombreux jours, de nombreuses nuits ont passé. On ne savait pas où on était. On franchissait de nouvelles frontières, d'anciennes frontières aussi. Ma mère est tombée malade. Un soir, elle m'a dit qu'elle n'en pouvait plus. C'était dans le train, un wagon de marchandises, peut-être un camion, je ne sais plus. Ou dans une tente. Les passeurs ne savaient peut-être pas non plus ce qui allait arriver à ce moment-là. Nous entendions des coups de feu dans la nuit. Nous avons appris que des gens disparaissaient. Nous avions très peur. La peur ne nous quittait pas.

23

Des fleurs des champs fraîchement cueillies ornaient la table. C'était l'œuvre d'Aneta qui avait également dressé le couvert aux couleurs nationales, en jaune et bleu. Winter et Angela avaient grimpé la côte avec les filles sur les épaules. Elsa commençait à devenir lourde. Eh oui ! elle allait bientôt commencer l'école.

— Vous n'êtes pas venus à pied ? leur demanda Halders qui les avait rejoints à la barrière.

— C'est tout comme ! soupira Angela en faisant descendre Lilly.

— Salut Lilly !

La petite se cacha derrière les jambes de sa mère. J'aurais fait pareil, se dit Winter.

— Salut Elsa ! lança Halders en lui tendant la main.

— Salut tonton Fredrik ! répondit Elsa en lui serrant la main.

— Je vois qu'on connaît les bonnes manières, commenta l'inspecteur. Faut que t'apprennes à ta petite sœur.

— Compte sur moi.

Halders consulta sa montre.

— Je vous donne une heure. On se retrouve ici.

Elsa hocha la tête avec un sourire. Elle avait tout compris du personnage.

— Ils sont où, Magda et Hannes ?

— Ils s'occupent du mât. On va commencer à le décorer. On vous attendait, Lilly et toi.

Ils avaient au moins sept sortes de fleurs, en plus des branchages qui enveloppaient le mât.

Ils s'aidèrent les uns les autres pour le soulever et le placer dans le trou qu'Halders et ses enfants avaient creusé dans la pelouse le matin même.

Ils dansèrent au moins sept danses et jouèrent autour du mât, en mimant les paroles de la chanson : on fait des sauts de grenouille, on saute à pieds joints, on sème, on lave son linge… Tout cela était encore nouveau pour Lilly. Winter l'aida pour la lessive et le semis. Elle riait aux éclats, d'un rire à faire fondre la banquise.

Avec le hareng, Halders proposa du Ödåkra Taffel et du Brøndums Kummenakvavit, deux schnaps d'exception, admirablement épicés. L'assemblée était réunie autour de la grande table de jardin, mais les enfants avaient le droit de circuler. Aneta leur avait fait cuire des petites saucisses et Magda s'était chargée des boulettes de viande maison. Pour accompagner les *matjes*, Halders apporta de la crème fraîche : quelques brins de ciboulette et ça passait parfaitement avec la saumure des harengs et les pommes de terre à l'eau, additionnées d'une noix de beurre.

— Recette de ma mémé du Småland, précisa Halders. *Skål* !

Ils trinquèrent, après avoir braillé le tradition-nel : *Qu'est-ce qu'il souffle comme vent aujourd'hui ? Le vent du schnaps !*

Winter sentit le schnaps lui passer dans la gorge comme de la glace incandescente : les bouteilles sor-taient tout juste du freezer. Elles étaient couvertes de glace et fumaient de la buée. Ç'aurait été mortel d'avaler tout le flacon d'un coup à cette température. L'alcool risquait de vous traverser les intestins comme un bloc de plomb. En ce sens, il était aussi dangereux de servir des harengs à la suédoise que du *fugu* japonais. On en mangeait à ses risques et périls.

— Alors, ce hareng ? demanda Halders sur un ton inquiet.

— Formidable ! s'écria Ringmar, la fourchette en l'air.

Birgitta, sa femme, opina de la tête.

Winter l'avait embrassée sur les deux joues à leur arrivée, un peu tardive. Elle paraissait un peu fatiguée, mais ça allait mieux maintenant. Le schnaps sans doute. Aneta avait également proposé du vin blanc, mais tout le monde avait commencé par un schnaps. C'était plus qu'une tradition, un rituel. C'était ça la Suède, un pays solidement ancré dans la *schnapsbelt*.

— Pas facile de trouver du bon hareng, continua l'inspecteur. Une vraie loterie. La même marque qui sera valable une année peut très bien donner de la merde l'année suivante.

— Le hareng, c'est toujours merdique, dit Magda, sur quoi Elsa éclata de rire.

— Silence la gosse, répondit Halders en souriant. Quand tu seras grande, tu verras que tu aimeras ça.

— Jamais !

— Nan, beurk, enchérit Elsa.

— J'étais comme vous quand j'étais petit, mais regardez maintenant !

Halders leva bien haut sa fourchette de hareng.

— T'étais aussi une fille, alors ? s'enquit Magda avec une mine innocente.

Déchaînement de fous rires.

— Eh bien, là-dessus on va pousser la chanson-nette, décida-t-il. *Tout passe, chanson espoir et tout le tralala !*

— Santé !

— Comment ça se passe pour Moa, au tribunal ? demanda Angela.

— Pas mal, on dirait, répondit Birgitta Ringmar. Elle se plaît dans son travail.

— Ils sont quand même différents, dans le sud, compléta son mari.

— Ils ont l'accent, sourit Winter.

— Je ne me trompe pas, il s'agit bien d'Eksjö ?

— Oui.

— Combien de temps dure son stage ?

— Toute l'année, je crois. Pour la suite, ce sera à elle, et à eux, de voir.

— Ils ne devaient pas fermer les tribunaux de première instance dans les petites villes ? interrogea Winter. Il me semble avoir lu un papier là-dessus.

— Ils commencent à retrouver le sens commun, commenta Ringmar.

— Les socialos ? (Intervention d'Halders.) Jamais, tu rigoles ou quoi ?

— Elle est bien logée ? continuait Angela.

— Plutôt : un appart très sympa dans un vieil immeuble du centre-ville. Du petit centre-ville... On va lui rendre visite dans deux semaines. C'est très mignon là-bas. Tout en bois.

— La seule ville que les socialos n'aient pas réussi à détruire dans ce pays, lança l'inspecteur.

— Ils y ont réussi ailleurs ? le taquina Aneta.

— Quoi ?

— Tu as dit dans ce pays. Où d'autre est-ce qu'ils ont pu abîmer les villes ?

— En Haute-Volta, répondit Halders.

— En tout cas, vous voilà avec une juriste dans la famille, déclara Winter.

— Ça peut toujours servir, répliqua Ringmar.

— Et Martin ? J'ai cru comprendre qu'il travaillait à Sydney ?

— Oui… mais il s'est installé à Singapour. Ou plutôt il fait la navette entre Kuala Lumpur, Singapour et Bangkok. Pour une chaîne d'hôtels… c'est bien Shangri-La ? (Il se tourna vers Birgitta.) C'est pour les hôtels Shangri-La qu'il bosse, non ?

— Je crois bien.

— Il faut que vous alliez vérifier sur place, suggéra Winter.

— On y a pensé, répondit Ringmar. Ce sera peut-être pour Noël.

— Il est toujours chef de cuisine ?

— Oui. Quelque chose comme ça. Bien sûr il n'est plus très souvent aux casseroles maintenant.

— Ça doit être passionnant ! fit Aneta Djanali.

— De ne pas être aux casseroles ? railla Halders.

— On ne pourrait pas aller à Kuala Lumpur, nous aussi ? susurra-t-elle.

— Je veux d'abord voir Eksjö. Voir de mes yeux la rescapée des folies socialos. Ce sera comme de visiter une ville de l'Antiquité. Ou les territoires épargnés par Gengis Khan. (Il leva son verre.) L'année prochaine à Eksjö !

— L'année prochaine à Eksjö ! reprirent-ils tous en chœur avant de trinquer.

Le mélange hareng et schnaps avait cela d'étonnant que l'alcool ne vous montait jamais à la tête. Consistance particulière du poisson, ou bénéfice de la saumure ? Boire ses schnaps à intervalles réguliers en complément d'une bière moyennement forte, ça ne vous soûlait pas. Étonnant, mais vrai. En ce sens, le buffet de harengs, c'était un peu une invite à se mettre *un godet au cou*.

Halders entonna la chanson :

Ah ! si j'avais un godet au cou, attaché par un petit lacet,

Je passerais mon temps à le lever à le baisser à le relever

Pour avoir l'impression d'en avoir plus encore à boire dedans !

L'homme *shoo*. La mocheté. Faut pas le dire comme ça ? Noon ? OK. Ils parlent tous à la suédoise, mais moi j'ai ma langue perso. C'est ma façon de penser, tu vois. Pas seulement une façon de parler. J'ai pas envie d'être un gentil petit Suédois. Mais OK. Je croyais pas que tu viendrais, au fait. Pourquoi ? Je savais même pas si moi je viendrais ! Ce matin, j'en savais rien en tout cas. Qu'est-ce que j'ai fait ? Je me suis planqué. C'est sacrément désert par ici. Si j'ai parlé avec quelqu'un ? Non, pas avec l'ombre d'un mec ! J'attendais ton pognon. Mon pognon ! Mon fric ! C'est le mien vu que tu me l'as promis. J'l'ai fermée, non ? J'ai dit quelque chose ? Je le veux, tout de suite. Tu l'as pas ? Qu'est-ce que tu dis ? Là-haut ? OK, OK. Faut d'abord que j'te demande pour les autres. Non, je comprends, pas ici. J'ai compris ! Mais les *akash*, ils sont partout maintenant, ils croient peut-être que... Ils veulent m'interroger aussi. Tu comprends ? Ils interrogent tout le monde, tout le monde ! Ça bourdonne de partout. Ouais, ouais, j'arrive. J'arrive, j'ai dit.

Lilly faisait la sieste. Winter restait assis au coin du lit. Il venait de se redresser tout doucement après s'être d'abord allongé avec elle pour l'aider à s'endormir. Elle s'était légèrement retournée. La pièce sentait bon le soleil et les fleurs. Il devinait qu'il s'agissait de la chambre de Magda, une chambre de petite fille. Des posters de cheval sur le mur au-dessus du lit. Dans quelques années, il lui faudrait sans doute envoyer ses filles à Alleby. Le club hippique avait toujours existé, là-bas du côté de Säve, d'aussi loin qu'il s'en souvienne. Est-ce que Lotta ne montait pas là-bas ? Il avait appelé sa sœur dans la matinée et elle les invitait à dîner le week-end suivant. Ça faisait un moment. Il n'était pas allé à Hagen depuis une éternité. Ses trajets ne l'emmenaient pas vers l'ouest ces derniers jours, seulement vers le nord. Après une longue période orientée sud, il n'était plus question que des quartiers nord.

Lilly marmonna quelque chose autour de la comptine *Comment fait-on pour aller à l'église ? Bras dessus bras dessous, voilà comment on y va*. Là aussi, ça faisait un moment, et ça lui manquait finalement. C'est tellement paisible un temple, un lieu de culte, même quand on y chante. Ce sera bientôt le seul lieu un peu digne qu'il nous restera. Ce n'est pas une question de croire en Dieu. Je ne l'ai jamais vu dans ces murs-là, même pas en image. D'ailleurs, il n'y a aucun témoin. Décrivez-moi à quoi il ressemble. Comment il était habillé. Est-ce qu'il avait l'accent ? Et l'accent d'où ? Dans quelle langue ? Il parlait aussi suédois ? Une langue pas très répandue dans le monde… mais le pasteur de Vasakyrkan s'adressait à lui en suédois. Seigneur. Je me tourne vers toi. Je dépose notre sort entre tes mains. Dieu existait pour celui qui le voulait bien, homme ou femme, mais il restait toujours invisible. Mauvaise idée de représenter les dieux, qui ne savait pas ça ?

Lilly roula sur le dos et se mit à ronfler. Elle risquait d'avoir le même problème de polypes qu'Elsa, peut-être s'en sortirait-elle sans opération, comme l'aînée. Il fallait espérer. Mais voilà que s'imposait à lui cette image de la table d'opération, c'était bien la dernière chose à laquelle il avait envie de penser : une table, des instruments tranchants, ah non, bon sang ! une lumière forte dans les yeux du chirurgien comme dans ceux du patient. Cette pensée qu'il refoulait lui fit revenir le mal de tête, pas immédiatement mais de façon insidieuse, comme une pique au-dessus de l'œil. Ça commençait à cogner et il se disait que l'alcool n'avait pas dû aider, même s'il n'avait pris que deux schnaps, trois peut-être, et une bière légère. Un whisky, pendant qu'Halders s'occupait du barbecue, et les choses finiraient par s'arranger. Pas de meilleur remède. Je me rallonge. En fermant les yeux, ça ira mieux. Sinon, je le dirai à Angela, dans un mois ou deux. Ou alors j'irai chercher un truc contre la migraine à la pharmacie. On peut en asperger les murs ? Parce que c'est dans les murs, côté extérieur aussi. Dehors ce serait plus facile, avec un pistolet à peinture, lequel vaut mieux qu'un pistolet à balles. Ou qu'un fusil à plomb. Je ne veux pas y penser. Il ne voulait pas y repenser, mais impossible. Il revoyait la position des corps, et les drôles de pas sur les photos d'Öberg. Les meurtriers divergeaient-ils sur les cibles à abattre ? Ou sur l'ordre dans lequel ils avaient opéré leur règlement de comptes ? Sur la façon de procéder ? Et la femme de Saïd, Shahnaz ? Elle avait probablement laissé entrer une personne de sa connaissance au petit matin, l'heure du loup. À moins que le meurtrier se soit déjà trouvé sur place... son mari. Elle était déjà morte dans ce cas. On n'avait pas pu déterminer si le meurtre de Shahnaz avait eu lieu avant ou après le massacre de Hjällbo. Winter ne le saurait peut-être jamais, mais il finirait par connaître les assassins. Ça, il en était sûr. Il serait sans doute surpris, après un lent travail de terrain, de réflexion, surpris comme à chaque fois, de manière soudaine ou de manière progressive, confondu devant cette humanité, ce qu'elle était capable de produire. Le mal ? Un mal purement humain. Rien à voir avec Dieu. Là, il n'était plus concerné, il ne l'avait jamais été. Et ça n'avait probablement rien à voir avec le Diable non plus.

Lilly mâchonnait dans son sommeil comme si elle avait encore la bouche pleine de meringue à la crème, et le mal de tête de Winter finit par se dissiper. Il entendit un rire de femme dehors, celui d'Angela semblait-il. Un cri d'enfant, suivi d'un éclat de rire. Le ricanement d'un oiseau de mer. L'ambiance était bonne, sur la terre comme au ciel. Il consulta sa montre. Il restait encore du temps avant que le soleil ne plonge sous la ligne de l'horizon, comme on se met au lit quelques heures en prévision d'une grosse journée de travail. Il en avait connu des jours et des semaines comme ça. Il sortait précisément d'une semaine de ce type. C'est pour cette raison qu'il s'assoupissait maintenant. Et le sommeil fit son œuvre. Il rêva qu'il était allongé sur un lit, dans une maison étrangère, avec sa petite fille endormie à côté de lui. Au réveil, il se rappela son rêve. Il n'avait pas dû sommeiller plus de quelques minutes. Rien n'avait changé entre-temps. C'était la première fois qu'il rêvait de la réalité. Ça devait bien signifier quelque chose, quand les rêves ne changeaient ni la vie ni le temps. On ne pouvait plus y échapper. Le rêve n'était plus un refuge. Il y avait aussi des gens qui fuyaient la réalité dans leurs cauchemars, qui pouvaient même se soulager dans leurs cauchemars. Il en avait déjà rencontré, il en rencontrerait encore. Une pensée qui n'avait rien d'agréable, surtout quand on savait d'où elle sortait. De nouveaux éclats de rire dehors. Ça, ça faisait du bien à entendre. Il posa un pied par terre et se leva prudemment. Lilly remua, sans se réveiller. Les danses l'avaient épuisée. Il fut pris tout à coup d'une envie de sucré, comme si son sang le réclamait. Il aurait pu avaler un kilo de meringue. Un baklava bien gras, ou ce truc appelé *kunafa*. Diablement sirupeux.

C'est quoi cet endroit ? Il fait sombre ici. On peut pas se montrer dehors ? Ou alors plus loin là-bas ? Mais y a personne ! Ils se sont tous cassés, le grand mec et tous ses potes, ils sont trop occupés avec leurs chansons pour boire. Chansons à boire ? OK d'accord, mais on s'en fout de savoir comment ça se dit. Est-ce que toi, ça t'a aidé, hein ? Est-ce que ça t'a rendu plus cool ?

Plus cool, y a de quoi rire. Le fric, ça serait bien cool aussi. Je commence à m'impatienter, là. J'ai fait un job, je veux être payé. Si t'as caché le fric, t'as intérêt à le retrouver. Je comprends, ouais, ouais. Ils pourraient fouiller chez toi aussi, je comprends ça. Qu'est-ce que… t'as entendu ? Y a quelqu'un d'autre ici ? J'ai entendu un bruit ! Un oiseau. Ouais, j'entends. Là, il vient de crier. Et maintenant c'est un craquement, mais ça doit être la forêt. Ou bien un éléphant, ou un chameau ! Quoi ? Quoi ? J'entends pas ce que tu me dis. Putain, encore un craquement ! T'as entendu ? C'est une branche qu'a craqué, t'es pas sourd ? Y a quelqu'un ici ! Qui c'est ? Ohé ! Ohé ! Non, faut que j'aille voir. Je dois… je crois que j'ai vu quelqu'un… là, y a quelqu'un !

Halders mit en marche la résistance électrique.

— C'est dépassé, l'allume-barbecue liquide. Avec ça, tu pollues plus l'atmosphère.

— Et la nourriture, enchérit Aneta Djanali.

— Ça reste à prouver, répondit Halders tout en observant les briquettes d'où la fumée commençait à se dégager.

Ils étaient assis dans le jardin. Le soleil était encore chaud, mais la lumière avait changé. Les enfants avaient disparu. On entendait leurs voix résonner dans la maison. Les grandes filles s'occupaient de Lilly, maintenant bien réveillée.

— La prochaine fois que Martin rentre en Suède, il faut qu'il vienne nous donner une petite leçon de barbecue, déclara Halders.

— Je lui dirai, répondit Ringmar.

Personne ne demanda à quand remontait sa dernière visite. Sujet sensible. Winter observa Ringmar de profil. Cinq ou six ans auparavant, il avait vécu un conflit très dur avec son fils. Les choses s'étaient calmées, mais Bertil n'avait pas oublié, personne dans la famille non plus. Depuis, ce n'était plus le même homme, comme on dit.

— Il nous a fait griller le jambon de Noël au barbecue, il y a vingt ans de ça, ajouta Ringmar.

— Non, tu plaisantes ? s'étonna Aneta Djanali.

— C'est la vérité. Il s'y est pris le 24 : il a sorti le barbecue sur la terrasse, il l'a bourré de briquettes et il a placé dessus un jambon de cinq kilos. Il rajoutait les briquettes au fur et à mesure. Sinon la grille aurait fini par fondre !

— Et ça a marché ? demanda Winter.

— Le meilleur jambon à l'os que j'aie jamais mangé de ma vie.

— Sérieux ?

— Sérieux. Il avait un petit goût de fumé tout en restant très juteux.

Ringmar se leva pour rejoindre Halders et pour étudier de plus près le coûteux appareil. Il ne dégageait plus de fumée maintenant, bientôt ça rougeoierait comme il faut. C'était une première et Halders paraissait très fier de son acquisition. Il se considérait par ailleurs comme un maître ès barbecues et Martin Ringmar pouvait aller se rhabiller :

— Ça me donne des idées. Au nouvel an, je ferai griller des filets de bœuf.

— Moi, je suis quasiment végétarienne, dit Aneta Djanali.

— Eh bien moi, je suis un végétarien carnivore. (Halders eut un sourire à l'adresse de Ringmar.) Tu es le bienvenu pour le Réveillon. Vous êtes tous les bienvenus !

Ils levèrent tous leur verre de vin en signe de remerciement, à l'exception de Winter qui tenait un petit verre à whisky. Il avait allumé un Corps et la fumée voguait vers celle du gril, comme pour aller lui tenir compagnie.

— On passera peut-être le Nouvel An en Asie, répondit Ringmar.

— Ah oui, oui, Kuala Lumpur, Singapour ! Tu peux te les garder, Bertil !

— Martin pourra peut-être te griller du jambon, même là-bas, glissa Aneta Djanali.

— Je lui demanderai !

— Et maintenant il est temps de passer aux choses sérieuses, lança Halders. Les enfants !

Il y avait un assortiment de viandes sur le gril, mais principalement de l'agneau. Ça changeait des saucisses. Winter se tenait aux côtés d'Halders et ne faisait pas grand-chose à part siroter son whisky. Il devait bientôt enduire de marinade une partie de la viande, pour la faire glacer. Halders sirotait... du whisky. Le soleil avait maintenant disparu derrière la butte, mais il faisait encore très bon. Le ciel était d'un bleu fantastique, un bleu si profond.

— On ne serait pas en train de vivre le calme avant la tempête ? s'interrogea l'inspecteur.

— Tu penses à quel genre de tempête ?

— Comme toi.

— On a évité d'en parler cet après-midi, Fredrik. On devrait peut-être continuer.

— Tu as raison.

— On ne s'en portera que mieux. C'est déjà assez prenant.

— Tu as pu t'empêcher d'y penser, toi ?

— Non.

— Alors quelle différence ça fait ?

— La différence, c'est que ça nous évite d'en entendre parler.

— À ma connaissance, on les entend aussi, les pensées. À l'intérieur de soi. Et puis parfois, ça peut aider de parler des choses.

— D'autres fois non.

— C'est vrai que ça serait pas sympa pour Birgitta et Angela.

Winter garda le silence. Il posa son verre sur la desserte et souleva un petit bol de marinade. Il s'en dégageait une odeur d'herbes et d'ail, avec une petite touche sucrée en plus. Mais il en avait assez, du sucre. Il venait de finir la meringue…

— Pour les enfants non plus, ajouta Halders.

Winter enduit de sauce les côtes d'agneau. Halders venait de les poser sur la grille. Il releva les yeux vers son collègue :

— C'est trop calme. Trop tranquille. Et puis il fait trop beau. Ça me mettrait presque mal à l'aise.

24

Ils attendaient minuit. Le ciel était toujours d'un bleu extraordinaire, mais dans une teinte plus foncée maintenant. Il devait sûrement y avoir un nom pour ça. Les arbres qui ceinturaient le jardin formaient de grandes ombres mystérieuses. Tout était parfait. Les enfants dormaient tous à cette heure. Angela, le dos renversé sur sa chaise de jardin, n'en était pas loin. Winter songeait sérieusement à la soulever dans ses bras pour aller la déposer quelque part dans la maison. C'était dur d'être parent de jeunes enfants. Elle l'avait été plus que lui ces dernières semaines, à l'inverse du semestre précédent. Il savait ce que c'était. On s'effondrait avant minuit, surtout après un verre de vin.

Halders contemplait le paysage : en bas de la côte de Lunden, les lumières du centre-ville, bien superflues en cette saison. Quelques voitures glissaient le long du stade d'Ullevi.

— À l'étranger, les gens ne peuvent sans doute pas comprendre que le Nord, ça peut aussi être ça, fit-il.

— On a tout ce qu'il faut, pas vrai ? sourit Winter.

— Tu penses !

— On ne se rend pas compte de la chance qu'on a, poursuivit Winter en prenant un paquet de Corps dans la poche de sa chemise.

— Moi si, je m'en rends compte, glissa Aneta Dja-nali.

— Il reste du vin, annonça Halders en se penchant pour attraper une bouteille sur la table. La nuit ne fait que commencer.

— Et quand est-ce qu'elle finira de commencer ? demanda la jeune femme.

— Tu te fous de moi ?

— Mais non. Au Burkina Faso, on n'a pas d'expression comme ça. La nuit tombe à la même heure chaque soir, assez tôt, et dure autant toute l'année. Douze heures de jour, douze heures d'obscurité.

— Comme à Kuala Lumpur ! lâcha Halders. Pas vrai, Bertil ?

Il ne reçut pas de réponse.

— Bertil ?

Un grognement se fit entendre depuis la chaise longue occupée par le commissaire.

— Laissez-lui le temps de se réveiller, sourit Bir-gitta.

— Il dort déjà ? Les aventures ne sont pourtant pas finies pour aujourd'hui.

Ça, Halders aurait mieux fait de le garder pour lui, se dit Winter. La seconde d'après, le portable qu'il avait rangé dans sa poche de chemise, à côté du paquet de Corps, se mit à sonner.

Winter vit la compagnie sursauter, tressaillir du moins : qui cela pouvait-il être ?

C'était le service de garde de la crim.

Quelqu'un avait appelé le numéro d'urgence de la police. Le commissariat central avait envoyé une voi-ture ; celle-ci avait ensuite transmis le message au ser-vice de garde de la brigade, lequel venait d'appeler deux techniciens de permanence ce jour-là. Ils étaient déjà partis sur les lieux.

— On a trouvé un corps à Bergsjö, l'informa le commissaire de garde, Johan Västerlid.

— Où ça exactement ?

Västerlid décrivit l'emplacement.

— Un homme ou une femme ?

— Je ne sais pas.

— Appelle-moi dès que tu en sais plus, lui demanda Winter avant de raccrocher. Un cadavre à Bergsjö ! lança-t-il à la cantonade.

— J'avais compris, fit Halders. Ça pourrait être n'importe qui.

— Mais ça pourrait bien être l'informateur du Frangin.

— On a prévenu le Frangin ? (Ringmar reprenait du service.)

— Non, pas encore. Pas que je sache en tout cas.

— Qu'est-ce que vous allez faire ? s'enquit Angela.

— J'attends les nouvelles des experts, répondit Winter.

Ce fut Lars Östensson qui l'appela, un des vétérans de la brigade technique.

— Un homme relativement jeune.

— Comment est-ce qu'on l'a tué ? demanda Winter.

— À première vue, lésion par instrument contendant.

— Vous avez pu l'identifier ?

— Non.

— Les lieux exacts ? Ce ne serait pas à l'endroit où on a retrouvé la bagnole ?

— Non. Plus au nord.

— Tu as prévenu Öberg ?

— En fait, c'est lui qui m'a prévenu. Le commissaire de garde avait téléphoné chez lui.

— Et qu'est-ce qu'il fait ?

— Il arrive.

— Décrivez-moi le physique de la victime, continua Winter.

Il écouta la réponse d'Östensson avant de le remercier. Il composa immédiatement un autre numéro.

Le Frangin Malmers décrocha dès la deuxième tonalité.

Winter lui donna le signalement de la victime.

— Putain ! Ça pourrait être lui. J'y vais.

— Moi aussi, déclara Winter. On arrive.

— T'es dingue ou quoi ?

— Pourquoi tu me demandes ça ?

— Ben, c'est la Saint-Jean.

— Plus maintenant, répondit le commissaire en jetant un coup d'œil à sa montre.

Ils avaient besoin d'un chauffeur mais Winter savait qu'il serait impossible d'obtenir une voiture de police avant un moment, pour cause de nuit de la Saint-Jean.

— J'appelle Lars. Lui au moins, il ne boit pas.

Lars Bergenhem, sa femme Martina et leur fille Ada avaient été invités chez Halders, mais la petite avait attrapé la varicelle deux jours auparavant. On avait renoncé à la faire garder : trop pleurnicharde.

Vingt minutes plus tard, Bergenhem était sur place. Halders, Ringmar et Winter montèrent dans sa voiture. Ils avaient pris du café en attendant, aucun n'était ivre, mais aucun n'était vraiment frais non plus. Ringmar accusait le coup un peu plus que les autres.

Winter cligna des yeux deux ou trois fois tandis qu'ils roulaient vers les quartiers nord. Il ne ressentait pas la fatigue. Il avait encore de la réserve. Un cadavre d'homme. Qui était-ce ? Ça ne les avancerait peut-être pas beaucoup de voir le corps. Il fut saisi d'une légère douleur à l'arrière du crâne. Une nouvelle nuit de travail. Qui rencontreraient-ils ? À quel point se rapprocheraient-ils de la solution de l'énigme ? Ou alors cette nuit les égarerait-elle encore plus ? Ça lui était déjà arrivé avant. L'affaire paraissait mieux circonscrite, mais c'était une illusion, elle se resserrait d'un côté mais se développait d'un autre, bien plus loin, en dehors des limites qu'il avait cru pouvoir lui assigner. Les lignes de frontière avaient bougé.

— On est où maintenant ? demanda brusquement Ringmar.

Winter regarda au-dehors. Un long corps de bâtiment industriel s'étirait sous ses yeux.

— Gamlestad, répondit Bergenhem sur un ton légèrement surpris.

Bertil aurait dû reconnaître le coin.

— Prends par Kortedala, lui conseilla le vétéran.

Sa voix s'appesantissait un peu trop sur les voyelles.

— C'est ce que je fais.

Ils tournèrent dans un carrefour étrangement isolé, comme abandonné de la gent automobiliste.

— La rue des Années-Lumière, lut Halders. Putain de nom !

On traversait la forêt : bois, route, quelques maisons noyées dans l'obscurité, encore du bois. Ç'aurait pu être n'importe où en Suède, mais nulle part ailleurs que dans ce pays.

Ils croisèrent une voiture, tous phares éteints.

— Quel con ! s'écria Halders. Putain de con !

Personne ne commenta.

— Pourquoi on est tous là ? continua l'inspecteur. Si ça se trouve, ce type, c'est un vulgaire quidam.

Aucune réponse.

— Vous croyez pas ? Pourquoi on aurait une chance pareille ?

Pourquoi ? Oui, ce pouvait être n'importe qui d'autre. N'importe quelle autre tragédie. Winter regardait droit devant lui sur la route. Bergenhem conduisait vite et bien. Ils seraient bientôt arrivés.

— Y a un rapport avec les autres meurtres, je le sens, déclara Ringmar. Tout est lié. Sinon, on ne serait pas tous ensemble ici.

— C'est loin de la route ? demanda Halders.

— Deux cents mètres, répondit Winter. On prend un raccourci.

— Comment ça ?

— On peut prendre un sentier qui part de l'autre côté. De la place de l'Espace. Mais en voiture, c'est plus court d'arriver par ici.

— Comment tu sais tout ça ?

— Je suis déjà venu, expliqua Winter. Il y a long-temps.

Il était venu dans le bois, avait pris ce sentier des années auparavant. Après avoir été obligé de se battre sur la grande place. Ça l'avait rendu dingue. Il faut absolument qu'on évite les reporters cette nuit. Même si on a des circonstances atténuantes. Bertil : en cou-lisses. Il a dû boire un verre de trop. Dodo dans la bagnole. Lars restera le surveiller le temps qu'on revienne.

— On y est, annonça Lars.

Ils voyaient déjà les gyrophares tourner comme des mélangeurs à jus dans la nuit de juin. C'était presque irréel, cette lumière agressive dans la douceur de l'air, mais ils ne rêvaient pas. Winter pensa au rêve qu'il venait de faire, celui qui ne déformait pas la réalité mais la restituait telle qu'elle était. Le songe d'une nuit de plein été.

La patrouille arrivée la première sur place avait installé un périmètre de sécurité assez large. Winter vit Öberg s'activer en compagnie d'un homme de dos qu'il ne reconnaissait pas encore. Le technicien leva les yeux et leur fit un signe de la main.

L'homme décédé dans ce bois sortait à peine de l'adolescence.

Il avait une blessure ouverte.

Il fixait le ciel au-dessus de lui avec une expression de stupeur. Il n'aurait pas dû se retrouver là.

— On sait qui c'est ? demanda Halders.

Öberg secoua la tête :

— Il n'avait pas de papiers sur lui. Rien. Pas de portefeuille.

— En tout cas, c'est pas Hussein Hussein, assura Ringmar. Correspond pas au signalement.

— Il est beaucoup plus jeune, ajouta Winter.

— Mais il a une tête d'Arabe, fit Halders.

L'expert le regarda comme s'il avait lancé une injure raciste, méprisante, du genre « péquenot » ou « connard de Scanien ».

— C'est la cause du décès ? s'enquit l'inspecteur en désignant la gorge de l'homme.

— Pour autant que je puisse en juger, répondit Öberg. On en saura plus quand le médecin légiste sera là.

L'endroit était éclairé comme en plein jour. Sans beaucoup de lampes. Öberg et son équipe passaient le terrain au peigne fin. Il y avait des traces de pas dans la mousse, trop nombreuses. L'endroit était pas mal fréquenté. Durant tout ce temps, Winter percevait des bruits de voix dans les alentours. Le bois vivait. Il se réveillait progressivement et les oiseaux commencèrent même à chanter, comme dans la jungle.

— Qui a donné l'alarme ? demanda Halders.

— Un type qui faisait de la course d'orientation de nuit, répondit Winter qui venait de passer différents coups de fil, notamment au commissariat central.

— De la course de quoi ?

— Tu cours la nuit avec une boussole, voire une lampe sur le front. Mais il n'en avait sans doute pas besoin.

— Course d'orientation la nuit de la Saint-Jean, faut être pervers, commenta Halders.

— Choisis tes mots, le reprit Ringmar.

— Il s'est dépêché de rentrer pour donner l'alerte. Je lui ai dit de rester chez lui. On le verra plus tard.

— Alors à qui est-ce qu'on a affaire ? s'interrogea Halders en examinant de nouveau le cadavre.

Le visage restait marqué par la stupeur. Ça pouvait se comprendre. Halders ignorait quel visage avaient fait les victimes de la supérette au moment de mourir, les meurtriers en avaient décidé autrement. Mais peut-être que Jimmy, Hiwa et Saïd n'avaient pas été si surpris ?

— J'en connais un qui pourrait avoir la réponse, fit Winter.

Quelqu'un approchait à travers les fourrés. Un petit écho renvoyait le bruit de ses pas, à peine perceptible.

— Le voici, je crois.

Il ne fallut guère de temps au Frangin, à peine quelques secondes. L'homme des contacts discrets marmonna quelque chose d'indistinct sur un ton bourru. Il sentait vaguement l'alcool, et ce n'était pas le seul autour du lieu de découverte, qui s'identifiait sans doute avec la scène du crime.

— Le con ! s'écria-t-il, en passant outre le respect dû aux morts. Je l'avais prévenu. (Il leva les yeux et se tourna vers Winter.) Vraiment.

— Prévenu de quoi ? Qui cst-ce ?

— Il s'appelle Hama. Hama Ali Mohammad.

— Marko ?

Le Frangin opina sans un mot.

— Une mini pointure. Vol, came à toute petite échelle. Maquereau. Fainéant. Ou chômeur, comme on dit maintenant.

— Maquereau ?

258

— À ce qu'il prétendait. Il restait en marge. Il essayait d'entrer dans le business, mais ça ne marchait pas trop bien. Il en savait un peu quand même.

Le Frangin contemplait le visage d'Hama. Il paraissait se dire oui, t'as l'air ahuri, mais je te l'avais bien dit.

— Il te tuyautait ? intervint Halders.

— Oui, répondit l'inspecteur, le regard toujours fixé sur le visage d'Hama. Mais ça n'a plus d'importance, tout ça.

— De quoi tu l'avais prévenu ? l'interrogea Winter.

— D'éviter de se brûler les ailes.

— Ah bon ? (Winter vit passer devant ses yeux l'image d'un bois en flammes.) Mais ce n'est pas le but ? Que les informateurs se rapprochent du feu le plus possible ?

L'autre resta muet.

— Le Frangin ?

— Il commençait à faire dans les armes aussi. Il était genre coursier, intermédiaire, je ne sais pas exactement. Là, on était en train de placer des pions intéressants. Du coup, j'ai dit à Hama de se tenir en dehors.

— Les putes, mais pas les pétoires, résuma Halders.

— On avait d'autres indics mieux introduits dans les milieux de la vente d'armes que ce pauvre petit, répondit le Frangin en baissant le ton.

Hama avait maintenant atterri à la périphérie du monde, même s'il resterait encore un petit moment le centre de leur attention à tous.

— On apprécierait quand même qu'ils nous filent quelques tuyaux, siffla Halders.

Le Frangin eut un sursaut.

— Tu peux répéter ?

— On cherche toujours les armes du crime et on

se demande quel chemin elles ont pris pour arriver à la boutique de Jimmy, et pour en repartir.

— Tu crois pas que je fais ce que je peux ? Qu'on fait tout ce qu'on peut ?

Halders garda le silence.

Le Frangin parut vouloir ajouter quelque chose, mais il ravala sa rancœur.

— Comment Hama se trouve-t-il mêlé à notre enquête ? demanda Winter comme pour lui-même.

— S'il a été tué, y a une raison, répondit le Frangin. Il n'en faut pas beaucoup parfois, mais en général y a une raison là-dessous.

— Il en savait trop ?

— Oui.

— Sur les armes ?

— Franchement, Winter, j'en sais rien. Faut que je revoie la question. Même si ça fait un moment que je suis là-dedans, jusqu'au cou.

— Hama connaissait-il l'une des victimes ?

— Pas que je sache. Mais tu vas pouvoir interroger dans cette direction maintenant. Interroger la famille.

— Il habitait où ?

— À Gårdsten.

— Est ou ouest ?

— Est de l'ouest, si tu veux. Rue de la Sauge, non, de la Muscade. T'es familier de l'endroit ?

— Oui, à peu près. Je connais mieux les alentours de la place Cannelle.

— Eh... oui, bien sûr. Ils ont fait dans les épices quand ils ont construit ce quartier. Ils devaient savoir ce qui viendrait trente ou quarante ans plus tard.

— Que faisait-il ici ? (Winter fit un geste du bras.) Précisément ici.

— On a dû lui donner rencart. Ou l'inverse.

— Il venait souvent à Bergsjö ?

Le Frangin haussa les épaules.

— Il circulait un peu partout.

— Il connaissait Hussein Hussein ? lança Winter dans l'air tiède et pesant.

— Possible, répondit le Frangin.

Öberg était penché au-dessus d'une parcelle de terre dans le bois.

— C'est ici que le meurtre a eu lieu, annonça-t-il en levant les yeux. Trop de sang pour qu'on puisse admettre une autre hypothèse.

— Mmm.

— Fallait être costaud.

— Effectivement, jugea Winter. Hama Ali était jeune, mais ce n'était pas une demi-portion. Il aurait dû opposer une forme de résistance. Et pourtant aucune blessure sur les mains, les bras ou les épaules, à ce que j'ai pu voir.

— Non.

— Alors comment a-t-il pu se faire surprendre ?

— Il tournait sans doute le dos à la personne, répondit l'expert. Cette incision semble avoir été faite de derrière.

Winter resta silencieux.

Le corps d'Hama Ali serait bientôt chargé dans un fourgon funéraire. Les questions qu'ils se posaient trouveraient peut-être leur réponse à l'autopsie, mais ce n'était pas sûr. La réponse pouvait se trouver ici, sur le sol, dans la mousse et les brindilles. Il s'en dégageait une odeur de terre, et de sang. Une odeur de fer.

— On a pas mal trotté par ici ces derniers jours, constata Öberg.

— J'imagine que ce ne sera pas évident de retrouver le tracé des pas.

— Non... mais il est possible que le meurtrier n'ait pas été seul. Vu la surprise du gars. Ils auraient pu être deux, voire plus évidemment.

— J'y pensais, fit Winter. Mais il n'y a qu'une blessure.

— Un tiers pouvait retenir son attention, non ?

— Et s'ils avaient tous les deux été surpris ?

— Ça n'aura pas empêché le meurtrier de frapper.

— Sans hésitation, compléta Winter.

— Pas de demi-mesure, effectivement.

— Hama a été attiré ici pour être tué.

— C'est toi qui le dis, Winter.

— Il faisait confiance à son meurtrier.

— Il n'avait peut-être pas le choix. Il était aux abois.

— Dans quel sens, Torsten ?

— Financièrement sans doute. Je ne sais pas. C'est à toi de voir ça, avec tes collaborateurs. Vous n'avez pas votre méthode, Bertil et toi ? Je vous ai déjà entendus causer. Une sorte de brainstorming, une course aux idées, non ?

Bertil, en l'occurrence, n'était plus vraiment dans la course. Il était rentré chez lui. Le visage tout gris dans le petit matin, il s'était contenté d'un « C'est plus de mon âge », sans que Winter comprenne exactement à quoi il faisait allusion.

Le commissaire commença à s'éloigner, suivi d'Öberg.

— Pourquoi ici ? s'interrogea-t-il en jetant un regard circulaire. C'est un peu à l'écart du sentier, mais ce n'est pas l'endroit le plus reculé dans cette zone.

— Ce n'était peut-être pas le but, suggéra l'expert.

— Qu'est-ce que tu veux dire ?

— Ils ne cherchaient pas un coin trop paumé. Il fallait que ça reste… visible.

Winter ne répondit pas.

— Quelqu'un veut nous dire quelque chose, poursuivit Öberg.

— Ou le dire à quelqu'un d'autre, compléta Winter. Le destinataire de cet avertissement.

Le médecin légiste était arrivée depuis un petit moment et avait commencé son travail. Un nouveau visage pour Winter. Elle ne paraissait pas beaucoup plus âgée que le gamin auprès duquel elle s'était agenouillée. Elle se relevait maintenant et se dirigeait vers les deux hommes.

— Je sais que c'est difficile à dire, mais avez-vous déjà une idée de l'heure du crime ? lui demanda le commissaire.

— Non, pas encore.

— Vous pensez qu'il est là depuis plus de vingt-quatre heures ?

Elle regarda de nouveau le corps. Il semblait se reposer sur la mousse. Comme si le jeune homme était juste allé se coucher.

— D'après ce que je vois pour l'instant... finit-elle par avancer d'une voix lente, ça demandera un examen plus approfondi, mais je dirais... à peine plus d'une journée.

25

Winter avait appelé depuis Bergsjö. Angela et les filles étaient rentrées en taxi. Bergenhem le déposa devant le porche à Vasaplats. Tout le monde dormait. Angela marmonna deux mots, sur quoi il marmonna en retour, déjà à moitié endormi avant même d'avoir posé la tête sur l'oreiller.

Il se réveilla en sursaut. Un vrai sursaut. Mais le rêve était loin maintenant. Il se redressa, enfila un short et traversa la chambre sur la pointe des pieds en évitant de faire craquer le plancher. Il referma la porte derrière lui et se rendit à la cuisine pour boire un verre d'eau.

Une fois dans le séjour, il ouvrit en grand les portes-fenêtres qui donnaient sur la rue et s'installa au balcon. Les dalles étaient chaudes sous ses pieds, ce qui lui rappelait le petit patio de l'appartement qu'ils occupaient dans le centre de Marbella, à quelque cent mètres du Marché aux Oranges. Il s'y tenait parfois la nuit, pour penser à tout et à rien. Pour certains, c'était ça la « vie ». Rentrer en soi-même. Pas facile comme posture. La plupart des gens la fuient, moi le premier, jusqu'à présent.

Au bout de six mois sous le soleil de la Méditerranée, les enquêtes avaient commencé à lui manquer. Bien sûr la vie était un mystère, mais il était habitué à des mystères de second rang, fabriqués par l'humanité, souvent l'arme au poing. Il n'était pas encore prêt à quitter ce monde souterrain. Comme un boxeur catégorie poids lourd qui revenait chaque fois sur le ring pour s'en prendre plein la gueule. Parfois pour rendre les coups. Parfois pour prévoir le prochain. En se glissant dans la pensée de l'adversaire. Il descendait dans l'abîme avec lui. Se pensait dans l'abîme, et s'y coulait aussi. Pour s'en extraire avant qu'il ne soit trop tard. C'était pour ça qu'il avait plié bagage l'année précédente : il avait eu peur qu'il ne soit trop tard. Mais il n'est jamais trop tard. Une bonne formule, qui vous console bien. Il n'est jamais trop tard tant qu'on n'est pas mort, et même après la mort, on pourrait bien refaire un tour de manège. Pour des millions de personnes dans le monde, c'est aussi une consolation. Ce sera mieux la prochaine fois. Certains tentent l'expérience déjà dans cette vie. Ils laissent tout derrière eux et se refont une vie. À Göteborg, dans les quartiers nord. Ils ne constituent qu'une petite part de l'humanité, mais c'est à cette minorité-là que j'ai affaire. Ce sont eux qui font mon énigme du moment. Je vais les percer à jour, les résoudre, en quelque sorte.

Plus bas, une voiture quittait Vasaplats en direction du nord. Seul signe de vie dans la nuit, si tant est qu'une voiture en soit un. Il vit le soleil pointer au-dessus des toits, plus loin vers Angered. Il paraissait se lever sur la colline au nord d'Angered. Vers Ranneberg. Saïd et Shahnaz Rezaï. Des Iraniens de la région de Tabriz. Saïd avait déserté. Il ne voulait pas mourir à dix-huit ans, comme la plupart de ceux qui étaient envoyés au front pendant la guerre contre l'Irak. Winter ne savait pas si Saïd avait dit ces mots, mais d'autres les avaient employés. Il ne savait pas non plus s'il était vrai que Saïd avait fui, ni comment il avait quitté son pays. Le fait est qu'il était venu en Suède, avait nettoyé des carreaux et travaillé un moment dans un garage ; il avait pris un peu tout ce qui se présentait comme petits boulots, mais le plus souvent, il n'y avait rien pour des gens comme lui. Winter avait lu, plusieurs années auparavant, une étude de l'École supérieure des Sciences sociales ou d'une autre institution : elle montrait que les jeunes célibataires iraniens étaient les moins bien placés dans la course à l'intégration. Aucun propriétaire ne voulait leur louer d'appartement, même dans le parc du logement social. Aucun employeur ne voulait d'un sale Iranien, jeune ou vieux d'ailleurs. Ce n'était déjà pas facile pour les Arabes, mais c'était encore plus difficile pour les Perses. Peut-être parce qu'ils étaient plus nombreux à l'époque : ils fuyaient la guerre par bataillons entiers. Winter ignorait les chiffres exacts. Il savait en revanche que Saïd Rezaï avait commis quelques infractions mineures, sans pour autant aller jusqu'à faire de la prison. Par ailleurs, avec le temps, il avait réussi à se trouver pour femme une compatriote. Il était plus courant que les hommes aillent chercher leur épouse en Iran, si c'était possible, mais Shahnaz vivait déjà en Suède avec ses parents, qui deux ou trois ans après avaient regagné leur pays. La nostalgie devait être trop forte, comme pour les parents d'Aneta.

Leur fille avait été assassinée dans un appartement du logement social. Saïd avait fini par en obtenir un, peut-être parce qu'il n'était plus célibataire, plus tout jeune non plus, juste iranien.

Et Shahnaz était restée femme au foyer. Sans enfants. Pourquoi lui avait-on tranché la gorge ? Qu'avait-elle fait ? Avait-elle seulement fait quelque chose ou bien en savait-elle trop ? Comment pouvait-elle être impliquée dans tout ça ? Qui l'avait impliquée ? Saïd ? Un autre ? Tiens, une voiture de plus, en bas dans la rue. La ville était sur le point de se réveiller, très lentement. Le jour de la Saint-Jean était le plus long de l'année, avec le jour de Noël, et le jour de l'an, sans compter le vendredi saint bien sûr. Si Saïd avait

266

des activités criminelles, était-ce le cas de sa femme ? Sa mort s'expliquait-elle autrement que par la crainte des meurtriers de se voir démasqués ? Avaient-ils aussi à se venger d'elle ?

— Tu ne viens pas te coucher, Erik ?

Angela avait posé la main sur son épaule. Il était assis sur une chaise du balcon, la poitrine nue.

— Tu n'as pas froid ? Il fait un peu frais, je trouve.

— Je n'avais pas réalisé.

— Tu pensais à quoi ?

— Je... je ne sais plus. À tout et à rien.

— Ce n'est pas une bonne idée quand tu peux dormir.

— Il vaut peut-être mieux que je ne dorme pas. Ce n'est pas le moment.

— Mais c'est nécessaire, mon chou.

— Je n'y arrive pas. La semaine prochaine peut-être, ou celle d'après. Dans un mois sinon...

— Lorsque vous aurez résolu cette affaire, c'est ça ?

— Oui, si on peut dire.

— Tu vois une autre expression ?

— Je ne sais pas.

— Vous faites tout votre possible. Partir toute la bande en pleine nuit de la Saint-Jean...

— Hmm.

— Était-ce bien nécessaire d'entraîner avec vous ce pauvre Bertil ? Il n'en pouvait plus.

— C'est lui qui voulait. Je ne pouvais pas lui dire : « Non, non, c'est pas pour toi, Bertil. »

— Tu pouvais le dire autrement.

— OK, ce n'était peut-être pas une bonne idée. Mais il n'a pas fait de bourde en tout cas.

— Et à quoi ça a servi que vous y alliez, Fredrik et toi ?

— À rien du tout, à rien de concret. (Il se leva.) Mais je ne regrette pas d'être allé là-haut. J'ai pu apprendre de qui il s'agissait, directement. Ça peut nous aider. Probablement dès demain. Enfin, dès aujourd'hui.

Elle ne répondit pas. Elle avait déjà entendu ça. Tout pouvait servir. C'est ce qu'il disait du contenu des auditions. Ce qu'il se disait à lui-même. Seule l'imagination fixait des limites et cette limite n'existait pas. Personne ne savait où se situait la frontière, qui l'avait tracée.

— Allez, viens te recoucher, Erik. Lilly va bientôt se réveiller.

Il faisait chauffer de la bouillie. Ça ne sentait pas mauvais. Il avait une vague sensibilité à la tête, mais aucune douleur. Sa langue n'était pas sèche. Trois schnaps et deux petits whiskys plus une bière et un seul verre de vin de toute une soirée de la Saint-Jean… Le soleil brillait également aujourd'hui, sans être encore trop fort. Il mangerait de la bouillie d'avoine avec Lilly et ils se raconteraient l'après-midi de la veille. Angela viendrait ensuite prendre le relais pour lire des histoires à la gamine et plus tard, une fois que le soleil serait assez haut dans le ciel et qu'il aurait pu dormir une petite heure, il repartirait vers les quartiers nord.

— Alors *on court autour du genévrier* ! lui cria Lilly.

C'étaient exactement les paroles de la chanson. Elle avait grandi en une nuit. Un cigare pour Madame !

Bahar, la sœur d'Hama Ali Mohammad, ouvrait des yeux ronds tandis que Winter lui rapportait les faits, comme s'il ne pouvait s'agir de son Hama. Il y en avait tant. Elle tapotait le plateau de la table, dans un mouvement incessant des doigts et des mains, regardait le bottin, posé à côté du téléphone. C'était comme si elle avait voulu le tirer à elle pour l'ouvrir et dire au commissaire : « Regardez combien il y en a ! »

— J'y vais pas. C'est pas lui.

Winter fit un petit geste qui signifiait que même si elle avait raison, ça les aiderait, ils pourraient chercher une autre personne du même nom.

La famille comprenait encore une personne : la mère, Amina. Elle était assise dans le sofa, près de sa fille, mais son regard était ailleurs, comme si la conversation qui se déroulait entre Bahar et ce monsieur ne devait avoir aucune incidence sur leur vie.

Et puis une dernière personne, Mozaffar Kerim, l'interprète qui traduisait les questions de Winter en kurde. Ce n'était pas nécessaire pour Bahar, elle parlait suédois comme Nasrin Aziz, elles étaient d'ailleurs à peu près du même âge, mais la mère semblait ne pas connaître un mot de cette langue.

— Ce ne sera pas long, promit Winter. Nous serons bientôt de retour.

Effectivement. Bahar refusa d'accompagner le commissaire et Mozaffar dans la pièce où ils allaient parler à sa mère. Plus tard, Winter demanderait à Nasrin si elle connaissait Bahar. Non, répondrait-elle. Elle ajouterait que Bahar signifiait « le printemps » en kurde. Elle ignorait s'il faisait partie des prénoms interdits.

Winter et Bahar avaient parlé dans la voiture, à l'aller surtout.

Non, elle ne connaissait pas les personnes qu'il lui nommait. Elle savait qu'Hama était dans des histoires un peu louches, comme elle appelait ça ; elle ne savait pas dans quoi exactement et préférait ne pas savoir. Elle avait essayé de le raisonner mais il ne voulait rien entendre. Il ne tenait pas en place. Il était toujours en vadrouille, en ville ou ailleurs. Il prétendait connaître tout le monde, ce qu'elle avait du mal à croire. Dans quelles histoires ? Trafic d'armes ? Elle n'en avait aucune idée. Stupéfiants ? Aucune idée non plus. Prostitution ? Jamais ! Winter lui reposa la question. Elle ne savait rien, mais pas une seule fois elle ne l'avait regardé dans les yeux, préférant contempler les immeubles qui défilaient derrière la vitre tandis qu'ils roulaient vers la morgue. Elle fut bouleversée de découvrir la mort de son frère. Amina, la mère, lorsqu'elle apprit la nouvelle définitive, en fut également très affectée, d'une autre façon, tout aussi terrible.

Ils étaient assis dans la salle de séjour sommairement meublée. Il y avait des verres à thé sur la table et des gâteaux aux noix et au sésame, en vertu d'une règle d'hospitalité qui ne souffrait aucune exception, même à l'égard de celui qui venait vous annoncer la mort d'un proche. Winter ne posa pas de questions sur le père, ce n'était pas le moment. Il savait que la famille avait émigré suite à sa mort. Un scénario connu. Un sort également incertain. Apparemment, ils devaient retourner en Allemagne parce qu'ils étaient d'abord arrivés là-bas, cachés dans un wagon à bestiaux. Ça, ils connaissaient, les Allemands. Non, arrête, Winter, n'oublie pas que tu es marié à une Germanique. Envoyez plutôt les responsables des services de l'immigration dans des wagons à bestiaux, aller simple vers les pays du Levant. Tous ces bureaucrates incapables de la moindre empathie, de la moindre idée… Peut-être alors les gens de ces quartiers pourraient-ils sabler le champagne ? Non, ce serait un geste indigne, quels que soient les individus concernés. Or ces gens-là n'avaient pas perdu leur dignité. Amina me désigne du doigt mon verre à thé. Je bois une gorgée. Je repose le verre. Nous pouvons maintenant nous en aller. Elle ignore tout de ce qui peut se passer dehors, de l'autre côté de la fenêtre. Je ne vois qu'une enfilade d'immeubles à travers la vitre. Gigantesques. Je ne veux pas enlever leur dignité à ces gens-là. Ils sont chez eux dans leur appartement. C'est là qu'elles vivent, Amina, Ediba Aziz, depuis leur arrivée dans ce pays. Elles n'en sortent pratiquement jamais.

26

J'allais oublier. Quand nous sommes arrivés de l'autre côté de la frontière, la première frontière, mon frère a fait demi-tour pour aller chercher quelque chose. Je ne sais pas ce que c'était, il ne me l'a jamais dit. Il a fait quelque chose là-bas. Au début, nous ne savions pas pourquoi il avait disparu, nous n'avons compris qu'à son retour. Ma mère était très en colère, elle en avait encore la force ! Ma sœur ne disait rien, jamais rien.

Mon frère ne nous a pas vraiment donné d'explication, ni sur le moment ni après. Nous essayions de rester une famille unie. C'était comme si tout le monde cherchait à nous diviser, à nous séparer. J'ai lu quelque part que pour punir les gens dans le temps, en France, et peut-être aussi en Suède, on attachait les bras et les jambes du condamné à des chevaux et puis on leur donnait un coup de cravache et le corps était tout déchiré. Je ne sais plus où j'ai lu ça. J'avais dû emprunter le bouquin à la bibliothèque. Ou alors c'était dans un journal, un journal d'épouvante. Ça existe des journaux d'épouvante ? Des romans oui, j'en suis sûre. J'en ai lu un à ma petite sœur, mais elle a eu tellement peur qu'elle n'a pas voulu savoir la fin. C'était quand on est arrivés ici. Quand on croyait qu'on n'avait plus rien à craindre, pas de la même façon en tout cas : on n'avait plus peur que quelqu'un vienne nous chercher, pour nous plaquer à terre et nous mettre dans un wagon, ou quelque chose comme ça.

Où est-ce qu'on était à ce moment-là ? Où est-ce qu'on vivait ? C'était ici, mais dans un autre appartement. Il y avait plus d'arbres tout autour. On avait l'impression de vivre dans les bois. Je traversais le bois pour aller à l'école, je prenais un sentier et j'avais un peu l'impression d'être loin. Loin de tout.

Et puis après... j'aurais voulu être loin de tout.

Quand on circulait dans ces voitures horribles.

Cette odeur.

Ces hommes.

Je ne voulais pas les voir de face. Je ne voulais plus jamais les voir.

J'essayais de ne pas voir leur visage. Je fermais les yeux mais parfois ils me frappaient et m'obligeaient à les regarder.

Leur visage.

Vis...

Je ne peux pas m'empêcher de pleurer.

Je ne veux plus parler de ça. Je vous ai raconté le bois que je traversais quand j'étais petite. J'étais une enfant à l'époque et pourtant ça ne fait pas beaucoup d'années. Ensuite, je ne voulais plus que mourir. Tout ce voyage, nous l'avions fait pour échapper à la mort, et puis nous sommes arrivés ici et c'est alors que j'ai désiré mourir. Encore maintenant. Vous comprenez ?

Winter reconduisit Mozaffar Kerim jusqu'à Gårdsten ouest. Ce n'était pas bien loin : quelques kilomètres sur une route à lacets qui passait au-dessus du ravin et ils arrivaient rue Cannelle. Un secteur assez calme. Au contraire de la banlieue voisine, tout était conçu à échelle humaine, avec des bâtiments plus bas, des rues plus étroites. On aurait dit la gentille bourgade du temps jadis. Il restait quelques commerces, un cyber-café, une serrurerie, le salon de coiffure Nouvelle Mode, les fenêtres obscures du Café Limonell.

Et puis la Pizzeria Roma. Ils avaient repris la même table et la même serveuse leur apportait le café. Elle les avait salués d'un signe de tête. Winter était désormais considéré comme un habitué. Ils étaient les seuls clients, Kerim et lui.

— Vous n'aurez pas eu grand-chose à traduire, constata Winter. La pauvre femme était pratiquement muette.

— Ça arrive. Assez souvent.

— Vous les connaissiez ?

— Absolument pas.

— Vous ne les aviez jamais rencontrés dans le cadre d'une de vos associations kurdes ?

— Non. Mais ça n'empêche pas qu'ils aient une carte de membre.

— Ce n'est pas le cas, répondit Winter. On les a toutes contactées.

— Ah bon.

Kerim avait légèrement haussé les épaules. On était libre de participer ou pas à la vie associative. On était libre, dans ce pays.

— Avez-vous déjà travaillé pour la police des quartiers nord ?

— Pourquoi cette question ?

— Elle vous surprend ?

— Non, non. Oui, j'ai déjà fait quelques missions pour la police locale.

— Ce sont eux qui appellent la centrale des interprètes ?

— Oui... certainement. Je n'en sais rien, à vrai dire. Il faudrait que vous leur demandiez comment ça se passe exactement. Moi, je reçois un ordre de mission et si on a besoin de moi, j'y vais.

Winter hocha la tête. Il voyait dehors une petite dame qui promenait son toutou sur la place du marché. Elle le laissa pisser sur un arbre tout maigrichon, devant le parking. Le soleil brillait à travers les quelques branches. L'air paraissait poussiéreux, comme chargé d'un sable fin. Avec des reflets jaune doré. On se serait cru dans l'ancien temps. L'été avait toujours eu cet effet sur Winter, de le rendre nostalgique. Un sentiment d'origine ethnique ? Typiquement suédois ? L'été nordique était si court qu'on avait à peine le temps d'en profiter et qu'on était obsédé par sa brièveté. Comment Mozaffar Kerim le voyait-il, cet été suédois ? Et Nasrin ? Sirwa, Azad, et Adiba ? Alan, Shirin et Bahar ? Cette dernière avait reçu le prénom de « printemps ». À quoi ressemblait-il au Moyen-Orient ? C'était peut-être important de penser à des choses de cet ordre dans une enquête comme celle-ci. Il fallait être ouvert à tout, vraiment ouvert. Et ne pas tomber dans la facilité en jugeant des cultures étrangères d'après la nôtre. Ça, c'était de l'ethnocentrisme.

— Qu'est-ce que vous pensez de l'été suédois ? demanda-t-il à l'interprète.

Kerim sourit, d'un sourire empreint d'une certaine mélancolie.

— Trop court.

— Avez-vous déjà participé à l'audition d'un suspect ? À un interrogatoire de police ?

— Où ça ?

— N'importe où.

— Non, pas vraiment… j'ai déjà assisté à l'audition de quelques jeunes qui s'étaient fait interpeller, un petit gang, mais on n'avait pas besoin de moi.

— Les jeunes connaissent le suédois ?

— S'ils le veulent.

— Ils ont un langage un peu hybride parfois, fit remarquer Winter.

— Toujours même.

— Un composé de quoi ?

— De tout ce qui peut leur servir. (Un sourire se dessinait à nouveau sur les lèvres de Kerim.) Et un peu plus.

— Est-ce que vous avez déjà travaillé pour nous, au commissariat central ?

— Non.

— Jamais ?

— Non. Vous pouvez leur poser la question. Vous êtes bien placé pour le faire.

— Je vous crois, Mozaffar. Ce serait idiot de mentir sur une chose pareille.

— Pourquoi ce mot, « mentir ».

— Avez-vous déjà entendu parler de prostitution dans les quartiers nord, Mozaffar ?

La question était sans doute inattendue. Kerim tressaillit. C'est peut-être une fausse impression de ma part. Mais il ne s'y attendait pas. Pas forcément très significatif.

— Oui… oui, j'étais vaguement au courant. Mais j'imagine qu'il y en a dans toute la ville. Je n'en sais rien.

Winter hocha la tête.

— Pourquoi me posez-vous la question ?

— Jamais entendu parler de trafic transfrontalier ? continua Winter. On ferait entrer clandestinement dans ce pays des filles très jeunes, pour les forcer à se prostituer.

— Jamais.

Winter opina de nouveau.

— Mais pourquoi me le demander, à moi ?

— Nous le demandons à tout le monde.

— Il y en aurait donc ?

— Oui, de la prostitution en tout cas. Mais nous n'avons aucune preuve. Nous avons beaucoup de mal à en trouver. La police travaille là-dessus depuis un moment, mais nous n'avons pas encore réussi à pincer un seul maquereau.

— Il n'y en a peut-être pas.

— Si, il y en a. Avec des variantes. On n'y échappe pas.

Kerim se tourna vers la fenêtre. Winter suivit son regard. La dame au chien avait disparu. On ne voyait plus rien de vivant, en dehors d'une bande de pelouse et des arbrisseaux qui paraissaient grelotter, malgré le soleil, tant ils étaient dénudés. À quelle espèce appartenaient-ils ? Winter n'était pas très calé dans ce domaine. Des bouleaux, non, faciles à reconnaître. Des frênes peut-être ? Ils lui paraissaient bien vulnérables.

Les enfants étaient en plein jeu à Hjällbo. Ils ne devaient pas bien se représenter ce qu'était la Saint-Jean. Winter suivit le sentier baptisé « Sentier Sableux ». Un nom intéressant. Il cherchait le gamin. Il n'avait pas eu le temps de penser sérieusement à lui depuis la veille. Mais il lui paraissait toujours être une pièce importante du puzzle, peut-être plus importante que jamais. Le commissaire s'était d'abord montré sceptique quant aux « pas légers » du chauffeur de taxi, mais les techniciens d'Öberg en avaient retrouvé la trace dans l'herbe encore humide de rosée. Cet enfant existait bien, garçon ou fille. Non, garçon. Il en était sûr, c'était lui. Peut-être qu'il n'avait rien vu, mais Winter voulait le lui demander. Tu as vu quelque chose ? Qu'est-ce que tu as vu ? Qui ?

Lorsque le chauffeur de taxi, Reinholz, était arrivé sur place, les meurtriers avaient disparu. Il ne restait que les victimes. Reinholz s'était dirigé vers la boutique sans se douter de rien. Winter marchait dans la même direction maintenant. Il ne l'apercevait pas encore. Par contre, il voyait le chemin piétonnier qui servait aussi de piste cyclable. On aurait dit une bande de lave noire sous cette lumière intense. Il faisait très chaud maintenant, le thermomètre dans la voiture indiquait trente-sept degrés. Mais non, pas possible, on n'atteignait quand même pas la température corporelle ! Winter portait une chemise de lin blanche, un jean Lee et des mocassins italiens en cuir très souple, sans chaussettes. Les lunettes de soleil accentuaient les contrastes et rendaient le noir plus noir encore.

Reinholz devait acheter des cigarettes. La marque qu'il fumait ne figurait pas dans les rayons du magasin. On n'avait pas pu déterminer si Jimmy avait l'habitude d'en vendre parce qu'il ne se fournissait qu'en tabac de contrebande. Jimmy, ô Jimmy ! Il en allait de même des autres denrées proposées, et c'était une pratique commune à la plupart des boutiques du quartier, même plus importantes. La chaîne de supermarché « régulière » n'avait aucune chance. Le volume des ventes était également plus important. Les gens d'ici n'achetaient pas l'aubergine à l'unité, ils ne se contentaient pas d'un demi-concombre, de trois olives et de cent grammes de feta.

Reinholz avait appelé la police. Il s'était retrouvé devant un spectacle épouvantable. L'alarme avait été donnée aux environs de 3 h 15, peut-être un tout petit peu plus tard, Winter n'en était plus très sûr. Ce pouvait être important, mais il n'avait pas d'autre info à mettre en balance.

Reinholz avait donné l'alarme. Il était seul. Sous le choc. Il se tenait là, sur le seuil, sans oser entrer à l'intérieur. Aucune empreinte de ses chaussures sur le sol, alors qu'il portait des boots à semelles crantées. S'il avait marché à l'intérieur, ils l'auraient vu, même en dehors de la mer rouge. Sur cette mer se dessinaient des traces de talon. Selon le schéma d'Öberg. Dehors, par contre, il y avait cinquante ans de pas, couche sur couche, des empreintes impossibles à déchiffrer.

Reinholz passait par là. Il avait l'air très affecté quand Winter s'était entretenu avec lui. Comme s'il avait été *impliqué* dans tout ça. Le commissaire ne pouvait lui reprocher d'avoir été choqué par cette expérience. Cela faisait partie de son travail à lui d'affronter ces visions d'horreur, d'exploiter les informations qu'elles recelaient. Il avait de l'entraînement. Il détestait ces moments-là, mais il ne faisait pas de syncope. Ne pas juger l'attitude des autres d'après la mienne. Le chauffeur de taxi avait fait ce qu'il fallait face à l'horreur, mais Winter pensait qu'il avait peut-être fait quelque chose d'autre encore qu'il n'avait pas raconté.

Le gamin se tenait sur son vélo, à l'angle de l'immeuble. Il y avait un grand escalier entouré de buissons et un bout de la piste cyclable entre lui et l'homme qui marchait plus bas, avec ses lunettes de soleil et sa chemise blanche. Les lunettes lui donnaient un autre air mais il le reconnaissait quand même. C'était toujours le même.

Il savait pourquoi ce grand type était là.

Le voilà qui s'éloignait maintenant en direction de la boutique.

Le gamin décida de ne pas le suivre. Il préférait rentrer. Il contourna les terrains de sport de la cité scolaire, monta vers le centre de loisirs et redescendit sur la grand place. Il n'avait plus qu'à traverser le parking.

Il n'avait rien raconté à la maison.

Personne ne lui avait posé de question de toute façon.

Il croyait qu'il oublierait. Bientôt plus personne ne s'intéresserait à ce qu'il savait. L'homme à la chemise blanche et aux lunettes de soleil cherchait sûrement quelqu'un d'autre.

Ils s'étaient précipités dehors.

Il avait tremblé de tous ses membres. Il n'avait pas osé bouger. Il n'avait pas *pu* bouger. Ils étaient partis.

Ensuite, l'autre était venu.

Il était resté là à regarder autour de lui. Il était resté longtemps.

Winter se tenait sur le seuil. Rien n'avait changé. Toutes les denrées, de contrebande ou pas, étaient restées en place sur les rayons.

Seule manquait la musique. Ça valait peut-être mieux. Le spectacle aurait été encore plus difficile à supporter. La chanteuse dédiait sa mélopée au Kurdistan. *Pour toi, Kurdistan...* Sur la pochette du CD, une ville kurde avec sa fontaine, sa montagne, ses voitures qui paraissaient venir d'un pays de l'Est. Winter s'était fait traduire les paroles, belles, mélancoliques, mais il ne voyait pas en quoi elles pourraient l'avancer. C'était de la musique traditionnelle comme on en chante aux quatre coins du monde. Elle disait le manque, les regrets, le temps qui passe trop vite. L'amour. L'amour existait partout dans le monde. À ne jamais oublier.

La sonnerie de son portable retentit. Elle résonnait dans ce local.

— Salut, Erik !

— Bertil ? Comment vas-tu ?

— Pas trop mal, mais ça pourrait aller mieux. Petite fatigue après la journée d'hier.

— Comme nous tous.

— T'es où ?

— Dans la boutique de Jimmy.

— Je suis en route pour l'appart d'Hussein.

— Pourquoi ?

— Pour la même raison qui t'a conduit à Hjällbo, je suppose.

28

La place de l'Espace aurait pu se trouver sur Mars en ce jour de la Saint-Jean. Winter se sentait comme un astronaute, premier explorateur d'un univers inconnu. Il prit à pied la rue Aniara en direction de l'ouest. La Maison de la Culture était fermée, de même que la bibliothèque municipale. Il revint sur ses pas et dépassa la supérette Fresh, qui rompait l'alignement des bâtiments. Elle était fermée par une lourde porte blindée. Il ne rencontra pas un chat jusqu'au moment où il tomba nez à nez avec Ringmar devant le Pub de Bergsjö. Son collègue portait des lunettes de soleil. Winter se voyait dedans. La grand place derrière lui paraissait un lointain désert dans les verres couleur de sable de Bertil. La rue Aniara s'étirait devant eux.

— Ils ouvrent dans deux heures, l'informa Ringmar en désignant la porte du pub. Tu trouves que ça vaut la peine un jour pareil ?

— Je boirais bien quelque chose, répondit Winter.

— Là je te suis. (Ringmar inspecta les alentours. Ils étaient toujours les seuls sur cette planète.) Si nous arrivons à tenir d'ici là.

— J'ai une grande bouteille d'eau gazeuse dans la voiture.

— Ramène.

Après avoir coupé la bande-police, ils ouvrirent la porte. Le couloir sentait la poussière et le renfermé. Il faisait très chaud à l'intérieur. Les grandes fenêtres du séjour donnaient à l'ouest et n'étaient pas fermées par des rideaux. L'appartement n'était guère aménagé. On aurait dit un camp de transit. Vers où ? Qui avait posé ces matelas sur le sol ? Öberg et ses hommes avaient passé beaucoup de temps à chercher des empreintes concordantes entre la boutique de Jimmy et l'appartement d'Hussein, mais ils n'avaient encore rien trouvé.

Si les meurtriers s'étaient réfugiés ici après le massacre, ils n'avaient pas laissé de traces. L'enquête de voisinage n'avait rien donné. Personne n'avait rien entendu cette nuit-là, pas de va-et-vient particulier.

Et avant ? Rien de spécial non plus. Tout était comme d'habitude dans cet immeuble de la rue de la Terre aux lignes légèrement incurvées.

Ringmar pénétra plus avant dans l'appartement. Winter voyait la poussière danser dans la lumière du soleil. Il y avait de quoi vous remplir les poumons et vous étouffer en un rien de temps. Il dut se retenir de sortir un mouchoir qu'il n'avait pas pour s'en couvrir le nez et la bouche.

Ringmar se retourna vers lui :

— D'après moi, il a quitté le pays.

— Mmm.

— Nous ne savons même pas quelle tête il a, Erik ! Bon Dieu, je dois être trop vieux et trop naïf pour m'adapter aux changements de ce monde, ou de ce pays.

— C'est juste une question de secteur, Bertil.

— Quoi ? Non, attends. Je suis sérieux, Erik. Je pensais vraiment pas qu'on pouvait aussi facilement vivre incognito ici. Et je ne parle pas des pauvres gens qui se cachent depuis des années pour échapper à la charité suédoise.

— Quelle charité ?

— Celle qui consiste à les aider à regagner leur pays.

— Oui, tu parles d'une charité…

— C'est pas d'eux que je parle. Je pense aux mecs qui abusent du système et qui se baladent sans se faire inquiéter. Comme cet Hussein. Il habite ici, il vit, bouffe, chie, bosse, au noir en plus, mais nous, nous n'avons aucun moyen de savoir qui il est.

— En général, il y a une explication derrière tout ça, objecta Winter.

— Ils ont leurs raisons, c'est sûr. On peut les comprendre. Ils ont dû vivre des choses effroyables. Mais il est bien possible aussi qu'ils se cachent derrière ces excuses. Pour recommencer à zéro. Changer d'identité.

Winter hocha la tête.

— Tu pourrais devenir un autre, Erik.

— L'idée est séduisante, Bertil.

— Vraiment ?

— Juste pour essayer.

— Imagine que tu risques la torture ou la mort dans le Götaland ou le Svealand, proposa Ringmar. Ce n'est pas un risque d'ailleurs, c'est vraiment ce qui t'attend. Tu es persécuté. Sans aucune chance de t'en sortir. Et tu le sais. Où tu pars ?

— Dans le Norrland ?

— Sans rire.

— Je ne rigole pas, tu n'as pas mentionné le Norrland.

— Disons que les Russes ont fermé l'accès au Norrland, à moins que ce ne soit le fait de nos voisins norrlandais jusque-là si paisibles. Tu es obligé d'aller vers le sud, loin, très loin.

— Au Moyen-Orient ?

— Oui, ou même encore plus loin. Aux confins d'un enfer de sable. Sauf que ce n'est plus un enfer. Le vent de la liberté et de la démocratie souffle dans ce pays. C'est là que tu dois te rendre, dans cette terre promise.

— Et je m'enfuis.

— Exact. Tu paies une fortune à un passeur de Dalécarlie ou de je ne sais quel *land* et tu traverses l'Europe dans un wagon de marchandise avant de prendre un chalutier pour la rive orientale de la Méditerranée. Ensuite tu traverses la Syrie de nuit à dos de chameau et tu te retrouves à la frontière.

— Quelle frontière ?

— Celle qui te sépare du pays de la liberté, bien sûr.

— OK.

Winter pouvait apercevoir le bleu du ciel au dehors. Pas un nuage depuis des semaines. Pas le moindre fil de coton. Ce devait être un record pour le ciel suédois.

— Mais tu ne veux pas risquer d'être renvoyé d'où tu viens. Tu n'es pas sûr d'avoir été suffisamment torturé pour que les hommes libres de ce nouveau pays te croient. Tu n'as peut-être pas assez souffert pour avoir le droit d'entrer au paradis. Alors tu fais quoi ?

— Je change d'identité.

— T'es déjà quelqu'un d'autre, non ? C'est pas difficile.

— Non.

— Tu sais à peine qui tu étais avant. Tu préfères l'oublier le plus vite possible. Alors tu deviens un autre et tu te fonds dans la masse, tu te glisses dans l'anonymat. Tu es là tout en étant ailleurs.

Winter jeta un regard circulaire dans l'appartement. Il n'y avait rien à voir.

— Comme Hussein Hussein.

Le pub de Bergsjö n'avait toujours pas ouvert.

— Dis donc, j'aurais vraiment besoin d'un café, gémit Ringmar.

— Je connais un endroit.

La Pizzeria Roma était ouverte pour ainsi dire vingt-quatre heures sur vingt-quatre, ça, Winter l'avait bien compris, mais il ne s'expliquait pas pourquoi. Il n'avait jamais vu aucun client mis à part Mozaffar Kerim et lui-même.

Auparavant, Ringmar avait pris place à côté de lui, dans la Mercedes, pour boire de l'eau minérale.

— Ça va mieux, avait-il soupiré en lui rendant la bouteille. Non pas que j'aie la gueule de bois…

— Bien sûr que non, avait répondu Winter en démarrant pour quitter la grand place de Gårdsten.

— Parfois, on a les idées plus claires quand on est un peu vaseux, avait ajouté Ringmar. C'est comme si on allait directement à l'essentiel, sans s'arrêter aux détails. Tu vois ce que je veux dire ?

— Non.

— C'est comme ça pourtant.

— Dans ce cas, il faudrait faire en sorte d'avoir tous les matins la gueule de bois.

Ils s'étaient garés devant le salon de coiffure Nouvelle Mode pour continuer à pied jusqu'à la Pizzeria Roma. Il n'y en a pas deux comme ça, des pizzerias, se disait Winter. La fille à la caisse le salua d'un signe de tête. Il hésita un instant à présenter Bertil et à l'entraîner dans une petite conversation avec le maître d'hôtel ou le chef cuisinier.

— Deux cafés, merci.

— Et avec ça ?

— Un mazarin, s'il est du jour, ajouta Ringmar.

— Ils n'ont pas fait de pâtisserie ce matin.

— J'en prendrai un quand même.

Winter observa les rides qui se dessinaient sur le front, le sillon profond qui se creusait entre ses sourcils. Mais Bertil était rasé de près. Il avait une petite cicatrice sur le menton que Winter surprit lorsque son collègue leva les yeux vers le plafond. Il rabaissa la tête :

— C'est ce que j'appelle une enquête de vingt-quatre heures. Sur vingt-quatre.

— Entièrement d'accord avec toi.

— Quel est le programme ?

— J'ai besoin de relire les PV d'auditions, répondit Winter. Et de parler avec Torsten.

— Pas le courage de faire de la lecture aujourd'hui. Je serai en service extérieur.

— Tu pourrais te mettre à la recherche du gamin, suggéra Winter.

— S'il existait, on l'aurait déjà trouvé à l'heure qu'il est.

— Il existe, et pas comme Hussein Hussein.

— On n'a pas déjà fait le tour de tous les apparts de Hjällbo ?

— Non, pas vraiment. Et puis tu sais bien que pour ces choses-là, rien ne vaut les visites sur le terrain.

— Et ta femme de ménage alors ? La Finlandaise ?

— Elle m'a promis d'appeler si elle apprend quelque chose. Mais ça fait à peine deux jours.

— Elle n'habite pas dans les quartiers nord ? demanda Ringmar avec un geste en direction de la place Cannelle.

— Si. C'est une vraie petite colonie finlandaise là-haut.

— Alors ?

— Tu veux qu'on retourne à l'appartement de Jimmy ?

— Un appart, ça me suffit pour la journée, répondit Ringmar.

Un taxi vint se garer devant la porte. Une Volvo V70, blanche, des Taxi Göteborg. La compagnie la plus représentée. Winter entrevit le chauffeur derrière le pare-brise. Inconnu au bataillon. L'homme se retourna pour récupérer le prix de sa course. Le passager sortit par la portière arrière. Mozaffar Kerim. Il s'éloigna à grands pas. Ringmar avait les yeux au plafond. Il n'avait jamais rencontré l'interprète. Winter vit le taxi reculer puis tourner sur la droite avant de commencer à s'éloigner. C'est alors qu'il aperçut quelqu'un sur la banquette arrière, une silhouette fugitive, alors que le véhicule disparaissait déjà vers la route de Gårdsten.

— Bon sang !

Ringmar sursauta violemment, au risque de s'abîmer les cervicales.

Winter avait bondi de sa chaise.

— La bagnole ! cria-t-il en courant vers la porte.

La fille à la caisse parut ébranlée.

— On paiera après, lui lança Winter.

Il n'avait pas de monnaie. Bertil oui, mais ils n'avaient pas le temps de s'occuper de ça.

— Mets la gomme, Bertil !

Winter apercevait le taxi un peu plus loin devant eux tandis qu'ils traversaient le tunnel.

— On peut appeler le chauffeur, suggéra Ringmar.

— Non. Je veux savoir où sa course l'emmène.

— Combien de personnes à l'arrière ?

— Une seule, j'ai l'impression.

— Une connaissance de l'interprète ?

— Probablement.

— Ou alors, n'importe qui. (Ringmar se frottait la nuque.) Il était peut-être sur un boulot.

— Ça m'intéresse de voir qui il fréquente.

— Tu ne lui fais pas confiance ?

Winter ne répondit pas. Il n'était pas sûr d'avoir confiance en Kerim, pour autant que les circonstances le permettent. Mais il lui fallait des faits, des preuves. Il lui trouvait quelque chose de fuyant, comme si l'interprète gardait pour lui des informations, un savoir ou des contacts. Des mots. Kerim avait des mots en réserve. Lui qui se promenait à droite à gauche, il était venu là, et pas tout seul. Ça pouvait s'avérer intéressant mais tout aussi bien sans importance. Winter se trouvait au même endroit, à la même heure, la bonne peut-être. Ce n'était pas de la chance. Jamais. S'il n'était pas venu à la Pizzeria Roma, il n'aurait rien vu. Une enquête de terrain. Depuis le début. Qui supposait de revenir sur les lieux, sans relâche. Un jour il écrirait un bouquin là-dessus. Ça pourrait servir aux élèves de l'École supérieure de la police.

Le taxi obliqua à la hauteur de la caserne des pompiers et continua sa route vers le sud en direction d'Angered. Winter apercevait le centre-ville sur la gauche, un petit *downtown*, même s'il se situait plutôt *uptown*. Les bâtiments paraissaient noirs de suie sous le soleil, des ombres chinoises se détachant sur le bleu du ciel. Quand est-ce qu'il était venu là avec le Frangin ? Ça lui paraissait dater d'au moins un mois.

Le taxi vira sur la gauche puis sur la droite en sortant du rond-point. Winter était arrêté au carrefour précédent.

— Il entre dans la rue de Hjällbo, lui dit Ringmar.

Winter s'engagea à son tour dans le rond-point.

Deux voitures le séparaient à présent du taxi. Quelqu'un avait débouché de la rue d'Hammarkulle.

Ils passèrent La Ferme au Trou et l'école d'Hammarkulle.

— Tu le vois ? s'inquiéta Ringmar.

— Oui.

Le véhicule prit à gauche. Winter commençait à le rattraper. Il tourna après lui et vit le taxi obliquer de nouveau et dessiner un demi-cercle sur le parking, en face de l'église Saint-Thomas, avant de se garer. Winter s'arrêta un peu plus loin après le carrefour. Il ajusta le rétroviseur. Un homme sortit du taxi et paya le chauffeur par la vitre de la portière. Cash. Il commença à s'éloigner. Ce n'était pas un inconnu pour le commissaire.

— Tu vois qui c'est ? lui demanda Ringmar en tournant lentement la tête en arrière, tant pis pour les cervicales.

— Oui. Il s'appelle Alan. Alan Darwish.

— Darwish… c'est pas un des copains d'Hiwa Aziz ?

— Si. Tu as dû lire mon PV d'audition.

— Non, pas encore. Mais tu m'en as parlé.

— J'espérais qu'il m'appellerait. Il avait l'air d'en avoir envie.

Darwish marchait assez lentement, comme plongé dans ses pensées. Il ne regardait pas autour de lui. Il ne s'était jamais retourné dans le taxi. Sa tête avait paru toute petite, noyée à l'intérieur du break.

— À propos de quoi ?

— De ce qui s'est vraiment passé, répondit Winter.

— Carrément ?

— En tout cas, il aurait pu me dire qui était vraiment Hiwa. Il le sait. C'est pour ça qu'ils ont arrêté de se voir.

— La sœur ne nous cacherait pas quelque chose, elle aussi ?

— Bonne question, Bertil.

— Alors qu'est-ce qu'on fait maintenant ?

Winter pouvait encore apercevoir Darwish, plus loin, en direction de la rue du Plateau. C'était là qu'il habitait.

— On fait quoi ? répéta Ringmar.

— Rien.

— On le suit pas, on l'appelle pas au téléphone ?

— Tu penses que ce serait une bonne idée ?

— Non.

— On va garder cette carte dans notre jeu, au moins pendant un moment.

— Alors comme ça, Alan connaît l'interprète. Ça n'a peut-être rien d'étonnant. Vu qu'ils sont tous les deux kurdes.

— Mmm.

— Et ils se font un tour en taxi.

— Il faut que je parle avec le chauffeur.

— Il est parti maintenant.

— On est de la police, Bertil. On peut savoir qui c'est.

Son nom était Peter Malmström. Winter le joignit au téléphone grâce au standard de la compagnie de taxi tandis que Malmström roulait encore en direction du sud. Il accepta de faire demi-tour.

Ils se retrouvèrent sur le grand parking au centre de Hjällbo.

Winter et Ringmar s'installèrent sur la banquette arrière du taxi. Le chauffeur paraissait prêt au pire. Avec deux prétendus policiers à l'arrière. Il fallait s'attendre à tout dans des quartiers pareils.

— Qui avez-vous cherché en premier ? lui demanda Winter.

— Le mec… le plus vieux. À Gårdsten, rue Cannelle. C'est là que je l'ai redéposé à la fin.

— Il avait réservé la course ?

— Bien sûr. On s'amuse pas à tourner dans le secteur, vous savez.

— Et ensuite ? Que s'est-il passé ?

— Je l'ai conduit jusqu'à la grand place d'Ange-red… je me suis garé assez près du centre. Là, il m'a demandé de l'attendre et il est sorti de la voiture.

— Il vous a demandé de l'attendre ?

— Ouais. Il m'a dit que ça ne lui prendrait pas plus de quelques minutes et qu'ensuite on irait à Hammarkulle.

— Où se rendait-il ?

— Ça… j'en sais rien.

— De quel côté se dirigeait-il ?

— Euh… vers les bâtiments au fond de la place,

je crois. Côté nord. Vous voyez le poste de police ?...
Y a aussi l'antenne de la Formation continue... et
d'autres organisations encore... je ne sais pas, y a une
sorte de centre culturel étranger.

— Le Centre culturel kurde, précisa Ringmar.

— Un truc du genre, acquiesça Malmström.

— Le Centre culturel et de formation kurde, je
crois que ça s'appelle comme ça, ajouta Ringmar. C'est
là qu'il est entré ?

— J'en sais rien. J'ai pas regardé. Je me suis
plongé dans un vieux canard, répondit le taxi en brandissant un exemplaire de *Metro*.

— Ça a duré combien de temps ? s'enquit Winter.

— Dix minutes peut-être. Je peux vous le dire très
exactement si vous...

— Inutile, pour l'instant. Racontez-nous la suite.

— On est descendus sur Hammarkulle et on s'est
garés devant l'église Saint-Thomas. Là, on a attendu
une minute ou deux. Même chose à l'arrêt suivant.
(Malmström se frotta le menton.) Drôle de course.

— Dans quel sens ?

— Je suis d'abord allé chercher un type, ensuite
j'en ai pris un deuxième, puis j'ai déposé le premier et
encore après, j'ai déposé le deuxième au même endroit
qu'avant. Et avec tout ça, on n'a fait que tourner en
rond.

— Tourner en rond ?

— On est allés à Hjällbo, ensuite un tour dans
Bergsjö, retour là-haut, et après ça, Gårdsten. Ensuite,
j'ai dû revenir du côté de Saint-Thomas.

— Qui vous donnait les instructions ?

— Le plus âgé.

— Il vous disait quoi ?

— Eh bien... ça donnait : « Allez sur Hjällbo. »
Une fois là-bas : « Allez sur Bergsjö. » Et après :
« Vous retournez à Gårdsten, même adresse. » Voilà.

— Combien de temps a duré la course ? À partir du moment où ils étaient deux clients.

— Euh… si vous voulez savoir exactement, je peux…

— En gros, l'interrompit Ringmar.

— Je dirais dans les quarante minutes, un peu moins peut-être.

— Vous leur avez demandé la raison de ces trajets ? l'interrogea Winter.

— Non.

— Vous avez votre propre idée ?

— Franchement, non. On fait ce qu'on nous demande, c'est tout.

Foncez dans le ravin, je veux me suicider, se dit Winter.

— Comment vous ont-ils payé ?

— Le prix réglementaire, répondit Malmström.

— Vous leur avez parlé ?

— C'est eux qui causaient ensemble.

— Qu'est-ce qu'ils se sont dit ?

— Si je le savais. (Un sourire fugitif se dessina sur les lèvres de Malmström.) Je ne parle pas la langue, vous voyez ce que je veux dire.

— Ils n'ont pas prononcé un mot de suédois ?

— Seulement pour la direction à prendre.

Winter hocha la tête.

— En tout cas, ça chauffait.

— C'est-à-dire ?

— Je ne sais pas… ces gens-là… d'où ils viennent ?... s'ils parlent toujours comme ça. Sur ce ton. J'en sais rien, mais ils avaient l'air de s'engueuler.

— De s'engueuler ?

— Ouais.

— Comment ça ?

— Eh ben… ils étaient agités.

— Les deux ?

293

— Les deux, à ce que j'ai vu. J'ai pas trop regardé. Je voulais pas m'en mêler. C'est sûr que ça aurait rien arrangé. Et on préfère éviter une bagarre dans la bagnole.

— C'était à ce point ?

— J'en sais rien. Comme je vous disais, j'ai pas compris un mot de la conversation. Ils discutaient peut-être du prix du café, ou de la saucisse. C'était peut-être rien de grave, genre politique, football, j'en sais rien.

— Vous n'avez pas la moindre idée de ce qui les poussait à faire cette balade en voiture ?

— C'est-à-dire ?

— Pourquoi cette boucle ?

— La boucle ? Ouais, c'est vrai qu'on peut voir ça comme ça. Une idée… ben, ils ont tendu le doigt par deux fois.

— Tendu le doigt ?

— Ouais. (Malmström leva instinctivement la main et pointa du doigt vers le parking désert, pour faire la démonstration.) On roulait et le plus âgé s'est mis à tendre le doigt d'un air assez bouleversé. Ou alors c'était l'autre, le plus jeune. Je m'en rappelle pas. Ils l'ont fait tous les deux, par deux fois.

— Vous étiez où ?

— Quand ils ont tendu le doigt ?

— Oui.

— Je m'en souviens pas. Je crois bien que c'était à Bergsjö. C'était long comme… boucle. Ils ont fait un signe à cet endroit. Et puis ici, à Hjällbo.

— Ça fait grand, constata Winter. C'était dans une direction particulière ?

— J'ai pas bien vu. Juste en direction d'une cité.

— Vous connaissez la boutique Chez Jimmy ? s'enquit Ringmar.

— Ouais… comme tout le monde. Surtout maintenant.

— Vous la connaissiez déjà avant ?

— Bien sûr. Nous, les tax, on connaît tout ce qu'est ouvert la nuit.

— Et vous êtes aussi passé par là avec ces deux hommes ? demanda Winter.

— Non.

29

Ils étaient de retour dans la voiture de Winter. Ringmar s'était penché en avant pour allumer l'autoradio, le CD s'était mis en marche et la musique emplissait maintenant l'habitacle. Winter baissa le volume avec le bouton de télécommande installé sur son volant. Un air de violon. Une voix lointaine. Une ballade venue d'un pays qui ne figurait sur aucune carte.

— Qui est-ce ?

— Il s'appelle Naser Razzazi, répondit Winter. Un chanteur kurde.

La chanson continuait, sur un rythme plus doux, mais toujours expressif.

— Tu trouveras la pochette dans la boîte à gants.

Ringmar la sortit et vit le portrait d'un homme, la moustache noire et la chevelure argentée. Naser Razzazi fixait le spectateur mais son regard se prolongeait au-delà. C'était une peinture. À l'arrière-plan s'élevait le mont Zagros.

— *Kermashan*, lut Ringmar. Ça veut dire quoi ?

— C'est une ville. Dans le Kurdistan irakien, je crois.

— Il vient de là ?

— Je ne sais pas, Bertil. Il est né à Sinne, dans l'est du Kurdistan. Ce doit être en Iran. Mais il vit en Suède depuis de nombreuses années. Ancien membre de la guérilla kurde.

— Comment tu sais tout ça ?

— C'est marqué dessus.

Ringmar sourit et déplia la pochette.

— Il y avait un exemplaire de cet album chez Saïd et Shahnaz Rezaï.

— Ils n'étaient pourtant pas kurdes ?

— Non.

— Mmm.

La musique s'amplifia : d'autres violons, une contrebasse, un violoncelle...

— *Le Kurdistan, pays de sang et de feu*, lut Ringmar.

Le téléphone mobile de Winter se mit à sonner.

Il reconnut la respiration du Frangin avant même d'entendre sa voix.

— T'es où, Winter ?

— En voiture.

— Il m'a appelé, y a une heure à peu près.

— Qui ça ?

— Un autre indic à moi. Je t'avais pas dit que j'allais le contacter ?

— Non.

— Il me doit un tuyau. Je crois qu'il a quelque chose pour nous. Il peut nous aider. Je lui ai clairement fait comprendre qu'il a intérêt à le faire.

— Il s'appelle comment ?

Le Frangin ne répondit pas.

— Donne-moi n'importe quel nom, bordel ! Faut bien qu'on ait un repère !

— Abdullah.

— Merci.

— Je dois le voir.

— Quand ?

— Je ne sais pas encore. Bientôt.

— Je voudrais être là, déclara le commissaire.

— Non.

— J'y tiens, le Frangin.

— Ça marche pas comme ça, Winter.

— Alors comment ? Comme là-haut dans la forêt de Bergsjö ? Comme avec Hama Ali, alias Marko ?

— Pas besoin de…

— Tu crois pas que ce sera la même chose avec ton soi-disant Abdullah ?

— Calme-toi.

— Tu m'appelles dès que tu l'as vu.

Winter raccrocha et balança l'appareil qui rebondit sur le siège, avant d'atterrir dans les mains de Ringmar.

— T'emballe pas !

— Et pourquoi je ne m'emballerais pas ?

Il n'avait ni l'envie ni le temps de rester calme. Voilà que le mal de crâne le reprenait, cette impression d'avoir un trou brûlant au-dessus de l'œil. Il n'avait pas de temps à perdre avec des policiers bornés.

— On avancera peut-être grâce à ce rendez-vous du Frangin, lui dit Ringmar qui avait parfaitement entendu la voix de leur collègue. Attends de voir. Le Frangin le connaît bien.

— C'est ça qui m'inquiète, entre autres.

— Cet Abdullah n'a peut-être aucun rapport avec notre enquête, Erik.

Winter resta muet. Il savait à quoi s'en tenir, et pourtant c'était impossible à expliquer, même à Bertil. Il savait qu'il comprendrait mieux les choses s'il pouvait s'entretenir avec Abdullah, lui poser des questions et l'observer dans ses gestes, dans ses mimiques. Une intuition qui lui venait de ses années d'expérience. Et qui le trompait rarement.

Devait-il faire suivre le Frangin ?

Mon Dieu ! Ce mal de tête.

Il se frotta énergiquement la tempe.

— Qu'est-ce que t'as, Erik ?

— Rien.

Il baissa le bras.

— Mal au crâne ?

— C'est rien, Bertil. Allez, on retourne à Hammarkulle.

Devant la halle d'Hammarkulle s'entassaient des caisses de fruits et légumes. Un homme âgé, habillé d'un veston, levait une pomme dans sa main pour en apprécier la qualité.

Quelques gamins traînaient près des escaliers mécaniques qui descendaient vers le tram. Le sol était jonché de papiers et autres détritus. Une poubelle gisait à la renverse sur une plate-bande.

Des enfants jouaient sur l'esplanade devant l'école. Leurs cris résonnaient entre les immeubles.

Le portail d'entrée était ouvert.

Winter examina la liste de noms sur la plaque du hall :

— Quatrième étage.

Ils prirent les escaliers. Winter évitait les ascenseurs, sauf en cas d'extrême nécessité. La plupart du temps, quand ils étaient deux, l'un prenait l'escalier et l'autre l'ascenseur pour éviter de laisser filer quelqu'un qui les aurait vus arriver, mais cette fois-ci, la précaution paraissait superflue.

Si Alan Darwish avait décidé de filer, ce serait en soi un signe suffisant. D'un autre côté, ils n'avaient déjà que trop de disparus.

Une femme en noir leur ouvrit au bout du troisième coup de sonnette. Elle ressemblait comme une sœur à Ediba Aziz. La famille Aziz habitait à deux pas de là, dans la même rue. Winter avait prévu de revoir Nasrin, mais pas tout de suite. Un peu plus tard dans la journée sans doute.

Il avait pris un comprimé contre le mal de tête. L'effet tardait à se faire sentir. Il aurait dû profiter de l'occasion pour se faire un *kat*. Les Somaliens en importaient des tonnes. Le commissaire en charge du poste d'Angered, Sivertsson, avait parlé de descentes dans des apparts dont ils savaient pertinemment qu'ils servaient de cache, mais qui étaient subitement vidés à l'arrivée des policiers. Les poches pleines de l'herbe magique, les Somaliens s'étaient envolés par les fenêtres comme de grands oiseaux.

La femme ne disait rien. Winter et Ringmar lui présentèrent leur carte professionnelle. Elle se retourna vers l'intérieur de l'appartement, comme pour demander de l'aide. Winter entendait les enfants jouer au foot. Les fenêtres devaient être ouvertes, sans pour autant faire entrer la moindre fraîcheur.

— Nous cherchons Alan, dit Winter.

Elle ne répondit pas. Il parlait une langue étrangère. Winter pensa à Mozaffar. Ç'aurait été classe d'entrer ici en sa compagnie, comme si de rien n'était, comme s'ils ne savaient pas. Et de laisser Mozaffar traduire encore une fois.

— Alan, répéta le commissaire.

Elle devait bien comprendre.

— Qu'est-ce qu'il y a ?

Le jeune homme apparut dans le hall. Elle sembla effrayée, comme surprise d'entendre sa voix. C'était probablement son fils.

Alan lui adressa quelques mots. Elle lui répondit et il lui parla de nouveau. Elle jeta un rapide coup d'œil aux deux commissaires et finit par s'éloigner en direction de la cuisine, d'après ce que Winter put en voir.

— Elle nous prépare le thé, expliqua Alan.

Non. Pas cette fois. Il se sentait incapable de s'asseoir encore une fois auprès d'une mère et de ses enfants pour parler de la mort. Et surtout pas maintenant qu'elle serait complètement coupée de leur conversation.

— Malheureusement…, commença Winter.

— Mais on ne peut pas faire autrement.

— Je voudrais que vous nous suiviez pour un petit tour, Alan.

— Pourquoi ?

— Nous vous le dirons en temps voulu.

— Vous suivre ? Où ça ?

— Une balade en voiture, rien de plus.

— Pourquoi vous ne pouvez pas me parler ici ?

— Nous avons quelques questions relatives à cette balade, répondit Winter.

Alan paraissait effrayé, pas tant par la balade dans une voiture étrangère que par les questions.

Il se rendit à la cuisine pour parler à sa mère. Winter n'entendit pas la réponse. Personne n'apparut dans le hall. Pas d'homme, pas de père. C'était la zone des pères disparus.

Alan revint. Il enfila une paire de sandales. Elles faisaient entendre un bruit de sable et de gravier sur le lino.

— Ce ne sera pas long, promit Winter.

Halders fit un signe au taxi et s'installa sur la banquette arrière. Le véhicule démarra avant même qu'il ait fermé la portière.

— Hjällbo !

Le chauffeur hocha la tête.

— Et vous vous arrêtez exactement au même endroit.

Le taxi était le seul véhicule sur le parking. La zone était encore bouclée par un périmètre de sécurité. Il n'y avait pas de curieux en ce jour de la Saint-Jean.

— Qu'est-ce que vous me voulez ? demanda Jerker Reinholz.

Il avait mis en doute l'intérêt de l'excursion lorsque Halders l'avait appelé, mais ce dernier s'était contenté d'invoquer les besoins de l'enquête. C'était plus simple que de s'étendre sur ses intuitions, sur de pures impressions. Halders ne croyait pas beaucoup à ce genre de choses, mais il lui arrivait de suivre une idée quand elle ne voulait pas le lâcher.

— On sort.

Ils étaient devant la voiture.

— OK, vous vous êtes garé et vous avez commencé à vous diriger vers la boutique. Racontez-moi ça.

— Je l'ai déjà raconté cent fois.

— Aucune importance, répondit l'inspecteur. Combien de fois vous croyez que je relis le même PV d'audition ?

— Mais dans ce cas, vous l'avez, votre audition. Pourquoi en faire une nouvelle ?

— Il ne s'agit pas d'une audition.

— Alors c'est quoi ?

— Un récapitulatif.

— Et ça veut dire ?

— On reprend tout depuis le début. Et donc, nous voici sur ce parking et vous commencez à marcher. (Halders désigna le petit bâtiment qui paraissait blanc sous le soleil, blanc comme de la craie.) Vous vous rapprochez.

Reinholz hocha la tête.

— On y va, continua Halders.

Il se tenait à mi-chemin entre la voiture et la boutique.

— D'ici on voit le sentier piétonnier.

— J'y avais pas pensé, constata le chauffeur.

— Ah bon ?

— Pourquoi vous voulez que j'y pense ? Quand je venais ici, il faisait nuit la plupart du temps, ou alors j'étais pressé. Bref, pourquoi j'aurais pensé à ce qu'il y avait autour ?

— Cette fois-là, quelqu'un a pris le sentier, répliqua Halders. Il est venu et il est reparti par là.

— C'est bien ce que je vous ai dit. Quelqu'un s'est tiré de la boutique.

— Les pas légers. L'enfant.

— C'était peut-être pas un enfant, objecta Reinholz. J'y ai réfléchi. C'était peut-être un des… meurtriers. Un de ceux qu'avaient tiré.

— Ça, c'est nouveau.

— J'y avais pas pensé avant.

Ils avancèrent encore de quelques pas.

— Qu'avez-vous aperçu dehors ?

— Rien.

— Rien du tout ?

— Imaginez. Vous regardez directement à l'intérieur, mais s'il y a quelqu'un d'étendu à terre, là, vous
ne voyez plus rien.

— Quand vous êtes-vous rendu compte qu'il y
avait quelqu'un à terre ?

La mer rouge avait gardé ses contours, même si
elle avait perdu sa couleur. Les grandes baies vitrées
laissaient entrer la lumière du soleil qui blanchissait
tout à l'intérieur du magasin.

Ils se tenaient sur le seuil, Reinholz à un pas devant
Halders.

— C'est ici, déclara le taxi. C'est ici que j'ai vu
le premier.

— Qu'avez-vous fait à ce moment-là ?

— Je… je ne m'en rappelle pas bien. Ç'a été un…
choc. J'ai poussé un cri, je suppose. Ou alors j'ai crié
après avoir fait un pas de plus, quand j'ai vu le
deuxième.

Halders ne commenta pas.

— Et c'est à ce moment-là que j'ai appelé. Le 112.

— Combien de temps s'était-il passé ?

— Depuis quand ?

— Depuis le moment où vous avez vu tout ce qui
s'était passé ici. Les morts. Le sang.

— Je vous l'ai déjà dit. Trente secondes. Maximum une minute.

— Pas plus ?

— Je sais pas. J'ai pas regardé l'heure. Je… savais même pas où appeler. J'arrivais plus à me rappeler le numéro d'urgence. J'étais trop secoué.

— Vous aviez eu votre standard au bout du fil au moment où vous vous gariez.

— Euh… oui, je vous l'ai sûrement raconté.

— Non, mais c'est OK. On vérifie toujours. Vous étiez sous le coup de l'émotion, on peut comprendre que vous ayez oublié ce détail. Mais si on compte le temps qui s'est écoulé entre les deux appels, ça nous fait presque dix minutes.

Halders se tenait toujours légèrement de biais derrière Reinholz, il pouvait néanmoins l'observer de profil. L'homme avait cligné des yeux. Parfois Halders préférait se placer à côté des gens qu'il interrogeait. C'était un peu irritant à la fin tous ces regards fuyant dans le vide ou le fixant au contraire droit dans les yeux, comme si l'intéressé pensait gagner son ticket pour la liberté sur sa bonne mine.

Reinholz se retourna, mais il ne regarda pas Halders dans les yeux.

— Dix minutes ?

— Pratiquement, à deux ou trois secondes près.

— Ah bon ?

— Il vous a fallu du temps pour donner l'alerte ?

— Je vous l'ai dit… j'ai pas regardé ma montre.

— Ça fait long dix minutes, mettons neuf, ou même huit.

Reinholz garda le silence.

— Il ne nous a pas fallu plus d'une minute pour traverser le parking, continua Halders. Vous avez donc eu huit minutes à l'intérieur.

— Où… vous voulez en venir ?

— Je me pose des questions, rien de plus.

Il avait déjà réfléchi. Avec Aneta, Winter et Ringmar, ils avaient passé en revue toutes les conversations téléphoniques disponibles. Reinholz avait tardé à donner l'alerte, mais ce n'était pas rare quand les gens étaient sévèrement choqués. Le rapport au temps changeait ; le temps pouvait s'accélérer ou s'allonger indéfiniment. La réalité se modifiait aussi et notre perception du temps pouvait très bien ne plus correspondre avec la réalité. Je vais voir ça avec lui sur place, avait lancé Halders. On verra ce que ça donne.

— Je... crois que je suis resté un moment dans la voiture avant de sortir, avança Reinholz.

— Pourquoi donc ?

— Je sais pas. J'étais crevé. Des fois ça fait du bien de rester assis un moment après une course. On a la flemme de quitter son siège.

— Alors pourquoi vous arrêter ici ? répliqua Halders. Vous pouviez aussi bien rentrer chez vous.

— Je voulais m'acheter des clopes. Je vous l'ai déjà dit.

— Pourquoi avoir attendu avant de donner l'alerte, Jerker ?

Reinholz regarda Halders droit dans les yeux l'espace d'une seconde, avant de détourner le regard vers le sol qui paraissait constitué de différentes couches, comme des ardoises sur un toit.

— J'ai pas attendu, répondit-il. À ce que je me rappelle, j'ai téléphoné dès que mes mains ont cessé de trembler.

30

Parfois d'autres gens arrivaient de notre pays. Ça dépendait des années. Certains avaient un lointain parent installé en Suède, mais la plupart du temps ils ne connaissaient personne. Tous, ils avaient été obligés de s'enfuir, ou alors ils étaient partis sans rien ou presque quand le jour était venu de le faire. Ils arrivaient ici sans rien du tout.

Ma mère restait à la maison, elle avait peur du monde extérieur.

Nous aussi, on avait sans doute un peu peur.

Tout était différent. Il y avait des gens de chez nous dans les rues, mais parfois, ça rendait les choses encore plus bizarres : on atterrissait dans un pays étranger et on était pris en charge par des gens qui étaient là depuis un moment et qui avaient commencé à changer. J'ai pu voir à quel point certains avaient changé.

Nous aussi, on a changé.

J'ai commencé l'école, mais ça ne se passait pas bien.

Je n'arrivais pas à rester en place. Je passais mon temps à regarder par la fenêtre : je suivais des yeux le ballon qui semblait toujours voler dans la cour.

À la récréation, je restais dans mon coin, toute seule. Je ne me mêlais pas aux jeux des autres élèves. J'avais un ou deux amis, des copines, mais on n'allait jamais les uns chez les autres.

Et puis, un jour, mon frère a ramené deux hommes à la maison, et c'est là que tout a changé.

Pas tout de suite, mais il y avait quelque chose qui... planait dans l'air, je ne sais pas comment dire. C'était comme un vent malin qui se serait glissé par la porte quand les deux autres types sont entrés chez nous. Un vent mordant, cruel. Impossible à faire sortir.

Je n'ai pas compris. Au début, je n'ai pas compris.

Les deux types ne sont pas revenus et c'était comme si le danger avait été enterré. Je voulais que ça soit enterré, ou bien complètement brûlé.

Et puis ils sont revenus. Je ne reconnaissais pas leur visage.

Ma mère était assise sur le sofa, comme une aveugle.

Elle ne voyait rien.

Elle n'a pas vu mon visage à ce moment-là.

Elle n'a pas vu à quoi ressemblait mon frère après avoir été battu par eux.

Tu n'as pas le choix, ils lui ont dit.

Mais on a toujours le choix. On peut tous faire un choix. Je pense qu'il faut le comprendre, parce qu'à ce moment-là, on peut faire quelque chose, même si c'est horrible. Au moins on a *compris*, avant qu'il soit trop tard. Si on s'y prend trop tard, on ne peut plus rien faire, ni de bien, ni de mal, rien d'horrible, rien. Parfois, on n'a pas plus d'une seconde pour décider.

31

Alan, ô Alan ! Tu gardes les yeux rivés sur la vitre, sur tout et sur rien. Nous voici maintenant à Storås. Rue de l'Industrie. Nous allons bientôt prendre à gauche dans la rue Gråbo et descendre ensuite la route de Bergsjö.

— Vous reconnaissez les lieux ?

— Co... comment ça ?

Le commissaire ne lui avait encore rien dit sur le but de ce voyage. Il avait simplement parlé d'aller voir quelque chose. Alan Darwish avait une mine apeurée, mais c'était peut-être toujours le cas. Certaines personnes ont toujours cet air-là, même sans être coupable de quoi que ce soit, ou sans retenir des informations qu'elles devraient délivrer. On verra bien.

— Vous êtes passé par là plus tôt dans la journée.

— Je... je ne comprends pas.

— Nous non plus, Alan. Pas encore en tout cas.

Winter tourna en direction de Bergsjö. Alan continuait à fixer le paysage. Il était assis sur le siège avant, à côté de Winter. Ringmar s'était installé sur la banquette arrière. Winter apercevait dans le rétroviseur son regard tranquille. Tellement tranquille qu'on aurait dit que Bertil s'apprêtait à s'endormir. Peut-être se prépare-t-il en vue de la suite des événements.

— Vous étiez dans un taxi qui est passé par ici il y a environ deux heures, continua Winter.

— Comment vous savez ça ?

— Par le chauffeur, bien entendu.

Alan resta muet. Winter obliqua vers la place de l'Espace.

— Il ne s'est pas trompé ? demanda-t-il tout en se garant à l'endroit habituel.

En habitué. Il se sentait comme chez lui par ici. Pour qu'un endroit vous devienne familier, il suffit de l'avoir visité plus de deux fois. Tout rétrécit, immeubles, rues, église, centre médical, maison de quartier, pub.

Winter arrêta le moteur. Ils restaient assis dans la voiture. Une jeune famille traversait le parking, l'homme derrière la poussette, la femme tenant une fillette par la main. La gamine s'amusait à sauter tous les deux pas. Elle portait une robe rouge. Alan les suivait du regard. L'homme les aperçut et se mit à accélérer l'allure. La femme et la gamine se retrouvèrent distancées et l'enfant se mit à sauter à chaque pas. Sa mère lui dit quelque chose qui échappa à Winter. L'homme leur fit un geste qui signifiait : Dépêchez-vous ! Il portait un costume sombre qui paraissait peu adapté par cette chaleur, le costume du dimanche sans doute.

— Qu'est-ce qu'on fabrique ici ? s'enquit Alan.

La famille avait disparu.

— Le chauffeur ne s'est pas trompé ? répéta Winter.

— Sur quoi ?

— Ne faites pas l'idiot, bordel ! Alan. Répondez simplement à ma question. Ça n'a rien de difficile.

Le mal de tête de Winter s'était dissipé durant le trajet mais voici qu'il revenait. À cause du juron peut-être. Très malsain, comme tous les gamins le savent bien. Mais Alan avait sursauté. Une expression forte pouvait passer pour une démonstration de force.

— Si vous… le savez déjà, vous n'avez pas besoin de demander.

Il se remit à chercher du regard la petite famille. Ils auraient pu être d'origine kurde, arabe, perse. Winter n'était pas encore capable de voir la différence.

— Pourquoi cette virée en taxi, Alan ?

Pas de réponse.

Winter répéta la question. Douleur sporadique au-dessus de l'œil. Il avait besoin de sortir de là. Il ouvrit la portière en quête d'un peu d'air.

— Pourquoi j'aurais pas pu la faire ? Je… je peux quand même circuler où je veux.

— Bien sûr. Il n'y a donc pas de raison de faire des manières, non ?

— En quoi ça peut vous intéresser que je fasse un tour en taxi ?

— Je ne sais pas. C'est pour cela que nous sommes obligés de vous poser la question.

Ringmar se racla la gorge à l'arrière du véhicule :

— Pouvons-nous considérer que vous avez bien pris le taxi, Alan ?

— Vous le savez déjà. Pas besoin de répondre.

— Nous voulons vous l'entendre dire, insista Winter.

— Eh ben oui, oui, je l'ai pris, ce putain de taxi !

— Pourquoi ?

— Parce que… parce que… (Il ne parvenait pas à terminer sa phrase.)

— Parce qu'il vous l'a demandé ? suggéra Winter.

Alan ne répondit pas.

— Il vous a dit de l'accompagner ?

— Vous savez tout, alors je vois pas l'intérêt de répondre.

— Pourquoi Mozaffar Kerim voulait-il que vous montiez avec lui ?

Alan parut sur le point de dire quelque chose, mais aucun mot ne sortit de sa bouche. Inutile de nier.

— Il voulait... qu'on parle un peu, finit-il par admettre.

— De quoi ?

Alan fixait toujours l'autre bout de la place, à la lisière de la cité, comme si la famille pouvait revenir et détourner l'attention de sa personne afin qu'on lui fiche la paix.

Il se saisit de la poignée.

Il poussa violemment la portière.

Il se jeta dehors !

Winter entendit Ringmar ouvrir la portière arrière.

Il vit Alan courir comme un fou en direction de la rue Aniara, sans se retourner une seule fois.

Il vit Ringmar, de dos, en train de le suivre.

Personnellement, il n'avait pas bougé.

Il sortit de voiture. Il se retrouva bientôt à la hauteur de Bertil.

C'est pas possible, un truc pareil.

Si ça continue, il faudra réviser le programme de formation de l'École de police. J'écrirai un bouquin là-dessus.

— Il est parti vers la droite ! lui lança Ringmar.

Alan avait disparu derrière les immeubles de verre et de béton. Winter stoppa pour essayer de percevoir le bruit de ses pas.

On les entendait s'éloigner à toute vitesse. Ils avaient affaire à un coureur de fond. Ça n'avait aucun sens d'essayer de le rattraper, c'était impossible.

Ringmar rejoignit Winter, le souffle court.

On entendait encore courir quelqu'un mais le bruit cessa au bout de quelques secondes, comme lorsqu'un train disparaît dans un virage.

— Mon Dieu ! soupira Ringmar.

— Une soudaine envie de courir...

Ringmar respirait lourdement et par saccades. Pas d'échauffement, très mauvais tout ça.

— Il nous a bel et bien échappé.

— Ce n'est pas forcément bien grave, répondit Winter. On n'a pas toujours besoin de mots pour se faire comprendre.

— On prend ses jambes à son cou.

— Selon l'inspiration du moment.

— Il faudra quand même qu'on l'interroge là-dessus. Quand il aura fini sa course.

— Si elle finit un jour.

— Il n'y échappera pas, déclara Ringmar.

— À quoi ?

— À nos poursuites, bien sûr. Mais ce n'est peut-être pas son problème ?

— Non.

— Où court-il maintenant ?

— Il tourne en rond, répondit Winter. Comme nous tous, à mon avis.

— Alors il faut sortir de ce cercle.

— C'est peut-être ce qu'on est en train de faire maintenant.

Rue Cannelle, il se sentait comme chez lui, là aussi. La place de parking de Winter était libre, la Pizzeria Roma toujours déserte. Pas un chat. En roulant dans les parages, ils avaient eu l'impression d'être seuls dans un monde inexploré. Il n'y avait rien à quoi se raccrocher. En revanche, quelque chose de mauvais planait dans l'air. Cette impression était encore renforcée par la chaleur qui tenait la vie à distance, la vie et son mouvement.

Ringmar se retourna, comme pour vérifier si Alan n'allait pas débouler au sprint dans les cent derniers mètres. Mais le jeune homme devait encore se cacher dans le bois de Bergsjö. Il en sortirait bientôt pour se faire cueillir par la police. Il ne disparaîtrait pas. Pas lui.

— Il avait un mobile ?

— Je ne sais pas, Erik.

— Il faut qu'on vérifie.

— Bien sûr.

— Il va appeler ici, assura Winter.

— Il habite où, l'interprète ?

Winter pointa du doigt dans la direction qu'ils étaient en train de suivre.

— On devrait peut-être attendre, Erik.

— Attendre quoi ?

— Je… ne sais pas.

— Si Alan l'a appelé, on le saura. On le devinera. Et vice versa.

Ils arrivaient devant l'immeuble. La porte d'entrée était grande ouverte. Un peu plus au nord, Winter apercevait une haute montagne et de profondes vallées. Un spectacle qui lui rappelait la pochette du CD de musique kurde.

Deux bâtiments plus loin se trouvait l'appartement de Jimmy Foro. La première victime. Selon Kerim, ils ne s'étaient jamais rencontrés. Winter n'avait pas pu en faire la preuve, par aucun autre témoignage.

La cage d'escalier sentait le propre, le produit d'entretien. Une odeur rassurante.

Personne n'ouvrit.

Ringmar sonna une troisième fois.

— Il vit seul ?

— Oui.

— Il n'est pas chez lui, ou alors il ne veut pas nous ouvrir.

— Il est peut-être en train de faire son jogging.

— Ça leur ferait un point commun.

— Effectivement. Bon, sonne encore une fois.

Le bruit de la sonnette résonna à l'intérieur. Un bruit familier. Durant toute sa vie d'adulte, Winter n'avait cessé d'entendre ces sonneries dans des appartements étrangers, devant des portes étrangères.

Le portail s'ouvrit en bas. Ils étaient au deuxième étage.

Au bout de quelques minutes, ils entendirent des pas dans l'escalier.

— Qu'est-ce que vous voulez ?

Mozaffar Kerim se tenait là, un demi-étage plus bas, avec un sac de courses à la main. Il paraissait étonné.

— Qu'est-ce que vous faites ?

— On sonne à votre porte, répondit Winter.

Le garçonnet descendait la pente à pied. Il avait laissé son vélo à la maison. Comme si quelqu'un lui avait dit de ne plus faire de vélo, pour l'instant en tout cas.

Comme si ça pouvait être dangereux.

Il faisait rebondir sa balle. Il jouait à la balle maintenant qu'il ne faisait plus trop de vélo. Il pouvait la faire rebondir dix fois sur son pied. Il pourrait devenir pro.

Il avait montré ça à son oncle maternel la première fois. L'oncle avait compté.

Maman ne voulait pas raconter pourquoi l'oncle ne venait plus dire bonjour à la maison. Elle disait « bientôt, bientôt », et c'est tout.

Il s'arrêta à une certaine distance du magasin. Il avait l'impression de voir remuer à l'intérieur et il se cacha derrière un buisson.

Après, il vit quelqu'un sortir. Tout en s'abritant derrière la haie, il se rapprocha de l'angle du bâtiment. Ils étaient deux. L'un avait le crâne rasé et l'autre, il le reconnut immédiatement.

— Je n'avais plus de thé, leur dit Mozaffar Kerim.

Il avait déposé son sac, préparé du thé et venait de poser les verres sur la table. Il avait insisté.

— Je vais faire un *khoreshte sabzi* ce soir, avait-il expliqué en rangeant ses courses.

— Qu'est-ce que c'est ? avait demandé Winter.

— Un ragoût d'origine iranienne. Avec de l'agneau, beaucoup d'herbes fraîches, des citrons verts et jaunes.

— Je vois, avait répondu Winter. (Doucement, s'était-il dit, vas-y doucement.) Vous en faites pour un régiment.

— Toujours.

— Vous attendez des invités ?

— Comment ça ?

Ils étaient assis autour de la table basse. L'appartement était clair et décoré de belles étoffes.

— Quand avez-vous rencontré Alan pour la dernière fois ? s'enquit Winter.

— Un peu plus tôt dans la journée.

Ringmar échangea un regard avec Winter.

— Où donc ?

— Dans un taxi.

— Pourquoi cela ?

— Qu'est-ce que vous voulez dire ?

— Pourquoi vous voir dans un taxi ?

— Parce qu'il avait peur. C'est lui qui l'a voulu. Si vous désirez savoir pourquoi, il faut que vous le lui demandiez.

— Pourquoi cette peur chez lui ?

— Je n'en sais rien. Il n'a pas voulu me le dire.

— Pourquoi ce trajet avec vous alors ?

— C'est moi qui lui ai proposé qu'on se voie. Je pensais que ça... pourrait peut-être l'aider. Le détendre. Je ne sais pas.

— Vous devez bien avoir une idée de ce qui peut lui faire peur.

— Il connaissait celui... l'un de ceux qui sont décédés. Hiwa.

— Et alors ?

— C'était suffisamment horrible comme massacre pour qu'il ait peur à son tour.

— Peur pour lui-même ?

— Oui.

— Mais pour quelle raison ? Était-il d'une manière ou d'une autre mêlé aux activités d'Hiwa ?

— Ça, je n'en sais rien. Il faut que vous l'interrogiez.

— On a essayé, répondit Winter. Mais il s'est enfui.

Kerim resta silencieux. Il ne commenta pas les paroles de Winter. Il regardait son verre à thé sans le soulever.

— Pourquoi vouliez-vous qu'Alan vous parle de ça ?

— Pour l'aider, comme je vous l'ai dit.

— Ou pour aider un autre ?

— Pardon ?

— Est-ce que ça n'aiderait pas quelqu'un d'autre ?

— Qui ?

— Je ne sais pas, Mozaffar.

— Il souffrait. Et moi, ça me fait souffrir de le voir dans cet état.

Winter resta silencieux. Il y avait au mur, derrière l'interprète, un grand tissu imprimé représentant un paysage. Ce dernier lui paraissait familier. On avait dû s'inspirer d'une peinture que Winter avait déjà vue, ou d'une photographie.

— Nous formons une grande famille, continua Kerim. Et dans une famille, on doit s'entraider.

Winter opina de la tête.

— Nous sommes une famille qui souffre. Un peuple qui souffre. Depuis toujours. (Le regard de Kerim oscillait entre Winter et Ringmar.) Le gouvernement suédois négocie avec les gens du nord de l'Irak pour qu'ils prennent en charge ceux d'entre nous qui auront été expulsés.

— Des négociations avec le Kurdistan vous voulez dire ?

— Comment savoir si ce sont bien des Kurdes ?

— Nous vous avons vus, déclara Winter.

— Pardon ?

— Alan et vous. Quand vous descendiez du taxi.

— Où ça ?

Le regard de Kerim avait obliqué vers la fenêtre et la place Cannelle.

— Devant la Pizzeria Roma.

— D'accord.

— Drôle d'explication, Mozaffar.

— Je ne vous ai pas menti, que je sache ? Je n'ai rien à cacher. Pourquoi voudriez-vous que je le fasse ?

— Où peut être Alan maintenant, d'après vous ?

— Il doit être en train de rentrer chez lui. Si la police ne le rattrape pas avant. Je suppose que vous avez lancé un avis de recherche.

Winter et Ringmar restèrent muets.

— Le mieux, c'est d'attendre qu'il rentre à la maison. Il a dû s'affoler. Il est tout jeune. Il faut le comprendre.

32

— Seigneur ! Qu'est-ce que tu dis de ça ?

Ringmar secouait la tête. Ils étaient de retour à la Mercedes de Winter. Un gros four noir sous le soleil.

— Il savait qu'on y était, répondit Winter.

— Où ça ? À la pizzeria ?

Ringmar désignait de la tête la Pizzeria Roma. Ils avaient ouvert les portières pour créer un courant d'air, mais il n'y avait pas un souffle dehors. L'air était malsain.

— Il nous a fait un show, continua Winter.

— Seigneur Dieu ! Qu'est-ce que tu veux dire ?

— Un show.

Winter hocha la tête et regarda du côté de l'établissement.

— Mais c'était un pur hasard, objecta Ringmar, si on est entrés dans ce restau.

— Quelqu'un nous a vus.

Ringmar suivit son regard, fixé sur la porte de la pizzeria.

— On nous a vus à table ?

— Mmm.

— Mais il n'y avait que…, commença Ringmar.

— Il faut qu'on vérifie les communications du restau.

— On va interroger la fille ?

— Pas maintenant.

— Alors… tu penses que c'était une mise en scène ?

— Une mise en scène ? Parce que je parlais de show ? Non, je ne pense pas. Mais Mozaffar était préparé à notre arrivée, il savait ce qu'on lui demanderait, il avait des réponses toutes faites.

— Ou alors il nous a juste raconté les choses comme elles se sont passées. Il n'avait rien à cacher.

— Tu crois ?

— Qu'est-ce qu'il pourrait bien nous cacher, Erik ?

— De quoi est-il coupable, tu veux dire ?

— De quoi pourrait-il être coupable ?

— À nous de lui poser la question, fit Winter.

— Il a sans doute une réponse toute prête, là aussi.

— Alors on lui repose la question.

— Quand ?

— Quand on sera prêts.

— C'est-à-dire ?

Winter plissa les yeux face au soleil. Ce dernier commençait à infléchir sa course dans le ciel, mais il ne se coucherait pas avant plusieurs heures. Le jour persévérerait encore et encore avant de le céder à la nuit. Je ne dormirai pas avant que cette affaire ne soit réglée. Pourvu que mon crâne résiste. Ça ne cogne pas trop au-dessus de l'œil en ce moment. Je sens qu'on n'en a plus pour longtemps. Les choses commencent à bouger. Selon un nouveau schéma. Les gens deviennent nerveux, de plus en plus nerveux. On approche du but.

— On sera prêts à la tombée de la nuit, déclara-t-il.

— Mais elle ne tombera jamais.

Jerker Reinholz sortit de voiture et étira ses bras. Une journée, ou plutôt une nuit entière, au volant, ça vous contracte les muscles. Il n'avait pas envie de devenir un vieux schnock tout voûté. Un pauvre diable.

Il y en avait bien assez, des pauvres diables. Y avait qu'à voir tous les gars qui circulaient dans les parages. Ils n'allaient nulle part. Ils n'avançaient pas dans la vie. Ils n'osaient rien, ne prenaient aucun risque. Lui, il en avait pris, mais ça lui avait réussi. Faut se risquer sinon, on reste un pauvre con. Ce flic, il n'était pas malin, c'était évident. Son histoire de minuter le temps qu'il était resté à l'intérieur, ils trouvaient peut-être ça très fort, mais franchement... Comment voulaient-ils qu'il embraye là-dessus ? Personne l'avait vu, non ? Et les pas, soi-disant qu'il avait tout inventé ! Bien sûr ! J'avais d'autres sujets de préoccupation, non ? Des pas ? J'avais pas besoin d'autres pas que les miens. Bordel ! C'était pas prévu que ça finisse *comme ça*. C'est pas vrai ? Ils m'avaient pas présenté les choses comme ça. Bordel de merde. Et parler aux flics juste après, c'était pas coton. Mais bon, ça peut se comprendre, même quand on est flic. C'est la seule chose qu'ils comprennent d'ailleurs. Tiens, mais c'était Peter. Salut mec ! Juste un petit signe de la main sur Gråbovägen. J'ai cru voir des gens sur la banquette arrière quand on s'est croisés. Un petit geste, et ça suffisait, on avait compris. C'est ça l'avantage, avec un taxi. Personne nous voit, les bagnoles, c'est passe-partout.

Alan, dis, Alan, où tu vas comme ça ? Tu as déchiré ta chemise sur un buisson épineux. On en trouve aussi dans les sous-bois.

Tu les as semés. Ils n'étaient pas vraiment rapides, mais ça ne les intéressait peut-être pas de te courir après. Ou alors, ils n'avaient pas le courage. Y en avait un vieux et un autre plus jeune, mais même celui-là, il n'a pas tenu longtemps.

Ils ne t'ont pas vu monter par ici. T'as parcouru un cercle. Quelques gamins t'ont aperçu mais ils sont vite retournés à leurs jeux autour de la locomotive.

Pourquoi courir, Alan ? T'en sais rien. Tout à coup

tu n'avais plus les mots. Et après, y avait plus moyen de revenir en arrière. Une fois qu'on a commencé à courir, on ne s'arrête plus. Tu préférerais ne rien savoir. Qu'on t'ait rien raconté. Tu préférerais être sourd. Ne pas être là, dans ce pays. Personne n'en a plus envie. C'est tous des morts-vivants, quand ils ne sont pas morts-morts. C'est elle qui disait ça. Et voilà que tu te retrouves les chaussures enfoncées dans la boue, avec les pieds trempés. Un marécage. Déjà, un bois en pleine ville, c'est complètement dingue. Et comment tu fais maintenant ?

T'es bon pour finir en taule, Alan, si tu continues à courir. À rester muet. De toute façon, t'auras beau courir, ça te ramènera pas chez toi, dans ton pays. C'est beaucoup trop loin.

Le gamin faisait rebondir sa balle contre le mur. Un mur bien lisse et la balle revenait pile dans ses mains. Sinon, ça renvoyait n'importe où.

Parfois, il se disait qu'il préférerait encore aller à l'école. Il n'avait rien à faire et il ne voulait pas continuer à tourner à vélo dans le quartier. À remuer tout ça dans sa tête. À patrouiller. Il en avait assez. Il ne voulait rien dire à la maison, ça, il avait compris qu'il ne fallait pas le faire. Autrement, ils risquaient de déménager. Ils avaient déjà tellement déménagé, il ne voulait plus. Et puis, il pensait que ça ne serait pas la peine. Tout le monde oublierait. Personne ne viendrait le chercher.

La balle ne revint pas dans ses mains.

— C'est ta balle ?

Il se retourna. Il ne voyait pas qui c'était. Juste une silhouette qui se dessinait dans l'ombre.

— Tu m'as l'air de bien l'aimer, cette balle.

— Oui…

— Je peux essayer ?

Un lancer contre le mur et la balle revint dans les

mains de l'ombre. Il ne voyait pas comment l'appeler autrement. Elle ne partait pas.

— Ça fait quelques jours que je ne te vois plus.

Le gamin resta muet.

— Pourtant, il y a beaucoup d'enfants par ici.

— Je peux récupérer ma balle ?

— Dans un petit moment.

— Faut que j'y aille.

— Moi aussi. On peut faire un bout de chemin ensemble.

— Je rentre à la maison.

— Tu n'as pas pris ton vélo ? Il est où ?

— Chez moi.

— Je sais où tu habites.

Silence.

— Tu n'aimerais pas avoir un ballon de foot ?

L'enfant ne répondit pas. Il n'avait qu'une envie, partir de là, pour échapper à cette ombre, mais d'abord, récupérer sa balle. Ça faisait longtemps qu'il l'avait. Elle était aussi bien qu'un ballon de foot.

— Non.

— Tu ne veux pas un ballon de foot tout neuf ?

— Non.

— J'en ai un que je te donnerai, si tu veux.

— Je veux ma balle de tennis.

— Tu ne veux pas échanger ?

— Je veux ma balle.

Il espérait que quelqu'un passerait par là, mais il avait choisi l'arrière d'un immeuble qui donnait sur le champ et personne ne se promenait de ce côté en ce moment.

— Tiens, je te la rends, ta balle.

Le portable de Winter se mit à sonner tandis qu'il roulait vers le sud.

— Quand est-ce que tu rentres à la maison ?

— J'arrive.

— Les filles sont grognons. Il serait temps de manger.

Il sentit qu'il avait, lui aussi, besoin de reprendre des forces. Tout à coup, il avait une faim de loup.

— Dis-moi dans combien de temps tu arrives et je mettrai le repas en route.

— Dans vingt minutes.

Le portable sonna tandis qu'il arrivait à la hauteur de Kortedala. Leur commissariat avait dépêché des renforts pour chercher Alan dans les bois de Bergsjö. C'était le même district. Winter et Ringmar attendaient des nouvelles d'un instant à l'autre. Le jeune homme ne pouvait pas aller bien loin. Il n'en avait sans doute pas vraiment envie. Il pouvait être en danger. Comme eux tous.

— Fredrik.

— Oui ?

— Reinholz était incapable de dire pourquoi ça lui a pris tant de temps, mais de son point de vue, c'était peut-être pas si long. Étant donné les circonstances.

— Non.

— Y a un truc avec lui, mais si ça se trouve, c'est juste un mec un peu douteux.

— Oui.

— OK, je continue mon monologue. Voiture volée. Celle de Heden, bien sûr.

— Hmm.

— Tu vas bien, Erik ?

— Mal de crâne, c'est tout. Continue.

— Le mec qui faisait de la course d'orientation de nuit n'avait pas grand-chose à ajouter. Il était dehors en train de cavaler et puis il est tombé sur un cadavre, c'est tout.

— Il n'a rien entendu ?

— Non.

— OK.

— Mais Torsten a du nouveau. Je gardais le meilleur pour la fin.

— Ah oui ?

— Il y avait des traces de sang appartenant à quelqu'un d'autre là-bas.

— Là-bas ? Tu veux dire dans le bois ?

— Exactement. Le dernier séjour d'Hama Ali dans cette vie. Il y avait son sang, et celui d'un autre.

— Où ?

— À l'endroit où il gisait.

— Bien. Rapides comme résultats. Mais je suppose que s'il avait pu retrouver l'intéressé dans nos fichiers, tu me l'aurais déjà dit.

— Aucun profil comparable, non.

— Le meurtrier se serait blessé ?

— Ou alors, ce serait une victime de plus. Une victime programmée ?

— On en a plus qu'assez.

— Occupe-toi de ce mal de tête maintenant.

Angela avait fait revenir des champignons pour accompagner les pâtes. Il reconnut les chanterelles ramassées l'automne précédent. Elsa chipotait dans son assiette pour les séparer du reste.

— On ne pourrait pas aller se baigner, papa ?

— Si.

L'eau était à peine rafraîchissante. Elsa et Lilly construisaient des châteaux de sable et des cabanes sur le bord de la plage. Leur plage privée… Winter ferma les yeux. Il voyait rouge et noir. Un rougeoiement au-dessus de l'œil, mais juste l'espace d'un instant. Ça disparaîtrait bien d'ici un jour ou deux. Sinon, il irait consulter.

— Qu'est-ce qui t'attend pour le reste de la journée, tu crois ? s'enquit Angela.

— Je ne sais pas.

— Je sens que ce portable ne va pas tarder à sonner.

— Ce sera peut-être la dernière fois, répondit Winter, les yeux toujours fermés.

— Tu m'as l'air fatigué, Erik. Ça me gêne de te dire ça, mais tu as l'air à bout.

— À bout de nerfs ou à bout de forces ?

— Choisis toi-même.

Sonnerie de portable. C'était ça, la modernité.

33

Je me rappelle quand tous les enfants se précipi-
taient hors de la salle de classe et se rassemblaient dans
la cour de l'école. On restait là, comme un troupeau
de petites chèvres affolées, tremblant de peur parce
qu'on savait que l'horreur approchait. Je m'en souviens. C'est arrivé spécialement une fois, je dis spécialement parce que c'était une belle soirée et nous
avions classe le soir. Il faisait trop chaud pendant la
journée, ou alors, c'était autre chose. La guerre peut-
être. C'était peut-être ailleurs. Je ne sais plus exactement. Mais je me souviens qu'on restait là, debout,
tandis que tout rougissait autour de nous. Ce devait
être le soleil, le ciel, et puis la terre, le sable et les
maisons, et nous aussi. On était tout rouges, nous aussi.

C'est quelque chose que vous ne pouvez pas
connaître, ça n'existe pas ici. Vous avez des écoles,
mais c'est le paradis, même dans les pires. Et si on
n'apprend rien ? Qu'est-ce que ça veut dire, apprendre ? Qu'est-ce qu'on en fait après ? Vous n'êtes pas
obligé de me répondre, il n'y a pas de réponse. Pour
moi en tout cas, il n'y en a pas.

Est-ce qu'on peut renoncer ? Ce n'est pas de ça
qu'il s'agit. Ce serait trop simple. Je parle d'autre
chose. J'ai essayé de vous raconter comment c'était,
comment ça s'est fini, non, pas comment ça s'est fini,

pas encore, mais j'y arrive. En même temps, j'en ai pas très envie, et ça peut se comprendre, non ?

Je voudrais être encore dans cette cour d'école. Cette cour toute rouge. Est-ce que c'est trop demander ? Oui, je sais que c'est trop, c'est impossible, mais je voudrais quand même rêver de ça, comme dans un rêve éveillé. Je ne veux pas me réveiller. C'est devenu pire que la mort, de rester en vie pour le reste de mes jours. Vous comprenez ? Vous, vous pouvez vivre votre vie, mais la mienne est finie. Il ne m'en reste plus rien. Je ne peux pas dire que je le savais quand j'ai… quand… mais je le sais maintenant.

Si j'étais restée là-bas, je n'aurais pas perdu ma vie prématurément. Vous comprenez ? Si le temps avait pu s'arrêter, ou si quelqu'un de gentil avait pu l'arrêter, juste à ce moment-là.

Ces horreurs, vous voulez vraiment que je vous en parle ? Je l'ai déjà fait ! Je ne fais que ça.

Mais quand il est trop tard, ça devient plus facile de parler. Est-ce que j'ai pleuré une seule fois ? Ça viendra, mais pas à cette table, ni dans cette pièce. C'est bien qu'il fasse si sombre. Je peux à peine vous voir, mais je préfère.

On nous mettait dans des pièces comme ça.

Ça ne durait pas si longtemps.

Après, c'était fini. Mais je n'arrivais pas à oublier, et je n'étais pas la seule. Alors on a décidé de faire quelque chose, mais ça n'a pas marché, ça ne marche jamais comme on voudrait.

34

— Je veux bien faire une exception, mais il n'y en aura pas deux, Winter.

Le commissaire tenait le portable à vingt centimètres de son oreille. Angela sursauta. Lilly et Elsa levèrent la tête vers lui. Les bateaux à voile tiraient des bords dans la rade. Même pour une concession ultra secrète à ses principes, la voix du Frangin résonnait toujours aussi fort.

— Tu as parlé avec Abdullah ?

— Non mais qu'est-ce que tu crois ? !

— Pas besoin de te mettre en pétard, le Frangin.

— De qui on parle, si c'est pas de ce mec ?

— Où et quand ?

Une fois rentré à la maison, Winter appela Öberg. En attendant la communication, il se passa la main dans les cheveux, tout rêches sous l'effet du sel marin. Son mal de tête avait passé. Ce n'était peut-être pas une tumeur, après tout. Ni la migraine. C'était plutôt tout ça. Une conversation téléphonique comme celle qu'il venait d'avoir, par exemple.

— Qu'est-ce qu'elles ont donné, les analyses de sang ?

— Le généraliste est formel : il y a deux types d'ADN différents.

Le généraliste, c'était le nom qu'il donnait à son

contact au labo central pour tout ce qui concernait une même enquête. C'était plus simple comme ça.

— Et rien dans le fichier ?

— Non. Sur Hiwa non plus.

— Il n'avait pas eu le temps d'aller très loin dans le métier, commenta Winter.

— Malheureusement.

— Alors comme ça, il y avait une personne en plus. Beaucoup de sang ?

— Je ne sais pas encore.

— Le plus logique, c'est que ce soit le meurtrier, raisonna Winter. J'en apprendrai plus ce soir.

— Qu'est-ce qui se passe ?

— Je dois rencontrer un indic.

— La botte secrète du Frangin ?

— Oui.

— Bordel ! fais attention.

— Est-ce que c'est dangereux, Erik ?

— Non.

— Tu m'as promis de ne pas me mentir, avant toute chose quand il s'agit de ton métier.

— Je le reconnais.

— Alors, c'est dangereux ?

— Je ne vois pas en quoi. On sera seuls avec lui.

— Vous le voyez où ?

— Dans un lieu isolé, mais ça vaut mieux. On aura une belle vue, en plus.

— Pourquoi pas dans le bureau de cet inspecteur ? Ou dans le tien ?

— Il ne serait jamais venu.

— C'est lui qui décide ?

— Non, mais nous ne savons même pas où il se trouve. Nous sommes obligés d'accepter ses conditions à l'heure qu'il est.

— Tout ça ne me plaît pas.

— Tu crois que ça nous plaît ?

— Tu ne pourrais pas laisser ce… Frangin s'en occuper tout seul ? Tu m'as bien dit que c'était son informateur.

— Je veux y être.

— Pourquoi ?

— Parce que je suis persuadé qu'il y a un lien avec mon affaire. Ce type sait quelque chose qui peut me servir. Je ne suis pas sûr que le Frangin soit capable de lui extorquer ça.

— C'est le mieux placé.

— Je n'en suis pas sûr.

— Tu me promets d'être prudent ?

— Il n'y a aucun danger, Angela.

— Vous avez des hommes avec vous ? D'autres policiers ?

— Dans un rayon plus large, oui.

— Qu'est-ce que ça veut dire ?

— S'il essaie de s'échapper, il est cuit.

Ringmar et Winter se retrouvèrent dans le bureau de ce dernier. *Trane's Slo Blues* vous mettait dans une belle humeur mélancolique, si vous étiez sensible à cette forme d'inspiration. La fenêtre ouverte laissait pénétrer l'air du soir. Ce morceau avait été enregistré une cinquantaine d'années auparavant, mais il n'avait pas pris une ride. La mélancolie est une humeur intemporelle. Et dangereuse. Ce n'était ni le moment ni l'endroit pour s'abandonner à ses délices.

— Comment te sens-tu ? demanda Winter.

— Mieux.

— D'autres bruits quant à la prostitution ?

— Non, ils doivent agir encore plus discrètement qu'avant.

— À moins qu'ils n'aient cessé leurs activités depuis la fusillade chez Jimmy.

— Ça se pourrait.

— Et donc ?

— Nos victimes étaient impliquées là-dedans.

— Toutes ?

— Très bonne question.

— Hiwa Aziz, Jimmy Foro, Saïd Rezaï, Shahnaz Rezaï, Hama Ali Mohammad.

— Tous, ou alors quelques-uns. Aucun peut-être.

— Plus deux disparus. Alan Darwish et Hussein Hussein.

— Tu considères Alan Darwish comme disparu ?

— Pour l'instant oui. En fuite et disparu.

— Je me sens bête, Erik.

— Tu aurais pu cavaler après lui ?

— Non.

— C'est ma faute. J'ai tout déverrouillé en ouvrant ma portière.

— D'accord, mais qui pouvait deviner que le gaillard allait en profiter pour se faire la malle ?

— Lui-même ne le savait probablement pas, répondit Winter.

— Non. Mais nous ne devrions pas tarder à le retrouver.

— Et sinon ?

— C'est le problème.

— Il est en mauvaise posture lui aussi.

— Sans doute.

— Comme le jeune Hama Ali.

— Conclusion, Erik ?

— Alan nous conduit à un meurtrier.

— Mozaffar ?

— Tu le vois dans la peau d'un assassin, Bertil ?

— J'ai du mal.

— Alors il est dans le pétrin.

— On l'arrête ?

— Non, pas maintenant. Le procureur ne pourrait pas nous donner de mandat.

— On n'en sait rien, Erik.

— Si. Il est trop tôt pour ça.

— Tu attends ce soir ?

— Oui. J'espère un nom, connu ou pas.

— Reinholz ?

— Il n'y a pas grand-chose à tirer de ces longues minutes d'intervalle.

— Et si on le coffrait ?

Winter ne répondit pas. La musique avait cessé. Il se dirigea vers la chaîne stéréo pour remettre en marche le CD *Like Someone in Love*.

— Pourquoi Mozaffar aurait-il tué ? lança-t-il en se retournant vers son collègue.

— Je ne sais pas.

— Quelles relations entretenait-il avec la famille Aziz ?

— Nous n'en savons rien.

— On a exploré la chose ?

— Oui.

— Nous savons peut-être déjà le peu qu'il y a à en savoir.

— Peut-être.

— Pourquoi Mozaffar aurait-il tué ? répéta Winter.

— Comment faire le lien avec tout ça ?

— Prends la prostitution. On a vraiment tout fait pour éclaircir la chose avec les gangs qui sont déjà dans la place. Mais cette fois, ils sont hors de cause. Qu'est-ce qu'on en conclut ?

— C'était une autre bande. Une bande inconnue.

— Jimmy, Hiwa. Ils bossaient ensemble de toute façon. Saïd peut-être. Sauf si c'était un client qui s'est retrouvé au mauvais endroit au mauvais moment.

— Et sa femme ?

— Pourquoi tuer sa femme ? Et de cette manière ?

— Est-ce qu'elle était impliquée là-dedans ? demanda Ringmar.

— Impliquée dans quoi ? La prostitution ?

— Son mari était un petit joueur, mais il pourrait nous conduire à… je ne sais pas.

— Personne ne sait rien, s'indigna Winter, mais je n'y crois pas. C'est autre chose. Les gens se taisent. (Ringmar opina du bonnet.) On a l'habitude, c'est un peu inévitable quand on fait ce boulot. Mais là, c'est vraiment le silence *total*. Tu te rends compte, Bertil, que les gens préfèrent s'enfuir en courant dans les bois plutôt que de nous dire quoi que ce soit.

Ringmar éclata d'un rire bref.

— C'est la peur, continua Winter. Mais pourquoi cette peur ?

— Qu'est-ce que tu veux dire ?

— Pourquoi cette peur ? répéta Winter. De quoi est-ce qu'ils ont peur ?

— Tu as dit « de quoi » et non pas « de qui ».

— Est-ce qu'ils ont peur d'avoir des ennuis, eux aussi ? Ou bien, est-ce autre chose ?

— Quoi donc ?

— Ils pourraient avoir peur que la vérité n'éclate au grand jour, Bertil.

— La vérité ?

— La vérité sur ces meurtres. Sur la fusillade chez Jimmy. Et sur ce qui se cache derrière. La vérité, c'est pire que tout.

Perdre un enfant, c'était pire que tout. Ediba Aziz avait perdu son fils. Winter lui demanda comment elle se sentait. On était déjà le soir, il était trop tard, en fait, pour ce genre d'entretien. L'interprète traduisit. La jeune femme s'était présentée sous le prénom de Parwin. Möllerström avait appelé la Centrale et c'est elle qui avait été missionnée. Elle paraissait à peine plus âgée que Nasrin. Elles avaient échangé un petit signe de tête. Winter avait eu l'impression qu'elles se connaissaient, mais c'était une impression très vague, sans doute sans fondement. Il n'y avait pas dans leurs salutations la chaleur qu'on aurait attendue entre deux personnes qui se connaissaient, mais ce pouvait être une question de convenance, de respect pour l'atmosphère de deuil qui régnait dans cette maison tel un oiseau noir aux ailes brisées.

Le thé et les gâteaux les attendaient sur la table. Winter but une gorgée et mordit dans un sablé saupoudré de grains de sésame.

— Des gâteaux au sésame, lui dit Nasrin.

Il y avait de l'ironie dans son regard. Comme si la chose était évidente. Elle l'était pour Winter.

La jeune fille désigna le plat qui reposait en face de lui.

— Des bouchées fourrées aux noix, continuat-elle.

Winter se mit à penser à l'enfant, celui qui jouait avec une balle de tennis. Il lui avait échappé. Il risquait de leur échapper définitivement. Peut-être n'existait-il pas, pas comme Winter l'aurait voulu en tout cas.

Il avait brusquement décidé de se rendre ici, dans cet appartement lumineux d'Hammarkulle où vivait la famille Aziz, du moins ce qu'il en restait.

Sirwa, la petite sœur, n'était pas à la maison. Azad, le petit frère, quitta les lieux aussitôt qu'il vit arriver Winter. Un petit signe de tête en guise de salut, et il avait filé.

Winter reposa le sablé sur l'assiette.

Ediba Aziz prononça quelques mots.

— Elle demande si vous n'aimez pas le gâteau, traduisit Parwin.

— Il est délicieux.

Nasrin eut un petit rire, qui sonnait assez faux.

— Ne mentez pas. Ce n'est pas beau pour un policier.

— Mais je ne mens pas, répondit-il en reprenant le gâteau qu'il fit disparaître dans sa bouche.

— Aviez-vous déjà mangé ce genre de choses ?

Il finit de mâcher.

— Oui, plusieurs fois, et j'adore tout ce qui est sucré.

— Je ne vous crois pas.

— Et vous, Nasrin ?

— Quoi moi ?

— Aimez-vous le sucré ?

— Non.

Elle secoua la tête. L'épaisse chevelure suivit le même mouvement. Elle avait fait quelque chose à ses cheveux, depuis la dernière fois. Ça remontait à quand ? Il aurait dit une semaine.

— Je préfère tout ce qui est amer.

— Comme le citron ?

— Pourquoi venir ici ? Pour m'interroger sur les citrons ?

Elle se leva et quitta la pièce.

Sa mère prononça quelques mots.

— Elle est en colère, traduisit Parwin. Nasrin est en colère.

Winter hocha la tête.

Ediba reprit la parole :

— Elle ne sort presque jamais. Elle reste assise dans sa chambre.

— Excusez-moi, dit Winter en se levant. Pourrais-je aller lui parler ?

Ediba opina.

Il dut cogner deux fois à la porte avant qu'elle ne réponde.

Winter ouvrit la porte.

— Je veux qu'on me laisse tranquille.

— Il faut que je vous parle, Nasrin.

Il fit un ou deux pas à l'intérieur de la chambre. Nasrin était assise sur son lit. Épinglé au mur, juste au-dessus d'elle, un poster représentant son pays natal. Winter reconnaissait la montagne.

— Vous auriez pu le faire dans le salon.

— Vous êtes partie.

— Si c'est pour continuer à parler de pâtisserie, vous pouvez vous en aller tout de suite.

— C'est vous qui avez commencé.

— On croirait un gamin.

— Je peux m'asseoir ?

— Pas sur le lit.

Il y avait de la musique dans la chambre. De la musique de là-bas. Mais la voix du chanteur, les rythmes, faisaient plus jeunes que chez Naser Razzazi.

— C'est qui ?

— Vous, vous êtes vraiment curieux. C'est toujours comme ça ?

— Je m'intéresse à la musique.

— Je vous ai déjà dit qui c'était. Vous ne vous rappelez pas ?

— Non.

Elle se pencha en avant pour attraper un objet sur le lit et le jeta brusquement en direction de Winter. Il l'attrapa au vol.

— Bravo !

Il put lire la pochette du CD.

— Zakaria.

— Il est reparti.

— Comment ça ?

— Il a vécu en Suède, mais il a fini par retourner au Kurdistan.

Elle désigna quelque chose, derrière le dos de Winter. Il se retourna. Une carte était accrochée au mur.

— Le Kurdistan ?

— D'après vous ?

— Je crois reconnaître le Kurdistan, sourit-il.

— Exactement ! Ce serait comme ça, si ça existait.

On aurait dit l'Italie, sans la pointe de la botte. Une Italie s'étendant de la Méditerranée à la mer Caspienne et au golfe Persique.

— D'où vient la famille Aziz ? demanda Winter. Pourriez-vous me le montrer sur la carte ?

— Non.

Le ton était définitif. Elle n'avait pas envie de regarder la carte maintenant.

— Vous aussi, vous aimeriez retourner là-bas ?

— Il est trop tard.

— Pourquoi donc ?

— Il ne reste plus rien. Plus rien à vous montrer. Le village a disparu pour toujours, et ça n'aurait pas de sens d'y retourner, vous ne croyez pas ?

— Il n'y a que vous qui pouvez en juger, Nasrin.

Elle sourit d'une façon singulière. Ou alors, c'était juste un mouvement de ses lèvres au moment où elle se penchait en avant.

— Qu'est-ce qu'il chante ?

— Comment ?

— Qu'est-ce qu'il chante ? répéta Winter. Zakaria.

Elle fit mine d'écouter les paroles, mais elle paraissait désormais se désintéresser de la musique, et de leur conversation.

— C'est juste des chansons d'amour.

Winter lut un titre sur la pochette.

— *Bo Pesimani*. Qu'est-ce que ça veut dire ?

— Je regrette. C'est ça qu'il chante, je regrette, je regrette, je regrette.

— Un refrain bien connu dans les chansons d'amour.

— Ah bon ?

— Il me semble.

Nasrin se leva.

— Je crois que je vais sortir un moment.

— Pourrais-je d'abord vous poser une question, Nasrin ?

Elle ne répondit pas.

— Hiwa pouvait-il être, d'une manière ou d'une autre, impliqué dans une affaire de prostitution ?

337

Elle avait commencé à se diriger vers la porte et Winter n'avait pu observer son visage. Elle ne se retourna pas.

— De quoi s'agissait-il, Nasrin ? De prostitution ?

Elle finit par se retourner, le visage inchangé.

— Comment ça, d'une manière ou d'une autre ? Qu'est-ce que vous voulez dire ?

— Était-il mêlé à des affaires de prostitution ?

— Pourquoi ça ?

— Je vous pose la question, c'est tout.

— Je n'en sais rien.

— Vraiment, Nasrin ?

— Vraiment, répliqua-t-elle en quittant la pièce.

35

Combien de routes se terminaient là ? Toutes avaient un nom en rapport avec la montagne. C'était la montagne. Plus bas, dans les prés, il voyait paître les vaches sous la douce lumière du crépuscule.

La plateforme du belvédère était large et étendue. Winter se gara et traversa la bande de gazon en direction du massif d'épineux.

Il aperçut le banc et reconnut son occupant. Il s'assit à son tour.

— On a une belle vue, non ? lança le Frangin.

— Entièrement d'accord.

— Ça m'arrive de monter jusqu'ici pour réfléchir un peu.

— Réfléchir à quoi ?

— En fait, la plupart du temps, je pense à rien, sourit le Frangin. Tu vois les vaches ? On se croirait à la campagne.

— C'est exactement ce que je me disais.

— Y a que ça pour nous donner l'impression de sérénité, à nous. La nature. C'était la réflexion du jour ! (Il se tourna vers le commissaire.) Tu t'es fait des réflexions, toi, récemment ?

— Est-ce qu'on n'y est pas obligés, dans ce métier, le Frangin ?

L'inspecteur pointa du doigt vers la vallée qui s'étendait bien au-delà de ce qu'ils pouvaient deviner.

Les maisons dans les villages ressemblaient à des maquettes sur le plateau vert du petit train électrique.

— T'as vu ce petit bout de paradis en bas ? Et la rue de Gunnilse ? C'est la plus longue. Et ben, là-dedans, t'as plus de racailles au kilomètre carré que dans tout le reste de la Scandinavie.

— Il ne faut pas se fier aux apparences, concéda Winter. Il est où, Abdullah ?

— Il va venir. Il voulait juste attendre que le jour baisse.

— On est bons pour rester là jusqu'au mois d'août.

— Mais non. C'est juste qu'il n'est pas encore habitué au soleil de minuit. Il comprend pas encore.

— Quand est-ce qu'il est arrivé en Suède ?

— Ça va faire quinze ans.

— Je vois.

— Il sait pas que t'es là, Winter.

— Tu trouves que c'est une bonne idée ?

— Que tu sois là ? Non. Mais bon t'es là et si je lui avais dit, il n'aurait jamais pointé sa fraise.

— Comment on fait alors ?

— Je lui parle en premier.

Le Frangin tendit le menton vers la vallée. Une voiture remontait de l'ouest. Aucune route de ce côté-là n'accédait jusqu'au belvédère. Le faisceau des phares se détachait dans l'obscurité grandissante.

— Tu vois la bagnole en bas ? C'est lui.

— Il a un véhicule tout-terrain, le Frangin ?

— Ç'aurait pu être lui.

Winter consulta sa montre. Il était prêt à attendre Godot, à laisser se poursuivre une conversation absurde. Le Frangin était nerveux, comme toujours dans ces cas-là. Winter non, mais il ressentait une certaine excitation, qu'il essayait de neutraliser par ce genre de menus propos. Ils auraient pu être deux copains en train d'admirer le coucher de soleil. L'été ne serait jamais plus clair que maintenant. On avait

340

déjà passé un cap. Après le week-end de la Saint-Jean, les jours commençaient à raccourcir. Ce serait peut-être un soulagement pour Abdullah.

— Excuse-moi, lui dit le Frangin en se levant.

Alan avait attendu au croisement et la bagnole avait fini par arriver. Il ne s'était pas planté là, en plein carrefour, ça n'aurait pas été très malin. Mais s'il arrivait quelque chose, ils savaient qu'ils pouvaient le retrouver à cet endroit. Pas que lui, d'ailleurs. Il ne devait pas appeler, inconcevable. Il devait essayer de venir ici.

Ça n'avait pas été une bonne idée de se tirer comme ça.

Parfois on pense plus à rien. C'est long de réfléchir, et là, il n'avait pas eu le temps.

Maintenant il en avait. Peut-être.

Il courut à la voiture et se précipita à l'intérieur. La portière arrière était déjà ouverte. La voiture démarra.

— Allonge-toi par terre !

Il se jeta en avant, si vite que son nez heurta le tapis en caoutchouc. Il s'était fait mal. Une odeur de terre et de sable lui monta aux narines.

Winter alluma un Corps en évitant de regarder autour de lui. La fumée s'échappait en volutes dans l'air limpide, formant à peine un semblant de nuage, le premier depuis des semaines. Il se frotta la tempe au-dessus de l'œil, la douleur était revenue, mais ce n'était rien à côté de ce qu'il avait souffert avant. Peut-être qu'avec un peu de nicotine ? Il avait lu que ça pouvait protéger de la maladie d'Alzheimer, arrêter le processus malin. Alors…

Il crut entendre la voix du Frangin.

— Winter.

Il tourna la tête. L'inspecteur était là, devant le buisson.

— C'est le moment.

Winter se leva pour le suivre.

À l'autre bout du parking, une Opel Corsa qui devait bien avoir dix ans, voire vingt ans d'âge. Blanche, avec des traces de rouille. À son arrivée, elle n'était pas encore là.

Winter ne voyait personne à l'intérieur.

— C'est sa caisse ? demanda-t-il tandis qu'ils se dirigeaient vers le véhicule.

Le Frangin jeta un regard circulaire.

Un couple était assis sur l'un des bancs panoramiques. Ils étaient jeunes, leurs dos paraissaient frêles. Un coup de vent un peu trop fort, et ils auraient pu se faire emporter au-dessus de Gunnilse...

— Tu les connais ces deux-là ? continua Winter.

— Non.

— Je n'aime pas ça.

— Je peux quand même pas leur dire de se tailler.

— C'est toi qui as choisi cet endroit, Frérot ?

— J'avais pas le choix et tu le sais, Winter. (Leurs regards se croisèrent.) Tu devrais même pas être là. (Il fit un signe de tête en direction de la voiture.) Installe-toi sur le siège avant. La portière est ouverte.

Winter obtempéra.

Le Frangin prit place à côté de lui.

Winter avait à peine entrevu la silhouette allongée sur le plancher de la banquette arrière.

L'obscurité grandissait comme si la lumière se fondait lentement dans la nuit.

Il entendit un bruit derrière lui : quelqu'un qui se mouchait ou qui toussotait.

— Ne te retourne pas, lui intima le Frangin.

Voici que Winter entendait une voix. Elle était contenue, et même étouffée. Le type avait dû se plaquer un mouchoir devant la bouche. Il était possible de saisir les paroles mais c'étaient juste des mots sans couleur ni résonance, sans langage en fait.

— Personne d'autre, j'avais dit !

— J'assume, répondit le Frangin.

Il regardait droit devant lui. En guise de panorama : un bout de ciel sur lequel se détachait le jeune couple qui leur tournait toujours le dos. Pourquoi deux tourtereaux s'intéresseraient-ils à des vieux schnocks comme Le Frangin et Winter ?

— Vous aviez promis !

— Ce mec, c'est le commissaire de la brigade criminelle Erik Winter. Il dirige l'enquête sur le massacre de Hjällbo. Il a des raisons d'être là.

Silence à l'arrière. L'espace d'une seconde, Winter crut que sa présence allait tout compromettre, qu'il aurait dû attendre.

— Il a décidé de taper l'incruste, continua le Frangin. Mais ça ne change rien.

Grognement à l'arrière.

— Il peut pas te voir, que je sache ? Il reconnaît pas ta voix. Il sait pas ton nom. Alors causons de ce que tu sais pour qu'on en finisse au plus vite.

Il n'y avait pas de clés sur le tableau de bord.

Il n'est pas venu tout seul, songea Winter.

Ce n'était pas à cause des clés. Juste une idée comme ça. Quelqu'un avait accompagné Abdullah jusqu'ici. Winter n'avait même pas entendu arriver la voiture. Ils avaient dû rouler moteur éteint sur les derniers mètres, sur les cent derniers mètres sans doute. La route se terminait par une légère déclivité côté est.

— J'ai essayé de te joindre un peu plus tôt dans la soirée, déclara le Frangin. Cet après-midi aussi.

Aucune réponse.

— Ta mère ne savait pas où t'étais.

Winter tourna la tête vers son collègue.

— Pourquoi tu t'es barré ?

— D'après vous ?

343

— T'arrêtes ce manège. T'essaies de répondre à mes questions et c'est tout. Pourquoi tu t'es barré ?

— J'avais peur.

— De quoi ?

— Des armes. Des fusils.

— Là, je comprends pas.

— Hama… je savais qu'il devait fournir des armes, genre fusils, et j'étais là-dedans… pas comme ça, mais j'étais au courant de l'affaire. Je fournissais la bagnole.

— Une bagnole qui venait d'où ?

— De Heden.

Le Frangin se tourna vers Winter qui hocha la tête. Heden, le beau parking à ciel ouvert pour les voitures candidates au vol.

— Hama ? Tu veux parler d'Hama Ali Mohammad ?

— Oui.

— Il s'est fait tuer, t'es au courant ?

Pas de réponse.

— Il s'est fait tuer, répéta le Frangin. Tu le savais ?

— Non, non. Mon Dieu, non, je savais pas.

— Mais si, tu dois bien le savoir. Et si c'était pas le cas, t'as encore plus de raisons d'avoir la trouille maintenant, pas vrai ? C'est pour ça que tu ne veux plus rester en cavale ? Tu te sens encore plus menacé qu'avant ?

— Je ne me suis pas senti directement menacé.

— Directement ? Qu'est-ce que tu veux dire ?

— Je m'étais déjà tiré avant.

Le Frangin consulta Winter du regard.

— Qui a livré les armes ?

— Je ne sais pas.

— Allons, allons.

— Je croyais que c'était la X-team, mais j'ai jamais su. Ce n'était pas… J'ai pas pu savoir qui c'était exactement.

344

— Exactement ? On leur a fait la totale aux gars de la X-team, signala le Frangin. On n'a rien trouvé contre eux dans cette histoire.

— C'est tout ce que j'ai entendu.

— C'étaient pas eux. Essaie encore.

— Comment ça ?

— Essaie de causer avec ceux qui ont livré les fusils. C'est pas un boulot pour des gamins.

— J'ai entendu la X-team.

— Qui t'a dit ça ?

Pas de réponse.

— Ça vient d'où ces bruits ?

— Des Kurdes.

— Des Kurdes ? Bordel ! Mais qu'est-ce que ça veut dire ?

— Un type sur la grand place d'Angered. Je peux pas dire qui. Aucune importance. Il a parlé de la X-team.

— Qui est-ce ?

— Je peux pas le dire.

— Pourquoi tu peux pas ?

Pas de réponse.

— Un Kurde dit la X-team et toi, t'achètes ça ?

— J'achète pas. Je rapporte ce qu'on dit.

— Et les clients ?

— Quoi ?

— Qui devait récupérer les fusils ?

— Ça, j'en sais rien.

— Tu sais qui livre mais tu sais pas qui achète ?

— Non.

— Comment Hama Ali pouvait-il être impliqué là-dedans ? C'était un petit joueur. Il n'était pas dans la vente d'armes.

— Je ne sais pas ce qu'il faisait. Moi je m'occupais de la bagnole. J'en sais pas plus.

— T'as pas demandé ?

— Je demande jamais, tu le sais. Trop dangereux.

— Même si tu demandes à un gars inoffensif comme Hama Ali ?

Pas de réponse.

— Qui a fait le coup ?

— Quoi ?

— Tu n'entends pas bien ? Quoi ? T'abuses un peu trop d'un des pires mots de la langue suédoise : « Quoâ ? »

— Je ne sais pas qui a fait ça.

— C'étaient des Kurdes ? demanda Winter.

Le Frangin sursauta sur le siège voisin et fixa du regard son collègue.

— C'étaient des Kurdes qui devaient récupérer les armes ?

— Je ne sais pas.

— Vous avez bien dû y réfléchir.

— Non.

— Pourquoi en avez-vous parlé avec votre contact kurde ? Comment c'est venu ?

— C'est venu... on parle toujours de l'actualité du moment.

— Qui donc ? Vous deux ?

— Non, non. Nous... je veux dire beaucoup de monde. Il sait ça, le Frangin.

— Comment ça « non, non » ? Ce n'est pas un contact régulier ?

— Je... lui et moi, on parlait pas de ça avant.

— Mais cette fois-là, oui ?

— Je ne sais pas. J'ai dû commencer le premier. Je m'en souviens pas.

— Vous nous avez dit tout à l'heure que vous aviez peur des armes. Qu'est-ce que vous entendiez par là ?

— Je... c'est quand j'ai entendu ce qui s'était passé. À quoi elles ont servi. Là, j'ai eu la trouille.

— Est-ce parce que vous avez parlé à votre contact kurde ?

— Non.

— Pourquoi vous sentir menacé alors ? Vous n'étiez pas directement impliqué dans cette affaire.

— Je... j'étais au courant pour les armes. C'était déjà beaucoup pour moi.

— Combien de personnes étaient-elles au courant ?

— Je ne sais pas.

— Donne-nous quelques noms, demanda le Frangin.

Il ne reçut aucune réponse.

— Hussein Hussein ?

— C'est qui, celui-là ?

— Il travaillait chez Jimmy Foro, c'est connu.

— Non. J'le connaissais pas.

— Tu sais qu'il s'est fait la malle, lui aussi ?

— La malle ? Lui... lui aussi ?

— Y en a pas mal dans cette histoire qui se sont fait la malle, continua le Frangin.

Silence à l'arrière.

— Tu le savais ?

— Non.

— Pourquoi aurait-il choisi de disparaître, cet Hussein ?

Pas de réponse.

— Il avait les pétoches, lui aussi ?

— Je ne sais pas.

— C'est quoi un indic pareil ? Tout à coup tu sais plus rien.

— Je peux pas vous le dire si je sais pas.

— Nous allons sans doute devoir poursuivre cette conversation dans un lieu plus approprié, déclara l'inspecteur.

— Où ça ?

— D'après toi ?

— J'en sais pas plus. Je suis déjà venu... vous parler. Et je pensais pas que vous seriez deux.

— Que voulez-vous faire maintenant ? demanda Winter.

— Rentrer chez moi.

— Je t'en prie, lui dit le Frangin.

Le jeune couple sur le banc se leva et l'homme, presque un gamin, jeta un œil à la voiture. Il y avait quelque chose qui clochait : Winter ne les reconnaissait ni l'un ni l'autre, mais il eut très nettement l'impression qu'eux le reconnaissaient. C'était leur façon de s'attarder près du banc. Et puis le rapide coup d'œil du jeune homme. Son sac à dos. Mon Dieu.

Winter plongea la main sous le tableau de bord. Le Frangin comprit tout de suite. Il regarda du côté du couple qui restait près du banc, comme si les jeunes gens venaient de changer brusquement d'avis, après avoir décidé de s'en aller.

— On les a remarqués, tes potes, lança le Frangin en direction de l'arrière. Et ne dis pas « Quoi ? ».

Aucune réponse.

— Qu'est-ce qu'ils foutent là ? continua l'inspecteur.

— Je comprends pas. Quels potes ?

— Va falloir que tu te redresses pour jeter un œil.

— Je vois pas qui ça peut être.

— OK. On a dû faire erreur.

Les deux individus se dirigeaient maintenant vers la voiture, ou peut-être vers les vélos adossés contre un arbre.

— Alors, on a fait erreur ?

Ils entendirent la porte arrière s'ouvrir d'un coup sec. L'indic du Frangin se jeta dehors et courut vers le sous-bois pour disparaître à nouveau. Winter avait eu le temps de l'identifier.

36

Le Frangin hurlait dans son portable. Winter se précipita hors de la voiture et courut vers les buissons, même s'il savait que c'était inutile.

— Vous ne bougez pas ! criait le Frangin dans son dos.

Les deux jeunes n'avaient pas bougé d'un pouce.

Alan Darwish s'était jeté sur un des vélos et il n'était qu'à quelques mètres de l'une de ces routes de « montagne » qui venaient aboutir ici. Mais Alan s'enfoncerait sur des sentiers forestiers, aussi loin que possible, avant d'essayer de regagner sa cachette dans le bois. Il m'a reconnu. Il savait que je le reconnaîtrais. Ou alors il n'osait pas en dire plus. Il en avait déjà trop dit. Il savait qu'on finirait par le rattraper et que tôt ou tard, il serait obligé d'en révéler plus. Il ne voulait pas, n'osait pas le faire. Il a plus peur d'un autre que de nous, que de moi.

— Vous êtes qui, vous, bordel ? s'écria le Frangin.

— Ce serait pas arrivé si t'avais pas été là, Winter.

Le commissaire ne répondit pas. Ils étaient sur la route d'Angered, à mi-chemin du centre-ville.

— Jamais vu ça, continua le Frangin.

— Moi si.

— Je sais, Winter. J'aurais dû retenir la leçon.

— Quelle leçon ?

— Ne jamais rester causer dans une bagnole ouverte.

— On n'avait pas les clés.

— On a la bagnole, se consola le Frangin. Il n'a pas été bien malin.

— C'était Alan Darwish.

L'inspecteur lui lança un regard surpris. Son portable se mit à sonner.

— Ouais ?

Winter entendait une voix mais ne distinguait pas les paroles. On aurait dit du gravier ou du sable sous des talons bien épais, un raclement.

— Putain ! Mais vous étiez où ? hurla le Frangin.

Il tendit l'oreille à nouveau.

— Il est en train de faire des ronds sur un putain de VÉLO, bordel ! Ranneberg, c'est un putain de SOMMET ! Soit vous le pincez, soit il a des potes là-haut qui l'ont récupéré. Y a pas d'autre possibilité.

Le Frangin raccrocha violemment. Très en colère contre le ou les collègues qu'il avait eus au bout du fil. C'était de la projection. Bientôt ce serait le tour de Winter. Il était mal placé sur l'échelle de culpabilité du Frangin.

— On va voir s'ils réussissent au moins à l'arrêter, ce têtard.

Le Frangin se retourna brusquement comme pour vérifier que les jeunes étaient toujours là où ils les avaient laissés, à savoir là-haut, dans une voiture sérigraphiée, sous la surveillance de deux policiers. Winter leur avait dit qu'il désirait leur parler plus tard. Quand ? Il ne savait pas. Ils étaient bons pour rester sur la banquette arrière en attendant.

— Pourquoi Alan Darwish voulait te voir ici et pas ailleurs ?

Le Frangin fusilla du regard le commissaire et respira un grand coup.

— J'en sais rien. Je lui ai demandé, mais il n'a pas

répondu. J'avais pas le choix. L'important, c'était qu'on se voie, non ?

— Au téléphone, tu as dit qu'il avait peut-être des copains par ici ?

— Oui, et alors ?

— Si ça se trouve, il se cache dans un appart, chez quelqu'un.

— Il oserait pas. Les copains non plus. Ça pourrait marcher, mais c'est trop compliqué pour Alan. Il n'y penserait pas.

— Quelqu'un y a peut-être pensé pour lui, objecta Winter.

Le Frangin hocha la tête.

— Ouais, on essayé d'envoyer un maximum de gars sur le terrain, mais on ne peut pas fouiller des milliers d'apparts et attendre sur place qu'il se ramène. On ne peut pas non plus boucler toute la zone de Ranneberg.

Non, ça dépassait leurs moyens. Pour un mouchard en cavale, un petit mouchard de rien du tout, on ne mobilisait pas toutes les forces de police de l'Ouest Götaland, surtout le soir de la Saint-Jean.

Winter repensait à la voiture. Une Opel Corsa. « Ça ressemblait à une Corsa » leur avait dit le gardien de la résidence « Fleur des Cimes », à Ranneberg justement. C'était le premier matin, quand ils étaient venus constater le meurtre de Shahnaz Rezaï. À l'autre bout du quartier par rapport au belvédère. « Ça ressemblait à une Corsa. Blanche. Un peu rouillée. » Et puis l'aile enfoncée… Seigneur, elle était comment cette bagnole ? Winter venait de l'autre côté… il s'était installé… s'était précipité dehors… elle avait pas quelque chose, l'aile ? Le gardien avait parlé de l'aile droite. Winter était assis sur le siège du conducteur pendant la conversation avec Alan. Mais quand il s'était mis à courir… la tôle…

— Appelle les collègues qui surveillent l'Opel, demanda-t-il au Frangin. Faut que je vérifie un truc.

— Quoi donc ?

— Ça concerne la bagnole. Ça pourrait être important.

— Oui oui.

Le Frangin composa un numéro préenregistré. Ils évitaient d'utiliser la radio. Parfois ils avaient l'impression que la moitié de la ville était branchée sur la fréquence de la police. C'était apparemment plus intéressant que la chaîne publique d'informations. Winter prit l'appareil :

— Allô ! Winter. Vous pouvez me rendre un service ? Merci. Regardez l'aile droite de l'Opel... vous êtes devant ? Très bien, vous pouvez me la décrire ? Est-ce qu'elle est... enfoncée, OK... OK. Bien. Merci. Oui, oui, je lui dirai. Oui, merci, salut.

Winter rendit son portable au Frangin.

— De quoi vous causiez ?

Winter lui raconta.

La grand place d'Angered était bien lugubre sous la nuit tombante, elle paraissait comme abandonnée à elle-même.

Winter se gara devant le poste de police.

Le bureau du Frangin était tout aussi lugubre.

Depuis la voiture, le commissaire avait appelé Torsten Öberg, lequel avait soupiré

— Tu veux du café ? lui proposa le Frangin.

— Il va me falloir ça pour rester debout.

— Dommage que j'aie pas de whisky.

— Je conduis.

— Bien. Je vais voir si l'appareillage fonctionne.

Winter consulta l'horloge murale au-dessus du bureau. 22 h 10.

Il avait couru après Möllerström qui avait lui-même couru après un responsable du service logement, et cette personne avait couru après Hannu, le gardien de la résidence « Fleur des Cimes », réception ouverte de 8 heures à 9 heures du lundi au vendredi… Aujourd'hui, on n'était ni lundi ni vendredi, mais samedi, le jour de la Saint-Jean, ce qui revenait pour ainsi dire à un dimanche, or Winter voulait en savoir plus, dès ce soir si possible. Les techniciens devaient bientôt inspecter la voiture.

Hannu n'habitait pas très loin, sur la Côte de Ramne, et ils avaient prévu de se retrouver une demi-heure plus tard sur les hauts de Ranneberg. Il ferait encore assez jour pour qu'on examine la tôle. La voiture serait toujours une épave rouillée, mais elle aurait perdu son insignifiance. Pleins feux sur elle.

Le Frangin revint avec deux gobelets en plastique. Il faisait la grimace, car il se brûlait les doigts. Il posa les cafés sur le bureau.

— Alors, qu'est-ce que t'en dis ? demanda-t-il à Winter en se calant dans son fauteuil. Comment tu traduis les propos d'Alan ?

— Traduire ?

— Ouais, traduire. Quand on parle aux gens des quartiers nord, c'est pas du langage direct, si tu veux. C'est comme ça avec tous les criminels, tu le sais bien. Partout dans le monde. Alors, comment tu traduis ça ?

— Je pense qu'il avait peur. Mais pas besoin d'interprète pour le comprendre, fit Winter.

— Comment ? Non. Je dois dire que je suis étonné. Le mot n'est pas assez fort. Je suis éberlué. D'abord il disparaît, ensuite il réapparaît, mais pour nous faire toutes sortes de cachotteries, et voilà qu'il disparaît à nouveau.

— Ne rejette pas tout sur moi, une fois de plus.

Le Frangin ne l'entendait pas. Il sirotait son café, tout en grimaçant, et paraissait plongé dans ses réflexions.

— Il a découvert quelque chose.

— Découvert ?

— C'est venu pendant notre conversation.

— Et qu'est-ce qu'il aurait découvert ?

— Il faut qu'on réécoute ça.

— Tu nous as enregistrés ?

— Bordel, mais qu'est-ce que tu crois ? lui répondit le Frangin en sortant son magnétophone de poche. Du plancher, Alan pouvait pas voir le micro. Toi non plus, mais j'ai rien dit. J'aurais pu ramener tout un matos qu'il n'aurait rien remarqué, allongé par terre dans la merde. C'est l'inconvénient quand tu donnes rendez-vous planqué sous la banquette arrière d'une Corsa.

Winter opina, se frotta au-dessus de l'œil et se massa les tempes. Le mal de crâne était en place, sensible, comme un animal aux aguets.

— Tu tiens le coup, Winter ? T'es fatigué ? Trop fait la bombe la nuit ?

— Pas plus que toi, le Frangin.

— J'ai entendu dire que tu faisais des heures sup en soirée. Mais ça ne t'empêcherait pas de faire des petites virées à Londres.

— Plus tellement. J'y suis pas retourné depuis trois semaines.

— Ha ! ha ! ha ! C'est bien, t'as pas perdu ton sens de l'humour. T'as une gueule de déterré, mais on y va, on écoute ça.

Le Frangin sortit la bande du magnétophone pour l'insérer dans un appareil de meilleure qualité.

— Il s'est fait conduire là-bas, déclara Winter.

Le Frangin releva la tête.

— Il aurait très bien pu conduire lui-même.

— Je ne crois pas. Les clés n'étaient pas sur le tableau de bord. Je serais étonné qu'il les ait retirées.

— Pourquoi ?

— Je n'y crois pas, répéta Winter.

— Mais t'as raison, mec. Alan n'a pas le permis,

à moins qu'il l'ait passé en secret ces derniers jours. Ce gamin saurait pas conduire un chameau. Enfin, le bourrer de coups.

— Et les vélos, est-ce que tu les as vus quand tu es arrivé ? demanda Winter. Ceux qui étaient appuyés contre l'arbre ?

— Non. Mais je suis arrivé par l'autre côté.

— Moi oui.

— Ah bon ?

— Ils étaient là.

— OK et alors ?

— Il n'y avait personne d'autre ici, à part nous, toi et moi, mais il y avait deux vélos.

— Où tu veux en venir ?

— Ces deux jeunes n'étaient pas à vélo.

— OK, mais ils ont pu monter à pied.

— Ou en voiture. Il faudra que je leur parle, déclara le commissaire.

— Tu pourras compter sur mon aide, lui promit le Frangin.

— Vas-y, mets ton appareil en marche qu'on ait le temps d'entendre quelque chose.

Friture, grincement, voix du Frangin :

— *Pourquoi tu t'es barré ?*

— *D'après vous ?*

— *T'arrêtes ce manège. T'essaies de répondre à mes questions et c'est tout. Pourquoi tu t'es barré ?*

— *J'avais peur.*

— *De quoi ?*

— *Des armes. Des fusils.*

— *Là, je comprends pas.*

— *Hama... je savais qu'il devait fournir des armes, genre fusils, et j'étais là-dedans... pas comme ça, mais j'étais au courant de l'affaire. Je fournissais la bagnole.*

— *Une bagnole qui venait d'où ?*

— *De Heden.*

— *Hama ? Tu veux parler d'Hama Ali Moham-mad ?*

— *Oui.*

— *Il s'est fait tuer, t'es au courant ? Il s'est fait tuer. Tu le savais ?*

— *Non, non. Mon Dieu, non, je savais pas.*

— *Mais si, tu dois bien le savoir. Et si c'était pas le cas, t'as encore plus de raisons d'avoir la trouille maintenant, pas vrai ? C'est pour ça que tu ne veux plus rester en cavale ? Tu te sens encore plus menacé qu'avant ?*

— *Je ne me suis pas senti directement menacé.*

— *Directement ? Qu'est-ce que tu veux dire ?*

— *Je m'étais déjà tiré avant.*

Winter lui fit un signe. Le Frangin appuya sur la touche arrêt.

— Oui ?

— Je pense qu'il ment quand il prétend ignorer qu'Hama s'est fait assassiner.

— Moi aussi. Mais qui a pu lui raconter ?

— L'assassin, répondit Winter.

— On écoute ça à nouveau.

— *Il s'est fait tuer, t'es au courant ? Il s'est fait tuer. Tu le savais ?*

— *Non, non. Mon Dieu, non je savais pas.*

Le Frangin appuya sur la touche arrêt.

— Alors, Winter ?

— Il le sait. Il dit aussi qu'il ne s'est pas senti directement menacé. Qu'est-ce que ça signifie ?

— Je me pose la même question.

— Ensuite il nous dit qu'il a quand même pris la fuite. Repasse-nous ça.

Le Frangin s'exécuta. Ils écoutèrent à nouveau. Arrêt.

— *Je ne me suis pas senti directement menacé*, cita Winter. Mais il se sentait peut-être indirectement menacé.

— Par qui ?

Winter garda le silence.

— Une menace indirecte, reprit le Frangin.

— Continue, lui dit Winter. On a sûrement le temps d'en entendre un peu plus.

Le Frangin s'exécuta :

— *Qui a livré les armes ?*

— *Je ne sais pas.*

— *Allons, allons.*

— *Je croyais que c'était la X-team, mais j'ai jamais su. Ce n'était pas... J'ai pas pu savoir qui c'était exactement.*

— *Exactement ? On leur a fait la totale aux gars de la X-team. On n'a rien trouvé contre eux dans cette histoire.*

— *C'est tout ce que j'ai entendu.*

— *C'étaient pas eux. Essaie encore.*

— *Comment ça ?*

— *Essaie de causer avec ceux qui ont livré les fusils. C'est pas un boulot pour des gamins.*

— *J'ai entendu la X-team.*

— *Qui t'a dit ça ?*

Pause.

— *Ça vient d'où, ces bruits ?*

— *Des Kurdes.*

— *Des Kurdes ? Bordel ! Mais qu'est-ce que ça veut dire ?*

— *Un type sur la grand place d'Angered. Je peux pas dire qui. Aucune importance. Il a parlé de la X-team.*

— *Qui est-ce ?*

— *Je peux pas le dire.*

— *Pourquoi tu peux pas ?*

Pause.

— *Un Kurde dit la X-team et toi, t'achètes ça ?*

— *J'achète pas. Je rapporte ce qu'on dit.*

— *Et les clients ?*

— *Quoi ?*

— *Qui devait récupérer les fusils ?*

— *Ça, j'en sais rien.*

— *Tu sais qui livre mais tu sais pas qui achète ?*

— *Non.*

— *Comment Hama Ali pouvait-il être impliqué là-dedans ? C'était un petit joueur. Il n'était pas dans la vente d'armes.*

— *Je ne sais pas ce qu'il faisait. Moi je m'occupais de la bagnole. J'en sais pas plus.*

— *T'as pas demandé ?*

— *Je demande jamais, tu le sais. Trop dangereux...*

Le Frangin appuya sur arrêt :

— Je m'interroge. Comment le petit Hama pouvait-il être impliqué dans un truc pareil ?

— Tu peux repasser l'enregistrement jusqu'à cette histoire de X-team. Un tout petit peu après aussi.

— *... C'est pas un boulot pour des gamins.*

— *J'ai entendu la X-team.*

— *Qui t'a dit ça ?*

Pause.

— *Ça vient d'où, ces bruits ?*

— *Des Kurdes.*

Winter arrêta lui-même le magnétophone.

— Pourquoi est-ce qu'il les appelle comme ça ? Les Kurdes ?

— Je me demandais la même chose.

— Tu ne faisais pas de provoc. Il voulait bien te le dire. Il veut dire que ce sont des Kurdes.

— Au pluriel.

— Oui. Après, il passe au singulier. Mais ce sont d'abord « les Kurdes ».

— Je suis pas sourd.

— Il est bien kurde, Alan ?

— Je crois.

— Il faut que je le sache.

— Si si, il est kurde. Kurde de Syrie. Pas syrien, de Syrie. C'est pas pareil.

— Je sais.

— Il m'en a parlé, du sort des Kurdes. Éternels étrangers, issus d'un peuple sans terre. Ouais, je me trompe pas, il est kurde.

— Dans ce cas, pourquoi parle-t-il des « Kurdes » comme s'il n'en faisait pas partie ? s'interrogea Winter.

— Bonne question.

— Fais-nous écouter ça encore.

Le Frangin enclencha l'appareil :

— *Des Kurdes.*

— *Des Kurdes ? Bordel ! Mais qu'est-ce que ça veut dire ?*

— *Un type sur la grand place d'Angered. Je peux pas dire qui. Aucune importance. Il a parlé de la X-team.*

— *Qui est-ce ?*

— *Je peux pas le dire.*

— *Pourquoi tu peux pas ?*

Winter appuya sur arrêt :

— Selon lui, peu importe qui a dit ça, mais je trouve que ça sonne faux.

— Pratiquement tout sonne faux, enchérit le Frangin. Pourquoi tu voudrais par exemple qu'un Kurde se mette à parler du fait que la X-team livre des fusils de chasse ? Bien sûr, on peut imaginer qu'ils en causent, mais pourquoi est-ce qu'un Kurde s'amuserait à raconter ça sur la place du marché ? Surtout à notre Alan à nous ?

— C'est pas comme ça qu'il récolte des infos ? En discutant avec les gens ?

Le Frangin secoua la tête.

— Non, il s'implique davantage, si tu vois ce que je veux dire. Il fait partie du plan, en tout cas il navigue à la périphérie. Les gens ne parleraient pas directement.

359

(Le Frangin baissa les yeux vers le haut-parleur.) C'est du pipeau, cette histoire de X-team. S'ils avaient été mêlés à ça, on le saurait à l'heure qu'il est. Crois-moi.

Le portable du Frangin se mit à sonner en même temps que le fixe sur son bureau.

37

Hannu l'attendait sur le belvédère, en compagnie des policiers de garde. Les deux jeunes avaient reçu la permission de retourner sur le banc. Deux silhouettes immobiles. L'obscurité l'avait désormais emporté dans la vallée. On ne voyait plus, en bas, que les points lumineux des réverbères.

Le gardien de la résidence semblait démuni sans sa tenue réglementaire. Pas facile de jouer le rôle de témoin.

Winter le salua. Il ne se rappelait pas le nom de famille d'Hannu. Il avait oublié de le lui demander lors de leur première rencontre.

Ils s'approchèrent de l'Opel solitaire, près de l'arbre et du massif d'épineux. Une voiture volée, ils n'en savaient pas plus pour l'instant. Volée à Heden. Hannu se pencha sur l'aile victime d'un accrochage. Il recula de quelques pas puis il releva les yeux :

— Ça pourrait être celle-là. Je peux pas en dire plus.

— Bien.

— Mais je me rappelle pas le numéro d'immatriculation ou quoi que ce soit, continua-t-il, encouragé par cette appréciation.

— Vous l'avez déjà vue plusieurs fois ?

— Pas que je m'en souvienne.

— OK, merci beaucoup de votre collaboration.

— C'est tout ?

— Avez-vous quelque chose à ajouter, Hannu ?

— Vous n'allez pas me poser de questions sur ce… cet appartement ?

— Quel genre de questions ?

— Je ne sais pas…

— Qu'est-ce que vous avez envie de me raconter ? lui demanda Winter sur un ton radouci.

— Je me rappelle mieux ceux qui vivaient dedans maintenant.

— De quoi vous souvenez-vous ?

— C'est juste que je… je ne les aimais pas. Je ne les connaissais pas, mais il y avait quelque chose… qui ne me plaisait pas. Chez les deux, l'homme et la femme.

— Quoi ?

— Ils ne disaient jamais bonjour, mais bon, c'est pas le plus grave. Et puis… je les ai déjà croisés deux ou trois fois avec des filles toutes jeunes. Ils sortaient de l'immeuble. Ça paraissait bizarre. Je ne sais pas comment vous expliquer… elles marchaient d'une façon… pas naturelle. Les gamines n'avaient pas l'air… naturel. Comme si elles avançaient… je ne sais pas.

— Comme si elles n'avançaient pas de leur plein gré ? l'aida Winter.

— Oui…

— Pourquoi ne pas l'avoir dit plus tôt ?

Hannu haussa les épaules.

— Eh ben… j'ai commencé à y réfléchir ces derniers jours. Et voilà, je vous le dis maintenant.

— Pourriez-vous les reconnaître, ces jeunes filles ?

Hannu haussa de nouveau les épaules. Mais d'un geste assez énergique.

Les deux jeunes gens se levèrent à l'approche de Winter. Ils avaient été alertés par le bruit de ses pas.

Ils avaient l'air fatigués, mais cela pouvait tenir à l'étrange lumière qui régnait ici, mélange d'éclairage électrique et de nuit. Ils se présentèrent : Salim Waberi, Ronak Gamaoun.

Waberi, Waberi, ce nom lui disait quelque chose.

— Vous n'auriez pas une sœur du nom de… de… ? commença-t-il.

Est-ce que c'était bien une fille ? Une amie de Nasrin, ou d'Hiwa, des deux peut-être. Il ne se rappelait pas.

— J'ai une sœur, répondit Salim.

— Comment s'appelle-t-elle ?

— Shirin.

— Je l'ai déjà rencontrée.

Salim ne commenta pas. La fille, Ronak, ne disait rien. Elle avait les yeux tournés vers la vallée qui s'étalait à leurs pieds, invisible dans le noir. Une voiture semblait chercher sa route, un peu plus bas.

— Est-ce qu'elle vous a parlé de notre entretien ? demanda le commissaire.

Salim hocha la tête.

— Connaissiez-vous Hiwa Aziz ?

Nouveau hochement de tête.

— Et Nasrin ?

— Un peu.

— Et vous, Ronak ?

— Comment ça ? Oui, je la connais un peu. Mais c'est normal, on habite à Hammarkulle.

— Que faites-vous ici ?

— Vous… vous vouliez qu'on reste. On comprend rien.

— Pourquoi êtes-vous venus ici ?

— On regardait le paysage, c'est tout, répondit Ronak. On vient souvent.

— Vous êtes montés à vélo ?

— À vélo ? Non.

— Comment alors ?

— En bus.

— C'est quoi, le problème ? l'interrogea Salim.

— Vous le savez sans doute mieux que moi.

Tout à coup, il fut saisi d'une sensation de fatigue. Il aurait été capable de s'allonger par terre, de se laisser glisser le long de la pente jusqu'à Vasaplats. Il ne tenait plus debout. Salim et Ronak savaient peut-être quelque chose, sur Alan ou sur d'autres. On verrait bien une fois qu'on aurait retrouvé l'indic. On confronterait les trois jeunes gens. Les confronter. Encore un drôle de terme.

Il dormit d'un sommeil épais, sans rêves, sans aucune douleur au-dessus de l'œil. Au réveil, il annonça à Angela qu'il avait l'impression d'avoir rajeuni de vingt ans. Il fallait absolument qu'il la réveille pour lui dire ça. Il croyait la réveiller. J'ai l'impression d'avoir rajeuni de vingt ans.

— Moi aussi ! répondit-elle en l'attirant dans ses bras.

— C'est pour toi. Une femme.

Ils n'étaient pas encore levés. Il prit son portable, posé par mégarde sur la table de nuit d'Angela.

— Oui ?

— Bonjour... c'est Riita Peltonen. Je ne sais pas si vous vous...

— Je me rappelle très bien de vous, l'interrompit Winter.

Il s'était redressé sur le lit. Il sentit tout à coup la tension monter dans son cerveau, comme s'il s'était mis un capuchon serré sur la tête. Ce n'était pas le mal de crâne. C'était une autre sensation, plus familière, une fièvre récurrente. Le réveil sur sa table de nuit indiquait une heure encore bien matinale.

— Le gamin, je crois savoir qui c'est.

Riita Peltonen avait donné rendez-vous au commissaire au-dessus du Sentier Sableux.

Elle paraissait inquiète.

— On ne lui a pas fait de mal, au moins ?

— Où habite-t-il ? demanda Winter.

— Si c'est bien lui.

Elle parlait suédois comme on chante un psaume. La matinée était aussi paisible, aussi tiède, que la veille. Rien n'avait changé, sauf lui. Il aurait pu courir d'un immeuble à l'autre, prendre en chasse un fuyard, aussi longtemps qu'il l'aurait voulu, aussi longtemps que nécessaire.

— L'adresse ? reprit-il sur un ton plus aimable.

Winter sonna à la porte. Sur une grande feuille de papier, on avait écrit BABAN, d'une écriture d'enfant.

Au bout de trois coups de sonnette, une femme passa la tête par l'entrebâillement de la porte. Elle paraissait avoir la trentaine.

Par où commencer ?

Il lui tendit sa carte professionnelle.

— Je cherche un petit garçon.

Riita Peltonen l'attendait au pied de l'immeuble.

La porte ne s'ouvrit pas davantage.

— Il doit avoir dix ans. Il n'habiterait pas ici ?

Elle ne paraissait pas comprendre ce qu'il disait, mais elle se retourna vers le couloir. Elle prononça quelques mots dans une langue inconnue et une voix lui répondit. C'était une voix claire, celle d'un enfant de dix ans. Le commissaire poussa doucement la porte et vit le gamin, au milieu du couloir. Il le reconnut immédiatement, même sans son vélo.

— Il est en danger, le gamin ?

La voix de Ringmar lui paraissait venir de très loin.

— Oui. D'après la femme de ménage, quelqu'un avait appelé une de ses collègues pour lui dire qu'une autre personne avait vu le gamin dehors. En compagnie d'un homme apparemment.

— Un homme ? Qui donc ?

— Nous ne le savons pas encore.

— Qui a vu la scène ?

— Idem.

— Qu'est-ce qui lui fait penser que c'est lui ? Ton gamin.

— Elle a fait le rapprochement, c'est tout.

— Et le petit, qu'est-ce qu'il dit ?

— Rien pour l'instant, Bertil. Mais c'est lui que j'ai vu à vélo.

— Si ça se trouve, il se baladait, rien de plus.

— On peut lui demander, non ?

— Mmm.

— Ça prendra du temps, Bertil. Il est encore sous le choc.

— Combien de temps on a ?

Winter ne répondit pas. Il était devant l'immeuble. Il entendait des cris d'enfant. Il vit une balle voler dans l'air.

— Qu'est-ce que tu fais de lui ?

— Il peut rester chez ses parents. On met l'immeuble sous surveillance. Sous protection, je veux dire. Il ne devra pas quitter la maison. Je viendrai lui parler sur place.

— Quand ?

— Bientôt.

Le commissariat était inondé de lumière en cette belle matinée. Les murs de brique s'en trouvaient égayés. Quant à la table de Torsten Öberg, elle éclairait des têtes sur des photos. Des visages qu'il fallait essayer de se représenter.

— Mais pour Hiwa Aziz, ce n'est pas vraiment pareil, fit remarquer l'expert. Regarde ici. Et là. (Il sortit un nouveau cliché.) Compare toi-même.

Winter se rapprocha tout en chaussant ses demi-lunes.

— Qu'est-ce que tu veux dire, Torsten ?

— On repère quelques différences, si on regarde avec plus d'attention.

— Dis-moi ce que je vois.

— Hiwa n'est pas aussi amoché.

Winter observait la tête du jeune homme, son visage. Ce qu'il en restait.

— Non, finit-il par reconnaître. Je vois la différence.

— Qu'en penses-tu, Erik ?

— Il n'était peut-être pas censé recevoir le même châtiment que les deux autres.

— On a pu les déranger.

— Ou alors, il n'était pas prévu de lui tirer en plein visage.

— Pourtant c'est ce qui s'est passé, à peu de choses près.

— Oui.

— Il était étendu ici, continua Öberg en désignant du doigt la photo crayonnée de la scène du crime.

— Le plus au fond, constata Winter. Ça pourrait signifier qu'ils n'ont pas eu le temps de finir le travail ?

— L'un d'entre eux aurait voulu le faire.

— Mais l'autre n'était pas d'accord.

— Ces pas, continua le technicien, le doigt pointé sur la photo.

— Comme si on avait fui les lieux.

Winter était de retour dans son bureau et s'écoutait parler :

— *C'étaient des Kurdes ? C'étaient des Kurdes qui devaient récupérer les armes ?*

— *Je ne sais pas.*

— *Vous avez bien dû y réfléchir.*

— *Non.*

— *Pourquoi en avez-vous parlé avec votre contact kurde ? Comment c'est venu ?*

— *C'est venu... on parle toujours de l'actualité du moment.*

— *Qui donc ? Vous deux ?*

— *Non, non. Nous... je veux dire beaucoup de monde. Il sait ça, le Frangin.*

— *Comment ça « non, non » ? Ce n'est pas un contact régulier ?*

— *Je... lui et moi, on parlait pas de ça avant.* Voilà.

Winter appuya sur la touche arrêt et rembobina la bande :

— *Je... lui et moi, on parlait pas de ça avant.*

Pourquoi ne parlaient-ils pas de « ça » avant ? Des armes. De ce à quoi elles devaient servir, sans doute. À savoir un massacre. Elles étaient encore dans la nature. Winter n'avait pas réussi à les retrouver. Peut-être quelqu'un d'autre l'avait-il fait.

Il réécouta la suite de l'enregistrement. Hussein Hussein. Cet inconnu. Existait-il ? Sous une autre identité ? Tout le monde change d'identité ici, songea-t-il. Elle varie selon l'éclairage. Mais il devient difficile de voir quelque chose, trop de lumière, il fait tout le temps jour.

Le gamin était assis dans le canapé, sa mère à ses côtés. Winter était de retour à Hjällbo. Il n'avait pas rencontré le père, mais il y en avait un. L'enfant s'appelait Ahmed. Winter l'avait fait examiner par un médecin et par un psychologue. Ce dernier pensait qu'il y faudrait du temps. Or ils étaient pressés.

— Vous verrez bien quand il se mettra à parler, lui avait dit Berndt Löwer. S'il se met à parler.

— Ça viendra progressivement. Je vais faire une tentative. Il le faut.

Il choisit de ne pas l'auditionner sous vidéo, du moins au début.

Peut-être pourraient-ils bientôt confronter l'enfant à des images vidéo. Pour l'instant, ils n'avaient rien à lui montrer. Les suspects viendraient petit à petit se mettre sur les rangs.

Winter se pencha doucement vers lui :

— Bonjour, Ahmed.

La voix braillait très fort à l'autre bout du fil. Ringmar tenait l'appareil à distance de son oreille.

— Je demande Winter et c'est toi qu'on me passe !

— Il faudra t'en contenter, le Frangin.

— Pourquoi ça ?

— Il est là-haut, à Hjällbo. Pour une audition.

— Hmm.

— De quoi s'agit-il ?

— De quoi ? OK, je t'explique. Alan Darwish m'a donné de ses nouvelles.

— Comment ?

— Par téléphone.

— Il appelait d'où ?

— On n'a pas eu le temps de se parler.

— Qu'est-ce qu'il dit ?

— Il demande qu'on l'excuse de s'être fait la malle !

— Bien.

— Pas vrai ? Poli, comme mec.

— Et pourquoi s'est-il enfui ?

— Il n'a pas pu me raconter, pas le temps.

— Est-ce que ça avait un rapport avec les deux jeunes ?

— Pas eu le temps de lui demander.

— Il est où ?

— Il se planque. (On aurait dit que le Frangin réprimait difficilement un rire.) Mais il aimerait bien refaire surface.

— Il avait bien quelque chose à nous mettre sous la dent ? Il est en mauvaise posture quand même.

— Un taxi.

— Pardon ?

— Il nous donne un taxi. Un taxi qui trimballait des putes à travers la ville.

— Ahmed, est-ce que tu me reconnais ?

Le garçonnet secoua la tête, lentement, comme s'il essayait de remuer tout ce qui logeait sous son crâne.

— Il ne faut pas avoir peur, Ahmed. Je suis un policier. Tiens. (Winter lui montra sa carte avec la photo bien en évidence.) C'est moi. Je suis venu te voir parce que j'essaie d'attraper des bandits.

Ahmed examina la carte de Winter.

— Je recherche les bandits, Ahmed. C'est mon travail. Je voudrais que tu m'aides.

Le gamin le regarda.

— Tu veux bien m'aider, Ahmed ?

Le gamin secoua la tête.

— Je sais que tu peux m'aider.

Winter montra de nouveau sa carte.

— On peut t'en donner une aussi.

Il ne savait pas si ça pouvait aider. Il aurait pu emporter avec lui un ballon de foot, ou bien une balle de tennis. Il ne voyait pas la balle dans l'appartement.

La mère d'Ahmed lui caressa gentiment la main.

Il n'y avait pas d'interprète. Pas pour un premier entretien. Il n'en aurait sans doute pas besoin.

Selon la maman, c'était Ahmed qui parlait le mieux le suédois dans la famille.

C'était sa langue.

— Où est ta balle, Ahmed ? Ta balle de tennis ?

Le gamin tressaillit, comme si Winter venait de proférer une menace.

— Tu l'as perdue, Ahmed ?

L'enfant secoua la tête.

— On te l'a prise ?

Pas de réponse. Ahmed paraissait hésiter.

Winter ne bougeait pas d'un cil.

— C'est un monsieur qui est venu te la prendre ?

L'enfant resta muet.

— Il te l'a rendue ?

Hochement de tête.

— Tu le connais, ce monsieur ?

L'enfant secoua la tête.

— Tu l'avais déjà vu avant ?

Aucune réaction, aucun signe de tête, ni dans un sens ni dans un autre. C'était comme de parler avec un môme de cinq ans. Il faut que j'y aille prudemment.

— Est-ce que tu l'avais déjà vu avant ? répéta le commissaire.

Le gamin ne semblait pas comprendre la question. Il regardait derrière le dos de Winter qui se retourna. Rien, juste un mur vide.

— Avant qu'il te prenne ta balle ?

Le garçon opina.

Winter sentit le capuchon lui serrer la tête, la chape de tension. Plus question d'avoir mal au crâne en revanche.

— Où est-ce que tu l'as vu ?

L'enfant resta muet.

— Au magasin ?

Pas de réponse. Quel magasin ? Il y en avait beaucoup.

— Le magasin Chez Jimmy ?

Winter vit que l'enfant reconnaissait ce nom.

— C'est le magasin où on a tiré des coups de fusil. Ni réponse ni hochement de tête.

— Tu les as entendus, les coups de fusil ?

Hochement de tête.

— Que faisais-tu là-bas, Ahmed ?

Silence.

— Tu les as vus tirer ?

Non. Le gamin avait secoué la tête.

— Tu as vu quelqu'un tenir un fusil ?

Hochement de tête.

— Tu les as vus à l'intérieur ?

Hochement de tête.

— Comment tu les as vus ?

L'enfant tourna son regard vers la fenêtre.

— La fenêtre ? Tu as vu ça depuis la fenêtre ?

Il opina.

— Qu'est-ce que tu as vu ?

Aucune réponse.

— Tu les as vus s'enfuir ?

Hochement de tête.

— Qu'est-ce qu'ils faisaient ?

Pas de réponse.

— Ils sont partis en voiture ?

L'enfant hocha la tête.

— Tu sais de quel côté ?

Il secoua la tête.

— Qu'est-ce que tu as fait après ?

Pas de réponse.

— Tu t'es mis à courir ?

L'enfant secoua la tête.

— Tu es resté sur place ?

Hochement de tête.

— Tu avais peur ?

Hochement de tête.

— Pourquoi tu n'es pas parti en courant ?

Le gamin jeta un regard du côté du hall.

— Pourquoi tu ne t'es pas enfui à vélo ?

Pas de réponse.

— Quelqu'un d'autre est arrivé ?

Nouveau hochement de tête.

— En voiture ?

Hochement de tête.

— En taxi ?

L'enfant ne comprenait pas la question : ses yeux

dérivaient ailleurs. La maman, à côté de lui, essayait de comprendre. Winter devinait que le père, lui, avait déjà compris et s'occupait de chercher un nouvel appartement.

— Celui qui est arrivé… après… tu le connaissais ?

L'enfant secoua la tête.

— C'était un monsieur ?

Hochement de tête.

— Il est entré dans le magasin ? Chez Jimmy ?

Silence.

— Il est resté à la porte ?

L'enfant hocha la tête.

— Qu'est-ce qu'il faisait ?

— Il… bougeait pas.

38

On n'était pas très nombreuses. On ne voulait pas se connaître. C'était comme si on n'avait pas de visage. On ne méritait pas d'avoir son propre visage. Vous comprenez ?

Si on était battues ? D'après vous ?

Je pourrais avoir un verre d'eau ?

Je ne crois pas qu'il savait. Quand il a compris, il était déjà trop tard. Est-ce que moi, j'avais compris ? Je ne sais pas, et maintenant ça ne sert plus à rien d'y penser. Ça ne sert plus à rien.

Ce n'était pas une question de langue. C'était autre chose. Mais je me suis dit que la violence, c'est aussi une forme de langage. La mort, et ce qui conduit à la mort, c'est aussi une langue. Celui qui n'a plus de mots utilise la violence. C'est la langue la plus extrême, je veux dire celle qui est la plus éloignée de la vie. De toute justice. De tout honneur.

Quand on a fui, on a fui cet endroit d'où les mots étaient bannis. C'était la violence à la place des mots. Il ne nous restait plus de langage à nous. Oui, ça vous le savez. Vous avez compris. Il vous a expliqué ? Il ne voulait pas me mêler à ça. J'espère qu'il vous a bien tout expliqué.

Il n'a pas réussi. Ça s'est passé de telle façon qu'il n'a pas pu... l'empêcher. Je n'étais plus rien, je ne valais plus rien. Mais il n'était pas seul. Ça aussi, vous l'aviez deviné. Vous devinez beaucoup de choses et puis vous combinez tout ça, mais vous ne comprenez pas quand même. Personne ne comprend ici.

Il fait chaud dehors ? Je voudrais me promener sur une colline en fleurs. C'est comme ça que vous dites, une colline en fleurs ? J'aimerais bien m'allonger dans l'herbe et regarder le ciel. Je pourrais rester des heures à le regarder. Les gens disent que c'est le même ciel partout, mais je n'y crois pas, comme pour le soleil. C'est pour ça qu'on est perdus. Qu'on tombe tout le temps. Je suis tombée, ma famille aussi, nos parents éloignés, tous, on a fait la chute. On n'a jamais pu se remettre debout. Comment croire à quoi que ce soit ?

Je vous remercie de m'avoir fait parler. Après, plus personne ne m'écoutera. Mais je ne veux pas leur parler de toute façon. Parler à un mur, c'est ce qu'on dit, n'est-ce pas ? Va parler au mur et tu verras s'il te répond. Comme de parler avec vous au début. Vous avez l'air d'un mur. Vous êtes un mur. Tout le monde. Il n'y a que des murs tout autour de nous.

Elle n'était pas très fraîche, cette eau. Est-ce que je pourrais avoir de l'eau un peu plus froide ?

L'eau qui coulait des robinets. C'est un des premiers souvenirs, une des premières impressions peut-être. De l'eau chaude, tout d'un coup, comme ça ! Sans qu'on ait besoin de la chauffer. Ici, il fait froid presque toute l'année, mais on ne voit jamais de feux. Ils ne comprennent pas ici, vous ne comprenez pas. Pour nous, le feu c'est tout. Avant que les pillards et les assassins ne viennent nous détruire et nous tuer, nous ne croyions qu'au feu, pas à d'autre dieu. Nous n'avions besoin que du feu. Le feu devait brûler toute l'année, il ne fallait surtout pas qu'il s'éteigne. Une fois qu'il s'est éteint, nous n'avions plus de dieu.

39

Winter arpentait les sentiers autour du magasin. Le Sentier Sableux, le Sentier de l'École. Ils fourmillaient. Tout comme les pistes. La Piste Kurde par exemple. Ha ha… C'est vrai que, dans cette enquête, le cas Alan jette un certain discrédit sur la profession et pourrait se ranger dans la rubrique tragi-comique.

Mais il n'était pas d'humeur à rire. Il entendait des rires d'enfant dans les aires de jeux des alentours – des pelouses qui avaient déjà commencé à sécher et à jaunir. C'était une journée qui invitait au rire. Il était plus facile de vivre des jours comme ça. Un jour en bleu et jaune, aux couleurs du ciel et du soleil.

Le petit garçon s'était aussitôt renfermé sur lui-même. Il avait l'air bouleversé, abasourdi d'avoir pu parler, comme si ç'avaient été ses premiers mots. Ensuite il n'avait plus rien dit.

Il s'était mis à pleurer. Sa mère avait regardé Winter d'un air implorant.

Le commissaire était parti.

Il gagna l'ancienne boutique de Jimmy. Elle lui paraissait désormais appartenir à un lointain passé, alors qu'une petite semaine à peine venait de s'écouler.

C'était là que devait se tenir le gamin. Winter s'accroupit et regarda à l'intérieur du magasin. Oui, c'était possible. En face de lui, la porte, et puis le comptoir, le sol. Ou la mer rouge. On en voyait encore la trace, comme un dépôt au fond de la mer.

Des silhouettes dessinées à la craie surnageaient comme des ombres de noyés.

Le gamin avait d'abord vu les meurtriers, le fusil à la main. Ensuite il les avait vus ressortir. Et puis quelqu'un d'autre était arrivé. Quelqu'un qui était resté là sans bouger.

Il faisait frais au commissariat, on n'avait pas connu ça depuis longtemps. Peut-être un filet de vent que personne n'avait pourtant cru sentir, à moins que la clim ait enfin commencé à fonctionner, pour la première fois depuis la construction de ce foutu bâtiment.

Ringmar faisait les cent pas dans le bureau de Winter, à raison de six pas aller, six pas retour.

— J'étais en route pour aller le cueillir.

— J'ai changé d'avis, expliqua Winter.

— Ça ne peut pas être un autre que lui.

— Non. Mais il y en a un autre.

— Je comprends bien. Mais Reinholz peut nous raconter tout ce que nous avons besoin de savoir.

— Je n'en suis pas si sûr.

— Qu'est-ce qui te chiffonne, Erik ?

Winter garda le silence. Il se tenait à la fenêtre. Il voyait passer un tramway de l'autre côté de la rivière. Il y avait du monde dans les rues, pas énormément, mais le centre-ville n'était plus désert.

— Je pense que ce serait une erreur de le coffrer maintenant. Ça risque d'alerter plus de gens qu'on ne voudrait.

— Et s'il se tire ? On s'en voudrait d'en avoir laissé filer encore un.

— S'il se tire, on est fixés sur son compte, répondit Winter. Et on organise une battue en règle, c'est tout.

— Quel mot, une battue...

— Tout à l'heure, j'ai eu l'idée d'appeler la Centrale des interprètes.

— Je croyais que tu préférais parler seul à seul avec le gamin.

— Oui. C'était après. Je les ai appelés depuis ma voiture.

— À quel sujet ?

— Au sujet de Mozaffar. Mozaffar Kerim.

Ringmar s'arrêta net au milieu de la pièce.

Winter vit un jeune couple couper par la pelouse.

— Je t'écoute.

— Mozaffar, c'est l'interprète qui nous a accompagnés chez la famille Aziz. Tu te rappelles qu'il était déjà là quand on est arrivés, sur la place de Hammarkulle ?

— Oui.

— Il s'est excusé d'être en avance et on est montés voir Nasrin, sa mère et ses frère et sœur.

— Je m'en souviens bien, dit Ringmar.

— Bon, eh bien, j'avais demandé à Möllerström d'appeler la Centrale et de réserver les services d'un interprète pour cette audition chez les Aziz. C'est ce qu'il a fait. Ils ont leur procédure, donc ils ont sorti un nom, le nom de celui qui récupérait un boulot à Hammarkulle.

— Mozaffar Kerim.

— Non.

— Non ?

— Non. Ça faisait un moment que je gambergeais là-dessus. Pourquoi précisément Mozaffar ? Il s'est toujours montré bien empressé. Il est proche de la famille. Toujours là en quelque sorte. J'ai donc vérifié qui avait été missionné, ils gardent ça dans leurs archives, et ce n'était pas lui. J'ai oublié le nom de la personne, mais ce n'était pas Mozaffar Kerim.

— Comment ça se fait ?

— Je n'en sais rien encore. Il faudrait lui poser la

question, non ? En tout cas, d'une manière ou d'une autre, il a pris la place de celui à qui la tâche était échue et c'est Mozaffar que nous avons trouvé à Hammarkulle.

— Mais pour quelle raison aurait-il fait ça ?

— Il voulait garder le contrôle.

— Sur quoi ?

Winter ne répondit pas. Dans le parc, le couple avait maintenant disparu. Une femme d'un certain âge, élégamment vêtue, promenait son chien qui déféqua au beau milieu de la pelouse. Elle se contenta de tirer sur sa laisse pour l'éloigner, sans avoir pris la peine de ramasser la crotte. Délit. Un autre jour, Winter l'aurait rappelée à l'ordre.

— Le contrôle sur quoi ? répéta Ringmar.

— Sur tout.

Personne ne répondit au domicile de Mozaffar Kerim.

La Centrale des interprètes ne lui avait confié aucune mission.

Il n'était pas à la Pizzeria Roma. Winter avait menacé la serveuse pour qu'elle lui dise si elle avait prévenu quelqu'un la fois où il était venu avec Ringmar et où le taxi de Mozaffar et Alan s'était arrêté devant la porte. Non, elle ne l'avait pas fait et c'était la vérité, rien que la vérité.

Au Centre culturel kurde d'Angered, on connaissait Mozaffar Kerim, mais on ne savait pas où il était, ni ce qu'il avait pu faire ce jour-là. Winter avait envisagé d'avoir un entretien plus poussé avec les gens du Centre, mais il n'en avait pas encore trouvé le temps.

— Quand est-ce que tu comptes entendre à nouveau le gamin ? demanda Ringmar.

— Demain.

— Tu ne m'avais pas dit aujourd'hui ?

— Ce sera difficile. Nous avons peut-être la

réponse dans le témoignage du petit, on peut bien attendre un jour de plus.

— J'ai besoin de sortir à l'air libre, déclara Ringmar.

— Moi j'ai besoin de parler à Nasrin Aziz.

Winter pensait que les coupables étaient toujours en vie, Hussein Hussein excepté – mais il n'avait peut-être jamais existé. Cette pensée s'était introduite comme clandestinement en lui, à la manière d'une migraine qui ne vous quitte plus vraiment une fois qu'elle a réussi à s'implanter dans votre crâne. Alan Darwish en coupable ? Difficile à croire.

Nasrin l'attendait sous un arbre. Ce jour-là, tous ceux qu'il rencontrait n'aspiraient qu'à retrouver l'ombre.

— Je préférerais marcher, lui dit la jeune fille. Je n'ai pas envie de rester plantée ici.

— De quel côté ?

Elle fit un vague geste en direction du sud-ouest.

Ils se dirigèrent vers l'école du Plateau, puis vers celle de Nytorp. Il y avait une quantité de sentiers entre des chemins, des allées, des rues ou des routes, comme si les gens d'ici avaient besoin de voies de passage.

— Pourquoi vouliez-vous me rencontrer maintenant ? s'enquit-elle après un moment.

Winter n'avait pas encore ouvert la bouche depuis le début de leur promenade.

— Nous ne sommes plus très loin.

— Loin de quoi ?

— Loin de la vérité. De la solution de l'énigme, si on peut l'appeler comme ça.

— Vous avez un langage énigmatique. C'est rare chez les Suédois.

— Ah bon ?

— Oui. Je ne suis pas vraiment spécialiste, mais c'est comme s'il n'y avait pas beaucoup de... couches.

— C'est bien possible.

— Pas beaucoup de couches, répéta-t-elle. Les mots n'ont souvent qu'une seule signification.

— Ça peut avoir du bon, commenta Winter.

— Parce que ça vous permet de distinguer le bien et le mal ?

— C'est une chose très difficile.

— Effectivement, acquiesça-t-elle.

Ils dépassèrent le Talus de l'Ouest. Il restait encore un bout de chemin jusqu'à Hjällbo.

— Savez-vous que le kurde est environ la quatorzième langue la plus parlée dans le monde ? lui demanda-t-elle, sans tourner la tête vers lui. (Elle n'avait pas croisé son regard une seule fois depuis le début de la promenade.)

— Non, je l'ignorais.

— Près de trente millions de personnes parlent kurde. Ça fait nettement plus de monde que pour le suédois.

— Effectivement.

— Vous vous moquez de moi ?

— Non. Pourquoi ?

— Vous reprenez le même mot, vous me singez.

— Absolument pas. Je serais ravi d'en apprendre un peu plus sur votre langue.

— Il n'y a pas grand-chose de plus à en dire. En tout cas, je n'en sais pas beaucoup plus. Nous avons plusieurs dialectes. Mais c'est comme ça dans toutes les langues.

— Quels dialectes ?

— Je ne vois pas l'intérêt.

— J'aimerais savoir.

— Ça n'a pas de rapport avec votre enquête.

— Nommez-moi quelques-uns de ces dialectes, insista le commissaire.

— Bon… le kalhuri. Et puis le hawrami, le kirmanji. Le sorani. Certains remontent à très loin, des centaines d'années. Mais… après ça n'avait plus d'importance de toute façon.

— Pourquoi ?

— On n'avait pas le droit de parler la langue. Vous le saviez bien, non ?

— Oui.

— Pas le droit de l'écrire. Même pas le droit de la parler.

Winter resta silencieux. Ils passaient devant une église. On distinguait à peine la croix au sommet du clocher tant on était ébloui par le soleil.

— On n'avait même pas le droit de penser en kurde, ajouta-t-elle.

Ils marchèrent encore en silence une centaine de mètres.

— Il faut que je vous pose une question, Nasrin. Sur un autre sujet, mais qui reste un peu en rapport avec la langue kurde.

Elle ne répondit pas.

— Est-ce que vous le connaissez bien, Mozaffar Kerim ?

— Qu'est-ce que vous voulez dire ?

— Est-ce que vous parlez le même dialecte ?

— Oui.

— Vous venez de la même ville ?

— Non.

— Est-ce qu'il est votre ami ?

Elle garda le silence. Ils passaient encore devant une église, celle de Hjällbo.

— Est-ce que c'est votre ami ? répéta Winter.

— Non.

— Pourquoi ?

— Je pourrais vous poser la même question, répliqua-t-elle. Vous sortir un nom et vous demander si la personne est votre ami. Vous, vous diriez non et il pourrait y avoir des milliers de raisons à ça.

— Pour quelle raison Mozaffar Kerim n'est-il pas votre ami, Nasrin ?

— Quoi ? (Elle ralentit le pas et finit par s'arrêter, pour la première fois depuis le début de la promenade.) Qu'est-ce que vous sous-entendez ?

— Est-ce qu'il a été votre ami ?

Elle ne répondit pas.

— Et si je disais qu'il a été votre ami mais qu'il ne l'est plus ?

— Moi je dis que je ne comprends rien à tout ça.

— Était-il ami avec Hiwa ?

— Oui.

— L'est-il resté ?

Pas de réponse.

— Jusqu'à la fin ?

— La fin ? De quelle fin vous parlez ?

— Est-il resté l'ami d'Hiwa jusqu'à sa mort ?

Elle reprit sa marche. Winter ne pouvait apercevoir son visage. Il la rattrapa. Nasrin s'arrêta, les yeux levés vers le ciel.

— Je pense qu'il va y avoir de l'orage.

Ils étaient maintenant sur la grand place. Il y avait beaucoup de monde par ici. Winter n'y prêtait pas attention. Il suivit le regard de Nasrin. Le ciel s'était soudainement assombri. Les nuages l'avaient envahi, blancs ou noirs.

— Je ne veux plus répondre à vos questions, déclara-t-elle. Je veux partir d'ici.

Ils s'éloignèrent donc en direction du sud. Winter voyait l'immeuble où vivait le petit garçon. Des lieux où il n'avait pas cessé de revenir. Bientôt ils arriveraient en vue du bâtiment solitaire dans lequel Hiwa avait trouvé une mort si violente. On aurait dit que Nasrin n'y pensait pas, ne s'en préoccupait pas. Ou ne le comprenait pas.

— Est-ce que Mozaffar a tué Hiwa ? lui demanda-t-il.

40

Winter décida de passer chez lui.

Au moment où il fermait la voiture, de gros nuages roulaient dans le ciel désormais presque entièrement noir.

— Mais qui voilà ! s'écria Angela en le voyant surgir dans le hall.

— Je ne resterai pas longtemps.

Il joua avec les filles dans le séjour et dans le couloir.

Puis sa femme et lui s'installèrent dans la cuisine pour boire le thé, à la mode suédoise, dans des tasses en porcelaine. Le ciel se remit à gronder. La pièce était plongée dans la pénombre.

— Ça va bientôt éclater, fit Angela.

Winter opina du chef

— Tu pars quand ?

— Quand j'en aurai trop marre, répondit-il avec un sourire contraint.

— Raconte-moi ta journée.

Il lui parla de Nasrin :

— Je me demande quand elle sortira vraiment de son état de choc.

— Et que se passera-t-il à ce moment-là ?

— Franchement, je n'en sais rien.

— Tout dépend ce qu'elle a vécu dans le passé.

— J'étais tout près de lui demander si son frère avait pu l'exploiter.

— En la prostituant ?

— Oui.

— Pourquoi ?

— Je ne sais pas, Angela.

— Qu'est-ce qui te fait penser ça ?

— Rien en fait. Nous n'avons rien pu trouver. Nous n'avons pas identifié une seule de ces filles.

— Et comment peuvent-ils vous échapper, les responsables, ceux qui sont à la tête de ce réseau ? Pourquoi est-ce que vous ne les pourchassez pas ? Vous ne les arrêtez jamais, ces porcs !

— On essaie. Mais il nous faut des preuves.

— Au diable les preuves !

— Mais on va les trouver, assura-t-il.

— Comment ça ?

— Nous avons quelques suspects.

— Où sont-ils alors ? Pourquoi ne sont-ils pas déjà sous les barreaux ?

— Ils ne savent pas encore que nous les avons repérés.

— Et quand le sauront-ils ?

— Il y en a un qu'on va coffrer sous peu. Un chauffeur de taxi. On l'a laissé suffisamment longtemps en liberté. On en cherche un deuxième.

— Qui est-ce ?

— Mozaffar Kerim.

— De quoi vous le soupçonnez ?

— Il faut que je lui parle. Je n'arrive pas à comprendre quel rôle il joue dans tout ça.

— Quel rôle ? Tu en parles comme s'il s'agissait d'une pièce de théâtre.

— *C'est* une pièce de théâtre.

— Jouée pour qui ?

— Pour moi entre autres. Nous avons été des spectateurs.

— Ça y est, l'interrompit Angela.

La pluie s'abattait maintenant contre les carreaux.

On cueillit Jerker Reinholz à 18 h 06. Winter avait fini par se décider.

— C'est quoi cette histoire ? s'était écrié le chauffeur en voyant débarquer la police.

Le commissaire n'était pas présent, c'était Halders qui s'était chargé de ce travail, accompagné de deux voitures sérigraphiées.

— Il est en train de jouer aux cartes avec un collègue, avait rapporté l'inspecteur à Winter depuis la station de taxi. Ils font la pause café.

— Le nom de ce collègue ?

— Tu t'appelles comment, toi ? avait demandé Halders en éloignant le portable de son oreille.

— Malmström.

— Un certain Malmström.

— Prénom ?

— Peter.

— Il s'appelle Pe…

— Oui, j'ai entendu. Tu l'embarques aussi.

— OK.

— Putain ! c'est quoi cette histoire ? avait lancé Malmström.

Les deux chauffeurs de taxi avaient été installés dans des salles séparées. Winter préparait l'audition de Reinholz. Il était en conversation avec le procureur Molina. La pluie qui frappait violemment contre les vitres avait accéléré la tombée du jour.

— C'est d'accord pour une garde à vue de six heures, éventuellement doublée, mais je n'ai pas assez d'éléments à charge pour te délivrer un mandat d'arrêt.

— Je sais.

— Ce type ne me paraît pas entrer dans la catégorie « présumé coupable », pas encore. Aucun des deux à vrai dire. Ce qui signifie que tu conserves la direction de cette enquête, Winter.

— Trop aimable.

— Tu devrais organiser une confrontation vidéo avec le petit. Mais je suppose que c'est déjà prévu.

— Je préfère commencer par parler avec Reinholz.

— Bien sûr.

— Et puis, avec l'interprète. Il nous évite en ce moment.

— Tu l'as fait rechercher ?

— Non, mais il commence à être temps.

— Vous êtes allés voir chez lui ?

— Dans son appartement ? Non, pas encore. Apparemment il n'y est pas, et il ne répond pas au téléphone. On ne rentre pas chez les gens comme ça.

— Bien, Winter. Tu prends les choses dans le bon ordre.

— Mais maintenant j'y vais. Aneta et Fredrik m'accompagnent.

— Et les taxis ?

— C'est Bertil qui s'en occupe.

— Depuis quand est-ce qu'il a repris les auditions ?

— C'est le meilleur. Après moi.

Winter voyait à peine à travers le pare-brise. Les essuie-glaces ne suffisaient pas.

Le déluge s'apaisa quelque peu à l'approche de Gårdsten.

Il crut voir de la fumée à l'entrée de la rue Cannelle. Ce devait être la pluie. Il restait un petit nuage noir dans le ciel.

— C'est une fumée d'incendie, déclara Aneta Djanali.

Winter quitta la route de Gårdsten. Il apercevait la fumée et d'où elle venait.

— Bon sang ! Mais ça vient de l'immeuble de Kerim !

Winter dépassa la grand place, continua sur l'allée et freina brusquement devant l'immeuble. Des gens restaient dehors sous la pluie battante, le regard levé vers la fenêtre du deuxième étage d'où s'échappaient des volutes noires. L'incendie pouvait être maîtrisé dans les dix minutes.

Aneta Djanali, Halders et Winter se précipitèrent hors de la voiture. Des sirènes hurlaient de l'autre côté du tunnel. La caserne de pompiers d'Angered n'était guère éloignée. On n'a pas tardé à donner l'alerte cette fois, songea Winter. Nous arrivons pile à temps.

Ils montèrent l'escalier quatre à quatre. La fumée n'était pas très épaisse.

Halders ouvrit la porte d'un grand coup de pied.

— Attention à vous ! cria-t-il en se jetant sur le côté.

Mais aucune explosion ne se produisit à l'intérieur de l'appartement.

Winter pénétra rapidement dans le hall, le pistolet à la main.

Rien d'extraordinaire jusque-là. Juste une question de méthode pour s'introduire dans un appart en feu, l'arme au poing.

Halders et Aneta étaient restés en arrière.

Winter vit un corps étendu au sol dans la pièce au bout du couloir. C'était le séjour. La fenêtre était ouverte. Toute la fumée s'échappait de ce côté, ce qui faisait qu'on pouvait encore respirer dans l'appartement. Ce visage lui était familier : Alan Darwish. Le jeune homme paraissait plongé dans un sommeil paisible, que ne troublaient ni l'intrusion des visiteurs, ni le feu, ni quoi que ce soit d'autre.

Le feu avait dû partir du canapé et d'un fauteuil, tous les deux complètement brûlés. Les flammes commençaient à lécher le mur : tout un pan de la tapisserie s'était déchiré comme une blessure. Tout à coup, l'une d'elles s'éleva comme une langue de dragon pour s'emparer d'un rideau. On doit maintenant apercevoir les flammes de l'extérieur, pensa Winter. Ce n'était pas le cas avant.

— Le feu, c'est la force primordiale, déclara une voix derrière lui.

C'était celle de Mozaffar Kerim, une belle voix douce et puissante en même temps. Elle parvenait sans difficulté à se faire entendre malgré le bruit de l'incendie.

— Au commencement était le feu. C'est la seule chose de propre dans ce monde avili.

Winter se retourna.

— Reprenez vos esprits, Mozaffar. Déposez ce fusil.

— Le monde est laid, vous ne trouvez pas ? Je sais que vous le pensez. Vous en êtes témoin. Vous vivez en plein dedans.

— Mozaffar, allons, laissez tomber ce fusil.

— Rien que de la boue. De la merde. J'aime bien ce mot en suédois, la merde. Il ne reste plus rien de beau. Ce qui a pu un jour être beau, on l'a souillé. Ils en ont fait de la boue.

— Qui en a fait de la boue, Mozaffar ?

— D'après vous ? Bon sang ! Qui l'a fait d'après vous ? Je n'ai pas tous vos jurons, mais tout ça me donne envie de jurer. Bon sang !

— Vous les avez tués.

Mozaffar garda le silence. Il tenait le fusil de chasse à canon scié braqué sur la tempe de Winter. Il avait les mains qui tremblaient. Je suis mal parti, se dit le commissaire. Je jure mieux que lui, peut-être, je sais enchaîner les jurons, mais ce n'est pas ça qui va m'aider maintenant. Bordel ! mais qu'est-ce qu'ils foutent, Halders et Aneta ?

— Pourquoi est-ce que vous les avez tués ?

— Ils souillaient le monde, répondit Mozaffar. Ce monde nouveau. Ils se souillaient eux-mêmes. Et ils souillaient leurs proches.

Sa main tressaillit. Ses doigts. Winter ferma les yeux. Il n'avait plus du tout mal au crâne. Ce dernier disparaîtrait bientôt avec le reste de la tête.

— Le feu purifie, entendit-il, mais la voix de Mozaffar lui parut lointaine, venant de l'autre côté du tunnel, de l'autre côté de ce tunnel de Gårdsten qu'il avait tout juste emprunté...

Puis la détonation lui déchira les tympans. Il s'écrasa au sol. Il attendit la douleur, ou bien le noir. C'est la dernière seconde, on a droit à une dernière seconde. Il sentit quelque chose de mou au-dessous de lui : il était tombé sur le corps d'Alan. C'était une sensation épouvantable. L'odeur était exécrable à l'intérieur de la pièce. Fumée, plomb, détonation. Il était aveugle. Sourd. Paralysé.

Il était vivant.

Il n'avait pas perdu l'ouïe. Il entendait Aneta qui l'appelait.

— Winter ! Winter !

La vue non plus. Il vit Aneta, le buste incliné au-dessus du corps de Kerim.

Halders se pencha vers lui.

— Je ne pouvais pas me précipiter dans le couloir, il aurait eu le temps de nous abattre, toi et moi. C'est quand il m'a vu qu'il a braqué son fusil sur toi.

Winter apercevait la nuque de Kerim. Il ne voulait pas en voir plus. Il ne connaissait que trop bien ce spectacle.

— Je pouvais pas faire autrement, Erik. Pas le temps.

Winter sentit quelque chose bouger contre sa jambe.

Il sursauta. Une peur panique le saisit. Son cœur battait à tout rompre.

Il baissa les yeux.

Alan Darwish remuait le bras.

L'ambulance emportait Alan à l'hôpital. Aneta l'accompagnait. Winter avait entendu hurler la sirène de l'ambulance tandis qu'il sentait encore le corps d'Alan bouger au sol.

Les pompiers s'affairaient.

Le corps de Mozaffar était en route pour la morgue.

La pluie avait cessé, les nuages noirs avaient poursuivi leur course en direction de la mer. L'asphalte fumait. L'air avait fraîchi.

Halders regardait fuir au loin les deux véhicules. C'étaient deux voyages bien différents pour Darwish et pour Kerim.

— Le jeune Alan aurait secondé Mozaffar dans la fusillade ?

— C'est à voir, répondit Winter.

— Il n'a pas l'air en forme, Alan.

— On pourra l'entendre d'ici deux ou trois jours.

— Mozaffar a quand même emporté dans sa mort un certain nombre d'informations.

— C'était son intention.

— Pourquoi est-ce qu'il a fait une chose pareille ? Pourquoi ce massacre ?

— Il n'aimait pas leurs activités.

— À savoir ?

— On devrait bientôt l'apprendre.

— De qui ?

— De l'un ou l'autre des taxis, par exemple.

Halders consulta sa montre.

— Ringmar doit avoir terminé sa petite conversation avec Reinholz à l'heure qu'il est, non ?

— Oui, j'espère qu'elle aura duré un moment.

Winter ouvrit la portière.

— Tu fais quoi, là ? s'écria l'inspecteur.

— Je retourne au commissariat bien sûr.

— Pas question que tu conduises dans cet état, bordel ! Regarde comme tu trembles. T'as failli être asphyxié ! Tu devrais être dans l'ambulance d'Alan. Un peu plus, et c'était toi qui partais à la morgue. Et puis j'ai pas envie de risquer ma vie non plus. (Halders tendit la main.) Par ici les clés de la bagnole.

Winter lui indiqua le trajet à suivre.

— Tu prends à gauche au bout de la rue.

— C'est pas le plus rapide.

— Pour Bergsjö, si.

— Qu'est-ce que tu vas foutre là-bas maintenant ?

— Vérifier quelque chose.

— Quoi donc ? Qui tu vas voir ?

— Nous cherchions Hussein Hussein. Eh bien, je pense que nous l'avons trouvé.

— Ah ouais ? Il est où ? De retour à Bergsjö ?

— Non.

— Merci de tes explications, Erik.

— Chaque chose en son temps, Fredrik.

— Chaque chose en son temps ? C'est quoi ce truc de vioc ?

— Quand on arrive au bas de la rue, tu continues en direction de la rue de la Terre, Fredrik. Il faut que je ferme les yeux une minute.

Il ferma les paupières et le monde s'effaça. Le vieux mal de tête était de retour comme un faux frère qui déguerpit quand ça commence à sentir le roussi. C'était le cas de le dire. Il avait encore l'odeur âcre de l'incendie dans les narines.

Il n'avait toujours pas rouvert les yeux lorsque Halders s'arrêta devant le beau bâtiment aux lignes incurvées.

— Numéro 20, rue de la Terre.

Ils montèrent au quatrième étage.

La bande-police bleue et blanche encadrait la porte d'Hussein comme une guirlande de Noël, avec six mois d'avance.

Winter sonna à la porte d'en face.

Il actionna de nouveau la sonnette.

Ils entendirent de petits pas courir devant la porte. Des pas légers.

Quelqu'un grattait la poignée de l'intérieur. Elle bougea très légèrement.

Des pas plus lourds.

La porte s'ouvrit, Winter manqua de s'écraser le visage dessus.

Il se pencha pour regarder le gamin. Pas encore au lit ?

— Salut toi ! Salut... Mats.

Il se rappelait son prénom, un de ces nombreux prénoms qu'il n'était pas près d'oublier.

Il montra sa carte à la maman.

— Oui, je vous reconnais.

Winter plongea la main dans la poche intérieure de sa veste pour en sortir une photo. Il la tendit à la jeune femme.

— Avez-vous déjà vu cet homme-là ?

Elle examina le cliché. Un homme sortant d'un immeuble. Il levait les yeux, comme s'il était conscient du regard du photographe, caché de l'autre côté de la rue. Mais Winter était certain que l'homme n'en savait rien. Le photographe connaissait son boulot.

La mère de Mats fixa Winter, puis la photo, et Winter à nouveau.

— C'est lui, déclara-t-elle.

— Vous en êtes sûre ?

— Je peux voir ? Je peux voir ? s'écria le petit.

Winter se pencha pour lui mettre l'image sous les yeux.

— Hussein ! Hasse Hussein !

— Il l'appelle comme ça, sourit la mère.

— Il n'a pas l'air d'hésiter, constata Winter.

— Bien sûr que c'est Hussein, fit-elle en hochant la tête devant cette photo toute récente de Mozaffar Kerim.

41

La rivière Säve formait comme un fossé séparant les quartiers nord du reste de la ville. Halders la traversa sur la route du Roi Gösta. Putain ! mais c'était qui, le Roi Gösta ? Winter regardait se détacher au loin la silhouette des gratte-ciel de Partille. Ils prenaient maintenant la route d'Alingsås en direction de la maison.

— C'est quand même dingue ! lança Halders. Le fantôme qu'on cherchait vivant, c'est devenu un vrai fantôme…

— Qu'est-ce qu'il faisait dans cet appart de Bergsjö ? se demanda Winter.

— Activité hôtelière ?

— Mmm.

— Cours de langue ?

— C'était un refuge qu'il n'aura pas eu l'occasion d'utiliser, décida le commissaire.

— Pourquoi donc ? (Halders roulait maintenant le long de Bagaregården.) Cette caisse, c'est un vrai bonheur.

— J'envisageais d'en changer.

— Pour quel modèle ?

— Une Opel Corsa.

Halders apprécia la blague. Il n'était pas complètement pris par les événements. Winter, lui, ne rit pas.

Il lui faudrait attendre encore un peu, un jour ou peut-être un mois, pour retrouver sa belle humeur.

— Ils ne pouvaient pas utiliser la rue de la Terre puisqu'on y avait mis les pieds, expliqua-t-il.

— Et pourquoi on y est allés ?

— Parce qu'on a appris qu'Hussein Hussein travaillait chez Jimmy.

Ils approchaient du centre-ville. Le trafic était assez dense. Ce serait encore le cas pendant deux ou trois semaines, et puis ça se calmerait pendant la période des vacances d'été. Les rues et les trottoirs seraient envahis par les touristes. Les enfants réclamaient tous d'aller visiter Liseberg, le grand parc d'attractions. Winter emmènerait ses filles. Lui aussi, quand il était gamin et même encore adolescent, il adorait se faire peur. Parmi les nouvelles attractions, certaines étaient quand même un peu trop effrayantes.

— Il y avait bien un Hussein Hussein à Bergsjö. Nous pensions que c'était notre homme, raisonnait toujours le commissaire.

— Mais nous n'en étions pas certains.

— Ce n'est pas vraiment évident quand les gens se sont volatilisés.

— Il n'y a pas que ça. Je te l'ai déjà dit, celui qui veut changer de peau, il peut toujours le faire. C'est encore plus facile maintenant, insista Halders.

— Mais il existe peut-être un véritable Hussein Hussein qui va rentrer de vacances d'un jour à l'autre et s'étonnera de voir son appart sous scellés.

— De vacances ou de l'autre bord ?

— De l'autre bord ?

— S'il a passé l'arme à gauche, tu vois ce que je veux dire.

— Mozaffar aurait une mort de plus sur la conscience ? Ça n'a rien d'impossible, effectivement.

— Il n'y a plus rien d'impossible quand on en est arrivé là.

— C'est-à-dire ?

— Je suis pas psy mais je commence à avoir de la bouteille. Pour moi, il y a une raison, une raison très forte, qui l'a poussé à faire ça.

— Quelle raison, Fredrik ?

— La haine, sans doute. La folie, mais elle devait se fonder sur quelque chose. Avoir une cause.

— Mmm. Nous n'avons pas encore saisi cette cause.

— On n'y parvient pas toujours, constata Halders. C'est un peu frustrant, non ?

Winter garda le silence. La façade du Nouveau stade d'Ullevi se dressait maintenant devant eux. Lorsqu'on l'avait construit pour les championnats du monde de 1958, l'édifice paraissait magnifique. Plus tard on l'avait jugé alternativement très laid ou très beau, et ça continuait comme ça, année après année. Winter le trouvait plutôt esthétique. Il avait l'habitude de le contempler depuis l'une des fenêtres du commissariat qui donnait sur la rue de Scanie, quand il cherchait à saisir... l'insaisissable.

— On a quand même réussi à l'identifier, ce Hussein, avança-t-il.

— Quelqu'un t'a mentionné son nom.

— Oui. Nasrin Aziz.

— Là, ça commence à devenir épineux, soupira Halders.

— Ça ne l'était pas déjà ?

— Pourquoi est-ce qu'elle aurait parlé de lui si Hussein Hussein et Mozaffar ne sont qu'une seule et même personne ?

— Elle n'en savait rien.

— Dans ce cas, il existerait bien un vrai Hussein Hussein ?

— Possible.

— C'est quoi, l'alternative ? En ce qui la concerne ?

— Ça vaudrait la peine d'y réfléchir, tu ne crois pas, Fredrik ?

L'audition s'était prolongée assez tard. L'homme était coriace, comme Ringmar s'y attendait. Il n'était au courant de rien, c'était l'innocence même, au point qu'on se demandait comment il avait réussi à devenir taxi. Un boulot de rats, tout le monde se tirait dans les pattes, etc.

Début de l'audition :

— Comment avez-vous fait la connaissance de Mozaffar Kerim ?

— Qui c'est, ce type ?

— Allons, Jerker, un petit effort, s'il vous plaît.

— Je vous jure, je sais pas qui c'est.

— Mozaffar Kerim. L'interprète.

— Je le connais pas, continua Jerker Reinholz. Comment voulez-vous que je le connaisse ?

— Vous allez me le dire.

— Je n'ai rien à vous dire.

— Votre collègue le connaît.

— Qui ?

— Mozaffar Kerim.

— Je veux dire : quel collègue ?

— Peter Malmström bien sûr.

— Il connaît Mozaffar ?

— Oui.

— Il vous a dit ça ?

— Oui.

— J'vous crois pas.

Et ainsi de suite.

Ringmar fit une pause et sortit dans le couloir.

Quelques secondes plus tard il recevait le message.

Il revint s'asseoir en face de l'innocent.

Il n'avait pas l'intention de lui apprendre la mort de Mozaffar, pas encore.

— Reprenons ce qui s'est passé ce matin-là, lorsque vous êtes entré dans la boutique de Jimmy.

— Combien de fois va falloir vous débiter ça ? Bon Dieu ! combien de fois ?

— Autant de fois que je le voudrai, répondit tranquillement Ringmar.

Reinholz débita. Ringmar suivait le précédent PV d'audition, ou du moins s'en donnait l'air.

— Pourquoi vous être autant attardé à l'intérieur ? Avant de donner l'alerte.

— Ça n'a pas duré longtemps.

— Il me semble, à moi, que ça faisait long.

— C'est votre problème.

— Pourquoi avoir revêtu des chaussons de protection ?

— Quoi ? (Reinholz se pencha en arrière. C'était la première fois qu'il changeait de position de façon significative.) Qu'est-ce que vous dites ? C'est... c'est quoi, cette histoire ?

— Vous avez revêtu des chaussons de protection, n'est-ce pas ? Comme on en met parfois à l'hôpital.

Le chauffeur resta muet. Il avait le dos appuyé contre le mur comme s'il avait voulu s'enfoncer, disparaître à l'intérieur.

— Vous voyez de quoi je parle, Jerker ?

— Non.

— Vous n'avez jamais vu de chaussons de protection ?

— Euh... ben si. Comme tout le monde.

— Pourquoi en avoir revêtu en entrant dans le magasin de Jimmy ?

— J'ai pas fait ça.

Non, se dit Ringmar. Sans doute pas. On verra. Il faut quand même que j'aille au bout de cette question.

— Était-ce à cause du sang ?

— Quel sang ?

— Vous ne voyez pas de quel sang je parle ?

Et ainsi de suite…

— Nous sommes en train de procéder à l'examen de votre véhicule, Jerker.

— Pourquoi ça ?

Ringmar envoya chercher de l'eau fraîche.

Reinholz s'agrippait à son silence comme un escaladeur, prise après prise, pan après pan. Il s'y tenait et s'y tiendrait aussi longtemps qu'il en aurait la force, ou l'audace, pour continuer à escalader la roche. Mais il n'arriverait pas au sommet. Cette pente-là, on ne la prenait qu'à la descente, et ça pouvait aller très vite.

— Parlez-moi de ces filles.

Des questions ouvertes. Il trouverait facilement une prise.

— Quelles filles ?

— Celles que vous trimballiez à droite à gauche.

— Pourquoi on aurait trimballé des filles ?

— J'attends que vous me le disiez.

— Je vois pas de quoi vous parlez.

— Vous finirez par parler, déclara le commissaire. Comme tous les autres avant vous.

Reinholz gardait le silence, il n'avait rien à dire et ne dirait jamais rien.

— Ce que je ne comprends pas, c'est pourquoi Mozaffar vous a laissé la vie sauve. Pourquoi il ne vous a pas assassiné.

— Posez-lui la question.

Ringmar hocha la tête.

— Au lieu de ça, il a en quelque sorte collaboré avec vous. Il a utilisé vos services après les événements. C'est ça que je ne parviens pas à comprendre.

Ringmar but une gorgée d'eau. Il recommençait à faire chaud, vraiment chaud. Il régnait une touffeur humide dans la pièce. Reinholz avait le front couvert de sueur.

— Racontez-moi pourquoi vous êtes encore en vie, Jerker.

Il se massa le front du bout des doigts. Coltrane reprenait son *Psalm*, pour la dixième fois dans ce bureau. Le saxophoniste concevait la suite *A Love Supreme* comme son offrande à Dieu. Winter songeait à ces offrandes sacrificielles. Il songeait au feu. On ne pouvait l'identifier à Dieu. Dieu était un et multiple. Partout et nulle part. C'était bien comme ça qu'on le voyait, ou qu'on la voyait, la divinité. Partout présente. Ce satané mal de crâne. Il est en train de m'arriver quelque chose de grave. Je ne veux pas savoir quoi. Pour l'instant je m'intéresse à autre chose. Ça m'aide. Ça me soulage. Où j'ai foutu la boîte d'Ibuprofen ? Voilà que ça sonne.

La voix du Frangin vibrait dans le combiné.

— Oui ?

— Winter ? Écoute-moi. Les jeunes du belvédère, c'étaient des copains d'Alan.

— Eh bien, ils ont du cran.

— Hein… quoi ? Ouais, ils ne se sont pas tirés. Mais… bon, ils risquaient rien après tout.

— Ils ont détourné notre attention pour lui laisser le temps de s'enfuir.

— C'est eux qui l'ont conduit là-haut, continua le Frangin. Ils avaient prévu de repartir à vélo.

— C'est toi qui as choisi le banc où on devait s'asseoir, n'est-ce pas ?

— Écoute, c'est pas pour ça que je t'appelle. Ils sont peut-être au courant de ce qui se passait avec les filles. Le petit réseau de prostitution.

— Comment ça, peut-être ?

— La fille, Ronak, elle a fait quelques insinuations au sujet de la bonne femme qui s'est fait zigouiller à Ranneberg.

— Quel genre d'insinuations ?

— Je veux pas trop m'avancer. La gamine, elle se protège, tu comprends. Ou alors elle couvre quelqu'un d'autre. C'est pas une mauviette, mais elle a la trouille. Elle sait quelque chose, elle a envie de le dire. C'est juste qu'elle ne veut pas le dire maintenant.

— La bonne femme qui s'est fait zigouiller, elle porte un nom : Shahnaz Rezaï.

— C'est ça.

— Qu'est-ce qu'elle aurait fait ?

— Ronak ne veut pas en dire plus.

— D'accord…

— C'est comme si elle attendait qu'on lui en apprenne un peu plus. Sur ce qui se passe. Sur ce qui s'est passé.

— La mort de Mozaffar Kerim, par exemple.

— Exactement.

— Tu lui dis.

Assis dans le canapé, Ahmed ne remuait pas d'un cil. Il était tard, beaucoup trop tard. Mais le gamin était un oiseau de nuit. Winter avait apporté un ballon de foot. Sur la route qui le menait à Hjällbo, il s'était dit que ce serait sa dernière visite. Les jeux étaient faits. Le mois de juin touchait à sa fin, et cette affaire aussi.

— Peut-être que tu aurais préféré une balle de tennis ?

L'enfant avait laissé de côté le ballon, sur le canapé.

Il secoua la tête.

— Je jouais beaucoup au foot quand j'avais dix ans.

— Je vais avoir onze ans, répondit Ahmed.

Puis il prit le ballon et le soupesa dans ses mains. Il était blanc et gris. Winter était allé chez Stadium pour se procurer un ballon à damier blanc et noir, mais il n'en avait pas trouvé. On ne faisait plus les mêmes ballons qu'avant, il aurait dû voir ça à la télé. Ils étaient moins lourds également, il l'avait bien senti en achetant celui-là, mais ça devait poser problème les jours de grand vent.

— Et si on parlait de ce matin-là ?

Je ne savais pas qu'il était dehors, avait dit sa maman. Je ne savais pas. Nous... il a dû sortir sans faire de bruit. On ne l'entend pas. Il m'échappe sans arrêt. Mais de là à ce que ça arrive en pleine nuit. Je ne comprends pas.

Vous dormez, avait expliqué Ahmed. Même en frappant le sol avec la balle, on peut pas vous réveiller.

Winter avait sa petite idée là-dessus.

On enquêterait plus tard. Ce n'était pas du ressort de la brigade criminelle. Il ne voulait pas y penser maintenant.

— Tu te souviens qu'on a parlé d'un monsieur qui était resté debout dans le magasin ?

Le gamin hocha la tête. Il était retourné à son silence. Les images qu'il avait dans la tête semblaient avoir chassé les mots.

— Qu'est-ce qu'il a fait après ?

L'enfant ne répondit pas.

— Est-ce qu'il s'est promené à l'intérieur ?

Le gamin hocha la tête.

— Longtemps ?

— Un peu...

Winter attendit. Ahmed avait quelque chose à ajouter :

— Il a mis des chaussures bleues.

Des chaussures bleues.

— Il les a mises quand il était encore à la porte ?

L'enfant hocha la tête.

— Avant de se promener... un peu ?

Hochement de tête.

Mais il n'a pas marché dans la mer rouge, songea Winter. Nous n'avons jamais repéré sa trace. Où s'est-il débarrassé de ses chaussons de protection ? Il a dû les ranger sur lui d'une façon ou d'une autre. Nous ne l'avons pas fouillé ce jour-là.

— Et ensuite, qu'est-ce qu'il a fait ?

— Il… a rien fait.

— Il a touché à quelque chose ?

Le gamin secoua la tête.

— Il a regardé par terre ?

Hochement de tête.

— Il a fait autre chose ?

— Je suis parti en courant, répondit Ahmed.

Winter avait emporté une vidéo : Reinholz et Malmström alignés avec six policiers qui avaient tous l'air sympathiques, comme c'était le cas des deux chauffeurs de taxi.

Il s'était muni d'un moniteur. Il inséra la cassette dans l'appareil.

— Tu vas voir huit messieurs debout les uns à côté des autres, Ahmed. Ils seront juste là debout, sans rien faire. Je voudrais que tu me dises si tu en reconnais un.

Le garçon hocha la tête. Il tenait désormais le ballon dans ses bras.

— Tu comprends ?

Nouveau hochement de tête.

— Tu veux bien faire ça ?

Hochement de tête.

— Ça ne va pas prendre longtemps. J'y vais maintenant. OK ? Tu es prêt ?

Hochement de tête.

Winter appuya sur la touche marche.

Reinholz était le troisième en partant de la gauche.

Au bout de quinze secondes, Ahmed sauta du canapé, marcha, glissa plus exactement, jusqu'à l'écran, et pointa un doigt tout fin sur le troisième homme en partant de la gauche.

La maman d'Ahmed revenait avec une carafe de sirop. Winter en but aussi. Il était sucré, mais pas trop. Délicieux. Il faudrait qu'il lui demande quelle baie c'était, car il n'en reconnaissait pas le goût.

— Ahmed, tu m'as dit, la dernière fois qu'on a parlé ensemble, que tu avais vu des gens qui tenaient un fusil.

Le gamin hocha la tête.

Winter avait une photo de Mozaffar Kerim dans la poche, mais il ne voulait pas la sortir tout de suite.

— Est-ce que tu les as vus sortir ?

L'enfant hocha la tête.

— Qu'est-ce qu'ils faisaient ?

Il reprenait les mêmes questions que la fois d'avant. Pas de réponse.

— Est-ce qu'ils ont dit quelque chose ?

L'enfant secoua la tête.

— Combien étaient-ils ?

L'enfant leva la main.

— Tu veux qu'on compte sur nos doigts, Ahmed ?

Le gamin sourit et leva deux doigts en l'air.

— Deux ? Ils étaient deux ?

Il hocha la tête.

— Tu as vu deux personnes à l'intérieur ?

Hochement de tête.

— Deux personnes qui sortaient ?

Hochement de tête.

— Ils sont partis en voiture ?

Hochement de tête.

— Tu pourrais la reconnaître, la voiture ?

— Peut-être.

Il avait retrouvé la parole. C'était plus facile de parler de voitures.

— Tu t'y connais bien en voitures, Ahmed ?

— Je… je crois.

— Quand ils sont sortis… est-ce qu'ils ont fait quelque chose ?

405

L'enfant ne comprenait pas la question.

— Est-ce qu'ils avaient des bonnets sur la tête ?

L'enfant hocha la tête.

— C'était quel genre de bonnets ?

Pas de réponse.

— Est-ce qu'ils étaient noirs ?

Hochement de tête.

— Est-ce qu'ils ont enlevé leurs bonnets ?

L'enfant ne répondait pas. Winter voyait que c'était pour lui une question difficile.

— Est-ce que l'un d'eux a enlevé son bonnet ?

Hochement de tête.

— L'un d'eux a enlevé son bonnet ?

Hochement de tête.

— Est-ce qu'il avait des cheveux blonds ?

Le gamin secoua la tête.

— Ils étaient de quelle couleur, ses cheveux, Ahmed ?

— Bruns.

— Il avait les cheveux bruns ?

— Elle.

— Elle ?

— C'était une fille.

42

Il n'y a qu'une seule photo de moi dans mon ancien pays. Je dois avoir sept ou huit ans. Je saute d'un rocher, on dirait que je vole. On ne voit pas le sol, on ne voit que la plaine, et puis la montagne loin derrière, et donc on croirait que je suis très haut dans l'air et que je vole comme un oiseau.

Vous voulez savoir qui a pris la photo ? C'était mon père. Il n'avait pas d'appareil, je crois, mais il a pris la photo. Il avait emprunté l'appareil à quelqu'un. Peut-être qu'il m'appelait son petit oiseau, même s'il m'a donné un nom de fleur.

Je n'ai aucune photo de lui.

Je ne me rappelle plus à quoi il ressemblait. J'aimerais bien, mais je n'y arrive pas. Si j'ai demandé à ma mère ? Non.

Je suis inquiète pour elle. Et pour mes petits frère et sœur. Est-ce qu'ils vont pouvoir rester en Suède, après ça ? Après ce que j'ai fait ? Après ce qu'Hiwa a fait ? Vous croyez qu'ils vont renvoyer là-bas ma mère, mon frère et ma sœur ? En Allemagne peut-être. Et ensuite, on ne sait pas où.

Je n'ai pas pu parler de ça avec ma mère. Est-ce que vous allez le faire ? Je ne veux pas, je ne voudrai sans doute jamais lui en parler. Il vaut mieux que ce soit vous. Vous savez ce que vous allez lui dire ? Il faut lui dire que je ne voulais pas que ça arrive, je ne voulais rien de tout ce qui est arrivé. Voilà ce qu'il faut lui dire.

On nous conduisait dans toute la ville, encore et encore. Pourquoi c'est arrivé, je n'en sais rien. C'était comme un rêve qu'on voudrait quitter. Un mauvais rêve. On est pris dans le courant. Dans un courant qui vous entraîne au fond de la mer. C'était comme ça. Eux, ils appelaient ça un jeu. Mais ce n'était pas un jeu.

Il y avait des filles que je n'avais jamais vues. Ce n'étaient jamais les mêmes.

Les clients étaient tous des blancs. Que des Suédois blancs. C'étaient les chauffeurs qui s'occupaient de les trouver. J'ai compris ça pratiquement tout de suite. Vous vous demandez pourquoi je n'ai pas compris avant, avant que ça n'arrive. Peut-être que je comprenais ? Non. J'avais confiance en Hiwa. Il ne m'obligeait pas, au début en tout cas. Après, il m'a dit qu'il n'était pas mon frère. Vous vous rendez compte ! Il m'a montré je ne sais quels papiers qui étaient censés le prouver, mais je ne le croyais pas. Quand j'ai vu arriver l'argent, j'y ai cru par contre. C'est ça le pire, pour moi. Le pire. Que j'aie pu y croire à ce point, à l'argent.

Ne me posez plus de questions là-dessus pour le moment, je ne répondrai pas.

Mozaffar a fini par l'apprendre et ça l'a rendu fou.

Il voulait qu'on se marie. Il m'avait demandée en mariage. Je me rappelle ce moment comme si c'était maintenant, il y a cinq minutes à peine. Il n'avait pas encore parlé avec ma mère. Mais ça viendrait. Il avait parlé avec Hiwa qui avait éclaté de rire. Il s'était moqué de lui. Quand Mozaffar est sorti, Hiwa riait encore.

Mozaffar ne savait rien encore. Quand il a appris, il est devenu fou. Oui, je vous l'ai déjà dit.

Si personne n'était au courant ? Non, pas au début. Après, il y en a eu quelques-uns. Vous les avez rencontrés. Je ne pouvais pas me taire aussi longtemps, et puis quand j'ai voulu en sortir... quand j'ai voulu en sortir, alors ils m'ont menacée. Jimmy et Saïd. Quand j'ai voulu quitter tout ça.

Et puis Shahnaz. Shahnaz Rezaï. Elle aussi, elle m'a menacée.

Sa mort, son meurtre, ce n'était pas Mozaffar. C'était moi. Vous ne trouverez aucune empreinte de lui là-bas, je le sais, parce qu'il n'y est jamais allé. Moi si. Vous allez sûrement trouver mes empreintes. C'est moi qui y suis allée la dernière. Je peux vous dire où j'ai caché le couteau. Je serais capable de le déterrer et de la tuer une deuxième fois.

Le gardien, je ne sais pas comment vous l'appelez, il avait compris, celui qui m'avait aperçue là-bas. Il avait tout compris, ça se voyait. Il vous a dit quelque chose ?

Au début Mozaffar ne savait rien, et puis il a fini par tout apprendre. Mais il ne voulait pas tuer les chauffeurs de taxi. Il y avait d'abord pensé, mais après, il n'avait plus le courage. Ou alors il remettait ça à plus tard. Il coopérait avec eux, si on peut dire. Il était fou, complètement fou. Il essayait de sauver les apparences, mais ce n'est pas facile de tenir longtemps comme ça.

Je croyais qu'il n'y aurait que Jimmy et Saïd dans la boutique. Mozaffar m'avait dit qu'il n'y avait qu'eux. Ce n'était pas difficile d'entrer et de leur tirer dessus. Ils m'avaient fait du mal, et je leur rendais ce mal. Et puis, je le voulais, oui je le voulais. Mais

Mozaffar, ça ne lui a pas suffi, oui, vous avez pu voir ça. Ils n'étaient pas dignes de conserver leur visage, il a dit. Il a dit d'autres choses encore, mais j'ai préféré oublier. Il vaut mieux ne pas tout se rappeler.

Mais je ne savais pas qu'Hiwa serait là, derrière, dans la pièce de derrière. Quand il s'est précipité vers nous, je n'ai rien pu faire. J'ai essayé de m'interposer, quand Mozaffar s'est dirigé vers lui. Mais je n'ai rien pu faire, même quand Hiwa s'est mis à crier. Maintenant, je pense que Mozaffar le savait depuis le début. Et que c'était Hiwa, Hiwa qu'il avait d'abord voulu tuer. Il l'a tué en dernier, mais ça n'a aucune importance. Et moi, je suis devenue folle. Complètement folle, moi aussi. Je suis montée chez cette vieille sorcière là-haut, j'ai cogné à la porte, elle m'a reconnue bien sûr, alors elle m'a ouvert et après… après ça n'a pas été dur. J'étais folle.

Ensuite plus rien n'avait aucune importance. Si vous m'aviez interrogée, la première fois, je vous aurais tout raconté. Mais Mozaffar était là. Et je me suis dit que ça ne changerait rien, de toute façon. Maintenant je n'ai plus rien à raconter. Il ne reste plus rien. Est-ce que vous pourriez aller chercher cette photo de moi dans mon pays ? Elle est dans le deuxième tiroir de mon bureau, dans ma chambre. C'est ma montagne, c'est comme ça que je la connais. Je vole au-dessus de ma montagne. C'est la seule chose au monde que je désire, cette photo. À partir de maintenant, je vais me taire. Vous vouliez que je vous raconte tout depuis le tout début et c'est ce que j'ai fait, n'est-ce pas ? On est restés longtemps, assis dans cette pièce. Vous pouvez arrêter l'enregistrement. Je ne dirai plus rien. Vous pouvez l'arrêter.

Winter se pencha au-dessus du magnétophone :
— Déposition de Nasrin Aziz terminée, 2 h 03.

Il appuya sur la touche arrêt. Les bobines cessèrent de tourner. Tout était fini maintenant.

— Voulez-vous encore un verre d'eau, Nasrin ? Une tasse de café ?

Elle secoua la tête.

Remerciements